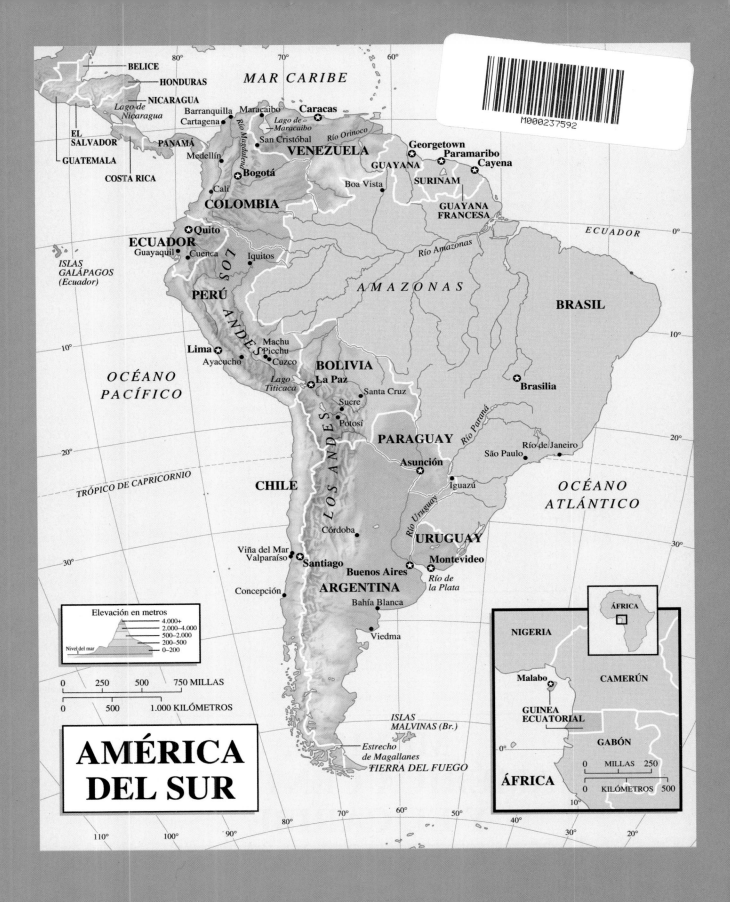

BELICE
HONDURAS
NICARAGUA
Lago de Nicaragua
EL SALVADOR
GUATEMALA
PANAMÁ
COSTA RICA

MAR CARIBE

Barranquilla
Cartagena
Maracaibo
Lago de Maracaibo
Caracas
San Cristóbal
Río Orinoco
Georgetown
Paramaribo
Cayena
Medellín
VENEZUELA
GUAYANA
SURINAM
Bogotá
Boa Vista
Cali
GUAYANA FRANCESA
COLOMBIA

ECUADOR 0°

Quito
ECUADOR
Guayaquil
Cuenca
Iquitos
Río Amazonas

ISLAS GALÁPAGOS (Ecuador)

PERÚ
A M A Z O N A S
BRASIL

10°

LOS ANDES

OCÉANO PACÍFICO

Lima
Machu Picchu
Cuzco
Ayacucho
BOLIVIA
La Paz
Santa Cruz
Lago Titicaca
Sucre
Potosí
Brasilia

São Paulo
Río de Janeiro
20°

Río Paraná

PARAGUAY
Asunción

TRÓPICO DE CAPRICORNIO

CHILE
LOS ANDES
Iguazú
OCÉANO ATLÁNTICO

Río Uruguay

Córdoba
URUGUAY
Viña del Mar
Valparaíso
Santiago
Montevideo
30°
Buenos Aires
Río de la Plata
Concepción
ARGENTINA
Bahía Blanca

Viedma

Elevación en metros

4.000+
2.000–4.000
500–2.000
200–500
Nivel del mar 0–200

ISLAS MALVINAS (Br.)

0   250   500   750 MILLAS

0   500   1.000 KILÓMETROS

Estrecho de Magallanes
TIERRA DEL FUEGO

AMÉRICA DEL SUR

80°   70°   60°   50°   40°   30°   20°
110°   100°   90°

ÁFRICA

NIGERIA
CAMERÚN
Malabo
GUINEA ECUATORIAL
GABÓN
0°
ÁFRICA
10°

0   MILLAS   250
0   KILÓMETROS   500

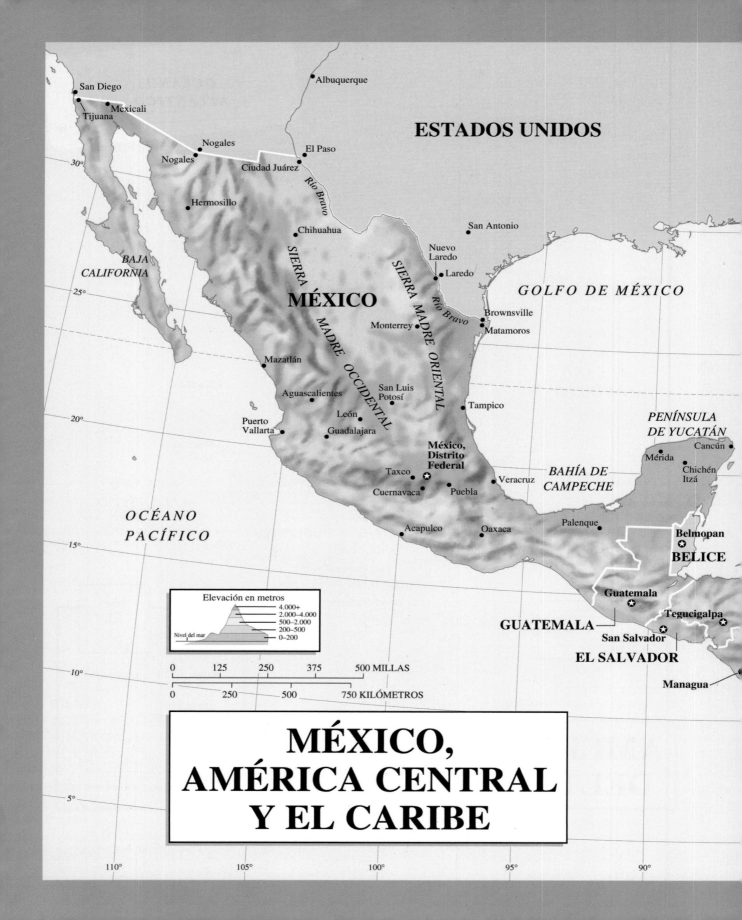

75°   70°   65°   60°   55°

30°

OCÉANO
ATLÁNTICO

25°

Miami

Nassau

BAHAMAS

TRÓPICO DE CÁNCER

20°

La Habana

CUBA

REPÚBLICA
DOMINICANA

Santiago

San Juan

Puerto Príncipe

PUERTO
RICO

MAR CARIBE

Santo
Domingo

GUADALUPE

Kingston

HAITÍ

DOMINICA

JAMAICA

MARTINICA

15°

HONDURAS

BARBADOS

NICARAGUA

TOBAGO

TRINIDAD

Lago de
Nicaragua

10°

Caracas

CANAL DE
PANAMÁ

San José

Colón

VENEZUELA

Panamá

PANAMÁ

COSTA
RICA

GOLFO
DE
PANAMÁ

COLOMBIA

Bogotá

80°

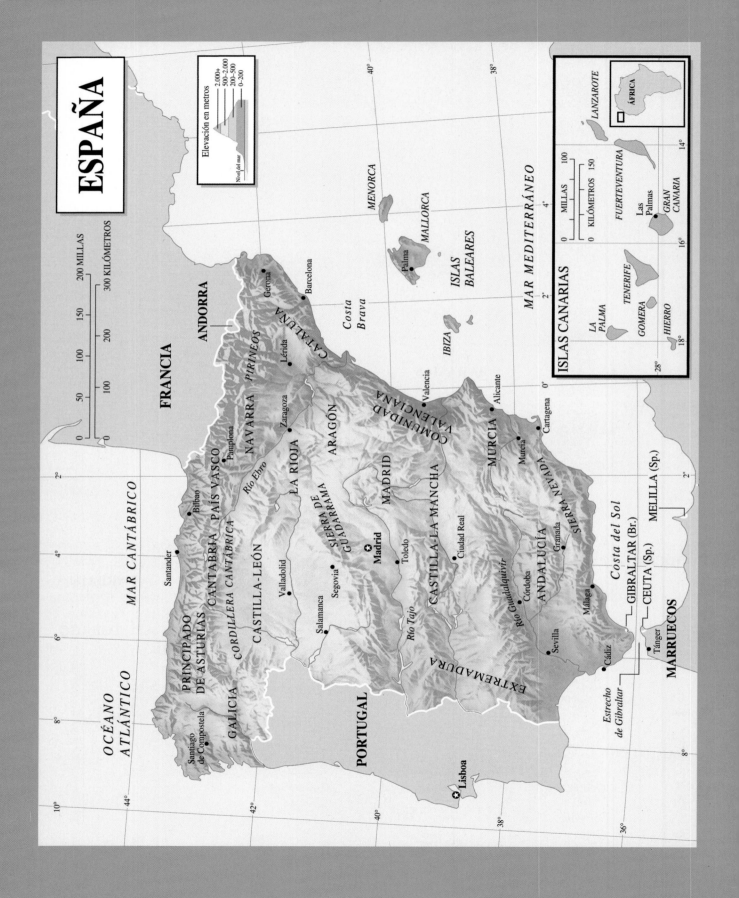

Conversación y repaso

Eleventh Edition

Intermediate Spanish

Lynn Sandstedt
University of Northern Colorado

Ralph Kite

Australia • Brazil • Japan • Korea • Mexico • Singapore • Spain • United Kingdom • United States

HEINLE
CENGAGE Learning

Conversación y repaso: Intermediate Spanish, Eleventh Edition
Sandstedt | Kite

Vice-President, Editorial Director: P.J. Boardman

Publisher: Beth Kramer

Executive Editor: Lara Semones

Senior Content Project Manager: Esther Marshall

Editorial Assistant: Joanna Alizio

Executive Brand Manager: Ben Rivera

Associate Media Editor: Patrick Brand

Senior Marketing Communications Manager: Linda Yip

Market Development Manager: Courtney Wolstoncroft

Manufacturing Planner: Betsy Donaghey

Senior Art Director: Linda Jurras

Rights Acquisitions Specialist: Jessica Elias

Image Research: PreMediaGlobal

Production Service: PreMediaGlobal

Text Designer: PreMediaGlobal

Cover Designer: Polo Barrera

Cover Image: ©FrankvandenBergh/ istock.com

For product information and technology assistance, contact us at **Cengage Learning Customer & Sales Support, 1-800-354-9706.**

For permission to use material from this text or product, submit all requests online at **www.cengage.com/permissions.** Further permissions questions can be emailed to **permissionrequest@cengage.com.**

Library of Congress Control Number: 2012947205

Student Edition:

ISBN-13: 978-1-133-95684-6

ISBN-10: 1-133-95684-X

Loose Leaf Edition

ISBN-13: 978-1-133-95673-0

ISBN-10: 1-133-95673-4

Heinle
20 Channel Center Street
Boston, MA 02210
USA

Cengage Learning is a leading provider of customized learning solutions with office locations around the globe, including Singapore, the United Kingdom, Australia, Mexico, Brazil and Japan. Locate your local office at **international.cengage.com/region**

Cengage Learning products are represented in Canada by Nelson Education, Ltd.

For your course and learning solutions, visit **www.cengage.com**

Purchase any of our products at your local college store or at our preferred online store **www.cengagebrain.com**

Printed in the United States of America
1 2 3 4 5 6 7 16 15 14 13 12

Índice

Preface

To the Student

The **Intermediate Spanish** series is a proven program for learning Spanish at the intermediate level. With a multiple-book program, you have access to a wealth of materials unified in content but varied in the possibilities for practice, rich input and use. This program provides abundant grammar and conversation practice in all three volumes, and encourages you to approach a topic or issue from multiple viewpoints.

This edition of **Conversación y repaso** continues to feature resources to support the teaching and learning of the Spanish language, including the Premium Website with online support for your learning, such as flash-based grammar tutorials, downloadable audio for both the textbook and workbook, downloadable video and audio segments, additional grammar and cultural practice, and more. This edition still features the online Student Activities Manual for convenient, online homework practice.

Like the earlier editions, this Eleventh Edition of the Intermediate Spanish series contains material that relates to your other disciplines of study. Throughout, our goal has been to present materials that enable you to develop effective communicative skills in Spanish and motivate you to find out more about the target culture and to express some of your own ideas in Spanish.

Acknowledgments

We would like to thank the following colleagues for their valuable comments and suggestions:

Robert G. Black, *Carroll College*
Martin Camps, *University of North Florida*
Culley Carson-Grefe, *Austin Peay State University*
Gregory K. Cole, *Newberry College*
Ava Conley, *Harding University*
Michelle Connolly, *Community College of Rhode Island*
Robert Colvin, *BYU-Idaho*
William O. Deaver Jr., *Armstrong Atlantic State University*
Dr. Victor Manuel Duran, *University of South Carolina-Aiken*
John L. Finan, *William Rainey Harper College*
Alexandra Fitts, *University of Alaska Fairbanks*
Guadalupe Flores, *University of Texas at Browsville*
Carl L. Garrott, *Virginia State University*
Eduardo Gonzalez, *University of Nebraska at Kearney*
Piet Koene, *Northwestern College*
Monica Malamud, *Canada College*
Deanna H. Mihaly, *Eastern Michigan University*
Kay Past, *Coastal Bend College*
Catherine Quibell, *Santa Rosa Jr. College*
Dr. Emilio Ramon, *Siena College*
Ray S. Rentería, *Sam Houston State University*
Daniel Robins, *Cabrillo College*
Irene Stefanova, *Santa Clara University*
Angela R. Tauro, *Fairfield University*
Michael Wong-Russell, *Framingham State College*

Furthermore, we express our deepest appreciation to the great team at Heinle for their support and collaboration in every phase of this project. Throughout the development and the production of this program, the team at Heinle has provided invaluable guidance and expertise, and in particular to Esther Marshall, Lara Semones, and Karin Fajardo. Thanks also go to all the other people at Heinle involved with this project and to the freelancers: Joanna Alizio, Patrick Bandt, Jessica Elias, Linda Jurras; Llanca Letelier, text permissions; Katy Gabel, project manager from Pre-Press PMG; Luz Galante, native reader; Lupe Ortiz, proof-reader.

We'd like to thank the following contributors to our ancillary program:

Daniel C. Ellis
Jennifer Barajas, *The Ohio State University*
Jill Syverson-Stork, *Wellesley College*
Max Ehrsam
Susan M. Mraz, *University of Massachusetts, Boston*
Verónica de Darer, *Wellesley College*

Student Supplements

DVD (ISBN-10: 1-133-95676-9 | ISBN-13: 978-1-133-95676-1)

This video program on DVD accompanies the Intermediate Spanish series and presents specially selected cultural topics relating directly to material covered in *Civilización y cultura*. Featuring a mix of short film (NEW to this edition), authentic news clips, and other cultural footage, the video program spans the Spanish-speaking world and provides you with a wealth of cultural perspectives.

SAM (ISBN-10: 1-133-95679-3 | ISBN-13: 978-1-133-95679-2)

The Workbook/Lab Manual has four major divisions: (1) listening comprehension exercises that expose the student to the vocabulary and grammatical structures of each unit in a variety of new situations; (2) oral activities for review and reinforcement of the grammatical concepts presented in each unit; (3) controlled and open-ended written exercises using the same vocabulary and structures; and (4) writing practice.

SAM Audio CDs (ISBN-10: 1-133-95678-5 | ISBN-13: 978-1-133-95678-5)

The SAM Audio program provides you with listening comprehension, oral practice on the important points of grammar, and the development of speaking skills. The SAM Audio also can be downloaded in MP3 format from the Premium Website.

Premium Website Instant Access Code (ISBN-10: 1-285-07838-1 | ISBN-13: 978-1-285-07838-0)

Includes multimedia resources such as text and Student Activities Manual audio segments in MP3 format, the iTunes® playlist, video segments, and flash-based grammar tutorials.

eSAM Instant Access Code (ISBN-10: 1-285-07913-2 | ISBN-13: 978-1-285-07913-4)

Designed for today's computer-savvy students, eSAM is an advanced and easy-to-use e-learning platform for delivering activities to you via the web. eSAM also is an integrated course management system that automatically grades many types of exercises and then sends the results straight to a versatile cross-platform electronic gradebook that allows you to track your results. eSAM even has a floating accent bar for world languages! You can access eSAM if your book comes packaged with a printed access card.

This edition continues to remember
John G. "Pete" Copeland, an inspirational teacher,
good friend and colleague.

Ralph Kite and Lynn Sandstedt

Orígenes de la cultura hispánica: Europa

Tupungato/Shutterstock.com

Durante la Edad Media, Toledo se convirtió en «la ciudad de las tres culturas» por la convivencia entre judíos, musulmanes y cristianos.

En contexto
Mi clase de cultura hispánica

Estructura
- Nouns and articles
- Subject pronouns
- The present indicative of regular verbs
- Stem-changing verbs
- Other stem-changing verbs
- Spelling-change verbs
- The present indicative of irregular verbs
- Adjectives
- The personal **a**

Repaso
 www.cengagebrain.com

A conversar
Nonverbal communication

A escuchar
Listening for the main idea

Intercambios
Lenguas e influencias extranjeras

Investigación y presentación
Las gaitas y los gaiteros de España

1

Vocabulario activo

Verbos

aportar *to bring into, contribute*
callarse (cállate) *to be quiet*
conquistar *to conquer*
distraer *to distract*
dormirse (ue) *to fall asleep*
durar *to last*
encontrarse (ue) (con) *to meet,
    run into by chance*
olvidarse (de) *to forget*
opinar *to think, have an opinion*

Sustantivos

la base *basis*
el idioma *language*

la lengua *language*
la ortografía *spelling*
el sabor *flavor*
el siglo *century*

Adjetivos

antiguo(a) *old, ancient*
distinto(a) *different*
extranjero(a) *foreign*
predilecto(a) *favorite*

Otras expresiones

se me ocurre *it occurs to me*

1-1 Para practicar. Complete el párrafo siguiente con palabras escogidas de la sección **Vocabulario activo.** No es necesario usar todas las palabras.

En el **1.** _____ ii antes de Cristo, los romanos **2.** _____ la Península Ibérica. Ellos **3.** _____ a la península un nuevo **4.** _____ que sirve como la **5.** _____ del español moderno. A veces nosotros **6.** _____ de lo que pasa cuando dos civilizaciones **7.** _____. La influencia de la civilización **8.** _____ de los romanos **9.** _____ hasta hoy por el español que llega a ser la **10.** _____ **11.** _____ de España y uno de los idiomas **12.** _____ más estudiados del mundo.

Track 2 🔊 **1-2 Mi clase de cultura hispánica.** Antes de leer el diálogo, escúchelo con el libro cerrado. ¿Cuánto comprendió?

ELENA   Oye, Ramón, ¿tienes los ejercicios para hoy?

RAMÓN   No, no los tengo. Nunca[1] entiendo bien la explicación del profesor. ¿La entiendes tú?

ELENA   Sí, pero nunca termino los ejercicios. Me duermo mientras los hago.

RAMÓN   Tenemos que distraer al profesor. Cuando empieza a hablar de sus temas predilectos, se olvida de la lección.

ELENA   Se me ocurre una idea…

[1] Nunca *Never*

RAMÓN	¡Cállate! Ahí viene.
PROF.	Buenos días, jóvenes. Hoy vamos a estudiar los verbos reflexivos. Estos verbos… ¿una pregunta, Elena?
ELENA	Sí, señor. ¿Por qué no nos explica por qué el español y el francés son tan distintos?[1] Nos hablaba de[2] las influencias extranjeras sobre el idioma español, pero solo hasta los visigodos…
PROF.	Ah, sí. Pues bien, la base del español moderno es el latín que hablan los romanos que conquistan la Península Ibérica en el año 200 antes de Cristo. En el siglo v después de Cristo, invaden la península los visigodos del norte de Europa. Ellos aportan al idioma más de 300 palabras del alemán antiguo. Pero una influencia más importante es la de los moros, que vienen del norte de África[2]. Hay más de 6000 palabras en el español moderno que proceden del árabe, por ejemplo, casi todas las palabras que comienzan con «al» como «almacén»[3], «álgebra», «alcalde»[4], etcétera.
RAMÓN	¿En qué época llegan los moros y por cuánto tiempo ocupan la península?
PROF.	Llegan en el año 711 a la península…
ELENA	*(a Ramón)* ¡Nos escapamos una vez más!

Notas culturales

[1] **el español y el francés son tan distintos:** *Los dos idiomas tienen mucho en común, pero también muestran muchas diferencias. Lo mismo se puede decir de las otras lenguas neolatinas: el italiano, el portugués, el rumano, etcétera. A veces las diferencias son de ortografía, pero otras veces las palabras son de origen distinto y de evolución variada.*

[2] **los moros, que vienen del norte de África:** *La invasión de la Península Ibérica por los pueblos islámicos en el siglo VIII llega hasta los Pirineos. Este contacto entre moros (musulmanes) y cristianos, que dura hasta 1492, le da un sabor distinto a la cultura y también a la lengua española.*

 1-3 Actividad cultural. En el diálogo y en las **Notas culturales** se menciona que a veces una lengua puede influir otra lengua. En grupos de tres personas, hagan un análisis lingüístico sobre la influencia que la lengua española ha tenido sobre la lengua inglesa. Todos los grupos necesitan un papel dividido en tres columnas que representen las categorías de palabras españolas que ahora son una parte del vocabulario inglés: (1) geografía; (2) comida; (3) lugares. Después de escribir sus listas de palabras, compárenlas con los otros grupos.

[2] Nos hablaba de *You were talking about*   [3] almacén *warehouse, department store*   [4] alcalde *mayor*

1-4 Comprensión. Conteste las siguientes preguntas.

1. ¿Por qué no tiene Ramón los ejercicios?
2. ¿Por qué no los tiene Elena?
3. ¿Cuál es la idea de Ramón?
4. ¿Qué van a estudiar hoy?
5. ¿Qué quieren saber Elena y Ramón?
6. ¿Qué lengua es la base del español moderno?
7. ¿Cuáles son algunas de las influencias extranjeras sobre el español?
8. ¿Cómo comienzan muchas palabras de origen árabe?

1-5 Opiniones. Conteste las siguientes preguntas.

1. ¿Estudia Ud. la lección todos los días? ¿Por qué?
2. ¿Distrae Ud. a sus profesores? ¿Cuándo?
3. ¿Cree Ud. que es fácil aprender un idioma extranjero? ¿Por qué?
4. Si Ud. no entiende bien una pregunta en español, ¿qué hace?
5. ¿Por qué quiere Ud. estudiar español?
6. ¿Tiene la oportunidad de hablar español? ¿Dónde y con quién?

Dede Burianni/Digital Vision/Getty Images

En la Alhambra se encuentra el Patio de los Leones. ¿Dónde está la Alhambra? ¿Por qué se llama este patio el Patio de los Leones? El edificio es un buen ejemplo de la arquitectura musulmana. Descríbala.

Estructura

Nouns and articles

A. Singular forms

In Spanish, nouns are often accompanied by articles.

1. Nouns ending in **-o** are usually masculine and are introduced by a masculine article. Those ending in **-a** are usually feminine and are introduced by a feminine article.

Definite articles the	Indefinite articles a, an
el hijo *the son*	un chico *a boy*
la hija *the daughter*	una chica *a girl*

2. Some nouns that end in **-a** are masculine.

el día *day*	el idioma *language*	el problema *problem*
el mapa *map*	el clima *climate*	el programa *program*
el drama *drama*	el poeta *poet*	el cura *priest*

3. Some nouns that end in **-o** are feminine.

la mano *hand*	la foto *photo*	la moto *motorcycle*

4. Nouns ending in **-dad, -tad, -tud, -ión, -umbre,** and **-ie** are usually feminine.

la ciudad *city*	la conversación *conversation*
la voluntad *will*	la muchedumbre *crowd*
la actitud *attitude*	la especie *species*

5. Some other nouns can be either masculine or feminine, depending on their meaning.

el capital *money*	el corte *cut*	el cura *priest*
la capital *capital city*	la corte *court*	la cura *cure*
el guía *guide (male)*		
la guía *guide (female), guidebook*		
el policía *police officer (male)*		
la policía *police force, police officer (female)*		

6. Other nouns ending in **-s** or in other consonants can be either masculine or feminine.

el paraguas *umbrella*	el papel *paper*
la crisis *crisis*	la pared *wall*
el lunes *Monday*	el rey *king*
la tesis *thesis*	

7. Nouns ending in **-ista** may be either masculine or feminine.

el pianista	la pianista
el artista	la artista

8. Nouns referring to males are usually masculine and those referring to females are usually feminine, regardless of their endings.

el joven	*the young man*	el estudiante	*the (male) student*
la joven	*the young lady*	la estudiante	*the (female) student*

BUT

la persona	*the person*	el individuo	*the individual*

B. Plural forms

1. Nouns ending in a vowel add **-s.**

un libro	*book*	unos libros	*books*
una chica	*girl*	unas chicas	*girls*

2. Nouns ending in a consonant add **-es.**

una mujer	*woman*	unas mujeres	*women*

3. Nouns ending in **-z** change **z** to **c** and add **-es.**

el lápiz	*pencil*	los lápices	*pencils*

4. Nouns ending in **-n** or **-s** preceded by an accented vowel generally drop the accent mark in the plural.

la lección	*lesson*	las lecciones	*lessons*
el compás	*compass*	los compases	*compasses*

Note that nouns of more than one syllable ending in **-n** generally add an accent mark in the plural.

el examen	*exam*	los exámenes	*exams*
la orden	*order*	las órdenes	*orders*

Práctica

1-6 Una estudiante universitaria. Lea la información sobre Juana, una estudiante de la Universidad de Madrid. Luego complete cada oración con el artículo definido apropiado.

Juana, **1.** ___ hija de **2.** ___ señores (*Mr. and Mrs.*) González, asiste a **3.** ___ Universidad de Madrid. Estudia **4.** ___ música de **5.** ___ Edad Media (*Middle Ages*) y **6.** ___ Renacimiento (*Renaissance*) español. **7.** ___ Facultad de Música es muy buena, y **8.** ___ profesores tienen fama mundial por **9.** ___ investigaciones que ellos han hecho sobre esta clase de música. **10.** ___ programa escolar es muy exigente, pero **11.** ___ clases son interesantes. **12.** ___ problema que Juana tiene no es **13.** ___ dificultad de **14.** ___ lecciones, sino **15.** ___ falta de tiempo para leer y estudiar. No quiere pasar todos **16.** ___ días en **17.** ___ biblioteca. Prefiere visitar **18.** ___ museos de **19.** ___ ciudad y asistir a **20.** ___ dramas que se presentan en **21.** ___ Teatro Nacional. También a ella le gusta ir a **22.** ___ discotecas por **23.** ___ noche para bailar y charlar con **24.** ___ jóvenes que ella conoce.

1-7 La sala de clase. Identifique las varias cosas que se encuentran en una sala de clase. Complete las oraciones siguientes según el modelo.

> **Modelo**   Hay ___ en la clase. *(table)*
> *Hay una mesa en la clase.*

1. students	**4.** door	**7.** pencil	**9.** map
2. walls	**5.** windows	**8.** girls	**10.** boys
3. books	**6.** professor		

Ahora, identifique otras cosas que hay en su clase.

 1-8 Una comparación. Con un(a) compañero(a) de clase, hablen de las cosas que Uds. tienen en sus cuartos. Luego hagan una lista de las cosas que Uds. llevan a sus clases diariamente. ¿Cuántas cosas tienen en común?

> **Modelo**   Estudiante 1: *Tengo un televisor en mi cuarto y una computadora.*
> Estudiante 2: *Tengo una computadora también, pero solo tengo un televisor en mi cuarto en casa.*
> Estudiante 1: *Siempre llevo mis libros a clase.*
> Estudiante 2: *También llevo mis libros y un bolígrafo.*

Heinle Grammar Tutorial:
Subject pronouns

Subject pronouns

A. Forms

Singular	Plural
yo	nosotros(as)
tú	vosotros(as)
él	ellos
ella	ellas
usted	ustedes

Usted and **ustedes** may be abbreviated to **Ud.** and **Uds.**

The pronoun **tú** is used when talking with close friends, children, and family members. In more formal relationships **usted** is used to show respect. It should be noted, however, that the familiar **tú** form is often used in place of the formal **usted** form in everyday conversation in many regions of the Hispanic world. In Latin America the plural, informal **vosotros** form has been replaced by **ustedes** and its corresponding verb forms, possessives, and object pronouns. The **vosotros** form is still used in most parts of Spain.

B. Uses

1. Subject pronouns are not used as frequently in Spanish as in English. They are used mainly for emphasis or for clarification, since the ending of the verb often indicates the subject.

   Vamos a la clase de español, ¿verdad? No, yo no quiero ir.
   We're going to Spanish class, aren't we? No, I don't want to go.

   ¿Tienes las actividades?   *Do you have the activities?*

   Vivimos en un pueblo pequeño.   *We live in a small town.*

2. **Usted** is used somewhat more frequently for both clarity and courtesy.

¿Puede Ud. explicar la base del español moderno?
Can you explain the basis of modern Spanish?

Ud. entiende la lección, pero no quiere ir a clase.
You understand the lesson, but you don't want to go to class.

3. The impersonal English subject pronoun *it* does not have an equivalent form in Spanish.

Es imposible olvidarse de eso.   *It is impossible to forget that.*
¿Qué es? Es una palabra extranjera.   *What is it? It's a foreign word.*

4. Subject pronouns are often used after the verb **ser** *(to be)*.

¿Quién es el profesor de esta clase? Soy yo.
Who is the professor of this class? I am.

5. Subject pronouns are frequently used when the main verb is not expressed.

¿Quién distrae al profesor? Ella.   *Who distracts the teacher? She does.*
Ellos van a España, pero nosotros no.   *They are going to Spain, but we aren't.*

Práctica

1-9 Hablando de personas. ¿Cuál de los pronombres personales se usa cuando está hablando... ?

1. de Ud. mismo(a)
2. de una muchacha
3. a un(a) amigo(a)
4. de Ud. mismo(a) y un grupo de personas
5. de un grupo de muchachos
6. a un grupo de niños
7. de Roberto

 1-10 Cortesía. Escriba cinco nombres de personas que Ud. conoce bien (no solo amigos[as]) y dígale a un(a) compañero(a) de clase qué pronombres personales Ud. usa cuando habla con ellas: ¿tú o usted?

Heinle Grammar Tutorial:
The present indicative

The present indicative of regular verbs

A. Formation

The present indicative of regular verbs is formed by dropping the infinitive ending and adding the personal endings **-o, -as, -a, -amos, -áis, -an** to the stems of **-ar** verbs; **-o, -es, -e, -emos, -éis, -en** to the stems of **-er** verbs; and **-o, -es, -e, -imos, -ís, -en** to the stems of **-ir** verbs.

hablar *to speak*		**comer** *to eat*		**vivir** *to live*	
hablo	hablamos	como	comemos	vivo	vivimos
hablas	habláis	comes	coméis	vives	vivís
habla	hablan	come	comen	vive	viven

Common verbs that are regular in the present tense:

-ar verbs:	aceptar *to accept*	estudiar *to study*
	llegar *to arrive*	preguntar *to ask*
	invitar *to invite*	
-er verbs:	aprender *to learn*	beber *to drink*
	leer *to read*	vender *to sell*
-ir verbs:	abrir *to open*	descubrir *to discover*
	recibir *to receive*	asistir *to attend*
	escribir *to write*	

B. Uses

1. To describe an action or event that occurs regularly or repeatedly.

Juan estudia en la biblioteca.
Juan is studying in the library.

Los Hernández siempre comen a las diez de la noche.
The Hernández family always eats at 10 P.M.

2. In place of the future tense to give a statement or question more immediacy, or in place of the past tense in narrations to relate a historical event.

Hablo con ella mañana.
I'll speak with her tomorrow.

Los romanos conquistan España en el siglo II a.C.
The Romans conquered Spain in the second century B.C.

3. In place of the imperative to express a mild command or a wish.

Primero desayunas y después escribes la lección.
First have breakfast and afterwards write the lesson.

Práctica

1-11 Una narrativa breve. Lea la narrativa breve que sigue. Luego, cuéntela sobre las personas indicadas. ¿Qué es el tema de esta narrativa?

Estudio español en la universidad. Aprendo mucho de la cultura hispánica en la clase también. Recibo buenas notas en este curso.
(tú, nosotros, Jaime, María y Elena, Uds.)

 1-12 La rutina diaria. Use oraciones completas para describir ocho actividades que Ud. hace diariamente. (Use solo verbos regulares.) Luego, compare su lista con la de su compañero(a) de clase. ¿Cuántas actividades son parecidas? Siga el modelo.

Modelo *Desayuno a las siete todos los días. (etcétera)*
Tomás desayuna a las siete también. (etcétera)

1-13 Una entrevista. Entreviste a un(a) compañero(a) de clase, utilizando las preguntas siguientes. Luego, comparen sus actividades diarias. ¿Cuáles son las semejanzas y las diferencias?

> **Modelo** Estudiante 1: *¿Dónde estudias tú?*
> Estudiante 2: *Yo estudio en casa.*
> Estudiante 1: *Yo estudio en la biblioteca.*

1. ¿A qué hora te levantas todos los días?
2. ¿Desayunas? ¿Por qué?
3. ¿Vives cerca o lejos de la universidad? ¿Dónde?
4. ¿A qué hora llegas a la universidad todos los días?
5. ¿Asistes a todas tus clases todos los días? ¿Por qué?
6. ¿Qué estudias en la clase que te gusta más?
7. ¿Comprendes mucho o poco en esta clase? ¿Por qué?
8. ¿Recibes buenas o malas notas en tus clases? ¿Por qué?

 1-14 Una carta. Ud. está escribiéndole una carta a un(a) amigo(a) para compartir algunas de sus experiencias en la universidad. Incluya las ideas siguientes en su carta.

1. Describe where you live.
2. Tell where you take your meals and why you eat there.
3. Describe your favorite classes and your favorite professor.
4. Give your impressions of the classes. Are they difficult? Interesting? Do you have to study a lot?
5. Explain what you do when you have free time.
6. Describe a new friend that you have made.
7. Tell your friend that you will write again after exam week.

Léale (*Read*) su carta a otro(a) estudiante. ¿Cuáles de sus experiencias de la universidad son diferentes? ¿semejantes (*similar*)?

Heinle Grammar Tutorial:
The present indicative: stem changing

Note: **pensar de** = *to think of (have an opinion)*; **pensar en** = *to think about*; **pensar + infinitive** = *to intend, to plan.*

Stem-changing verbs

Some verbs have a stem vowel change in the **yo, tú, él (ella, Ud.)**, and **ellos (ellas, Uds.)** forms of the present indicative. This change occurs only when the stress falls on the stem vowel. Because of this, the **nosotros** and **vosotros** forms do not have a stem change.

1. In some **-ar, -er,** and **-ir** verbs the stem vowel **e** changes to **ie** when it is stressed.

pensar *to think*		**entender** *to understand*		**preferir** *to prefer*	
p**ie**nso	pensamos	ent**ie**ndo	entendemos	pref**ie**ro	preferimos
p**ie**nsas	pensáis	ent**ie**ndes	entendéis	pref**ie**res	preferís
p**ie**nsa	p**ie**nsan	ent**ie**nde	ent**ie**nden	pref**ie**re	pref**ie**ren

Other common stem-changing **-ar, -er,** and **-ir** verbs:

cerrar	perder	convertir
comenzar	querer	mentir
despertar		sentir
empezar		

2. In some **-ar, -er,** and **-ir** verbs the stem vowel **o** changes to **ue** when it is stressed.

contar *to count*		poder *to be able*		dormir *to sleep*	
cuento	contamos	**pue**do	podemos	**due**rmo	dormimos
cuentas	contáis	**pue**des	podéis	**due**rmes	dormís
cuenta	**cue**ntan	**pue**de	**pue**den	**due**rme	**due**rmen

Other common **-ar, -er,** and **-ir** verbs with the same stem changes:

almorzar	mostrar	volver	morir
costar	recordar		
encontrar			

3. In some **-ir** verbs the stem vowel **e** changes to **i** when it is stressed.

pedir *to ask for*	
pido	pedimos
pides	pedís
pide	**pi**den

Other common **-ir** verbs with the same stem change:

medir *(to measure)*	servir
repetir	vestir

Other stem-changing verbs

Some stem-changing verbs vary somewhat from the above patterns. The verb **jugar** changes **u** to **ue.** The verb **oler** (**o** to **ue**) adds an initial **h** to the forms requiring a stem change.

jugar *to play*		oler *to smell*	
j**ue**go	jugamos	**hue**lo	olemos
j**ue**gas	jugáis	**hue**les	oléis
j**ue**ga	j**ue**gan	**hue**le	**hue**len

Práctica

1-15 Una narrativa breve. Lea la narrativa breve que sigue. Luego, cuéntela sobre las personas indicadas. ¿Qué es el tema de la narrativa?

Pienso volver de España el sábado. Quiero ir directamente a casa. Duermo dos días antes de visitar a mis amigos. Luego puedo invitarlos a casa para una fiesta. Sirvo unos refrescos y les muestro a ellos las fotos del viaje.

(Claudia, Raúl y yo, tú, los estudiantes, Ud.)

Modelo *Claudia piensa volver de España el sábado. (etcétera)*

1-16 Los sábados de Carlos. Describa lo que hace Carlos los sábados.
Complete el párrafo con la forma del verbo en el tiempo presente. Use los verbos de
la lista siguiente. Use uno de los verbos dos veces *(twice)*.

oler	pensar	jugar	servir	querer
almorzar	costar	preferir	empezar	volver

Carlos **1.** _____ ir al gimnasio hoy. Él **2.** _____ al baloncesto con sus
amigos todos los sábados por la mañana. Ellos **3.** _____ a jugar a las nueve.
Después de dos horas Carlos **4.** _____ ir a la cafetería en el centro estudiantil
para comer. Sus amigos no **5.** _____ ir con él porque trabajan por las tardes en
una tienda en el centro. Carlos **6.** _____ comer con ellos, pero **7.** _____
solo a la universidad y **8.** _____ en la cafetería a las doce. Allí ellos no
9. _____ buena comida, y a veces **10.** _____ muy mal, pero a él no le
importa porque no le **11.** _____ mucho.

 1-17 El fin de semana. Se han terminado las clases de la semana. Use los verbos
indicados para describir los planes de Ud., de sus amigos y de su familia para el fin
de semana. Siga el modelo.

> **Modelo** mis amigos / querer
> *Mis amigos quieren jugar al tenis.*

1. yo / querer
2. mi novia / preferir
3. mi mejor amigo / pensar
4. mis hermanos / empezar
5. mis padres / poder
6. mi compañero de cuarto / jugar

Ahora describa otros planes que Ud. tiene para el fin de semana y compárelos con
los de otro(a) estudiante de la clase. ¿Hay una cosa que ambos de Uds. van a hacer?
Explique.

1-18 Un viaje. Sus amigos hablan de un viaje que ellos quieren hacer. Conteste
las preguntas sobre sus planes. Siga el modelo.

> **Modelo** Le contamos los planes del viaje al profesor. ¿Qué le cuentas tú?
> *Le cuento los planes del viaje al profesor.*

1. Queremos ir a Francia. ¿Adónde quieres ir tú?
2. Pensamos estudiar francés antes de ir. ¿Qué piensas estudiar tú?
3. Podemos llegar temprano al café esta noche para hablar del viaje. ¿Cuándo
   puedes llegar tú?
4. Preferimos viajar por tren en Francia. ¿Cómo prefieres viajar tú?
5. En Francia almorzamos en los mejores restaurantes. ¿Dónde almuerzas tú?
6. Les pedimos permiso para ir a nuestros padres. ¿A quién le pides permiso tú?

Compare sus respuestas con las de otro(a) compañero(a) de clase. ¿Tienen mucho
en común?

Heinle Grammar Tutorial:
The present indicative:
irregulars

Spelling-change verbs

Many verbs undergo a spelling change in the first person singular of the present indicative in order to maintain the pronunciation of the last consonant of the stem.

1. Verbs ending in a vowel plus **-cer** or **-cir** have a change from **c** to **zc** in the first person singular.

conducir:	conduzco	**ofrecer:**	ofrezco
conocer:	conozco	**producir:**	produzco
obedecer:	obedezco	**traducir:**	traduzco

2. Verbs ending in **-guir** have a change from **gu** to **g** in the first person singular.

Note that some spelling-change verbs also have a stem vowel change. The stem vowel change occurs, as usual, in the first, second, and third person singular and in the third person plural.

conseguir	(**e** to **i** *stem change*)
consigo	conseguimos
consigues	conseguís
consigue	consiguen

Other commonly used **-guir** verbs:

distinguir: distingo   seguir: sigo (**e** to **i** *stem change*)

3. Verbs ending in **-ger** or **-gir** have a change from **g** to **j** in the first person singular.

corregir	(**e** to **i** *stem change*)
corrijo	corregimos
corriges	corregís
corrige	corrigen

Other commonly used **-ger** and **-gir** verbs:

coger (*to catch, pick*): cojo   dirigir (*to direct*): dirijo

Práctica

1-19 A imitar. Cada vez que sus amigos dicen que ellos hacen algo, Ud. dice que hace la misma cosa también. Siga el modelo.

Modelo   Conducimos a Barcelona.
Yo conduzco a Barcelona también.

1. Conocemos a María.
2. Corregimos las oraciones.
3. Conseguimos el pasaporte.
4. Cogemos las flores.
5. Traducimos las oraciones.
6. ¿Seguimos por esta calle?
7. Dirigimos el proyecto.
8. Distinguimos entre lo malo y lo bueno.
9. Obedecemos al profesor.
10. Producimos programas especiales.

1-20 Un proyecto cultural. Complete la conversación entre María y José. Use la forma correcta del presente del indicativo de un verbo apropiado. Practique el diálogo con un(a) compañero(a) de clase. Más tarde su profesor(a) va a escoger una pareja de estudiantes para que ellos puedan presentarle el diálogo a la clase.

JOSÉ   Hola, María. ¿Conoces a Juan?

MARÍA   Sí, lo **1.** _____.

JOSÉ   ¿Sabes que él dirige el proyecto cultural de nuestra clase?

MARÍA   Sí, y yo **2.** _____ el mismo proyecto en mi clase también.

JOSÉ   Como parte de tu proyecto, ¿es necesario traducir muchos artículos al inglés?

MARÍA   Pues, a veces **3.** _____ artículos de los periódicos y revistas del mundo hispánico que tratan del tema de la cultura hispana.

JOSÉ   ¿Dónde consigues estas publicaciones?

MARÍA   Por lo general, las **4.** _____ en una librería en el centro.

JOSÉ   ¿Me recoges unas revistas cuando estés en el centro?

MARÍA   ¡Cómo no! Te **5.** _____ varios diarios y revistas.

JOSÉ   Gracias, María. Hasta la vista.

MARÍA   Adiós, José. Hasta luego.

1-21 Una entrevista breve. Con un(a) compañero(a) de clase, háganse las preguntas siguientes.

1. ¿Conoces a alguien famoso? ¿A quién?
2. ¿A quién obedeces? Explica.
3. ¿Consigues mucho dinero todos los meses? ¿Cómo?
4. ¿Sigues un curso difícil o fácil en la universidad? ¿Qué curso?
5. ¿Corriges todos o algunos de los errores de tu tarea? ¿Por qué?

Heinle Grammar Tutorial:
The present indicative:
irregulars

The present indicative of irregular verbs

Some Spanish verbs are irregular in the present tense.

1. Commonly used verbs that have irregularities only in the first person singular of the present indicative:

caer:	caigo, caes, cae, caemos, caéis, caen
hacer:	hago, haces, hace, hacemos, hacéis, hacen
poner:	pongo, pones, pone, ponemos, ponéis, ponen
saber:	sé, sabes, sabe, sabemos, sabéis, saben
salir:	salgo, sales, sale, salimos, salís, salen
traer:	traigo, traes, trae, traemos, traéis, traen
valer:	valgo, vales, vale, valemos, valéis, valen
ver:	veo, ves, ve, vemos, veis, ven

2. Commonly used verbs that have irregularities in other forms in addition to the first person singular:

Hay is the impersonal form of the verb **haber.** It means *there is* or *there are.*

decir:	digo, dices, dice, decimos, decís, dicen
estar:	estoy, estás, está, estamos, estáis, están
haber:	he, has, ha, hemos, habéis, han
ir:	voy, vas, va, vamos, vais, van
oír:	oigo, oyes, oye, oímos, oís, oyen
ser:	soy, eres, es, somos, sois, son
tener:	tengo, tienes, tiene, tenemos, tenéis, tienen
venir:	vengo, vienes, viene, venimos, venís, vienen

Práctica

1-22 Una narrativa breve. Lea la siguiente narrativa breve. Luego, cuéntela sobre las personas indicadas.

Digo la verdad. Hago la tarea durante la clase y por eso no oigo bien al profesor. Estoy aquí para estudiar idiomas extranjeros, pero sé que tengo que estudiar más para tener éxito en las clases.

(ella, los estudiantes, tú, nosotros, Uds.)

1-23 Lo que hacemos o no. Use las frases siguientes para indicar si Ud. y sus amigos hacen las actividades siguientes o no. Siga el modelo.

Modelo yo / hacer la tarea en la biblioteca
Hago la tarea en la biblioteca. -o- *No hago la tarea en la biblioteca.*

1. mi amigo / poner sus libros en la mesa del profesor
2. mi amigo y yo / saber muchas palabras del español antiguo
3. yo / salir para la universidad a las ocho
4. mis amigos / traer sus cuadernos a la clase
5. mi novio(a) / ir a la conferencia *(lecture)* esta noche
6. mis amigos / oír la explicación del professor

1-24 Una descripción personal. Haga cinco oraciones descriptivas de sí mismo(a), usando los verbos de esta lista: **decir, tener, ir, oír, estar, ver, salir, ser.** Luego, compare las oraciones con las de un(a) compañero(a) de clase. ¿Cuáles de las características personales que Uds. tienen son iguales? ¿diferentes?

1-25 Una entrevista. Con un(a) compañero(a) de clase, háganse las preguntas siguientes.

1. ¿Siempre dices la verdad? ¿Por qué?
2. ¿Vienes temprano a la clase todos los días? ¿Por qué?
3. ¿Vas a la cafetería después de la clase? ¿Por qué?
4. ¿Sales ahora para la biblioteca? ¿Por qué?
5. ¿En este momento estás en la clase de historia? ¿Dónde estás?
6. ¿Sabes todas las respuestas de las actividades? ¿Por qué?
7. ¿Traes papel y lápiz a la clase? ¿Por qué?
8. ¿Eres buen(a) estudiante? Explica.

After **ser,** predicate
adjectives agree in number
and gender with the subject.
Él es francés. Ellas son
francesas.

Adjectives

A. Singular forms

1. Adjectives agree in gender and number with the nouns they modify. The singular endings are **-o** for masculine adjectives and **-a** for feminine ones.

   el muchacho american**o**   la muchacha american**a**

2. Adjectives that end in **-dor** in the masculine are made feminine by adding **-a.** Adjectives of nationality that end in a consonant are also made feminine by adding **-a.**

   un hombre trabaja**dor**   una mujer trabajador**a**
   un coche francé**s**   una bicicleta frances**a**
   el profesor españo**l**   la profesora español**a**

3. Some adjectives are the same in the masculine and feminine.

   un examen difícil   una lección difícil
   un libro interesante   una novela interesante
   el amigo ideal   la amiga ideal

B. Plural forms

1. Adjectives form their plurals the same way nouns do. An **-s** is added to adjectives that end in a vowel, and an **-es** is added to those that end in a consonant. If the adjective ends in **z**, the **z** changes to **c** and **-es** is added.

   la corbata roja   las corbatas roja**s**
   el guitarrista español   los guitarristas español**es**
   el niño feliz   los niños feli**ces**

2. If an adjective follows and modifies both a masculine and a feminine noun, the masculine plural form is used.

   Los señores y las señoras son simpáticos.
   El libro y la pluma son nuevos.

3. When an adjective precedes two nouns of different genders, it will agree with the closest noun.

   Hay muchas plumas y papeles aquí.
   Hay varios libros y fotos en la mesa.

C. Position of adjectives

There are two classes of adjectives in Spanish: limiting and descriptive.

1. Limiting adjectives include numerals, demonstratives, possessives, and interrogatives. They usually precede the noun.

   dos fiestas   la segunda lección
   algunos compañeros   mucho dinero
   ese boleto   nuestra clase

   a. Ordinal numbers may follow the noun when greater emphasis is desired.

      la lección segunda   el capítulo octavo

   b. Stressed possessive adjectives always follow the noun.

      un amigo mío *(stressed)*   unas tías nuestras *(stressed)*

2. Descriptive adjectives may either precede or follow the noun they modify.

    a. When they follow a noun, they distinguish that noun from another of the same class.

        la casa blanca   el hombre gordo
        la casa verde   el hombre flaco

    b. When they precede a noun, they denote an inherent quality of that noun, that is, a characteristic normally associated with the particular noun.

        los altos picos   un complicado sistema
        la blanca nieve

    c. Adjectives of nationality always follow the noun.

        Tiene un coche alemán.

3. Some adjectives change their meaning depending on whether they precede or follow the noun.

mi viejo amigo	mi amigo viejo
my old friend (of long standing)	*my friend who is old*
mi antiguo coche	mi coche antiguo
my previous car	*my old car*
el pobre hombre	el hombre pobre
the poor man (unfortunate)	*the poor man (impoverished)*
las grandes mujeres	las mujeres grandes
the great women	*the big women*
varios libros	libros varios
several books	*miscellaneous books*
el mismo cura	el cura mismo
the same priest	*the priest himself*
el único hombre	un hombre único
the only man	*a unique man*
medio hombre	el hombre medio
half a man	*the average man*

4. When two or more adjectives follow the noun, the conjunction **y** is generally used before the last adjective.

    gente sencilla y pobre   gente sencilla, pobre y oprimida
    simple, poor people   *simple, poor, and oppressed people*

D. Shortening of adjectives

Some adjectives are shortened when they precede certain nouns.

1. The following common adjectives drop their final **-o** before masculine singular nouns: **uno, bueno, malo, primero, tercero.**

    un hombre   el primer día
    buen tiempo   el tercer viaje
    mal ejemplo

2. Both **alguno** and **ninguno** drop their final **-o** before masculine singular nouns and add an accent on the final vowel.

Algún día llegaré a tiempo. *Someday I'll arrive on time.*
No hay ningún remedio. *There is no solution.*

3. **Santo** becomes **San** before masculine saints' names, except those beginning with **Do-** or **To-**.

San Francisco
BUT
Santo Domingo
Santo Tomás

4. **Grande** is shortened to **gran** before singular nouns of either gender.

un gran día   una gran mujer

5. **Ciento** becomes **cien** before all nouns and before **mil** *(thousand)* and **millones** *(million)*. It is not shortened before any other numeral.

cien hombres
cien mil coches
cien millones de pesos
BUT
ciento cincuenta jugadores

Práctica

1-26 El tema de la unidad. Cambie al plural las siguientes oraciones.

1. La actividad es difícil.
2. El estudiante es perezoso.
3. El verbo es reflexivo.
4. Es una lengua extranjera.
5. Es una palabra alemana.

1-27 El tema continúa. Continúe el repaso temático. Cambie las oraciones siguientes al singular.

1. Los profesores son viejos.
2. Las clases son interesantes.
3. Los jóvenes son malos estudiantes.
4. Los profesores siempre hablan de sus temas predilectos.
5. Los idiomas extranjeros son muy fáciles.

1-28 Su clase de español. Describa su clase de español y a sus compañeros de clase. Complete las oraciones siguientes con la forma correcta de un adjetivo apropiado. Luego compare sus descripciones con las de un(a) compañero(a) de clase. ¿Están de acuerdo?

1. Los estudiantes de esta clase (no) son ___.
   (inteligente / simpático / trabajador / viejo / bueno / malo / único / feliz / francés)
2. La clase (no) es ___.
   (grande / difícil / interesante / bueno / aburrido / fácil)

1-29 A describir. Escriba dos o tres oraciones que describan a la gente y las cosas siguientes usando la forma correcta de los adjetivos apropiados. Luego comparta sus descripciones con las de un(a) compañero(a) de clase. ¿Hay semejanzas? ¿diferencias?

1. un(a) viejo(a) amigo(a)
2. un(a) pariente(a) favorito(a)
3. el (la) novio(a) ideal
4. un libro que te gusta
5. la ciudad donde vives
6. la ciudad de Nueva York
7. una película que te gusta
8. tu programa predilecto de televisión
9. el presidente de los Estados Unidos
10. esta universidad

1-30 A conocernos. Para conocer mejor a un(a) compañero(a) de clase, descríbale a él (ella) cinco de sus mejores características físicas y cinco características notables de su personalidad. Su compañero(a) de clase va a hacer la misma cosa. ¿Cómo son Uds. diferentes y cómo son semejantes? Siga el modelo.

Modelo   Estudiante 1: *Yo soy alto y alegre.*
Estudiante 2: *Yo soy bajo y alegre.*
Estudiante 1: *Él no es alto sino bajo, pero él es alegre como yo.*

1-31 A adivinar. Descríbale a un(a) compañero(a) de clase, otra persona, un lugar o una cosa famosa. Añada una oración descriptiva cada minuto hasta que su compañero(a) pueda adivinar la identidad de la persona, el lugar o la cosa. Su compañero(a) va a hacer la misma actividad. Siga el modelo.

Modelo   *Es muy grande. Hay muchos edificios altos allí.*
Está en la costa Atlántica. Millones de personas viven allí.
Tiene el apodo (nickname) *de la «manzana grande». ¿Qué es?*

Ahora, su profesor(a) va a escoger a varios estudiantes para que den sus descripciones. ¿Puede Ud. adivinar lo que describen?

Heinle Grammar Tutorial:
Personal *a*

The personal *a*

A. Uses

The personal **a** is used:

1. when the direct object of the verb refers to a specific person or persons.

Él lleva a Marta al baile.	*He is taking Marta to the dance.*
Invito a tus hijas a la fiesta.	*I'm inviting your daughters to the party.*

2. when the direct object of the verb is a personified noun or a pet.

Teme a la muerte.	*He fears death.*
Busco a mi perro.	*I'm looking for my dog.*

3. with the indefinite pronouns **alguien, nadie, cada uno, alguno(a),** and **ninguno(a).**

¿Ves a alguien en la calle?	*Do you see someone (anyone) in the street?*
No veo a nadie.	*I don't see anyone.*
No conozco a ninguno.	*I don't know any (of them).*

4. with **¿quién(es)?** when the expected answer would require a personal **a.**

¿A quién ve Paco?	*Whom does Paco see?*
Ve a su mamá.	*He sees his mother.*

B. Exceptions

1. There is a tendency to omit the personal **a** before collective nouns.

Conozco la familia.	*I know the family.*

2. The personal **a** usually is not used after **tener.**

Tengo algunos amigos cubanos.	*I have some Cuban friends.*

Note that the personal **a** contracts with **el** to form **al.**

Práctica

1-32 La *a* personal. Complete las oraciones siguientes con la **a** personal cuando sea necesario.

1. Llama ____ su hija por teléfono.
2. Ellos tienen ____ muchos primos en España.
3. Tratan de encontrar ____ unos libros distintos.
4. Invito ____ los jóvenes al baile.
5. Espero ____ el autobús para ir a la universidad.
6. Paco mira ____ su profesor.
7. Encuentro ____ mis amigas en el café.
8. Ellas oyen ____ su música predilecta.
9. Susana visita ____ la casa de su abuela todos los días.
10. Veo ____ mis tíos en la tienda.

1-33 Más práctica con la *a* personal. Complete las oraciones siguientes con la **a** personal cuando sea necesario.

1. Busco una casa. (un libro / un amigo / un profesor / un lápiz / unas chicas / unos papeles)
2. Miramos las fotografías. (nuestros padres / la televisión / las mujeres / el presidente / la ventana)

 1-34 Pidiendo información. Hágale las siguientes preguntas a un(a) compañero(a) de clase.

1. whether he/she has many friends
2. whether he/she writes to her/his friends often
3. whether he/she knows someone who speaks Spanish well
4. whether he/she sees many movies
5. whether he/she visits her/his relatives on weekends

🌐 For more practice of vocabulary and structures, go to the book companion website at **www.cengagebrain.com**

Review nouns and articles.

Antes de empezar la última parte de esta **unidad,** es importante repasar el vocabulario nuevo y la estructura y hacer las actividades que siguen.

1-35 La tesis de Sara. Complete el párrafo con las formas correctas del artículo indefinido.

Sara es **1.** ____ estudiante universitaria que está escribiendo **2.** ____ tesis sobre *San Manuel Bueno, mártir.* Esta novela fue escrita por Miguel de Unamuno, **3.** ____ gran escritor y filosófo español. Se trata de Manuel Bueno, **4.** ____ cura que finge **5.** ____ fe que no tiene y por lo tanto, su vida es **6.** ____ contradicción. Este conflicto existencial — **7.** ____ drama interior— es **8.** ____ tema preferido de Unamuno.

Review the present tense of regular, stem-changing, and spelling-change verbs, and the personal **a.**

1-36 A construir oraciones. Haga oraciones con las palabras siguientes, en el orden indicado. Haga todos los cambios necesarios para hacer una oración correcta. Puede añadir los elementos (artículos, preposiciones, etcétera) que sean necesarios para completar el sentido de la oración. Luego, compare sus oraciones con las de otro(a) compañero(a) de clase. ¿Están de acuerdo?

1. Ramón / no / querer / ir / clase / hoy
2. Elena / preferir / distraer / profesor
3. todos / deber / escuchar / explicación / profesor
4. profesor / hablar / influencias / extranjero / sobre / español
5. lengua / español / tener / alguno / palabras / alemán
6. árabes / aportar / mucho / palabras / lengua / español / moderno
7. yo / conocer / bien / influencia / latín / sobre / español
8. estudiantes / discutir / ejercicios / aunque / tener / sueño

1-37 Lo que hacemos en ciertas situaciones. Con un(a) compañero(a) de clase, cuéntense lo que hacen en los lugares siguientes.

Modelo en su cuarto
Ud.: *Yo duermo en mi cuarto.*
Su compañero(a): *Yo estudio en mi cuarto.*

Review the present tense of regular, stem-changing, spelling-change, and irregular verbs.

1. en la cafetería
2. en la clase de español
3. en el parque
4. en la biblioteca
5. en el teatro
6. en el cine
7. en el centro
8. en la iglesia
9. en el museo
10. en el gimnasio
11. en el estadio
12. en la playa

Communication strategies

When you want to converse in Spanish, there are various strategies that can enhance your ability to communicate clearly. Used on a regular basis, these strategies can help you to understand the speaker's message and to respond meaningfully to what is said. They can also provide you with techniques to initiate, maintain, and end conversations. Some basic strategies for communication will be presented in this and subsequent units of the text. Whenever possible, try to use them along with what you already know about communicating in your own language and about human interaction in general.

Nonverbal communication

A great deal of meaning is conveyed to the listener through facial expressions, gestures, and body language. These nonverbal clues will often tell you whether the speaker is sad, happy, angry, content, tired, bored, etc. Certain gestures will tell you whether the speaker understands what you are saying; others will indicate whether the speaker is hungry, thirsty, on the point of leaving, saying good-bye, etc. Be aware of these signs, as they will help you better understand the meaning of the message that the speaker is trying to convey.

 1-38 Situación. Con un(a) compañero(a) de clase, preparen un diálogo utilizando unas de las ideas mencionadas sobre la comunicación no verbal. Había un examen en la clase de español hoy. Usted y su compañero(a) terminan el examen y salen de la clase. Su compañero(a) parece muy desanimado(a) pero Ud. está muy alegre. Ustedes se explican el uno al otro por qué se sienten así.

Descripción y expansión

Esta unidad empezó en una clase de español con un grupo de estudiantes que no quería estudiar los verbos reflexivos. En esta página hay un dibujo de otra clase más o menos típica de cualquier escuela o universidad. Estudie el dibujo y después haga las actividades.

1-39 ¿Qué hay en la clase? Identifique todos los objetos que se pueden ver en el dibujo de la página 23.

> **Modelo** *Hay un escritorio en la clase.*

1-40 ¿Qué pasa en la clase? Describa lo que pasa en la clase del dibujo en la página 23.

1-41 Más preguntas. Conteste las siguientes preguntas.

a. ¿En qué clase estamos?
b. ¿Qué península podemos ver?
c. ¿Qué países están en esta península?
d. ¿Dónde está Madrid?
e. ¿Por qué es importante la ciudad de Madrid?
f. ¿Es España un país grande o pequeño? ¿y Portugal?
g. ¿Quiere Ud. visitar España? ¿Por qué?

1-42 Opiniones. En grupos de tres personas contesten la pregunta siguiente. Cada grupo de la clase debe hacer una lista de las ventajas y desventajas de saber un idioma extranjero. Luego hagan una lista de lo que es difícil y lo que es fácil al aprender otro idioma. Compartan sus listas con las de los otros grupos para ver si sus opiniones son iguales o diferentes a las de los otros estudiantes.

¿Cuál es su opinión respecto al estudio de los idiomas extranjeros?

Heinle, Cengage Learning 2013

Listening for the main idea

The main idea tells you what the narrative is about; it is the most important piece of information the narrator wants you to know. To listen for the main idea, pay close attention to the first statement because many times the main idea is stated at the beginning. Also listen for words that are repeated; these usually point to the main idea.

Track 3 ◀))) **¿Catalán o castellano?**

¿Sabe Ud. que se hablan cuatro lenguas en España? Se habla gallego en Galicia en el noroeste del país, vascuence en los Países Vascos en el norte y catalán en Cataluña en el noreste. Sin embargo, la lengua oficial de España es el castellano (español). A veces esta variedad de lenguas puede causar un conflicto lingüístico porque una persona que puede hablar más de dos lenguas no sabe cuál de las lenguas debe usar. Escuche la situación siguiente y complete las actividades.

Los padres de Mari-Carmen están en Barcelona: don Carlos, por asuntos de negocios, y doña Celinda lo acompaña. Todos los días pasan un rato con Mari-Carmen, su única hija, que estudia arquitectura en la Universidad de Barcelona. Doña Celinda y su hija se han encontrado en la Plaza de Cataluña, y están en la cafetería de El Corte Inglés.

Tor Eigeland/Alamy

La Plaza de Cataluña es un lugar muy popular en Barcelona. ¿Cómo es y qué hace la gente?

1-43 Información. Primero, ¿son **verdaderas** (V) o **falsas** (F) las siguientes oraciones?

    a. En Sevilla vive doña Celinda. ___

    b. En España solo se habla español. ___

    c. A doña Celinda le gusta que le hablen en catalán. ___

    d. La madre y la hija están en una cafetería. ___

    e. Mari-Carmen tiene tres hermanas. ___

Segundo, complete las siguientes oraciones.

    a. La Plaza de Cataluña está _____.

    b. En Barcelona se habla _____.

    c. Don Carlos está en Barcelona por _____.

1-44 Conversación. Con dos o tres estudiantes debatan los aspectos positivos, o negativos, del bilingüismo. Un estudiante puede mantener la posición de la mamá, otro la de Mari-Carmen y un tercero la de un hispanohablante en los Estados Unidos de hoy.

1-45 Situaciones. Con un(a) compañero(a) de clase, preparen un diálogo que corresponda a una de las situaciones siguientes. Utilicen gestos mientras estén hablando para indicarle a la otra persona que Ud. es una persona alegre y simpática, o que a Ud. le gusta mucho la otra persona.

Nuevos amigos. *Un(a) estudiante se encuentra con otro(a) estudiante en el pasillo (hallway). No se conocen. Empiezan a hablar. Cada estudiante quiere saber de dónde es el (la) otro(a), por qué está en esta universidad, qué estudia y las razones por las que estudia español. Luego tienen que ir a clase, pero antes de salir deciden reunirse después de la clase para tomar un café.*

La clase de español. *Dos estudiantes van a la clase de español. Mientras caminan hablan de la clase. A la chica no le gusta y explica sus razones. Al chico le gusta mucho la clase y le da a la chica una lista de razones de por qué opina así. Él no puede convencerla, pero ella dice que a pesar de todo, ella piensa que es importante aprender a comunicarse en español porque tanta gente en los Estados Unidos habla español hoy en día.*

Track 4 **1-46 Ejercicio de comprensión.** Ud. va a escuchar dos comentarios breves sobre los idiomas extranjeros. Después de cada comentario, va a escuchar dos oraciones. Indique si la oración es **verdadera** (V) o **falsa** (F), trazando un círculo alrededor de la letra que corresponda a la respuesta correcta.

Primer comentario	**Segundo comentario**
1. V F	**3.** V F
2. V F	**4.** V F

Ahora escriba una cosa que Ud. aprendió al oír el comentario que no sabía antes. Luego escriba un título para cada uno de los dos comentarios que refleje el contenido de ellos. Compare los títulos con los de otros estudiantes. En su opinión, ¿cuáles son los mejores títulos?

Hay tres pasos en esta actividad. **Primer paso:** Dividan la clase en grupos de tres personas. Lean la introducción a la discusión. **Segundo paso:** Cada miembro del grupo tiene que observar los temas y escoger la letra de la posibilidad que corresponda a su opinión. **Tercer paso:** Después, comparen sus respuestas. El (La) profesor(a) va a escribir las letras en la pizarra para ver cuáles de las opiniones dominan. Estén preparados para explicar su opinión.

 1-47 Discusión: lenguas e influencias extranjeras. El Departamento de Lenguas Extranjeras está conduciendo una encuesta sobre lenguas e influencias extranjeras. Indique sus reacciones ante las siguientes ideas y explique por qué piensa así. Después, compare sus reacciones con las de sus compañeros de clase.

1. Cuando uno habla inglés, español u otro idioma, debe...
   a. usar cualquier palabra extranjera que quiera.
   b. rechazar completamente el uso de palabras extranjeras.
   c. usar solo palabras extranjeras que no tienen equivalente en su lengua.

2. El uso de palabras extranjeras...
   a. contamina el idioma.
   b. enriquece el idioma.
   c. no tiene ninguna importancia.

3. La influencia del inglés sobre otros idiomas es...
   a. buena porque el inglés debe ser el idioma dominante en el mundo.
   b. útil porque presta palabras nuevas que son necesarias.
   c. mala porque destruye la individualidad de los otros idiomas.

4. Una lengua debe...
   a. mantenerse fija e invariable.
   b. aceptar palabras nuevas, pero mantener su estructura fundamental.
   c. adaptarse y evolucionar con el tiempo, incluso en su gramática.

5. Los hablantes de cada idioma deben...
   a. reconocer un dialecto oficial y rechazar otros dialectos.
   b. aceptar todos los dialectos, pero usar solo uno en la lengua escrita.
   c. aceptar todos los dialectos.

6. En el mundo moderno...
   a. se necesita una lengua universal.
   b. todos deben aprender lenguas extranjeras.
   c. no es necesario tener una lengua universal ni aprender otras lenguas porque hay traductores e intérpretes.

1-48 Temas de conversación o de composición

1. ¿Sabe Ud. si hoy día el idioma inglés tiene alguna influencia sobre el español? ¿sobre otros idiomas? ¿Por qué?
2. ¿Sabe Ud. si el inglés contiene palabras que vienen del español? Dé algunos ejemplos. (Si necesita inspirarse, puede mirar un mapa de los Estados Unidos.)
3. ¿Qué otras lenguas aportan palabras o expresiones al inglés? Dé algunos ejemplos.

Una de las manifestaciones culturales de un pueblo es la música. Por lo general, la música refleja las diversas influencias étnicas que formaron la identidad de una nación o una comunidad. Hay tantos estilos de música como hay diversidad de tradiciones. Una tradición es la celta. Cuando Ud. piensa en la música celta, ¿qué imágenes le vienen a la mente? ¿Qué instrumentos y qué países asocia con la música celta?

Lectura

Las gaitas y los gaiteros de España

La gaita[1] es un instrumento de viento muy antiguo que consiste en uno o más tubos insertados en una bolsa llamada odre. Hay muchos tipos de gaitas pero todas comparten un sonido particular, continuo y melódico. Aunque el origen de la gaita no se ha podido establecer, este instrumento es sin duda alguna el instrumento emblemático de la cultura celta.

Susana Seivane (nacida en España en 1976) toca la gaita gallega desde muy pequeña. Esta reconocida gaitera combina la música tradicional con sonidos modernos.

La cultura celta se asocia con partes de las Islas Británicas, la Bretaña en Francia y las regiones noreste de España como Galicia y Asturias. Estudiosos[2] debaten «el celtismo» de algunas regiones, y muchos creen que el término «música celta» es una etiqueta[3] comercial. Sin embargo, la mayoría de gallegos y asturianos se identifican con la cultura celta; el celtismo forma parte esencial de su identidad cultural. Y la música celta se exhibe en importantes festivales, entre ellos, el Festival del Mundo Celta de Ortigueira en Galicia, España.

El celtismo en el noreste de España resurgió[4] la gaita, un instrumento que hace unas décadas se consideraba instrumento folclórico e inferior, tocado por los viejos en festivales o en bares. Hoy en día, la imagen de la gaita está cambiando y cada vez más hay más jóvenes gaiteros[5]. La banda asturiana «La Reina del Truébano», por ejemplo, está compuesta de veinte jóvenes gaiteros, ganadores del primer premio[6] en el festival Saint Patrick de Dublín, Irlanda, en 2011. «Yo aspiro a que... cada casa asturiana tenga una gaita» dice Luis Feito, director de la banda.

De Asturias también proviene[7] el célebre gaitero José Ángel Hevia Velasco, conocido simplemente por Hevia. Hevia (nacido en 1967) no solo ha vendido tres millones de discos y ha actuado en 40 países, sino que también ha inventado —junto con Alberto Arias y Miguel Dopico— la gaita midi, un instrumento electrónico que no necesita soplarse[8]. Como muchos gaiteros contemporáneos, Hevia fusiona sonidos tradicionales con ritmos de la música popular moderna.

[1] bagpipe; [2] Scholars; [3] label; [4] reemerged; [5] bagpipers; [6] prize; [7] comes; [8] to be blown

No se puede hablar de los gaiteros españoles sin mencionar a Carlos Nuñez, considerado como uno de los mejores gaiteros del mundo. Nuñez nació en Vigo, Galicia, en 1971 y comenzó a tocar la gaita a los ocho años. De joven, colaboró con el conjunto irlandés The Chieftains hasta que se dio a conocer como el séptimo Chieftain. Nuñez, con base en la música celta, fusiona géneros de música, enlazando[9] así culturas. Explica el artista: «[La gaita] tiene un carácter tan suma-

Una banda de gaitas toca en Oveido, Asturias.

mente cosmopolita que ha unido a pueblos que están lejos geográficamente pero que se sienten muy cerca en lo sentimental y en lo cultural».

[9] connecting

1-49 Preguntas. Conteste las siguientes preguntas.

1. ¿Qué es una gaita? ¿De qué cultura es emblemática?
2. ¿Cuáles son algunas regiones de España en donde se toca la gaita?
3. ¿Cómo ha cambiado la imagen de la gaita? ¿Cuál ha sido el resultado?
4. ¿Por qué es famoso Hevia? ¿Por qué es famoso Carlos Nuñez?

1-50 Discusión. Comente estas preguntas con dos o tres compañeros.

1. Antes de leer el ensayo, ¿con qué estilo de música asociaba Ud. España?
2. Después de leer el ensayo, ¿qué aprendió Ud.?
3. ¿Qué piensa de la música celta? ¿Conoce a algún conjunto que toque celta fusión (música celta mezclada con rock, metálica, hip hop, etcétera)?
4. ¿Está de acuerdo con Carlos Nuñez, que la gaita tiene un carácter cosmopolita que une a diversos pueblos? Explique.

1-51 Proyecto. Cree un *mashup* de música celta de España. Si quiere, siga estas instrucciones.

1. Un *mashup*, o remezcla, es el producto de dos o más piezas. Estas pueden ser una combinación de música (audio), videos, letras *(lyrics)* de canciones o fotos.
2. Busque en Internet los artistas mencionados en el ensayo: Susana Sevaine, La Reina del Truébano, Hevia, Carlos Nuñez.
3. Seleccione las piezas para el *mashup*. Puede usar programas gratuitos como Masher o el programa de editar video de su computadora.
4. Copie partes de varias canciones y combínelas para crear algo nuevo.

Orígenes de la cultura hispánica: América

En el Valle de México está Teotihuacán. Fue el centro urbano más grande del continente americano entre 100 a.C. y 650 d.C.

En contexto

El día siguiente en mi clase de cultura hispánica

Estructura

- The imperfect tense
- The preterite tense of regular verbs
- The preterite tense of irregular verbs
- Uses of the imperfect and the preterite
- Direct object pronouns
- The reflexive verbs and pronouns

Repaso

🌐 www.cengagebrain.com

A conversar

Language functions
Verbal communication

A escuchar

Taking notes

Intercambios

Astrología, magia y ciencia

Investigación y presentación

El barrio chino de Lima

29

Vocabulario activo

Verbos

comentar *to discuss*
encantar *to delight, enchant*
   le encanta *he/she loves (something)*
reemplazar *to replace*

Sustantivos

el asunto *matter*
el cacao *chocolate*
el comestible *food, foodstuff*
el huracán *hurricane*
el maíz *corn, maize*
la papa *potato*
el préstamo *loan*
el remedio *solution*

Adjetivos

culto(a) *cultured, refined*
escolástico(a) *scholastic*
indígena *indigenous; Indian*
poderoso(a) *powerful*
próximo(a) *next*
tecnológico(a) *technological*

Otras expresiones

claro (que) *of course*
eso de *the matter of*
lo que *what*
no les quedó más remedio *they had no
   other solution*
quedarle a uno *to have left*
¡Qué lástima! *What a shame!*

2-1 Para practicar. Complete el párrafo siguiente con palabras escogidas de la sección **Vocabulario activo.** No es necesario usar todas las palabras.

A la mujer le **1.** _____ cocinar. Tiene que ir al mercado para comprar algunos **2.** _____ antes de preparar la cena. No tiene dinero y por eso le pide un **3.** _____ a su vecina. A ella no le **4.** _____. En el mercado compra el **5.** _____ para hacer una torta especial. También compra algunas **6.** _____ para asar y el **7.** _____ para hacer tortillas. Quiere hacer una salsa especial para las tortillas, pero el mercado no tiene **8.** _____ necesita para hacerla. Vuelve a casa y llama a su amiga para invitarla a cenar. Su amiga le dice que el meteorólogo acaba de anunciar que habrá un **9.** _____ **10.** _____ esa noche por la costa. Ella no quiere salir de su casa. Ellas deciden tener la cena la **11.** _____ noche. **12.** ¡ _____!

Track 5 🔊 **2-2 El día siguiente en mi clase de cultura hispánica.** Antes de leer el diálogo, escúchelo con el libro cerrado. ¿Cuánto comprendió?

RAMÓN   Todavía no he podido estudiar[1] los verbos reflexivos. ¿Y tú?

ELENA   No. Tenemos que distraer al profesor de nuevo. Tú le puedes hacer la pregunta esta vez.

RAMÓN   Bien. Creo que se la voy a hacer sobre el mismo asunto. La última vez habló toda una hora acerca de las influencias extranjeras sobre el español. Le encantó ese tema. Mira, ya está aquí.

---

[1] no he podido estudiar *have not been able to study*

PROF.	Buenos días. Hoy vamos a analizar los verbos reflexivos. Ah, sí, Ramón, ¿tienes una pregunta?
RAMÓN	En la clase anterior estábamos comentando eso de las influencias extranjeras. Su discusión fue muy interesante, pero solamente llegó hasta los moros. ¿No hubo otras influencias?
PROF.	Claro que hubo otras.
RAMÓN	¿Cuáles fueron? Hubo influencia de los indígenas americanos, ¿no?
PROF.	Sí, los españoles tomaron muchas palabras, o lo que llamamos préstamos, de las lenguas indígenas, especialmente del náhuatl y del quechua.[1]
RAMÓN	¿Por qué?
PROF.	Pues, los españoles encontraron en América muchos animales y plantas desconocidos. Naturalmente, el español no tenía nombres para estas cosas. No les quedó más remedio que incorporar al idioma las palabras que empleaban los indígenas.
ELENA	¿Cuáles son algunos de los préstamos?
PROF.	Bueno, entre los comestibles la batata[2], la papa, el maíz, el chocolate, el tomate y el cacao. Como puedes ver, algunas de estas palabras después pasaron del español al inglés.
RAMÓN	¿Solo nombres de comestibles?
PROF.	No, otros también como huracán, hule[3], hamaca[4] y nombres de animales como el puma, el caimán[5], el cóndor y el tiburón[6]. La mayoría de estos préstamos se refieren a cosas de la naturaleza. Bueno, y ahora volvamos a los verbos…
ELENA	Pero, ¿y después de la influencia indígena?
PROF.	Después hubo influencia del francés[2] en el siglo XVIII, cuando Francia era[7] un país muy poderoso en Europa. También el inglés ha influido mucho[3] en el siglo XX, especialmente en el vocabulario tecnológico. Pero debemos volver a la lección.
RAMÓN	Ya no queda tiempo, profesor.
PROF.	Ah, ¡qué lástima! Ahora ya no pueden hacer preguntas sobre los verbos reflexivos. Aparecen en el examen que vamos a tener al principio de la próxima clase.
ELENA	*(a Ramón)* ¡Ay, Dios mío! ¿Qué hacemos ahora, Ramón?

---

[2] la batata *sweet potato*   [3] hule *rubber*   [4] hamaca *hammock*   [5] el caimán *alligator*
[6] el tiburón *shark*   [7] era *was*

Notas culturales

[1] ***del náhuatl y del quechua:*** *El náhuatl es el idioma de los aztecas; el quechua es el de los incas. Estas lenguas todavía se hablan en los países donde hay grandes concentraciones de población indígena: México, Guatemala, el Perú, Bolivia y el Ecuador.*

[2] ***influencia del francés:*** *En el siglo XVIII, Francia llegó a dominar la cultura europea. El francés influyó en el español de la época, especialmente en el lenguaje culto, escolástico y gubernamental. Esta influencia se limitó a la introducción de galicismos (palabras y frases francesas) que reemplazaron palabras y frases que venían usándose en español. Más tarde hubo una reacción en contra de esta tendencia.*

[3] ***También el inglés ha influido mucho:*** *En los siglos XIX y XX, el poder económico y político de Inglaterra primero, y de los Estados Unidos después, facilitó la introducción de anglicismos en casi todas las lenguas del mundo.*

 2-3 Actividad cultural. En el diálogo y en las **Notas culturales** se habla de las lenguas extranjeras y la influencia que estas lenguas tienen sobre algunas de las otras. Para ver si Ud. ha entendido esta información, conteste estas preguntas. Después, compare sus respuestas con las de otro(a) estudiante.

1. ¿De qué lenguas indígenas tomaron palabras los españoles?
2. ¿Qué son los préstamos?
3. ¿Por qué necesitaban tomar palabras de esas lenguas?
4. ¿Cuáles son algunos de los préstamos?
5. ¿Qué otras lenguas han influido en el español moderno?

2-4 Comprensión. Conteste las siguientes preguntas.

1. ¿Por qué tienen que hacer otra pregunta los alumnos?
2. ¿Quién la va a hacer esta vez?
3. ¿Sobre qué tema es la pregunta?
4. ¿Le gusta al profesor el tema de las influencias extranjeras?
5. ¿Hasta dónde llegó el profesor en la clase anterior?
6. ¿De qué influencias habla el profesor hoy?
7. ¿Por qué no terminaron la clase?
8. ¿Sobre qué va a ser el examen de la próxima clase?

2-5 Opiniones. Conteste las siguientes preguntas.

1. En su opinión, ¿cuál de estas dos civilizaciones indígenas es más interesante: la de los aztecas o la de los incas? ¿Por qué?
2. ¿Quiere saber más acerca de las civilizaciones e idiomas indígenas de las Américas? ¿Por qué?
3. ¿Cuál de los comestibles indígenas le gusta más a Ud.?
4. ¿Le encanta a Ud. estudiar las influencias extranjeras sobre el español? ¿Por qué?
5. ¿Cree que el estudio de un idioma extranjero le ayuda a entender mejor su propio idioma? ¿Por qué?
6. ¿Por qué cree que es esencial estudiar los verbos de un idioma?

The imperfect tense

Heinle Grammar Tutorial:
The imperfect tense

A. Regular verbs

The imperfect tense is formed by dropping the infinitive endings and adding the following endings to the stem: **-aba, -abas, -aba, -ábamos, -abais,** and **-aban** for **-ar** verbs; **ía, -ías, -ía, -íamos, -íais,** and **-ían** for **-er** and **-ir** verbs.

llamar *to call*		comer *to eat*		vivir *to live*	
llamaba	llamábamos	comía	comíamos	vivía	vivíamos
llamabas	llamabais	comías	comíais	vivías	vivíais
llamaba	llamaban	comía	comían	vivía	vivían

B. Irregular verbs

Only three verbs are irregular in the imperfect.

ir: iba, ibas, iba, íbamos, ibais, iban
ser: era, eras, era, éramos, erais, eran
ver: veía, veías, veía, veíamos, veíais, veían

The imperfect tense has the following English equivalents:

Tú llamabas $\begin{cases} \textit{You called} \\ \textit{You used to call} \\ \textit{You were calling} \end{cases}$

Práctica

2-6 Una narrativa breve. Lea esta narrativa breve, y después cuéntela sobre las personas indicadas. Luego, describa lo que hacían estas personas durante un día típico.

En la clase yo comentaba siempre las influencias indígenas sobre el vocabulario del español. También aprendía a analizar los verbos reflexivos con frecuencia. Todas las noches iba a la biblioteca para hacer la tarea de la clase. Yo era un buen estudiante. Muchas veces veía a los amigos allá y hablaba con ellos.

(ellas, tú, nosotros, Juana, los estudiantes, Uds.)

2-7 El Nuevo Mundo. Complete esta breve historia con la forma correcta del imperfecto de los verbos entre paréntesis. Luego, describa el tema de esta narrativa con ejemplos.

Las civilizaciones indígenas (ser) **1.** _____ muy interesantes, especialmente las de los indígenas que (vivir) **2.** _____ en el altiplano del Perú durante el tiempo del encuentro con los españoles en el Nuevo Mundo. Los conquistadores (ver) **3.** _____ cosas nuevas todos los días, incluso varias plantas que (ser) **4.** _____ desconocidas en España. Los indígenas (comer) **5.** _____ con frecuencia papas, batatas, maíz y cacao como parte de su dieta diaria. **6.** (Haber) _____ muchos tipos de nuevos comestibles.

2-8 Una entrevista. Con un(a) compañero(a) de clase pregúntense las cosas siguientes, para saber más de lo que Uds. hacían durante su niñez. Comparen las respuestas para ver qué actividades tenían en común.

1. ¿Dónde vivías en tu niñez?
2. ¿Dónde vivías cuando asistías a la escuela secundaria?
3. ¿Estudiabas español cuando estabas en la escuela secundaria, antes de venir a la universidad?
4. ¿Eras un(a) buen(a) o mal(a) estudiante?
5. ¿Cuál era tu pasatiempo favorito?
6. ¿Qué hacías en los fines de semana?
7. ¿Ibas a la biblioteca o te quedabas en casa para estudiar?
8. Cuando eras muy joven, ¿qué querías ser al graduarte de la universidad?

2-9 Su niñez. Dígale a un(a) compañero(a) de clase tres cosas que Ud. hacía todos los veranos en su niñez. Luego, escuche mientras su compañero(a) hace lo mismo. Termine haciendo un resumen de sus experiencias para ver cuáles de estas eran parecidas *(similar)* y cuáles eran diferentes.

Modelo Ud.: *Yo iba a la playa todos los veranos cuando era pequeño(a).*
Su compañero(a) de clase: *Yo iba a la playa también.*
–o–
Su compañero(a) de clase: *Yo no iba a la playa. Yo iba a las montañas.*

Ahora, su profesor(a) va a conducir una encuesta para saber la actividad del verano en la cual la mayoría de los estudiantes participaba.

Heinle Grammar Tutorial:
The preterite tense

The preterite tense of regular verbs

The preterite tense of regular verbs is formed by dropping the infinitive endings and adding the following endings to the stem: **-é, -aste, -ó, -amos, -asteis,** and **-aron** for **-ar** verbs; **-í, -iste, -ió, -imos, -isteis,** and **-ieron** for **-er** and **-ir** verbs.

escuchar *to listen to*		comer *to eat*		salir *to leave*	
escuché	escuchamos	comí	comimos	salí	salimos
escuchaste	escuchasteis	comiste	comisteis	saliste	salisteis
escuchó	escucharon	comió	comieron	salió	salieron

Práctica

2-10 Una narrativa breve. Lea esta breve narrativa, y después cuéntela acerca de las personas indicadas.

Escuché su conferencia acerca de las influencias extranjeras sobre el español con mucho interés. Después salí con unos amigos para comer en un café y discutir el asunto. Comí una variedad de cosas de origen indígena, como papas fritas con salsa de tomate y una taza (cup) *de chocolate. Pasé una noche muy agradable* (pleasant) *con buenos amigos, comida deliciosa y conversación animada* (lively).

(Elena y yo, tú, mi hermano, Tomás y Luisa, Ud.)

2-11 Las actividades de ayer. Diga lo que hicieron las personas siguientes ayer.

> **Modelo** mi padre / comprar un coche nuevo
> *Mi padre compró un coche nuevo ayer.*

1. el joven / escribir una carta
2. tú / perder tus libros
3. los estudiantes / asistir a la clase de historia
4. las muchachas / hablar con el profesor
5. mi hermana / trabajar en la biblioteca
6. mi amigo y yo / salir de casa
7. yo / escuchar música en la radio

 2-12 Anoche. Con un(a) compañero(a) de clase háganse las preguntas siguientes para saber lo que él (ella) hizo anoche. Si Uds. no hicieron ninguna de las cosas indicadas, díganse lo que hicieron en realidad.

> **Modelo** Ud.: *¿Almorzaste en casa o en la cafetería anoche?*
> Su compañero(a) de clase: *No almorcé ni en casa ni en la cafetería.*
> *Almorcé en un café cerca de la universidad.*

1. ¿Asististe a una conferencia anoche o fuiste al cine?
2. ¿Saliste después con unos amigos para comer algo o decidiste ir a la biblioteca para estudiar?
3. ¿Volviste tarde o temprano a casa?
4. Al llegar a casa, ¿miraste un programa de televisión o te acostaste?
5. Antes de acostarte anoche, ¿preparaste la lección o le escribiste una carta a tu novio(a)?

Ahora, hagan un resumen *(summary)* de sus respuestas y compártanlo con la clase. ¿Cuántos de sus compañeros de clase hicieron cosas semejantes? ¿diferentes?

2-13 Antes de la clase. Usando algunos de los verbos siguientes, dígale a su compañero(a) de clase cinco cosas que Ud. hizo antes de venir a clase hoy. Él (Ella) va a decirle lo que él (ella) hizo también.

escuchar	hablar	nadar
trabajar	cantar	escribir
comprar	descansar	visitar
comer	llamar	comentar

Heinle Grammar Tutorial:
The preterite tense

The preterite tense of irregular verbs

1. Ir and **ser** have the same forms in the preterite tense.

ir *to go* / **ser** *to be*

fui	fuimos
fuiste	fuisteis
fue	fueron

Paula **fue** a clase anoche.
*Paula **went** to class last night.*

Fue una clase interesante.
It was an interesting class.

2. **Dar** and **ver** are also irregular in the preterite.

dar: di, diste, dio
dimos, disteis, dieron

ver: vi, viste, vio
vimos, visteis, vieron

3. Irregular verbs with the **u** change in the stem:

andar: anduve, anduviste, anduvo
anduvimos, anduvisteis, anduvieron

estar: estuve, estuviste, estuvo
estuvimos, estuvisteis, estuvieron

haber: hube, hubiste, hubo
hubimos, hubisteis, hubieron

poder: pude, pudiste, pudo
pudimos, pudisteis, pudieron

poner: puse, pusiste, puso
pusimos, pusisteis, pusieron

saber: supe, supiste, supo
supimos, supisteis, supieron

tener: tuve, tuviste, tuvo
tuvimos, tuvisteis, tuvieron

4. Irregular verbs with the **i** change in the stem:

hacer: hice, hiciste, hizo
hicimos, hicisteis, hicieron

querer: quise, quisiste, quiso
quisimos, quisisteis, quisieron

venir: vine, viniste, vino
vinimos, vinisteis, vinieron

5. Irregular verbs with the **j** change in the stem:

decir: dije, dijiste, dijo
dijimos, dijisteis, dijeron

producir: produje, produjiste, produjo
produjimos, produjisteis, produjeron

traer: traje, trajiste, trajo
trajimos, trajisteis, trajeron

Other verbs ending in **-ducir**
conjugated like **producir:**
conducir, traducir

Note that the verbs in items 3 and 4 above have the same irregular preterite endings. The verbs in item 5 also have the same irregular endings in all forms of the preterite with the exception of third person plural, which is **-eron,** not **-ieron.**

A. Spelling-change verbs

1. Verbs ending in **-car, -gar,** and **-zar** make the following changes in the first person singular of the preterite:

-car:	**c** to **qu**
-gar:	**g** to **gu**
-zar:	**z** to **c**
buscar:	busqué, buscaste, buscó, buscamos, buscasteis, buscaron
llegar:	llegué, llegaste, llegó, llegamos, llegasteis, llegaron
empezar:	empecé, empezaste, empezó, empezamos, empezasteis, empezaron

2. Certain **-er** and **-ir** verbs change **i** to **y** in the third person singular and plural. Note the accents.

caer:	caí, caíste, cayó
	caímos, caísteis, cayeron
creer:	creí, creíste, creyó
	creímos, creísteis, creyeron
leer:	leí, leíste, leyó
	leímos, leísteis, leyeron
oír:	oí, oíste, oyó
	oímos, oísteis, oyeron

B. Stem-changing verbs

1. Stem-changing **-ir** verbs that change **e** to **ie** or **o** to **ue** in the present tense change **e** to **i** and **o** to **u** in the third person singular and plural forms of the preterite.

preferir		dormir	
preferí	preferimos	dormí	dormimos
preferiste	preferisteis	dormiste	dormisteis
prefirió	prefirieron	durmió	durmieron

2. Stem-changing **-ir** verbs that change **e** to **i** in the present tense also change **e** to **i** in the third person singular and plural of the preterite.

repetir		pedir	
repetí	repetimos	pedí	pedimos
repetiste	repetisteis	pediste	pedisteis
repitió	repitieron	pidió	pidieron

3. The majority of **-ar** and **-er** stem-changing verbs in the present tense are regular in the preterite.

Práctica

2-14 Una narrativa breve. Lea la narrativa que sigue, y después cuéntela acerca de las personas indicadas. Luego, explique dónde pasó la acción y cuándo durante el día.

Llegamos a Buenos Aires anoche. Buscamos un hotel en el centro. Después de comer, fuimos a un club nocturno (nightclub) *donde oímos discos de ritmos latinoamericanos. Tuvimos que volver al hotel a la medianoche. Al entrar al hotel, le dijimos al empleado que nos despertara* (to wake us up) *temprano por la mañana.*

(yo, los profesores, tú, Francisco)

2-15 Transformación. Cambie los verbos en las oraciones siguientes a la primera persona singular del pretérito.

1. Tocamos la trompeta.
2. Pagamos la cuenta en la tienda.
3. Comenzamos a trabajar a las siete.
4. Jugamos al tenis el sábado.
5. Le dedicamos este poema a la profesora.
6. Reemplazamos los libros viejos de español.

2-16 El viaje de Carmen. Complete este cuento sobre un viaje que Carmen hizo a México, usando la forma correcta del pretérito de los verbos entre paréntesis.

Carmen (hacer) **1.** _____ un viaje a México la semana pasada. Al llegar a la aduana no (poder) **2.** _____ abrir las maletas porque su madre no le (poner) **3.** _____ las llaves en su mochila. Ella (tener) **4.** _____ que romper los candados *(locks)* y luego los funcionarios de la aduana le (permitir) **5.** _____ entrar al país. Su amigo Raúl (ir) **6.** _____ al aeropuerto para llevarla a la casa de su familia. Por un instante ella (sentirse) **7.** _____ muy nerviosa pero al conocer a los padres de Raúl ella (darse) **8.** _____ cuenta *(realized)* de que no habría ningún problema. El próximo día Raúl le (pedir) **9.** _____ el coche a su padre y los dos jóvenes (salir) **10.** _____ para hacer una gira por las ruinas indígenas.

 2-17 Una historia personal. Ahora escriba una narración semejante a la narración de la actividad **2-16**, relatando la aventura más inolvidable que Ud. o un(a) amigo(a) tuvo en el pasado. Use algunos de los verbos de la lista siguiente. Comparta esta experiencia con la clase.

llegar	empezar	tener
buscar	pagar	entrar
ir	almorzar	hacer
pedir	traer	jugar

Uses of the imperfect and the preterite

A. Summary of uses

The two simple past tenses in Spanish, the imperfect and the preterite, have specific uses and express different things about the past. They cannot be interchanged.

The imperfect is used:

1. to tell that an action was in progress or to describe a condition that existed at a certain time in the past.

   Estudiaba en España en aquella época.
   He was studying in Spain at that time.

   En el cine yo me reía mientras los demás lloraban.
   In the movie theater I was laughing while the rest were crying.

   Había muchos estudiantes en la clase de química.
   There were a lot of students in the chemistry class.

   Hacía mucho frío en la sala de conferencias.
   It was very cold in the lecture hall.

2. to relate repeated or habitual actions in the past.

   Mis amigas estudiaban todas las noches en la biblioteca.
   My friends used to study every night in the library.

   Los chicos viajaban por la península todos los veranos.
   The boys used to travel through the peninsula every summer.

3. to describe a physical, mental, or emotional state in the past.

   Los jóvenes estaban muy enfermos.
   The young people were very ill.

   No comprendíamos la lección sobre el lenguaje culto y escolástico de la época.
   We didn't understand the lesson about the refined and scholastic language of the era.

   Yo creía que Juan era rico y poderoso.   La chica quería quedarse en casa.
   I thought that Juan was rich and powerful.   *The girl wanted to stay at home.*

4. to tell time in the past.

   Eran las siete de la noche.
   It was seven o'clock in the evening.

The preterite is used:

1. to report a completed action or an event in the past, no matter how long it lasted or how many times it took place. The preterite views the act as a single, completed past event.

   Fuimos a clase ayer.   Traté de llamar a Elsa repetidas veces.
   We went to class yesterday.   *I tried to call Elsa many times.*

   Llovió mucho el año pasado.   Ella salió de casa, fue al centro y compró el regalo.
   It rained a lot last year.   *She left the house, went downtown, and bought the gift.*

2. to report the beginning or the end of an action in the past.

   Empezó a hablar con los estudiantes.   Terminaron la tarea muy tarde.
   He started to talk with the students. *They finished the assignment very late.*

3. to indicate a change in mental, physical, or emotional state at a definite time in the past.

Después de la explicación lo comprendimos todo.
After the explanation we understood everything.

B. The preterite and the imperfect used together

1. The preterite and imperfect tenses can best be understood by examining their use together in the same sentence.

El profesor hablaba cuando Elena entró.
The professor was talking when Elena entered.

Él explicaba las influencias extranjeras cuando terminó la clase.
He was explaining the foreign influences when the class ended.

Me dormí mientras hacía los ejercicios.
I fell asleep while I was doing the exercises.

In the above sentences, note that the imperfect describes the way things were or what was going on while the preterite relates a completed act that interrupted the scene or action.

2. Note the use of the preterite and the imperfect in the following paragraphs.

Los españoles llegaron a América en 1492, donde se encontraron con los indígenas de este nuevo mundo. Los indígenas eran de una raza desconocida. Todo era distinto incluso el color de su piel, la ropa, sus costumbres y sus lenguas. Los españoles creían que estaban en la India y por eso llamaron a los habitantes de estas tierras «indios».

Cuando los españoles empezaron a explorar estos nuevos territorios supieron que ya había tres civilizaciones muy avanzadas: la maya, la azteca y la incaica. Estos indígenas tenían sus propios sistemas de gobierno, sus propias lenguas y en cada civilización la religión hacía un papel muy importante en la vida diaria de la gente. Había muchos templos y los indios participaban en numerosas ceremonias dedicadas a sus dioses. Había gran cantidad de diferencias entre la cultura de los españoles y la de los indígenas. Por eso los españoles no pudieron entender bien a los indígenas ni ellos a los españoles.

The Spaniards arrived (completed act) in America in 1492 where they found (completed act) the native inhabitants of this new world. The natives were (description) from an unknown race. Everything was (description) different including the color of their skin, their clothing, their customs, and their languages. The Spaniards believed (thought process) that they were (location over a period of time) in India and therefore called (completed act) the inhabitants of these lands "Indians."

When the Spaniards started (beginning of an act) to explore these new territories they found out (meaning of saber *in the preterite) that there were (description) already three very advanced civilizations: the Mayan, the Aztec, and the Incan. These Indians had (description) their own systems of government, their own languages and in each civilization, religion played (description) a very important role in the daily life of the people. There were (description) many temples and the Indians participated (continuous or habitual act) in many ceremonies dedicated to their gods. There were (description) many differences between the culture of the Spaniards and that of the Indians. For that reason the Spaniards could not (meaning of* poder *in the preterite) understand the Indians well nor the Indians the Spaniards.*

C. Verbs with special meanings in the preterite

In the imperfect tense, some verbs describe a physical, mental, or emotional state, while in the preterite they report a changed state or an event.

conocer: Conocí a Elena anoche.   ¿Conocías a Elena en aquella época?
I met (became acquainted with) Elena last night.   *Did you know Elena at that time?*

saber: Supo que ella era rica.   Sabía que ella era rica.
He found out that she was rich.   *He knew that she was rich.*

querer: Quiso llamarla.   Quería llamarla.
He tried to call her.   *He wanted to call her.*

No quiso hacerlo.   No quería hacerlo.
He refused to do it.   *He didn't want to do it.*

poder: Pudo hacerlo.   Podía hacerlo.
She succeeded in doing it (managed to do it).   *She was able to do it (capable of doing it).*

No pudo hacerlo.   No podía hacerlo.
She failed to do it.   *She wasn't able to do it.*

Práctica

2-18 A decidir. Complete las oraciones siguientes con el pretérito o el imperfecto de los verbos entre paréntesis, según sea necesario.

1. Mi amigo _____ (estudiar) cuando yo _____ (entrar).
2. Los invitados _____ (comer) cuando mis padres _____ (llegar).
3. Ella _____ (salir) cuando el reloj _____ (dar) las seis.
4. Nosotros _____ (dormir) cuando el policía _____ (llamar) a la puerta.
5. Yo _____ (hablar) con el profesor cuando los estudiantes _____ (entrar) en la clase.
6. Siempre me _____ (llamar) cuando él _____ (estar) en la ciudad.
7. La chica _____ (ser) muy bonita. Ella _____ (tener) pelo rubio y ojos verdes.
8. Los árabes _____ (invadir) España en el año 711 y _____ (salir) en 1492.
9. Ramón _____ (ir) a la biblioteca y _____ (estudiar) por dos horas.
10. Cuando nosotros _____ (estar) de vacaciones en la península, _____ (hacer) calor todos los días.

2-19 Una tarde con Ramón. Escriba el párrafo otra vez cambiando todos los verbos al pretérito o al imperfecto, según sea necesario.

Son las tres de la tarde. Ramón está en casa. Hace buen tiempo y por eso decide llamar a Elena para preguntarle si quiere dar un paseo con él. Llama dos veces por teléfono pero nadie contesta. *Entonces sale de casa. Anda por la plaza cuando ve a Elena frente a la catedral. Ella está con su amiga Concha. Ramón corre para alcanzarlas. Cuando ellas lo ven, lo saludan con gritos y risas. Ramón las saluda y empieza a hablar con Elena. No hablan por mucho tiempo porque las chicas tienen que estar en casa de Concha a las cinco, y ella vive muy lejos. Ramón conoce a Concha también, pero ella nunca lo invita porque cree que él es muy antipático. Por eso los jóvenes se despiden y Ramón le dice a Elena que va a llamarla más tarde.*

2-20 Una carta a un(a) amigo(a). Escríbala en español.

Dear ___:

I am writing to you to tell you what I did last weekend. I used to go out with José every Saturday, but I saw Ramón yesterday in the bookstore and we decided to go to a movie. It was an interesting film about the early indigenous cultures of Mexico. Later we went to a nightclub that was near the Zócalo. We met some friends there and danced until 2:00 in the morning. It was 3:00 when I arrived home. I was very tired so I went to bed. I slept until 4:00 in the afternoon. I got up, studied, ate supper, and watched television. It was a busy weekend, but I enjoyed myself a lot.

Until later,
Your friend

 2-21 Su fin de semana pasado. Ahora escríbale una carta a un(a) amigo(a) diciéndole lo que Ud. hizo el fin de semana pasado. Luego, compare su carta con la de un(a) compañero(a) de clase. Para terminar, comparta sus experiencias con la clase. ¿Cuántos estudiantes hicieron las mismas cosas y cuántos estudiantes hicieron cosas diferentes? Su profesor(a) va a escribir una lista de estas actividades en la pizarra para comparar las diferencias y semejanzas.

Heinle Grammar Tutorial:
Direct object pronouns

In Spain, **le** is generally used instead of **lo** to refer to people (masculine). **Lo** is the preferred form in Latin America. In Latin America, the *os* has been replaced by **los** and **las**.

Direct object pronouns

A. Forms and usage

me	*me*	nos	*us*
te	*you*	os	*you*
lo	*him, you, it*	los	*them, you*
la	*her, you, it*	las	*them, you*

Direct object pronouns take the place of nouns used as direct objects. They agree in gender and number with the nouns they replace.

Compro **la revista.**   **La** compro.
No necesitan **los zapatos.**   No **los** necesitan.

B. Position

1. They normally precede the conjugated form of a verb.

    Me ven en la escuela.   **Lo** tengo aquí.
    They see me at school.   *I have it here.*

2. They usually follow and are attached to an infinitive.

Salió sin hacer**lo.**   Traje los libros para vender**los.**
He left without doing it.   *I brought the books to sell them.*

However, when an infinitive immediately follows a conjugated verb form, the pronoun may either be attached to the infinitive or placed before the entire verb phrase.

Enrique quiere comprar**las.**
OR
Enrique **las** quiere comprar.
Enrique wants to buy them.

Práctica

2-22 Manipulación. Haga la actividad siguiente cambiando las palabras entre paréntesis a pronombres directos. Luego, póngalos en la oración original.

> **Modelo**   Yo te llamé. (Raúl)
>   *Yo lo llamé.*

1. Juan me ve. (nosotros / tú / ellos / ella / él / ellas)
2. Nosotros lo leemos. (la carta / el artículo / los periódicos / las novelas)
3. Quiero verla. (las montañas / la playa / ellos / tú / el pueblo / Tomás / las revistas)
4. Salió sin escribirlo. (las cartas / el cuento / la composición / los artículos)

2-23 Transformación. Cambie las palabras escritas en letra cursiva a pronombres directos. Luego, escriba la oración otra vez poniendo los pronombres en la posición correcta.

1. Los alumnos estudian *los verbos reflexivos*.
2. Las mujeres salieron sin pagar *la cuenta*.
3. Cristóbal Colón descubrió *el Nuevo Mundo*.
4. Elena quiere discutir *la historia de la lengua española*. (two ways)
5. Estaba muy cansado después de terminar *el trabajo*.
6. Los musulmanes conocían bien *las tierras de España*.
7. Ellos leen *libros históricos*.
8. Después de encontrar *una silla desocupada*, se sentó.
9. El profesor explicó *las influencias extranjeras*.
10. Los españoles derrotaron *a los musulmanes* en 1492.

 2-24 Una persona inquisitiva. Su compañero(a) de clase es una persona muy inquisitiva y siempre le hace muchas preguntas. Contéstelas usando pronombres directos.

> **Modelo**   Su compañero(a) de clase: *¿Leíste el periódico hoy?*
>   Ud.: *Sí, lo leí.*
>   –o–
>   Ud.: *No, no lo leí.*

1. ¿Escribiste la carta ayer?
2. ¿Estudiaste la lección para hoy?

3. ¿Comiste todos los dulces?
4. ¿Compraste todos los libros para tus clases?
5. ¿Hiciste tu tarea para mañana?
6. ¿Aprendiste los verbos irregulares?
7. ¿Entendiste la conferencia del (de la) profesor(a)?
8. ¿Llamaste a tu novio(a) anoche?

Heinle Grammar Tutorial:
Reflexive verbs

The reflexive verbs and pronouns

1. A reflexive verb may be identified by the reflexive pronoun **se,** which is attached to the infinitive to indicate that the verb is reflexive. When a reflexive verb is conjugated, the appropriate reflexive pronoun must accompany each form of the verb.

levantarse *to get (oneself) up*

me levanto	nos levantamos
te levantas	os levantáis
se levanta	se levantan

The reflexive construction is used when the action of the verb reflects back and acts upon the subject of the sentence.

Me levanto a las ocho.
I get (myself) up at 8:00.

Se llama Elena.
Her name is Elena. She calls (herself) Elena.

2. The reflexive pronouns may either precede a conjugated form of a verb or follow and be attached to the infinitive.

¿No **te** vas a bañar ahora?
¿Vas a bañar**te** más tarde?

Note that the Spanish reflexive is often translated as *to become* or *to get* plus an adjective. The verb **ponerse** plus various adjectives also means *to become* or *to get.*

acostumbrarse	*to get used to*	enojarse	*to become angry*
casarse	*to get married*	ponerse pálido(a)	*to become pale*
enfermarse	*to get sick*	ponerse triste	*to become sad*

A. Verbs used reflexively and non-reflexively

1. Many Spanish verbs may be used reflexively or non-reflexively; the use of the reflexive pronoun changes the meaning of the verb.

For example:

Lavo mi coche todos las sábados.
I wash my car every Saturday.

Me lavo antes de comer.
I wash (myself) before eating.

2. Note the following verbs:

acercar *to bring near*	acercarse (a) *to approach*
acordar *to agree (to)*	acordarse (de) *to remember*
acostar *to put to bed*	acostarse *to go to bed*
bañar *to bathe (someone)*	bañarse *to bathe (oneself)*
burlar *to trick, to deceive*	burlarse (de) *to make fun of*
decidir *to decide*	decidirse (a) *to make up one's mind*
despedir *to discharge, to fire*	despedirse (de) *to say good-bye*
despertar *to awaken (someone)*	despertarse *to wake up*
divertir *to amuse*	divertirse *to have a good time*
dormir *to sleep*	dormirse *to fall asleep*
enojar *to anger (someone)*	enojarse *to get angry*
fijar *to fix, to fasten*	fijarse (en) *to notice*
hacer *to do, to make*	hacerse *to become*
levantar *to raise, to lift*	levantarse *to get up*
llamar *to call*	llamarse *to be called, to be named*
negar *to deny*	negarse (a) *to refuse*
parecer *to seem, to appear*	parecerse (a) *to resemble*
poner *to put, to place*	ponerse *to put on (clothing)*
	ponerse a *to begin*
preocupar *to preoccupy*	preocuparse (de, por, con) *to worry about*
probar *to try, to taste*	probarse *to try on*
quitar *to take away, to remove*	quitarse *to take off*
sentar *to seat someone*	sentarse *to sit down*
vestir *to dress (someone)*	vestirse *to get dressed*
volver *to return*	volverse *to turn around*

3. The following verbs are normally reflexive:

atreverse (a) *to dare*	jactarse (de) *to boast*
arrepentirse (de) *to repent*	quejarse (de) *to complain*
darse cuenta (de) *to realize*	suicidarse *to commit suicide*

B. Reflexive pronouns for emphasis

Colloquially, a reflexive pronoun may be used to intensify an action or to emphasize the personal involvement of the subject. Note the following conversational examples.

Se murió el abuelo el año pasado.
My grandfather died last year.

Lo siento, me lo comí todo.
I'm sorry, I ate it all up.

¿Los viajes? Me los pago yo.
The trips? I'm paying for them.

Práctica

2-25 Una narrativa breve. Lea esta narrativa breve, y después cuéntela sobre las personas indicadas.

Ayer me levanté temprano. Me bañé, me vestí y me desayuné. Más tarde, me puse la chaqueta y me fui para la universidad. Después de mis clases, decidí ir a estudiar en la biblioteca antes de volver a casa. Me divertí mucho leyendo el cuento para la clase de español. Al llegar a casa, me cambié de ropa, me acosté y me dormí pronto.

(mis amigos y yo, Carmen, Uds., tú, ellas)

2-26 Un cambio de sentido. Cambie las oraciones a la forma reflexiva. Fíjese en el cambio de sentido entre la forma reflexiva y la forma original.

> **Modelo** Ella lava los platos.
> *Ella se lava.*

1. José levanta a su hermano temprano.
2. Yo baño a mi perro todos los días.
3. La madre acuesta a sus niños a las ocho.
4. La señora viste a su nieta.
5. El criado sienta a los invitados cerca de la ventana.
6. Las mujeres quitan los zapatos de la mesa.

2-27 Actividades de ayer. Diga lo que hicieron las personas siguientes ayer.

1. el profesor / levantarse tarde
2. yo / lavarse antes de salir de mi casa
3. mis padres / acostarse temprano
4. tú / dormirse durante la conferencia
5. mis amigos y yo / divertirse mucho durante la fiesta

2-28 Su vida en la escuela secundaria. Con un(a) compañero(a) de clase háganse estas preguntas para saber lo que hacían en sus años en la escuela secundaria. ¿Hay semejanzas y diferencias? ¿Cuáles son?

1. ¿Te sentabas en el mismo lugar en tus clases todos los días?
2. ¿Te preocupabas mucho de tus estudios?
3. ¿Te acostabas todas las noches a las nueve?
4. ¿Te burlabas de tus maestros muchas veces?
5. ¿Te quejabas de tus clases con frecuencia?

2-29 Su horario diario. Ud. y su compañero(a) de clase van a comparar su horario diario. Dígale cinco cosas que Ud. hizo ayer y a qué hora las hizo. Su compañero(a) de clase va a hacer la misma cosa. Compare las diferencias y semejanzas de sus actividades. Use los verbos siguientes y otros, cuando sea necesario.

despertarse	vestirse	volverse
levantarse	irse	quitarse
bañarse	llegar	acostarse

Repaso

🌐 For more practice of vocabulary and structures, go to the book companion website at **www.cengagebrain.com**

Review the imperfect tense and direct object pronouns.

Antes de empezar la última parte de esta **unidad,** es importante repasar el vocabulario nuevo y la estructura y hacer las actividades que siguen.

2-30 Los mayas de hoy y ayer. Compare los mayas de hoy y de ayer completando la segunda oración. Tiene que cambiar el verbo al tiempo imperfecto y cambiar el objeto directo a un pronombre. Siga el modelo.

Modelo   Los mayas de hoy comen tomates. Los antiguos mayas también...
los comían.

1. Los mayas de hoy habitan los países de México, Guatemala, Honduras y El Salvador. Los antiguos mayas también...
2. Los mayas de hoy siembran maíz. Los antiguos mayas también...
3. Los mayas de hoy hablan muchos dialectos. Los antiguos mayas también...
4. Los mayas de hoy tejen su propia ropa. Los antiguos mayas también...
5. Los mayas de hoy construyen casas de adobe. Los antiguos mayas también...

Review the regular and irregular verb forms of the preterite tense and the reflexive verbs and pronouns.

2-31 Las actividades de ayer de su compañero(a) de clase. Pregúntele a un(a) compañero(a) de clase si él (ella) hizo las cosas siguientes ayer.

Modelo   despertarse temprano
—*¿Te despertaste temprano ayer?*
—*Sí, me desperté temprano ayer.*
-o-
—*No, no me desperté temprano ayer.*

1. levantarse a las ocho
2. bañarse antes de vestirse
3. peinarse con mucho cuidado
4. vestirse rápidamente
5. ponerse perfume
6. divertirse con sus amigos

Review the uses of the preterite and the imperfect tenses.

2-32 Las actividades de su familia y sus amigos. Diga lo que hacían su familia y sus amigos generalmente todos los días, y lo que hicieron en cambio *(instead)* ayer. Siga el modelo.

Modelo   mi madre / preparar la comida en casa
Mi madre siempre preparaba la comida en casa, pero ayer mi hermano la preparó.

mi hermana / estudiar todo el tiempo
Mi hermana estudiaba todo el tiempo, pero ayer fue a la playa.

1. mis hermanos / acostarse a las ocho
2. yo / ir a la playa todos los martes
3. mis padres / venir a visitarme todos los fines de semana
4. mis amigos y yo / estudiar todas las noches en la biblioteca
5. tú / distraer al profesor durante la clase
6. Carlos / dormirse en la clase de español

Language functions

Being able to carry out specific language functions is essential to effective communication. Some of the basic language functions that you must practice are asking and answering questions, describing, narrating, expressing likes and dislikes, expressing and supporting opinions, stating preferences, giving and following directions, hypothesizing, persuading, and discussing abstract concepts. In each unit of the text you will be given the opportunity to use these functions.

Verbal communication

In verbal communication be aware of the tone of voice used by the speaker. This can indicate the mood of the speaker, which will alert you to what kind of message is being conveyed. The intonation of a phrase or sentence can also tell you whether the speaker is asking a question, exclaiming, or making a statement.

2-33 Situación. Ud. acaba de recibir un regalo de sus padres en forma de un viaje a Sudamérica. Ud. llama a uno(a) de sus amigos(as) para decirle de su buena fortuna. Ud. le exclama del regalo que recibió de sus padres. Su amigo(a) le hace muchas preguntas en cuanto al viaje.

Descripción y expansión

2-34 ¿Qué sabe Ud.? Durante los siglos xv and xvi los españoles exploraron muchas partes del Nuevo Mundo. En Sudamérica encontraron culturas indígenas que eran muy avanzadas. También vieron muchos animales y plantas exóticas. ¿Cuánto sabe Ud. de esta tierra encantada? Refiriéndose al mapa en la página i, conteste las siguientes preguntas.

   a. ¿Cuántos países hay en Sudamérica? ¿En qué países no se habla español?
   b. ¿Cómo se llama la capital de la Argentina? ¿de Chile? ¿del Perú? ¿del Ecuador? ¿de Colombia? ¿de Bolivia? ¿del Uruguay? ¿del Paraguay? ¿de Venezuela? ¿del Brasil?
   c. ¿Cuál es el río más grande de Sudamérica?
   d. ¿Cómo se llama la cordillera de montañas que está en el oeste de Sudamérica?
   e. ¿Cuál es el país más grande de Sudamérica?
   f. ¿Qué océano está al este del Brasil? ¿Qué océano está al oeste de Chile? ¿Cuáles son los países de Sudamérica que no dan al mar?
   g. Si Ud. quisiera *(would like)* pasar el verano en la Argentina, ¿debería ir en julio o en enero? ¿Por qué?

2-35 Opiniones. Haga las siguientes actividades.
   a. Comparta sus impresiones de Sudamérica con la clase.
   b. ¿Cuál de los países de Sudamérica le interesa más? ¿Por qué?
   c. ¿Ha viajado Ud. a algún país de Sudamérica? ¿A cuál(es)?
   d. ¿Qué pensó de él (ellos)?

A escuchar

Taking notes

Taking notes will help you remember what you hear in the dialogue or narrative. You can use a simple graphic organizer such as a 5W chart to help you listen for specific details and write them in an organized fashion. Here's how to do it:

1. Before the audio starts, make a quick chart with two columns and 5 rows. In the first column, write Who? Where? When? What? Why?
2. While listening, write very short answers to each W question. Limit yourself to single words or very brief phrases.
3. Use your chart to help you answer the listening comprehension questions.

Track 6 🔊 **Una visita**

Al final del verano Raúl, un mexicano, invitó a David, estudiante de la Universidad de Chicago, y a Teresa, natural de Madrid, a su casa en Taxco para pasar unos días antes de volver a sus respectivos países. En Guatemala los tres formaron parte de un grupo de trabajo en una excavación arqueológica maya, y se hicieron amigos. Raúl ha ido al aeropuerto para recogerlos.

2-36 Información. Complete las oraciones con una de las tres posibilidades que se le ofrecen.

1. Los tres amigos trabajaron en el…
   a. invierno.
   b. mes de enero.
   c. verano.

2. La chica es de…
   a. Taxco.
   b. Madrid.
   c. Guatemala.

3. El viaje…
   a. duró mucho tiempo.
   b. empezó a la hora en punto.
   c. tuvo lugar durante un huracán.

4. Raúl los invitó…
   a. el próximo verano.
   b. a su casa.
   c. a dormir con los mayas.

 2-37 Conversación. Mantenga una conversación con un(a) compañero(a) basándose en los temas abordados. Pueden empezarla haciéndose las siguientes preguntas.

1. ¿En qué país era la excavación?
2. ¿Qué recuerdas de los mayas?
3. Si te interesa la arqueología, ¿qué pueblo de la antigüedad te fascina?
4. ¿Por qué te gusta tanto?

2-38 Situaciones. Con un(a) compañero(a) de clase, preparen un diálogo que corresponda a una de las siguientes situaciones. Es posible que sea necesario presentar el diálogo frente a la clase.

> **En la biblioteca.** *Ud. trabaja en la biblioteca de la universidad. Un(a) estudiante entra y empieza a buscar un libro. Ud. le pide la información siguiente: el título del libro, el autor, la compañía que lo publicó y en cuál de sus clases va a usarlo.*

> **Otro día en la clase de español.** *Ramón se encuentra con (runs into) Elena otra vez en la clase de español. Él le pregunta a ella lo que hizo anoche. Ella le describe en detalle todo lo que hizo. Luego ella le pregunta lo que hizo él. Ramón contesta que él fue al cine. Elena le hace muchas preguntas sobre la película que él vio. Ramón contesta en detalle todas sus preguntas.*

Track 7 **2-39 Ejercicio de comprensión.** Ud. va a escuchar una leyenda maya sobre la creación del hombre. Lea las siguientes oraciones. Mientras escucha la leyenda indique si la oración es **verdadera** (V) o **falsa** (F), trazando un círculo alrededor de la letra que corresponde a la respuesta correcta.

1. Los dioses decidieron crear a los animales.
   V   F
2. Decidieron hacer un hombre de barro pero no era un éxito porque una lluvia destruyó la figura del hombre.
   V   F
3. Más tarde, decidieron hacer una figura de un hombre hecha de madera.
   V   F
4. Al fin, los dioses crearon a un hombre de maíz.
   V   F

Ahora escriba un párrafo describiendo lo bueno y lo malo de la leyenda maya. ¿Qué impresiones le da esta leyenda de la cultura maya?

Central America/Alamy

Los textiles mayas son famosos mundialmente.

Hay tres pasos en esta actividad. **Primer paso:** Se divide la clase en grupos de tres personas. Lean la introducción a la discusión. **Segundo paso:** Cada miembro del grupo tiene que ver los siete temas que aparecen y escoger la letra (a, b, c) que corresponda a su opinión. **Tercer paso:** Después, los miembros del grupo deben comparar sus respuestas. El (La) profesor(a) va a escribir las letras en la pizarra para ver cuáles de las opiniones dominan. Estén preparados para explicar su opinión.

2-40 Discusión: astrología, magia y ciencia. Los indígenas de las civilizaciones precolombinas de las Américas estudiaron el cielo y los astros *(heavenly bodies)*. Creían que algunos de sus dioses vivían en el cielo y tenían poderes especiales que podían usar para controlar la vida diaria del pueblo. Si los dioses estaban contentos, había cosechas abundantes. Si los dioses estaban descontentos, había una gran escasez de comida y muchos terremotos y erupciones volcánicas. Y usted, ¿cree que las estrellas pueden influir en su vida diaria? Explique. Indique sus opiniones respecto a las siguientes posibilidades y explique por qué.

1. Los astros…
   a. controlan la vida humana.
   b. influyen en la vida de todos.
   c. no influyen nada en nuestra vida.

2. En cuanto a los horóscopos…
   a. los leo todos los días porque quiero saber lo que va a pasar.
   b. no los leo nunca.
   c. los leo de vez en cuando, pero no creo en ellos.

3. Los rasgos típicos de los que nacen bajo mi signo del zodíaco…
   a. son cualidades con las que me identifico.
   b. pueden atribuírsele a cualquier persona.
   c. son cualidades que no describen ni mi personalidad ni mi carácter.

4. La magia…
   a. solo existe como explicación de lo que todavía no se entiende científicamente.
   b. sí existe en todas partes del mundo.
   c. es una parte esencial de toda religión.

5. Los fenómenos psíquicos…
   a. indican que hay fuerzas inexplicables.
   b. se basan en el hecho de que existen ondas *(waves)* cerebrales que son capaces de moverse por el aire.
   c. no existen y son producto de la imaginación.

6. La ciencia…
   a. puede resolver todos los problemas de la humanidad.
   b. es menos importante que la filosofía o la religión.
   c. es la base de nuestra cultura.

7. El verdadero científico…
   a. solo cree en lo tangible y lo material.
   b. también puede ser una persona religiosa.
   c. es la persona más indicada para gobernar el mundo moderno.

2-41 El horóscopo. Busque su signo y explíquele a su compañero(a) de clase si se identifica o no con las características que se asocian con él. Su compañero(a) debe hacer la misma cosa.

ARIES: 21 marzo–20 abril
Rasgos: impulsivo, egoísta, enérgico

TAURO: 21 abril–20 mayo
Rasgos: obstinado, estoico, paciente

GÉMINIS: 21 mayo–21 junio
Rasgos: inteligente, impaciente, inconstante

CÁNCER: 22 junio–22 julio
Rasgos: caprichoso, malhumorado, emocional

LEO: 23 julio–22 agosto
Rasgos: poderoso, dominante, orgulloso

VIRGO: 23 agosto–21 septiembre
Rasgos: tímido, solitario, trabajador

LIBRA: 22 septiembre–22 octubre
Rasgos: justiciero, artístico, indeciso

ESCORPIÓN: 23 octubre–21 noviembre
Rasgos: vengativo, honesto, leal

SAGITARIO: 22 noviembre–22 diciembre
Rasgos: sincero, descortés, gracioso

CAPRICORNIO: 23 diciembre–21 enero
Rasgos: ambicioso, serio, callado

ACUARIO: 22 enero–21 febrero
Rasgos: independiente, idealista, inestable

PISCIS: 21 febrero–20 marzo
Rasgos: imaginativo, optimista, compasivo

2-42 Temas de conversación o de composición

1. En su opinión, ¿por qué hay tantas personas que creen en la astrología? ¿Es una cosa buena o mala? Explique.
2. Escoja a un miembro de su familia o a un(a) amigo(a) especial y lea el horóscopo que está bajo la fecha de su cumpleaños. ¿Son cualidades que describen o no describen su personalidad y su carácter? Explique.

Los barrios chinos son comunidades compactas de inmigrantes chinos y descendientes de chinos que desean permanecer ligados (*connected*) a su cultura. Generalmente se encuentran en pleno centro de las ciudades importantes del mundo. ¿Cree Ud. que haya muchos barrios chinos en Latinoamérica? ¿En qué ciudad se encontrará uno de los más grandes y antiguos de América?

Lectura

El barrio chino de Lima

Un gran arco con caracteres chinos da la bienvenida a los locales y turistas. Del otro lado, la calle está decorada con leones y dragones. Hay un gran número de restaurantes llamados «chifas». También hay puestos[1] que venden el Man Shing Po, un periódico publicado en chino y en español desde 1911. ¿Qué lugar es este? Es el Barrio Chino o Calle Capón, ubicado en el corazón de Lima, Perú.

MARIANA BAZO/Reuters/Corbis

Hay más de 2 millones de peruanos descendientes de chinos.

¿Cómo nació el barrio chino?
En 1854 el presidente del Perú emitió un decreto otorgando[2] la libertad a los esclavos[3] africanos. Con la abolición de la esclavitud[4], se produjo una escasez[5] de mano de obra[6] barata en la agricultura. Así se estableció la inmigración de trabajadores chinos, mediante contratos de trabajo o servidumbre. Durante la segunda mitad del siglo XIX, alrededor de 100

mil chinos ingresaron al Perú. La mayoría de ellos se asentaron[7] en las ciudades, principalmente en Lima. Establecieron negocios, atrayendo[8] a más compatriotas. Pronto se formó una colonia cantonesa alrededor de la calle Capón y a partir de 1950, se la conocía como el barrio chino de Lima.

¿Qué se puede hacer en el barrio chino?
El barrio chino de Lima se hizo famoso por sus restaurantes, llamados «chifas» en el Perú. Se piensa que la palabra «chifa» viene de la expresión mandarín *chi fan*, la cual se usa cada vez que se va a comer. Por asociación libre, los peruanos usaron ese nombre para referirse a la comida y restaurantes chinos. Esta comida es cantonesa acriollada, es decir, es fusión Perú-China y muy popular.

Además de restaurantes o chifas, el barrio chino tiene muchos vendedores de frutas y verduras. Una de las frutas más vendidas es el *lai chi*, una fruta originaria de China que es roja por fuera y blanca por dentro. También se encuentran tamales chinos hechos de arroz, maní, cerdo y huevo de pato.

La comida no es lo único que atrae a los peruanos a este barrio. También hay interés por los festivales que se celebran aquí, como el Año Nuevo Chino. La

[1] stands; [2] granting; [3] slaves; [4] slavery; [5] shortage; [6] workforce; [7] settled; [8] attracting

celebración empieza con oraciones en el templo chino, seguida por el tradicional desfile[9] del dragón, y finaliza con fuegos artificiales[10] y danzas.

¿Cómo se compara con otros barrios chinos?

El barrio chino de Lima es uno de los barrios chinos más grandes y antiguos de Latinoamérica. Otro barrio chino muy antiguo es el de La Habana, Cuba. Se encuentra entre las calles Amistad y Dragones y data del siglo XIX. Hubo una época[11] en que este barrio era el mayor de América Latina; sin embargo, miles de chinos salieron de la isla después de la Revolución y hoy es solo una muestra de lo que fue. Otros barrios chinos de renombre son el de Buenos Aires, el de la Ciudad de México, el de Santo Domingo y el de Quito.

[9] parade; [10] fireworks; [11] There was a time

2-43 Comprensión. Decida si las siguientes oraciones son **verdaderas** o **falsas** según la lectura. Corrija las falsas.

1. El barrio chino de Lima, Perú, está en la calle Capón.
2. Los primeros chinos llegaron al Perú cuando existía la esclavitud.
3. El periódico chino más antiguo del Perú es el Man Shing Po.
4. La palabra «chifa» se refiere a la comida china cubana.
5. El barrio chino de La Habana, Cuba, sigue siendo tan grande hoy como lo era antes.
6. Hay un barrio chino importante en Buenos Aires, Argentina.

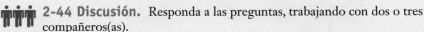

2-44 Discusión. Responda a las preguntas, trabajando con dos o tres compañeros(as).

1. ¿Hay un barrio chino donde Ud. vive? ¿En qué ciudades de los Estados Unidos hay barrios chinos de fama mundial?
2. ¿Qué tienen en común todos los barrios chinos? ¿Qué tipo de establecimiento es único del barrio chino peruano?
3. ¿Le interesaría visitar Calle Capón, el barrio chino en Lima? ¿Qué haría allí?

2-45 Proyecto. Su profesor(a) va a dividir la clase en cinco grupos. Cada uno de los grupos va a recibir un grupo étnico del Perú y va a tener que investigar sobre el tema y presentarlo enfrente de la clase.

Los cinco grupos étnicos son: (1) los asháninkas, (2) los aymaras, (3) los quechuas, (4) los afroperuanos y (5) los peruano-japoneses.

La presentación será en formato de un panel. Un miembro de su grupo hará el papel de moderador. El moderador introducirá el tema y le hará una pregunta a cada uno de los miembros. Cada miembro, o «experto», deberá hablar por un minuto.

Uds. tendrán varios días para investigar su tema y preparar el panel. Empiecen por formular las preguntas y decidir quién será el moderador y quién responderá a cada pregunta. Luego cada miembro investiga por su propia cuenta sobre su pregunta, o en el caso del moderador, sobre la introducción. Practiquen juntos antes de la presentación enfrente de la clase. ¡Suerte!

La religión en el mundo hispánico

Fabienne Fossez / Alamy

Durante la Semana Santa hay muchas procesiones religiosas. Esta tiene lugar en Antigua, Guatemala. ¿Cómo están vestidas las personas? ¿Qué cubre la calle?

En contexto
El Día de los Difuntos

Estructura
- The **ir a** + infinitive construction
- The future tense and the conditional
- The future and conditional to express probability
- Indirect object pronouns
- Double object pronouns
- **Gustar** and similar verbs
- The verbs **ser** and **estar**

Repaso
🌐 www.cengagebrain.com

A conversar
Guessing from context

A escuchar
Identifying the speakers

Investigación y presentación
Juan Diego y la Virgen de Guadalupe

Vocabulario activo

Verbos

bautizar *to baptize*
dejar de *to stop doing something*
demostrar (ue) *to show*
desilusionar *to disappoint, disillusion*
influir (en) *to influence*
renovar (ue) *to renew, renovate*
rezar *to pray*
servir (i) de *to serve as*

Sustantivos

el bautizo *baptism*
la boda *wedding*
el campo *country*
el clero *clergy*
el consuelo *consolation*

el cura *priest*
el diablo *devil*
la fe *faith*
los fieles *the faithful, the devout*
la misa *Mass*
el valor *value*

Adjetivo

único(a) *only*

Otras expresiones

con permiso *excuse me*
de todos modos *anyway*
es cierto *it's true*
igual que *the same as, just like*

3-1 Para practicar. Complete el párrafo siguiente con las palabras escogidas de la sección **Vocabulario activo.** No es necesario usar todas las palabras.

La **1.** _____ de los novios tendrá lugar en la misma iglesia donde el
2. _____ **3.** _____ a la novia después de su nacimiento. Esta iglesia
4. _____ mucho en la vida diaria de las familias de la pareja *(couple).* Todos
los domingos las familias asistían a la **5.** _____ para **6.** _____ su
7. _____. Ellos le **8.** _____ a Dios y meditaban. La iglesia era un gran
9. _____ para estas familias que vivían una vida sencilla y tranquila en el
10. _____ cerca de las montañas.

Track 8 🔊 **3-2 El Día de los Difuntos.** Antes de leer el diálogo, escúchelo con el libro cerrado. ¿Cuánto comprendió?

(Después de la comida)

CARLOS   Con permiso.

MAMÁ   ¿Adónde vas, hijo?

CARLOS   Voy a dormir la siesta. Me estoy muriendo de sueño.

MAMÁ   Pero, ¿no te gustaría ir a misa conmigo?

CARLOS   No, mamá, no quiero ir.

MAMÁ   ¿Qué te pasa, Carlos? Ya casi nunca vas a misa. Cuando eras niño y vivíamos en el campo[1] te gustaba ir todos los domingos y los días de obligación[1]. Son esos amigos tuyos de la universidad que te están influyendo, ¿verdad?

[1] los días de obligación *holy days of obligation*

CARLOS	Bueno, mamá, es cierto que muchos de mis amigos no van. Pero no me hace falta ir a misa. Es posible creer en Dios sin ir a misa todo el tiempo.
MAMÁ	Ah, hijo. Hablas igual que hablaba tu padre[2]. Que en paz descanse[2]. Tampoco quería ir a misa. Pero las palabras del cura renovarán tu fe. Vamos.
CARLOS	El cura es solo un hombre, como yo. En los pueblos, sí, los curas son los únicos hombres educados y por eso tienen mucha influencia. Pero aquí en la ciudad es diferente.
MAMÁ	Carlos, me desilusionas mucho. Sabes que son hombres dedicados a Dios.
CARLOS	Tal vez, pero yo puedo creer en Dios sin tener que ir a misa. La iglesia es para las bodas y los bautizos[3]. Bueno, claro, y también para cuando se estira la pata[3]. Como un seguro de viaje[4] para las últimas vacaciones.
MAMÁ	Carlos, ¡cállate! ¡Eres exactamente como tu padre! Ofenderás a Dios con esas blasfemias[5]. No sé qué pasaría con tu padre. Nunca iba a misa y un día murió de repente[6]. *(Comienza a llorar.)*
CARLOS	¡Mamá, está bien! No llores. Papá estará muy bien en el cielo. Tú rezas bastante para toda la familia.
MAMÁ	Pues, para mí la religión siempre será muy importante. Es un gran consuelo en tiempos difíciles.
CARLOS	Sí, ya lo sé. Es cuestión de valores diferentes. Deja de llorar. Voy contigo a misa. No podría dormir de todos modos. ¡Qué dolor de cabeza tengo!

Notas culturales

[1] ***Cuando… vivíamos en el campo:*** *En los pueblos pequeños la iglesia sirve de centro social además de centro religioso.*

[2] ***Hablas igual que hablaba tu padre:*** *En el mundo hispánico los hombres frecuentemente son católicos, pero no son practicantes.*

[3] ***La iglesia es para las bodas y los bautizos:*** *Aún los hombres que casi nunca van a misa, esperan casarse y bautizar a sus hijos en la iglesia. También quieren la presencia del clero en la hora de la muerte.*

3-3 Actividad cultural. Las **Notas culturales** refieren a la importancia de la iglesia en el mundo hispánico. En grupos de tres personas hablen de las diferencias y semejanzas que existen en los Estados Unidos en cuanto a la importancia de la religión en nuestra sociedad y nuestra vida personal. Expliquen por qué en su opinión. Cada grupo tiene que escribir una síntesis de su discusión para presentación oral a la clase. ¿Cuáles son los distintos puntos de vista entre los grupos?

[2] Que en paz descanse *May he rest in peace*   [3] se estira la pata *when you die*   [4] seguro de viaje *travel insurance*   [5] blasfemias *blasphemies*   [6] murió de repente *he died suddenly*

3-4 Comprensión. Conteste las preguntas siguientes.

1. ¿Qué quiere hacer Carlos después del almuerzo?
2. ¿Adónde va a ir su mamá?
3. ¿Va Carlos a misa todos los días de obligación?
4. ¿Quiénes influyen en Carlos, según la mamá?
5. ¿Dice Carlos que es necesario ir a misa?
6. ¿Por qué tienen los curas mucha influencia en los pueblos pequeños?
7. Según la mamá, ¿por qué son buenos los curas?
8. Según Carlos, ¿para qué sirve la iglesia?
9. Según la madre, Carlos es como su padre. ¿Cómo era su padre?
10. ¿Para qué le sirve la religión a la madre de Carlos?
11. ¿Por qué decide Carlos ir a misa con su mamá?

3-5 Opiniones. Conteste las preguntas siguientes.

1. ¿Va a la iglesia todos los domingos? ¿Por qué?
2. ¿Cree que una persona puede ser religiosa sin asistir a una iglesia? ¿Por qué?
3. ¿Cree que una persona debe discutir sus creencias religiosas con otras personas, o es algo demasiado personal?
4. ¿Cree que la religión tiene un papel muy importante en la vida diaria de cada persona? ¿Por qué?
5. ¿Es posible que una persona sea buena sin asistir a una iglesia? Explique.
6. ¿Qué piensa de una persona que dice que no cree en Dios?
7. ¿Piensa que los jóvenes de hoy son menos religiosos que sus padres? ¿Por qué?
8. En su opinión, ¿sería el mundo mejor o peor sin la religión? Explique.

Bruce Dale/National Geographic/Getty Images

La religión tiene un papel importante en la vida diaria del pueblo hispano. Esta mujer está encendiendo velas y rezando en la capilla. ¿Es este ritual parecido a uno de los Estados Unidos? Explique.

Estructura

The *ir a* + infinitive construction

The present indicative of the verb **ir** followed by **a** and the infinitive is often used in Spanish to express an action that will take place in the immediate future.

¿Qué vas a hacer?
What are you going to do?

Voy a vender la pintura.
I am going to sell the painting.

Va a invitar a tu hija.
She is going to invite your daughter.

Vamos a tener mucho éxito.
We are going to be very successful.

Va a ser un gran consuelo para la gente.
It is going to be a great consolation for the people.

Práctica

3-6 Una narrativa breve. Lea esta narrativa breve. Después, cuéntela sobre las personas indicadas.

Vamos a asistir a la misa mañana. Vamos a celebrar el bautizo de nuestra sobrina. Vamos a invitar a toda la familia. Después de la misa, vamos a tener una comida especial en casa.

(yo, ella, Felipe y Juana, tú, Ud.)

3-7 Comentarios religiosos. Cambie las oraciones siguientes, usando la estructura **ir a** + el infinitivo.

1. El clero influye mucho en la gente.
2. Los fieles renuevan su fe en la iglesia.
3. Yo sirvo de cocinero *(cook)* durante la fiesta.
4. Carlos y su madre no se meten en los problemas de la ciudad.
5. ¿Comes tú antes de ir a misa?

3-8 ¿Adónde va Ud. y por qué? Cuando alguien va a un lugar generalmente es por una razón específica. Diga adónde van las personas de la columna A y por qué van allí.

Modelo *Yo voy a la biblioteca. Voy a leer un libro.*

A	B	C
Su madre	a la fiesta	divertirse
Yo	a la iglesia	renovar la fe
Tú	al centro	tomar el sol
Carlos y Teresa	a la biblioteca	nadar en el mar
Mis amigos y yo	a las montañas	comprar unos comestibles
	a un concierto	preparar la tarea
	a la misa de gallo *(midnight mass)*	escuchar la música
	a la playa	hablar español
	a la clase	visitar al cura
	a la universidad	bailar
	a una discoteca	estudiar lenguas extranjeras
		mirar los picos altos
		rezar

3-9 ¿Qué vas a hacer? Ahora hágale cinco preguntas a un(a) compañero(a) de clase para saber lo que él/ella va a hacer durante el resto del día. ¿Van a hacer las mismas cosas?

Modelo Ud.: *¿Qué vas a hacer después de salir?*
Su compañero(a) de clase: *Voy a la librería para comprar los libros para la clase de español.*

Heinle Grammar Tutorial:
The future tense

The future tense and the conditional

A. The future of regular verbs

1. In Spanish, the future tense of regular verbs is formed by adding the following endings to the complete infinitive: **-é, -ás, -á, -emos, -éis, -án.** Note that the same endings are used for all three conjugations.

hablar		comer		vivir	
hablaré	hablar**emos**	comer**é**	comer**emos**	viviré	vivir**emos**
hablar**ás**	hablar**éis**	comer**ás**	comer**éis**	vivir**ás**	vivir**éis**
hablar**á**	hablar**án**	comer**á**	comer**án**	vivir**á**	vivir**án**

When the English word *will* is used to make a request, the verb **querer** + an infinitive is used in Spanish rather than the future tense: **¿Quiere Ud. abrir la ventana?** *(Will you open the window?)*

2. The future tense in Spanish corresponds to the English auxiliaries *will* and *shall*, and it is generally used as in English.

¿A qué hora volverán?
At what time will they return?

Iremos a misa a las ocho.
We shall go to Mass at eight.

3. The future may also be used as a softened substitute for the direct command.

Ud. volverá mañana a la misma hora.
You will return tomorrow at the same time.

4. The following are often substituted for the future:

   a. Ir a (in the present) plus the infinitive, referring to the near future.

   Van a dejar de fumar.
   They are going to stop smoking.

   Voy a hacer compras mañana.
   I am going to shop tomorrow.

   b. The present tense.

   El partido de tenis empieza a las dos.
   The tennis game will begin at two.

B. The conditional of regular verbs

1. The conditional endings are also added to the complete infinitive: **-ía, -ías, -ía, -íamos, -íais, -ían.** The endings are the same for all three conjugations.

hablar		comer		vivir	
hablaría	hablaríamos	comería	comeríamos	viviría	viviríamos
hablarías	hablaríais	comerías	comeríais	vivirías	viviríais
hablaría	hablarían	comería	comerían	viviría	vivirían

2. The conditional corresponds to the English auxiliary *would* and is generally used as in English.

Me dijo que lo renovarían.
He told me that they would renovate it.

Me gustaría estudiar contigo.
I would like to study with you.

3. Specifically, the conditional is used:

a. to express a future action from the standpoint of the past.

Carlos le dijo que no dormiría la siesta.
Carlos told her that he would not take his nap.

The conditional is not used in Spanish to express *would* meaning "used to" or *would not* meaning "refused to." These concepts are expressed by the imperfect and the preterite, respectively. **Íbamos a la playa todos los días.** *(We would [used to] go to the beach every day.)* **No quiso hacerlo.** *(He would not [refused to] do it.)*

b. to express polite or softened statements, requests, and criticisms.

Tendría mucho gusto en llevar a tu hermana.
I would be very happy to take your sister.

¿Podría Ud. ayudarme?
Could you (Would you be able to) help me?

¿No sería mejor ayudarlo?
Wouldn't it be better to help him out?

c. to state the result of a conditional *if*-clause.

Si viviéramos en el campo, irías a la iglesia todos los domingos.
If we lived in the country, you would go to church every Sunday.

In such situations the *if*-clause is in the imperfect subjunctive. *If*-clauses will be discussed in more detail in **Unidad 10.**

C. Irregular future and conditional verbs

Some commonly used verbs are irregular in the future tense and conditional. However, the irregularity is only in the stem; the endings are regular.

Verb	Future	Conditional	Verb	Future	Conditional
caber	cabré	cabría	querer	querré	querría
decir	diré	diría	saber	sabré	sabría
haber	habré	habría	salir	saldré	saldría
hacer	haré	haría	tener	tendré	tendría
poder	podré	podría	valer	valdré	valdría
poner	pondré	pondría	venir	vendré	vendría

Práctica

3-10 ¿Qué hará la gente? Indique lo que cada persona hará en las situaciones siguientes.

> **Modelo** Al llegar a la biblioteca (yo / estudiar) la lección.
> *Al llegar a la biblioteca yo estudiaré la lección.*

1. Al levantarse (Carlos / vestirse) rápidamente.
2. Al entrar en la iglesia (nosotros / sentarse) inmediatamente.
3. Al llegar a casa (tú / poner) los libros en la sala.
4. Al recibir el dinero (ellos / ayudar) a los pobres.
5. Al terminar la clase (María / salir) para la casa.

Repita la actividad **3-10** diciendo lo que Ud. hará.

 3-11 ¿Cuándo va a hacerlo? Pregúntele a un(a) compañero(a) de clase cuándo va a hacer las cosas siguientes.

> **Modelo** escuchar las palabras del cura
> *¿Vas a escuchar las palabras del cura ahora?*
> *No, escucharé las palabras del cura mañana.*

1. devolver el libro
2. almorzar con los amigos
3. asistir a la iglesia
4. salir a pasear
5. tener una cita
6. tomar el tren
7. hacer la tarea
8. rezar en la iglesia

3-12 Transformación. Cambie las oraciones para concordar con los verbos entre paréntesis.

> **Modelo** Sé que vendrá en coche. (sabía)
> *Sabía que vendría en coche.*

1. Me dicen que Ramón la llevará a la iglesia. (dijeron)
2. Creo que el cura contestará nuestras preguntas. (creía)
3. Estoy seguro de que la misa terminará a tiempo. (estaba)
4. Creo que nos dirá la verdad. (creía)
5. Les dice que discutirán sobre religión más tarde. (dijo)

3-13 ¿Qué harían ellos? Diga lo que harían estas personas en las situaciones siguientes.

> **Modelo** Al recibir el cheque (yo / hacer) un viaje.
> *Al recibir el cheque yo haría un viaje.*

1. Al visitar México (Laura / asistir) a una fiesta religiosa.
2. Al hacer un viaje (sus padres / enviarnos) unos recuerdos.
3. Al volver tarde (nosotros / acostarse) sin comer.
4. Al mirar la televisión (tú / divertirse) mucho.
5. Al mudarse a la ciudad (los campesinos / poder) encontrar empleo.

Repita la actividad **3-13** diciendo lo que Ud. haría.

3-14 Una entrevista. Hágale estas preguntas a un(a) compañero(a) de clase para saber lo que hará en las situaciones siguientes. Comparta esta información con otro(a) compañero(a) de clase.

Modelo   Estudiante 1: *¿Qué harás después de esta clase?*
Estudiante 2: *Iré a la cafetería.*
Estudiante 1: *Carlos dijo que iría a la cafetería.*

1. ¿Qué harás al ir a la biblioteca?
2. ¿Qué harás al llegar a casa esta tarde?
3. ¿Qué harás al asistir a la fiesta?
4. ¿Qué harás antes de estudiar esta noche?
5. ¿Qué harás al graduarte de la universidad?

 3-15 Un millón de dólares. Haga una lista de cinco cosas que haría si tuviera un millón de dólares. Luego, compare su lista con la de un(a) compañero(a) de clase. Después su profesor(a) va a escribir sus ideas en la pizarra. ¿Cuáles son las cinco cosas que todos los estudiantes quieren hacer?

The future and conditional to express probability

A. The future of probability

The future tense is used to express probability at the present time. This construction is used when the speaker is conjecturing about a situation or occurrence in the present.

¿Qué hora será?
I wonder what time it is. (What time do you suppose it is?)

Serán las once.
It is probably eleven o'clock. (It must be eleven o'clock.)

¿Dónde estará Rosa?
I wonder where Rosa is. (Where do you suppose Rosa is?)

B. The conditional of probability

The conditional is used to express probability in the past.

¿Qué hora sería?
I wonder what time it was. (What time do you suppose it was?)

Serían las once.
It was probably eleven o'clock. (It must have been eleven o'clock.)

Estaría en la iglesia.
She was probably in the church. (I suppose that she was in the church.)

Notice that probability in the present or the past may also be expressed by using the word **probablemente** with either the present or the imperfect tense.

Probablemente están en la biblioteca.   Estarán en la biblioteca.
Probablemente sabía la respuesta.   Sabría la respuesta.

Práctica

3-16 Buscando a unos amigos. Ud. está buscando a unos amigos que se mudaron a otra ciudad. Ud. está en el barrio donde ellos viven pero no sabe exactamente dónde está su casa. Está conjeturando sobre la dirección de la casa. Exprese su incertidumbre cambiando las oraciones al futuro de probabilidad.

Modelo   Probablemente ellos no viven en este barrio.
Ellos no vivirán en este barrio.

1. Probablemente su casa se encuentre en esta calle.
2. Probablemente ellos tienen una casa muy grande.
3. Probablemente ellos no están en casa.
4. Probablemente ellos no nos esperan.
5. Probablemente la casa amarilla es su casa.

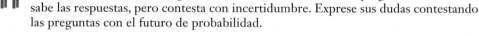

3-17 Incertidumbre. Alguien está haciéndole a Ud. varias preguntas. Ud. no sabe las respuestas, pero contesta con incertidumbre. Exprese sus dudas contestando las preguntas con el futuro de probabilidad.

Modelo   ¿Qué hora es? (las doce)
Serán las doce.

1. ¿A qué hora viene el cura? (a las nueve)
2. ¿Adónde va Carlos ahora? (a misa)
3. ¿A qué hora empieza el programa? (a las ocho)
4. ¿Cómo está su amiga? (muy cansada)
5. ¿Dónde trabaja su novio? (en un almacén)
6. ¿Qué tiene Ud. que hacer hoy? (ayudar a mi hermano)

Ahora hágale cinco preguntas a otro(a) estudiante y él (ella) tendrá que contestar con incertidumbre.

3-18 No estoy seguro(a). Conteste las preguntas siguientes usando el condicional con un pronombre directo.

Modelo   ¿Quién contestó las preguntas? (Ramón)
Ramón las contestaría.

1. ¿Quiénes hicieron las preguntas? (las alumnas)
2. ¿Quién escribió este cuento? (Cervantes)
3. ¿Quiénes mandaron estos ensayos? (mis amigos)
4. ¿Quién compró los libros? (mi primo)
5. ¿Quién puso la composición aquí? (el profesor)

3-19 El clero. Con un(a) compañero(a) de clase exprese el diálogo en español, conjeturando la situación presentada. Después de practicarlo, su profesor(a) va a escoger a dos o tres parejas, invitándolas a presentarle el diálogo a la clase.

SEÑORA 1   I wonder who he is.
SEÑORA 2   He is probably a priest.
SEÑORA 1   Where do you suppose he's from?
SEÑORA 2   He's probably from Spain.

SEÑORA 1   I wonder when he arrived.

SEÑORA 2   He probably came last night with the other members *(miembros)* of the clergy.

Ahora, preparen un diálogo semejante con otras profesiones.

Heinle Grammar Tutorial:
Indirect object pronouns

Indirect object pronouns

A. Forms

In Latin America, the **os** form has been replaced by **les,** which corresponds to **ustedes.**

1. The indirect object pronouns are identical in form to the direct object pronouns except for the third person singular and plural forms **le** and **les.**

me *(to) me*	**nos** *(to) us*
te *(to) you*	**os** *(to) you*
le *(to) him, her, you, it*	**les** *(to) them, you*

2. Since **le** and **les** have several possible meanings, a prepositional phrase (**a él, a ella,** etc.) is sometimes added to clarify the meaning of the object pronoun.

   Le dio el dinero a él.
   He gave the money to him.

   Les mandé un cheque a ellos.
   I sent a check to them.

B. Usage

1. To indicate to whom or for whom something is done.

   Les dio el único cuaderno.
   He gave the only notebook to them.

   Mi marido me preparó la comida.
   My husband prepared the meal for me.

2. To express possession in cases where Spanish does not use the possessive adjectives (**mi, tu, su,** etc.). This usually is the case with parts of the body and articles of personal clothing.

   Me corta el pelo.
   She is cutting my hair.

   Nos limpia los zapatos.
   He is cleaning our shoes.

3. With impersonal expressions.

   Le es muy difícil hacerlo.
   It is very difficult for him to do it.

   Me es necesario hablar con él.
   It is necessary for me to talk with him.

4. With verbs such as **gustar, encantar, faltar,** and **parecer.** This use will be discussed later in this unit.

5. The indirect object pronoun is usually included in the sentence even when the indirect object noun is also expressed.

Le entregué el dinero a Juan.
I handed the money to Juan.

Les leí el cuento a los niños.
I read the story to the children.

Mario le da el regalo a Delia.
Mario is giving the present to Delia.

C. Position

Indirect object pronouns follow the same rules for position as direct object pronouns. They generally precede a conjugated form of the verb or are attached to infinitives and present participles.

Van a leerte el cuento.	Están escribiéndole una carta.
They are going to read you the story.	*They are writing a letter to him.*
Te van a leer el cuento.	Le están escribiendo una carta.
They are going to read the story to you.	*They are writing him a letter.*

> Note that when a pronoun is attached to the present participle, a written accent is required on the original stressed syllable.

Double object pronouns

1. When both a direct and an indirect object pronoun appear in the same sentence, the indirect object pronoun always precedes the direct.

Me lo contó.
He told it to me.

2. Double object pronouns follow the same rules for placement as single object pronouns.

Va a contármelo. Me lo va a contar.	Está contándomelo. Me lo está contando.
He's going to tell it to me.	*He's telling it to me.*

3. When both pronouns are in the third person, the indirect object pronoun **le** or **les** changes to **se.**

Le doy el libro.	Se lo doy.
I give him the book.	*I give it to him.*
Les mandé los cheques.	Se los mandé.
I sent them the checks.	*I sent them to them.*

4. Since **se** may have several possible meanings, a prepositional phrase (**a ella, a Ud., a Uds., a ellos,** etc.) is often added for clarification.

Se lo dio a Ud.
He gave it to you.

5. Reflexive pronouns precede object pronouns.

Se lo puso.
He put it on.

6. The prepositional phrases **a mí, a ti, a nosotros,** and so forth may also be used with the corresponding indirect and direct object pronouns for emphasis.

A mí me dice la verdad.
She tells me the truth.

Práctica

3-20 Una narrativa breve. Lea esta narrativa breve. Después, cuéntela sobre las personas indicadas.

Me habló por teléfono anoche. Estaba contándome sus experiencias en México, cuando alguien interrumpió la conversación. Por eso me dijo que iba a mandarme una carta con unas fotos describiendo todo.

(a nosotros, a ti, a ella, a ellos, a Uds.)

3-21 Los pronombres directos e indirectos usados juntos. Diga cada oración otra vez, cambiando las palabras escritas en letra cursiva a pronombres directos o indirectos.

Modelo   Le voy a mandar *las fotos a mamá.*
Voy a mandárselas.

1. Le voy a traer *la maleta* a *Juana.*
2. Les dijo *la verdad* a *sus padres.*
3. Su padre le prestó *dinero* a *Luz María.*
4. Tengo que comprar *los boletos* para *Juan y Felipe.*
5. Nos mandan *las cartas.*
6. Les está explicando *el motivo* a *mi amigo.*
7. Carlos les envió las invitaciones *a los extranjeros.*
8. La compañía le vendió *la maquinaria* al cliente.
9. Elena le quiere dar *su cámara* a *los turistas.*
10. Van a mostrarme *sus apuntes.*

 3-22 Un(a) amigo(a) ensimismado(a). Ud. tiene un(a) amigo(a) que es bastante egoísta. Siempre está pidiéndole algo a Ud. Con un(a) compañero(a) de clase (quien va a hacerle las preguntas siguientes), conteste las preguntas con una oración negativa o afirmativa. Siga el modelo. ¡Cuidado con los pronombres directos e indirectos!

Modelo   ¿Vas a escribirme muchas cartas este verano?
Sí, voy a escribirte muchas cartas este verano.
Sí, voy a escribírtelas este verano.

1. ¿Vas a darme tus apuntes hoy?
2. ¿Vas a prepararme comida mexicana esta noche?
3. ¿Me dirás las respuestas mañana?
4. ¿Me compraste los libros ayer?
5. ¿Estás haciéndome las actividades para hoy?
6. ¿Tus padres te prestan dinero para comprarme un regalo?

3-23 La boda. Sus amigos van a casarse. ¿Qué hará Ud. para celebrar la boda? Use pronombres en sus respuestas.

> **Modelo**   ¿Les comprarás unos regalos?
> *Sí, se los compraré.*

1. ¿Les organizarás su luna de miel?
2. ¿Les construirás una casa nueva?
3. ¿Les prepararás un pastel de bodas?
4. ¿Les darás un cheque de mil dólares?
5. ¿Les harás un brindis?
6. ¿Les enviarás muchas flores?

Diga cinco otras cosas que Ud. hará. Después, compare sus ideas con las de los otros estudiantes.

Heinle Grammar Tutorial:
Gustar and similar verbs

Gustar and similar verbs

A. *Gustar*

1. The Spanish verb **gustar** means *to please* or *to be pleasing.* The equivalent in English is *to like.* In the Spanish construction with **gustar,** the English subject (I, you, Juan, etc.) becomes the indirect object of the sentence, or the one *to whom* something is pleasing. The English direct object, or the thing that is liked, becomes the subject. The verb **gustar** agrees with the Spanish subject; consequently, it almost always is in the third person singular or plural.

   Nos gusta bailar.
   We like to dance. (Dancing pleases us.)

   Me gustó la música.
   I liked the music. (The music was pleasing to me.)

   ¿Te gustan las conferencias del profesor Ramos?
   Do you like Professor Ramos's lectures?

   Les gustaban sus cuentos.
   They used to like his stories.

2. When the indirect object is included in the sentence, it must be preceded by the preposition **a.** (The indirect object pronoun is still used.)

   A mis hermanos les gustan los discos.
   My brothers like the records.

   A Pablo le gusta el queso.
   Pablo likes cheese.

B. Other verbs like *gustar*

Other common verbs that function like **gustar** are **faltar** (to be lacking, to need), **hacer falta** (to be necessary), **quedar** (to remain, to have left), **parecer** (to appear, to seem), **encantar** (to delight, to charm), **pasar** (to happen, to occur), and **importar** (to be important, to matter).

Me faltan tres billetes.
I am lacking (need) three tickets.

Nos hace falta estudiar más.
It is necessary for us to study more.

Les quedan tres pesos.
They have three pesos left.

No me importa el dinero.
Money doesn't matter to me.

Me encantan las rosas.
I love roses.

¿Qué te parece? ¿Vamos a la iglesia o no?
What do you think? Shall we go to church or not?

¿Qué te pasa?
What's happening to you? What's wrong?

Práctica

3-24 Opiniones y observaciones. Haga la actividad siguiente, según el modelo.

Modelo Me gustan los regalos. (a él / el poema)
Le gusta el poema.

1. Me gusta la canción. (a ti / las películas; a Ud. / la misa; a nosotros / los deportes; a Raúl / la comida; a las chicas / las fiestas; a Rosa / la raqueta; a ellos / viajar)
2. Le faltaba a Ud. el dinero. (a ti / los zapatos; a ella / una cámara; a nosotros / un coche; a Rosa y a Pedro / los billetes; a mí / un lápiz)
3. ¿Qué les parecieron a Uds. las clases? (a ti / el concierto; a Elena / el clima; a tus hermanos / los partidos; a ella / las lecturas; a Ud. / la discoteca; a ellos / los bailes mexicanos)

3-25 ¿Cuál es la pregunta? Haga preguntas que produzcan la información siguiente.

1. Sí, me gustaron las ruinas indígenas.
2. Sí, nos gustan esos jardines.
3. No, a él no le gusta el movimiento feminista.
4. No, a mí no me gusta la política.
5. Sí, nos gusta dormir la siesta.

 Ahora, diga lo que les gusta a cinco de sus amigos.

3-26 ¿Qué les gusta? Con un(a) compañero(a) de clase háganse preguntas para saber lo que les gusta o no les gusta. Después de contestar, expliquen por qué.

Modelo   estudiar mucho
—¿*Te gusta estudiar mucho?*
—*Sí, me gusta estudiar mucho porque quiero aprender.*
-o-
—*No, no me gusta estudiar mucho porque prefiero escuchar música.*

1. las ciudades grandes
2. mirar televisión
3. vivir en el campo
4. la comida española
5. hablar y escribir en español
6. los bailes latinos
7. asistir a la iglesia
8. esta Universidad

 3-27 La vida universitaria. Haga una lista de cinco cosas que le gustan de la vida universitaria y cinco cosas que no le gustan. Compare su lista con la de un(a) compañero(a) de clase para saber las diferencias y semejanzas que existen entre Uds. Luego, compare su lista con las de los otros estudiantes de la clase. ¿Cuáles son las cinco cosas que a la mayor parte de los estudiantes no les gustan? ¿Qué cosas les gustan?

Heinle Grammar Tutorial:
Ser versus *estar*

The verbs *ser* and *estar*

The verbs **ser** and **estar** are translated as the English verb *to be*. However, their usage in Spanish is quite different. They can never be interchanged without altering the meaning of a sentence or in certain contexts producing an incorrect sentence.

A. *Estar* is used:

1. to express location.

La ciudad de Granada **está** en España.
The city of Granada is in Spain.

Ellos **están** en la clase de español.
They are in the Spanish class.

2. to indicate the condition or state of a subject when that condition is variable or when it is a change from the norm. Note that in some of the examples below **estar** can be translated by a verb other than *to be* (*to look, to taste, to seem, to feel,* etc.).

La ventana **está** sucia.
The window is dirty.

Yo **estoy** muy desilusionado.
I am (feel) very disillusioned.

La cena **está** lista.
The dinner is ready.

Juan **está** muy contento hoy.
Juan is (seems) very happy today.

¡Qué delgada **está** Teresa!
How thin Teresa is (looks)!

La sopa **está** riquísima.
The soup is (tastes) delicious.

3. with past participles used as adjectives to describe a state or condition that is the result of an action.

El profesor cerró la puerta. La puerta **está** cerrada.
The professor closed the door. The door is closed.

El autor escribió el libro. El libro **está** escrito.
The author wrote the book. The book is written.

See **Unidad 4**

4. with the present participle to form the progressive tenses.

Los estudiantes **están** analizando los verbos reflexivos.
The students are analyzing the reflexive verbs.

B. *Ser* is used:

1. to describe an essential or inherent characteristic or quality of the subject.

Su hija **es** bonita.
Your daughter is pretty.

El hombre **es** pobre.
The man is poor.

Mis tíos **son** ricos.
My uncles are rich.

La isla **es** pequeña.
The island is small.

Su abuelo **es** viejo. (in years)
His grandfather is old.

Su hermana **es** joven. (in years)
Her sister is young.

2. with a predicate noun that identifies the subject.

El señor Pidal **es** profesor.
Mr. Pidal is a professor.

Juan **es** el cónsul español.
Juan is the Spanish consul.

María **es** ingeniera.
María is an engineer.

Ramón **es** su amigo.
Ramón is her friend.

3. with the preposition **de** to show origin, possession, or the material from which something is made.

Roberto **es** de España.
Roberto is from Spain.

El libro **es** de Teresa.
The book is Teresa's.

El reloj **es** de oro.
The watch is (made of) gold.

La casa **es** de madera.
The house is made of wood.

4. to express time and dates.

Son las ocho.
It's eight o'clock.

Es el cinco de mayo.
It's the fifth of May.

5. when *to be* means "to take place."

La conferencia **es** aquí a las seis.
The lecture is (taking place) here at 6:00.

El concierto **fue** en el Teatro Colón.
The concert was (took place) in the Teatro Colón.

6. to form impersonal expressions (**es fácil, es difícil, es posible**, etc.).

Es necesario entender los tiempos verbales.
It is necessary to understand the verb tenses.

7. with the past participle to form the passive voice. (This will be discussed further in **Unidad 11.**)

El fuego **fue** apagado por el viento.
The fire was put out by the wind.

La lección **fue** explicada por el profesor.
The lesson was explained by the professor.

C. *Ser* and *estar* used with adjectives

It is important to note that both **ser** and **estar** may be used with adjectives. However, the meaning or implication of the sentence changes depending on which verb is used.

ser	estar
ser	**estar**
Elena **es** bonita.	Ella **está** bonita hoy.
Elena is pretty (a pretty girl).	*She looks pretty today.*
Tomás **es** pálido.	Tomás **está** pálido.
Tomás is pale-complexioned.	*Tomás looks pale.*
Él **es** bueno (malo).	**Está** bueno (malo).
He's a good (bad) person.	*He's well (ill).*
Es feliz (alegre).	**Está** feliz (contenta).
She's a happy (cheerful) person.	*She's in a happy (contented) mood.*
El profesor **es** aburrido.	**Está** aburrido.
The professor is boring.	*He's bored.*
Carlos **es** borracho.	Carlos **está** borracho.
Carlos is a drunkard.	*Carlos is drunk.*
José **es** enfermo.	José **está** enfermo.
José is a sickly person.	*José is sick (now).*
Las sandalias **son** cómodas.	Estas sandalias **están** muy cómodas.
Sandals are (generally) comfortable.	*These sandals feel very comfortable.*
Carolina **es** lista.	Carolina **está** lista para salir.
Carolina is clever (alert).	*Carolina is ready to leave.*

Práctica

3-28 *Ser* y *estar*. Complete las oraciones siguientes con la forma correcta de **ser** o **estar**.

1. La casa de Patricia _____ muy lejos de aquí.
2. Su casa _____ de ladrillo.
3. Marina _____ la esposa de Juan.
4. Mi amigo _____ muy cansado hoy.
5. _____ el primero de octubre.
6. Esta sopa _____ muy caliente.
7. Él _____ buena persona, pero _____ enojado ahora.
8. Mi primo _____ enfermo hoy.
9. _____ más ricos que los reyes de España.
10. Ya _____ apagado el fuego.
11. Elena es bonita, y hoy _____ más bonita que nunca.
12. ¿De quién _____ este libro?
13. La conferencia _____ a las ocho.
14. Yo _____ muy contento porque los zapatos _____ muy cómodos.
15. El libro _____ muy aburrido y por eso yo _____ aburrido.

3-29 Un día en la vida de Enrique. Complete el cuento de Enrique con la forma correcta de **ser** o **estar**.

1. _____ las siete cuando Enrique se despertó. **2.** _____ el día de los exámenes finales y él **3.** _____ muy nervioso. Su primer examen **4.** _____ a las nueve y quería llegar temprano para poder estudiar. Después de vestirse, empezó a buscar los libros. No **5.** _____ ni en la sala ni en el estudio. Al fin, su madre le dijo que **6.** _____ detrás de la puerta de su cuarto.

Ahora él **7.** _____ listo y salió para la escuela. Cuando llegó, ya **8.** _____ sus amigos en la biblioteca. **9.** _____ muy aburridos de esperar tanto, pero no dijeron nada. Todos **10.** _____ seguros de que iban a salir mal en el examen. **11.** _____ las nueve menos cinco. Ya **12.** _____ muy tarde y ellos tenían que apurarse para llegar a clase a tiempo.

Después del examen, todos **13.** _____ cansados pero contentos porque el examen había sido *(had been)* muy fácil.

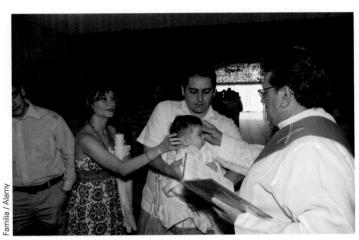

El bautizo es una ocasión importante para los católicos. A menudo se celebra con una gran fiesta después de la ceremonia religiosa. Comente sobre una ocasión importante en la vida de su familia.

3-30 El bautizo. Describa la foto anterior usando una forma de **ser** o **estar** y las palabras de la lista.

> **Modelo** iglesia
> *La iglesia es muy grande.*
> las personas
> *Las personas están en la iglesia.*

1. el bautizo
2. la pareja (el padre) (la madre)
3. la bebé
4. el cura

5. el hombre
6. la mujer
7. el altar

Ahora, añada otras dos oraciones descriptivas. Comparta su descripción con la clase. ¿Están todos de acuerdo?

Repaso

For more practice of vocabulary and structures, go to the book companion website at **www.cengagebrain.com**

Antes de empezar la última parte de esta **unidad,** es importante repasar el vocabulario nuevo y la estructura y hacer las actividades que siguen.

3-31 Al graduarse. Diga lo que harán las personas siguientes después de graduarse.

Review the future tense.

> **Modelo**   Ana (casarse con un hombre rico)
> *Ana se casará con un hombre rico.*

1. nosotros (hacer un viaje alrededor del mundo)
2. tú (trabajar para un banco internacional)
3. mis amigos (comprar un coche nuevo)
4. Alicia (entrar a un convento)
5. Roberto (salir para España a estudiar)
6. yo (divertirse mucho)
7. Enrique y Carmen (buscar un buen empleo)
8. Juan y yo (conseguir una beca para hacer un posgrado)

Review the conditional.

 3-32 ¿Qué haría Ud.? Diga lo que haría en las situaciones siguientes. Luego, su compañero(a) de clase va a hacer la misma cosa. Comparen sus respuestas.

> **Modelo**   ¿Qué harías al terminar la lección?
> *Al terminar la lección me acostaría.*

1. Al recibir un cheque de mil dólares ___.
2. Al entrar a la clase de español ___.
3. Al ir a un buen restaurante ___.
4. Al ver a mi actor favorito ___.
5. Al ir de vacaciones ___.
6. Al despertarme temprano ___.

Review the conditional and **gustar** and similar verbs

 3-33 A escoger. Si pudiera escoger, ¿cuál de las cosas siguientes haría y por qué? Compare sus respuestas con un(a) compañero(a) de clase.

> **Modelo**   asistir a una misa o a un concierto
> *Asistiría a un concierto porque me gusta mucho la música.*

1. estudiar en México o en Colombia
2. vivir en la playa o en las montañas
3. ver una película española o una película francesa
4. salir temprano o tarde de la clase de español
5. visitar un museo de arte o unas ruinas arqueológicas
6. comer en un restaurante italiano o peruano

Review **ir a** + infinitive construction and indirect object pronouns

3-34 En la Catedral de Sal. Entreviste a un(a) compañero(a) de clase para saber si va a hacer las siguientes cosas cuando visite la Catedral de Sal, en Colombia. Use pronombres indirectos.

> **Modelo** hacer preguntas al guía
> *¿Vas a hacerle preguntas al guía? / ¿Le vas a hacer preguntas al guía?*
> *Sí, voy a hacerle muchas preguntas. / Sí, le voy a hacer muchas preguntas.*

1. sacar fotos a los turistas
2. mandar un mensaje en Twitter a tus amigos
3. pedir información al guía
4. buscar un asiento a tu amigo
5. dar dinero al cura
6. describir la catedral a mí

La Catedral de Sal fue construida en el interior de una mina de sal en Zipaquirá, Colombia.

Review the future and double object pronouns

3-35 El Bar Mitzvah. Ud. está invitado(a) a un Bar Mitzvah. Conteste estas preguntas usando pronombres en sus respuestas.

1. ¿Le darás dinero al joven de trece años?
2. ¿Te cubrirás la cabeza al entrar a la sinagoga?
3. ¿Les mandarás una tarjeta de felicitaciones a los padres?
4. ¿Te traducirán tus amigos los pasajes del Torah?
5. ¿Nos reservarás una mesa en la fiesta?

Review the usage of **ser** and **estar**

3-36 Una entrevista. Escoja el verbo adecuado entre paréntesis y hágale las preguntas a un(a) compañero(a) de clase.

1. ¿(Eres / Estás) contento(a) ahora? ¿Por qué (no)?
2. Por lo general, ¿(eres / estás) una persona alegre?
3. ¿Quién de tus amigos (es / está) guapo(a) hoy?
4. ¿Quién en tu familia (es / está) muy listo?
5. ¿Crees que (es / está) importante ser religioso?

A conversar

Guessing from context

Being a good listener can make you a better conversationalist. In the initial phases of language learning and acquisition, you will not know all of the vocabulary needed to understand every word that is spoken. Being aware of the linguistic and social contexts of the message will enable you to understand a conversation through word and phrase association and through the social situation in which the conversation is taking place. Then by making some logical assumptions and with sensible guessing, you should be able to determine the meaning of what you are hearing, which will enable you to make appropriate responses during the conversation.

Descripción y expansión

3-37 En la plaza. Muchas veces la plaza mayor de un pueblo hispano sirve de centro social para la gente que vive allí. Estudie este dibujo de una plaza típica y después haga las actividades siguientes.

1. Describa la plaza de este pueblo hispánico.
2. Describa la iglesia.
3. ¿Qué pasa en el dibujo?
   a. ¿Cuántas personas hay en el dibujo?
   b. ¿Qué hace el cura?
   c. ¿Qué hacen los niños?
   d. ¿Dónde están los jóvenes?
   e. ¿Qué hacen los jóvenes?
   f. ¿Qué venden los vendedores?
   g. ¿Qué compra la señora?

© Cengage Learning

 3-38 Opiniones. Con un(a) compañero(a) de clase, escriban los siguientes títulos en una hoja de papel: *Ciudad* y *Pueblo pequeño*. Debajo del título *Ciudad*, escriban diez ventajas y diez desventajas de vivir en una ciudad. Luego, escriban diez ventajas y diez desventajas de vivir en un pueblo debajo del título *Pueblo pequeño*. Después de terminar esta actividad, su profesor(a) va a escribir los mismos títulos en la pizarra. Luego, él (ella) va a conducir una encuesta de todas las parejas, escribiendo las ventajas y desventajas presentadas por cada pareja. ¿Cuántos estudiantes prefieren vivir en una ciudad? ¿Por qué? ¿En un pueblo pequeño? ¿Por qué? ¿Dónde prefiere vivir Ud.? Explique.

Identifying the speakers

When you listen to a dialogue, determine who is speaking and what their relationship is. Listen for clue words such as **amiga, papi, profe.** Determine if the words are used to address the other speaker or to refer to another character. Also pay attention to the level of formality and determine if it's familiar or formal.

Track 9 **Recién casados**

Escuche la siguiente situación y complete las actividades.

Maribel y Elena, tomando la merienda, charlan muy alegres en una cafetería del centro de Buenos Aires. Maribel le cuenta a su hermana acerca de la luna de miel, de la cual acaba de regresar y de sus primeros días de recién casada en su nuevo hogar.

3-39 Información. Complete las siguientes oraciones, basándose en lo escuchado.

1. Maribel y Ramón fueron de _____.
2. Elena y Maribel son _____.
3. La mamá piensa que los novios no irían a _____.
4. La música entusiasma a _____.
5. Para Maribel el café está _____.

3-40 Conversación. Con uno(a) o dos compañeros(as) entablen una conversación, intercambiando opiniones y experiencias sobre: la necesidad o no de que los esposos sean/no sean religiosos, tengan/no tengan la misma religión. ¿Conocen algún matrimonio en esa situación?

3-41 Situaciones. Con un(a) compañero(a) de clase, preparen un diálogo que corresponda a una de las siguientes situaciones. Es posible que sea necesario presentar el diálogo frente a la clase.

Un(a) niño(a) no quiere asistir a la iglesia. Una familia está lista para salir para la iglesia. Un(a) niño(a) de la familia no quiere ir. La madre le explica por qué él (ella) debe asistir y el (la) niño(a) le da a ella las razones por las cuales no quiere ir.

La vida ideal. Dos amigos(as) conversan sobre lo que piensan de cómo sería la vida ideal. Están comparando sus ideas. Uno(a) explica en qué consistiría la vida ideal y el (la) otro(a) responde con su perspectiva de la vida perfecta.

Track 10 **3-42 Ejercicio de comprensión.** Ud. va a escuchar dos comentarios breves sobre la religión en el mundo hispánico. Después de cada comentario, Ud. va a escuchar dos oraciones. Indique si la oración es **verdad** (V) o **falsa** (F), trazando un círculo alrededor de la letra que corresponde a la respuesta correcta.

Primer comentario	Segundo comentario
1. V F	**3.** V F
2. V F	**4.** V F

Escriba una cosa que Ud. aprendió de estos comentarios que no sabía antes.

Hay tres pasos en esta actividad. **Primer paso:** Se divide la clase en grupos de tres personas. Lean los cinco modos de vivir y cada persona tiene que indicar su reacción ante cada uno de ellos. **Segundo paso:** Compare sus reacciones con las de sus compañeros de clase. **Tercer paso:** Cada miembro del grupo debe describir brevemente su propio modo de vivir y su filosofía personal.

 3-43 Discusión: modos de vivir. A continuación se presentan cinco modos de vivir. Aquí está la lista de reacciones que Uds. deben usar.

a. Me gusta mucho.　　　　**d.** No me gusta mucho.
b. Me gusta un poco.　　　　**e.** No me gusta nada.
c. No me importa.

1. En este modo de vivir, el individuo participa activamente en la vida social de su pueblo, pero no busca cambiar la sociedad, sino comprender y preservar los valores establecidos. Evita todo lo excesivo y busca la moderación y el dominio sobre sí mismo. La vida, según esta filosofía, debe ser activa, pero también debe tener claridad, control y orden.
2. El individuo que participa en este modo de vivir se retira de la sociedad. Vive apartado donde puede pasar mucho tiempo solo y controlar su propia vida. Hay mucho énfasis en la meditación, la reflexión y en conocerse a sí mismo. Para este individuo el centro de la vida está dentro de sí mismo, y no debe depender de otras personas ni de otras cosas.
3. Según esta filosofía, la vida depende de los sentidos y se debe gozar de ella sensualmente. Uno debe aceptar a las personas y las cosas y deleitarse con ellas. La vida es alegría y no la escuela donde uno aprende la disciplina moral. Lo más importante es abandonarse al placer y dejar que los acontecimientos y las personas influyan en uno.
4. Ya que el mundo exterior es transitorio y frío, el individuo solo puede encontrar significado y verdadera gratificación en la vida pensativa y en la religión. Como han dicho los sabios, esta vida no es más que una preparación para la otra, la vida eterna. Todo lo físico debe ser subordinado a lo espiritual. El individuo debe juzgar sus acciones y sus deseos a la luz de la eternidad.
5. Solo al usar la energía del cuerpo podemos gozar completamente de la vida. Las manos necesitan fabricar y crear algo. Los músculos necesitan actuar: saltar, correr, esquiar, etcétera. La vida consiste en conquistar y triunfar sobre todos los obstáculos.

3-44 Temas de conversación o de composición

1. El casarse con alguien de otra religión ya no presenta problemas en nuestra sociedad. ¿Cierto o falso? Explique.
2. Todas las religiones son esencialmente iguales. Por eso, deberían unirse en una gran religión universal. ¿Cierto o falso? Explique.
3. Las mujeres y los hombres deberían participar igualmente en la dirección de los ritos religiosos. ¿Cierto o falso? Explique.
4. Ninguna religión debe recibir el apoyo del estado. ¿Cierto o falso? Explique.
5. Las creencias religiosas siempre se basan en ideas supersticiosas. ¿Cierto o falso? Explique.

Todos los años miles de devotos acuden a la Basílica de Guadalupe, en las afueras de la Ciudad de México, para rendirle homenaje a la Virgen de Guadalupe: la virgen patrona de México y símbolo de la religiosidad mexicana. ¿Conoce Ud. la historia de sus apariciones en México? ¿Ha visto reproducciones de la imagen de la Virgen de Guadalupe en velas, camisetas, envases de comida o vehículos? ¿Por qué cree que es un símbolo dominante entre los mexicanos?

Lectura

Juan Diego y la Virgen de Guadalupe

La Virgen de Guadalupe fue la primera de una serie de apariciones milagrosas[1] en México. Después de la conquista de México, el fraile español Juan de Zumárraga, primer arzobispo de México, ordenó la destrucción de todos los dioses y sepulcros[2] paganos. La diosa más popular entre los indígenas cerca de la capital era la diosa virgen azteca de la tierra y del maíz, Tonantzin, cuyo sepulcro estaba sobre cerro Tepeyac. Los indígenas lamentaron tanto la pérdida de esta diosa que la Virgen morena de Guadalupe fue enviada para reemplazarla.

Tonantzin, la diosa de la tierra y del maíz

© Cengage Learning

Se dice que era muy temprano por la mañana, el 9 de diciembre de 1531, cuando un indígena pobre llamado Juan Diego iba camino a Tlatelolco para recibir instrucciones cristianas en la iglesia franciscana. Al pasar cerca del cerro del Tepeyac, oyó una voz de una mujer que le preguntaba adónde iba él. Juan Diego le contestó que iba a la iglesia de Tlatelolco.

Luego ella le dijo que fuera[3] a buscar al obispo[4] de México para decirle que María Madre de Dios le había hablado y que ella deseaba un templo en ese sitio. El indígena joven fue a hablar al obispo pero él no quiso creerle a Juan Diego. El indígena salió de la oficina del obispo muy triste y desesperado. Volvía a su casa cuando la Virgen se le apareció otra vez en el mismo lugar. La Virgen le mandó que fuera a ver al obispo otra vez. Esta vez el obispo le habló y le pidió a Juan Diego que le llevara una prueba o señal de la Virgen.

El 12 de diciembre, Juan Diego volvió al Tepeyac y vio otra vez a la Virgen. Le pidió a ella una prueba para el obispo. La Virgen le mandó a Juan Diego subir al cerro y cortar unas rosas para llevárselas al obispo. Juan Diego sabía que no había nada más que cactos en el cerro, pero obedeció. Cuando llegó a la cumbre del cerro se sintió muy sorprendido de ver algunas rosas bonitas que crecían entre las rocas.

El indígena las cortó y las puso en su tilma[5] y se las llevó al obispo.

[1] miraculous; [2] tombs; [3] to go; [4] bishop; [5] cloak

Aparición de la Virgen de Guadalupe

Al dejarlas caer sobre el suelo, vio pintada en la tilma la imagen de la Virgen, donde las rosas habían estado. El obispo se dio cuenta de que era un milagro y ordenó la construcción de una capilla en honor a la Virgen en la cumbre del cerro de Tepeyac. Desde entonces se venera a la Virgen de Guadalupe en todas partes de México, y desde el año 1910, se ha reconocido a la Virgen como la patrona de los otros países hispanoamericanos.

Al pie de la colina hoy se puede ver una iglesia grande y hermosa que es la Basílica de la Virgen de Guadalupe. Aquí y en otras partes de Hispanoamérica, todos los años se celebra el día oficial de la Virgen de Guadalupe, el 12 de diciembre.

3-45 Preguntas. Conteste las siguientes preguntas.

1. ¿Cómo se llamaba la diosa popular de los aztecas? ¿Dónde estaba su sepulcro? ¿Qué le pasó después de la conquista?
2. ¿Quién era Juan Diego? ¿Qué le pasó a él al pasar por el cerro de Tepeyac?
3. ¿Por qué no le creía a Juan el obispo? ¿Qué necesitaba el obispo?
4. ¿Qué pasó el 12 de diciembre?
5. ¿Qué se puede ver hoy cerca del cerro de Tepeyac?

3-46 Discusión. Responda a las preguntas, trabajando con dos o tres compañeros(as).

1. ¿Hay diferencias y semejanzas entre la diosa Tonantzin y la Virgen de Guadalupe? ¿Cuáles son?
2. En su opinión, ¿por qué fue necesario reemplazar a la diosa Tonantzin?
3. En su religión o comunidad, ¿qué figura hace un papel importante como lo hace la Virgen de Guadalupe en la vida religiosa de los mexicanos? Explique.

3-47 Proyecto. Escoja uno de los temas siguientes para investigar y presentar un ensayo escrito:

1. la canonización de Juan Diego
2. el culto a la Santa Muerte
3. los menonitas de México
4. el dios Chac

Investigue sobre su tema en Internet o en la biblioteca. Use la información para escribir un ensayo de tres párrafos: el primer párrafo introducirá el tema, explicando qué o quién es; el segundo párrafo hablará sobre un aspecto interesante; el tercer párrafo concluirá, mencionando el significado o la importancia del sujeto hoy en día. Si es posible, incluya un dibujo o una foto para ilustrar su ensayo.

Aspectos de la familia en el mundo hispánico

David Sacks/Lifesize/Getty Images

Una familia hispánica está en la cocina. Describa a la familia. ¿Qué hacen?

En contexto
¿Vamos al cine?

Estructura
- The progressive tenses
- The perfect tenses
- The future and conditional perfect
- Possessive adjectives and pronouns
- Interrogative words
- **Hacer** and **haber** with weather expressions
- **Hacer** with expressions of time

Repaso
🌐 www.cengagebrain.com

A conversar
Initiating and ending a conversation

A escuchar
Using context to decipher unfamiliar words

Intercambios
Un dilema familiar

Investigación y presentación
El compadrazgo en Paraguay

Vocabulario activo

Verbos

aguantar *to put up with*
arreglar *to arrange*
probar (ue) *to taste, to sample*
significar *to mean*

Sustantivos

el bocado *bite, taste*
el cariño *affection*
la(s) gana(s) *desire, wish*
la pantalla *movie screen*
la película *movie, film*

Adjetivos

asado(a) *roasted*
ciego(a) *blind*
listo(a) *clever*
solitos *dimin. of* solos *alone*
surrealista *surrealistic*

Otras expresiones

acabar de *to have just*
atrás *in back*
hace dos semanas que *it has been two weeks since*
valer la pena *to be worthwhile*

4-1 Para practicar. Complete el párrafo siguiente con palabras escogidas de la sección **Vocabulario activo.** No es necesario usar todas las palabras.

Yo no podía **1.** _____ seguir estudiando más. Tenía **2.** _____ de ir al cine. **3.** _____ no veía una **4.** _____ buena. Mis amigos estaban ocupados y por eso fui **5.** _____. Entré al cine y me senté en la parte de **6.** _____ del teatro. Casi no podía ver la **7.** _____, pero no me importó porque no podía entender lo que **8.** _____ el argumento (*plot*) que era muy **9.** _____. Salí para casa a las diez, pensando que esa película no **10.** _____. Tenía hambre y por eso pasé por un café. Yo **11.** _____ un **12.** _____ de carne **13.** _____, pero decidí pedir una tortilla española. Fue la única cosa buena de aquella noche.

4-2 ¿Vamos al cine? Antes de leer el dialogo escúchelo con el libro cerrado. ¿Cuánto comprendió?

Track 11

(Carlos y Concha piensan ir al cine, pero encuentran varios obstáculos.)

CARLOS   Oye, Concha, no hemos visto esa nueva película italiana[1]. ¿Quieres ir esta noche?

CONCHA   ¡Ah! Me encantaría. Pero, sabes, mi mamá querrá ir también.[2]

CARLOS   ¿No hay manera de ir solos? Tu mamá es una buena persona, pero yo solo deseaba verte a ti.

CONCHA   Carlitos[3], tú sabes cómo es ella. Siempre se enoja cuando no la invitamos. Tendrás que llevarla a ella también.

CARLOS   ¿Y si le decimos que la película es de esas surrealistas? La última vez la invitamos, pero no quiso ir.

CONCHA   ¡Ah, sí! Dice que siempre se duerme. Pero, ¿cómo vamos a convencerla?

CARLOS   Déjamelo a mí. Yo lo arreglaré.

(Van a la cocina donde encuentran a la mamá de Concha y al tío Paco, de ochenta y seis años.)

MAMÁ   ¡Hola, Carlos! ¿Cómo estás? Te quedas a comer con nosotros, ¿verdad?[4]

CARLOS   Gracias, acabo de comer en casa. Venimos a ver si Ud. querría acompañarnos al cine. Vamos a ver la película italiana que dan en el Cine Mayo. No la ha visto, ¿verdad?

MAMÁ   ¿Qué película es? Para decir la verdad me gustan más las norteamericanas con Brad Pitt o George Clooney. Prueba esta carne asada, Carlos[5].

CARLOS   Bueno, un bocado nada más. Esas películas comunes y corrientes[1] no valen la pena. Esta sí que debe ser buena; fue premiada[2] en Europa.

CONCHA   ¿Vienes o no, mamá?

MAMÁ   Bueno, pensándolo bien, es mejor que vayan Uds. solos. La última vez me dormí apenas comenzada la película.

TÍO   A mí sí que me gustan las películas de ese… ¿cómo se llama? … Fettucini, creo. Yo iré con Uds. Hace dos semanas que no voy a cine.

CARLOS   Bueno… no lo había pensado…

CONCHA   *(en voz baja a Carlos)* No te preocupes, tonto. Está tan ciego el tío Paco, que tiene que sentarse muy cerca de la pantalla. Le diremos que no aguantamos eso, y nos sentaremos atrás, solitos.

CARLOS   Ah, Conchita, ¡eres tan lista!

Notas culturales

[1] **película italiana:** *Las películas extranjeras son muy populares en Europa y en Hispanoamérica. En España, en la Argentina y en México hay una industria cinematográfica notable, pero no alcanza a satisfacer al público hispánico.*

[2] **mi mamá querrá ir también:** *Es común en el mundo hispánico que salgan juntas personas de diversas edades. Las personas no se dividen según las edades para divertirse como lo hacemos en los Estados Unidos.*

[3] **Carlitos:** *Es común usar diminutivos para indicar cariño o familiaridad.*

[4] **Te quedas a comer con nosotros, ¿verdad?:** *Es casi automática esta invitación a comer, pero es falsa. La respuesta, también automática, es negativa pero cortés.*

[5] **Prueba esta carne asada, Carlos:** *La segunda invitación, siempre hecha con más fuerza, es verdadera y debe ser aceptada, con ganas o no.*

[1] comunes y corrientes *common and ordinary*   [2] fue premiada *was awarded a prize*

4-3 Actividad cultural. En grupos de tres personas, hablen sobre estos temas.

1. Cada miembro del grupo que ha visto una película extranjera tiene que dar el título de la película y después tiene que describirla. Las personas que han visto tal película tienen que explicar por qué les gustó o por qué no les gustó.

2. ¿Cuántos miembros de su grupo han ido al cine con su novio(a) acompañados por sus padres u otros miembros de su familia? ¿Qué les parece la idea de ir acompañados por sus padres cuando van al cine con su novio(a)?

3. Como Uds. pueden ver la forma diminutivo de Carlos es Carlitos. ¿Cuáles son las letras que se usan para hacer esta forma? Luego, hagan la forma diminutivo de Pablo y de Concha.

4. Si una persona de los Estados Unidos recibe una invitación a comer, ¿se acepta automáticamente o no? ¿Les parece que es más cortés o menos cortés hacer una invitación automática?

4-4 Comprensión. Conteste las preguntas siguientes.

1. ¿Qué piensan hacer Carlos y Concha?
2. ¿Por qué no podrán ir solos?
3. ¿Qué hace la mamá cuando no la invitan?
4. ¿Qué clase de película quieren ver?
5. ¿Qué hace la mamá cuando ve una película surrealista?
6. ¿Quiénes están en la cocina?
7. ¿Qué le pregunta la mamá a Carlos?
8. ¿Cuáles son las películas que le gustan a la mamá?
9. ¿Quién va a ir al cine con los jóvenes?
10. ¿Qué van a hacer los jóvenes para estar solos en el cine?

4-5 Opiniones. Conteste las preguntas siguientes.

1. ¿Le gustan a Ud. las películas extranjeras? ¿Por qué sí o por qué no?
2. ¿Qué películas ha visto recientemente?
3. ¿Le gustan las películas surrealistas? Explique.
4. ¿Con quién prefiere ir al cine? ¿Por qué?
5. ¿Cuáles son sus películas favoritas?
6. ¿Quién es su actor favorito? ¿su actriz favorita?
7. En su opinión, ¿vale la pena ver películas modernas? ¿Por qué?

The progressive tenses

A. The present participle

1. The present participle is formed by adding **-ando** to the stem of all **-ar** verbs and **-iendo** to the stem of most **-er** and **-ir** verbs.

aprender:	aprend**iendo**	*learning*
hablar:	habl**ando**	*speaking*
vivir:	viv**iendo**	*living*

2. Some common verbs have irregular present participles. In **-er** and **-ir** verbs, the **i** of **-iendo** is changed to **y** when the verb stem ends in a vowel.

caer:	ca**y**endo		**leer:**	le**y**endo
creer:	cre**y**endo		**oír:**	o**y**endo
ir:	**yendo**		**traer:**	tra**y**endo

3. Stem-changing **-ir** verbs and some **-er** verbs have the same stem changes in the present participle as in the preterite.

decir:	diciendo		**pedir:**	pidiendo
divertir:	divirtiendo		**poder:**	pudiendo
dormir:	durmiendo		**sentir:**	sintiendo
mentir:	mintiendo		**venir:**	viniendo

Heinle Grammar Tutorial:
Present progressive tenses

B. The present progressive

1. The present progressive is usually formed with the present tense of **estar** and the present participle of a verb.

estoy		
estás	bailando	*I am dancing, etc.*
está		
estamos	bebiendo	*I am drinking, etc.*
estáis		
están	escribiendo	*I am writing, etc.*

2. The present progressive is used to stress that an action is in progress or is taking place at a particular moment in time.

Están demostrando mucho interés en las religiones del mundo.
They are showing a lot of interest in the religions of the world.

Estoy leyendo mis apuntes.
I am reading my notes.

Están viviendo solitos en México.
They are living all alone in Mexico.

3. Certain verbs of motion are sometimes used as substitutes for **estar** in order to give the progressive a more subtle meaning.

ir:	Va aprendiendo a tocar la guitarra.
	He is (slowly, gradually) learning to play the guitar.
seguir, continuar:	Siguen hablando.
	They keep on (go on) talking.
venir:	Viene contando los mismos chistes desde hace muchos años.
	He has been telling the same jokes for many years.
andar:	Anda pidiendo limosna para los pobres.
	He is going around asking for alms for the poor.

C. The past progressive

A second past progressive tense is the preterite progressive, formed with the preterite of **estar** plus a present participle. It is used to stress that a completed action was in progress at a specific time in the past: **Estuve estudiando hasta las seis.** *(I was studying until six.)*

1. The past progressive is usually formed with the imperfect of **estar** plus a present participle.

estaba estabas estaba estábamos estabais estaban	mirando	*I was looking at, etc.*
	vendiendo	*I was selling, etc.*
	saliendo	*I was leaving, etc.*

2. This tense is used to stress that an unfinished action was in progress at a specific time in the past.

Yo estaba mirando un programa de televisión, en vez de estudiar.
I was watching a television program instead of studying.

El cura estaba explicando las influencias extranjeras sobre la Iglesia cuando lo interrumpieron.
The priest was explaining the foreign influences on the Church when they interrupted him.

3. As in the present progressive, the verbs of motion **ir, seguir, continuar, venir,** and **andar** may also be used to form the past progressive.

Seguía escribiendo poemas.
She kept on writing poems.

Andaba diciendo mentiras.
He was going around telling lies.

D. Position of direct object pronouns with the participle

Direct object pronouns are attached to the present participle. But in the progressive tenses the object pronoun may either precede **estar** or be attached to the participle.

Note that when the pronoun is attached to the participle, a written accent is required on the original stressed syllable of the participle.

Leyéndolo, vio que yo tenía razón.
Reading it, he saw that I was right.

Estoy arreglándola.
OR
La estoy arreglando.
I am repairing it.

Práctica

4-6 El cine. Ud. ha ido al cine. Describa lo que está pasando. Termine esta narrativa breve, usando la forma correcta de **estar** y el participio presente.

Yo (observar) **1.** _____ a la gente que (llegar) **2.** _____ al cine. Hay mucha gente que (comprar) **3.** _____ entradas. Otras personas (entrar) **4.** _____ al cine. Un hombre (pedir) **5.** _____ palomitas (*popcorn*) y su amiga (beber) **6.** _____ un refresco. Yo (morirme) **7.** _____ de sed, pero me falta dinero para comprar refrescos. Muchas personas (sentarse) **8.** _____ cerca de la pantalla, otras no. Varias personas (leer) **9.** _____ su programa. Me parece que todos (divertirse) **10.** _____ mucho.

4-7 Lo que está pasando ahora. Usando algunos de los verbos siguientes, diga cinco cosas que están haciendo los estudiantes en la clase en este momento.

observar	leer	escuchar	hablar	abrir
mirar	escribir	poner	hacer preguntas	sacar

4-8 ¿Qué está haciendo la gente? Indique lo que varias personas están o no están haciendo ahora. Use el progresivo presente con **estar**.

> **Modelo**   su mamá (mirar la televisión / preparar la comida)
> *Su mamá no está mirando la televisión. Está preparando la comida.*

  1. el tío Paco (mirar la película / dormir)
  2. Concha (estudiar / hablar con Carlos)
  3. el estudiante (escribir cartas / estudiar la lección)
  4. nosotros (leer / buscar un libro)
  5. yo (mentir / decir la verdad)
  6. sus padres (comer / escuchar música)

Ahora, repita la actividad **4-7** usando **seguir**.

> **Modelo**   *El tío Paco no está mirando la película, sigue durmiendo. etcétera*

4-9 El regreso a casa. Describa lo que estaba pasando ayer cuando Concha entró a su casa.

> **Modelo**   su amigo / esperarla
> *Cuando llegó a casa ayer, su amigo estaba esperándola.*

  1. el tío / dormir
  2. Concha / leer el periódico
  3. sus hermanos / jugar
  4. su tío / mirar television
  5. su madre / preparar la comida
  6. Carlos y su madre / hablar del cine

Ahora, diga a la clase cinco cosas que estaban pasando en su casa cuando volvió a casa ayer.

4-10 Actividades de ayer. Con un grupo de compañeros de clase, hablen de las cosas que estaban haciendo ayer a las horas indicadas. Hagan una lista de las cosas que eran iguales, y otra lista de las cosas diferentes. Comparen sus actividades.

> **Modelo**   a las diez de la noche
> *Estaba mirando las noticias a las diez de la noche.*

1. a las seis de la mañana
2. a las ocho y media de la mañana
3. a las doce y quince de la tarde
4. a las tres de la tarde
5. a las seis de la tarde
6. a las ocho y cuarenta y cinco de la noche

4-11 Anoche en la casa de Concha. Haga el papel de Concha y describa lo que estaba pasando anoche en su casa. Luego, compare su descripción con la de un(a) compañero(a) de clase.

1. I was reading the newspaper.
2. My mother went on preparing the meal.
3. Our uncle was (gradually) answering our questions.
4. Carlos was trying to find the entertainment guide *(Guía del Ocio)*.
5. He was telling us that they keep on repeating the same films all week.
6. My mother was describing her favorite film to us.
7. Carlos went around asking for money for the show.
8. We kept on talking about the movies until midnight.

The perfect tenses

A. The past participle

1. The past participle of regular verbs is formed by dropping the infinitive ending and adding **-ado** to **-ar** verbs and **-ido** to **-er** and **-ir** verbs.

comer:	com**ido**	*eaten*
hablar:	habl**ado**	*spoken*
vivir:	viv**ido**	*lived*

2. Some common verbs have irregular past participles.

abrir:	abierto		**hacer:**	hecho
cubrir:	cubierto		**morir:**	muerto
decir:	dicho		**poner:**	puesto
descubrir:	descubierto		**resolver:**	resuelto
devolver:	devuelto		**romper:**	roto
envolver:	envuelto		**ver:**	visto
escribir:	escrito		**volver:**	vuelto

3. Some forms carry a written accent. This occurs when the stem ends in a vowel.

caer:	caído		**oír:**	oído
creer:	creído		**reír:**	reído
leer:	leído		**traer:**	traído

4. The past participle in Spanish is used with the auxiliary verb **haber** to form the perfect tenses. It can also be used as an adjective to modify nouns with **ser** or **estar,** or it can modify nouns directly. When used as an adjective, it must agree in gender and number with the noun.

La puerta está cerrada.
The door is closed.

El tío Paco está aburrido porque la película es aburrida.
Uncle Paco is bored because the movie is boring.

Tenemos que memorizar las palabas escritas en la pizarra.
We have to memorize the words written on the chalkboard.

The past participle may also be used with a form of **estar** to describe the resultant condition of a previous action.

Juan escribió los ejercicios. Ahora los ejercicios están escritos.
Juan wrote the exercises. Now the exercises are written.

Su madre cerró la ventana. Ahora la ventana está cerrada.
His mother closed the window. Now the window is closed.

Heinle Grammar Tutorial:
The present perfect tense

B. The present perfect tense

1. The present perfect is formed with the present tense of **haber** plus a past participle.

he has ha	hablado	*I have spoken, etc.*
hemos	comido	*I have eaten, etc.*
habéis han	vivido	*I have lived, etc.*

2. The present perfect is used to report an action or event that has recently taken place and whose effects are continuing up to the present.

Ellos han encontrado varios obstáculos
They have encountered several obstacles.

Esta semana he pensado mucho en ver esa película.
This week I have thought a lot about seeing that movie.

3. The parts of the present perfect construction are never separated and the past participles do not agree with the subject in gender or number. They always end in **-o.**

¿Lo ha probado María?   Han visto una película italiana.
Has María tasted it?   *They have seen an Italian movie.*

4. Acabar de plus an infinitive is used idiomatically in the present tense to express *to have just + past participle.* The present perfect tense is not used in this construction.

Ella acaba de preparar la comida.
She has just prepared the meal.

Heinle Grammar Tutorial:
The pluperfect tense

The preterite of **haber** plus a past participle forms the preterite perfect, which is generally a literary tense.

C. The pluperfect tense

1. The past perfect tense, also called the pluperfect, is formed with the imperfect tense of **haber** plus a past participle.

había		
habías	hablado	*I had spoken, etc.*
había		
habíamos	comido	*I had eaten, etc.*
habíais		
habían	vivido	*I had lived, etc.*

2. The past perfect is used to indicate an action that preceded another action in the past.

Cuando llamé, ya habían salido.
When I called, they had already left.

Dijo que ya había ido al cine.
He said that he had already gone to the movies.

3. Negative words and pronouns precede the auxiliary verb form of **haber.**

No ha probado un bocado.
He hasn't tasted a bite.

Mamá se durmió cuando apenas había comenzado la película.
Mom fell asleep when the movie had barely started.

4. **Acabar de** plus an infinitive is used idiomatically in the imperfect tense to express *had just + past participle.* The pluperfect tense is not used in this construction.

Ellos acababan de salir del teatro, cuando los vi.
They had just left the theater, when I saw them.

Práctica

4-12 No quiere hacerlo. Diga por qué la gente no quiere hacer las cosas indicadas. Use el presente perfecto.

Modelo   Concha no quiere ver esta película porque ___.
Concha no quiere ver esta película porque ya la ha visto.

1. Su madre no va a preparar la comida porque _____.
2. Carlos y ella no quieren probar el arroz porque _____.
3. Nosotros no vamos a hacer los platos mexicanos porque _____.
4. Tú no vas a escribir la carta porque _____.
5. Yo no pienso comprar las entradas porque _____.
6. Enrique no va a devolver el regalo porque _____.

4-13 Ya habíamos hecho eso. Diga lo que las personas siguientes ya habían hecho antes de hacer las cosas indicadas. Use el pasado perfecto.

Modelo   Antes de ir al cine ya (ellos / comprar las entradas).
Antes de ir al cine ya habían comprado las entradas.

1. Antes de asistir al teatro ya (yo / cenar).
2. Antes de entrar a la cocina ya (ellos / hablar con su madre).
3. Antes de salir de la casa ya (ella / hacer la comida).
4. Antes de hablar con tus padres ya (tú / resolver el problema).
5. Antes de ir a la biblioteca ya (nosotros / escribir la composición).
6. Antes de nuestra llegada ya (ellos / volver).

4-14 Antes de la clase. Con un(a) compañero(a) de clase comparta cinco cosas que Ud. ha hecho para prepararse para la clase. ¿Cuántas cosas que Uds. han hecho son iguales?

Modelo   *Para prepararme para la clase, hoy yo he estudiado todos los verbos.*

4-15 Antes de acostarse. Con un(a) compañero(a) de clase describan cinco cosas que Uds. habían hecho antes de acostarse anoche. ¿Hicieron algunas de las mismas cosas?

Modelo   *Yo había hablado por teléfono con un(a) amigo(a) antes de acostarme anoche.*

4-16 El resultado de sus acciones. Ayer muchos de los miembros de su familia hicieron varias cosas. Dígale a un(a) compañero(a) de clase lo que hicieron y use los verbos a continuación para indicar tales resultados. Siga el modelo y sea creativo. Ahora, su compañero(a) de clase va decirle lo que pasó en su casa. ¿Hay semejanzas y diferencias? ¿Cuáles son?

Modelo   preparar
Ahora la comida está preparada.

Use los verbos siguientes:

1. romper
2. hacer
3. arreglar
4. escribir
5. lavar

Heinle Grammar Tutorial:
The future perfect

The future and conditional perfect

A. Future perfect

1. The future perfect tense is formed with the future tense of the verb **haber** plus a past participle.

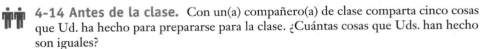

habré habrás		
habrá habremos	hablado	*I will have spoken, etc.*
habréis habrán	comido	*I will have eaten, etc.*
	salido	*I will have left, etc.*

2. It expresses a future action that *will have taken place* by some future time.

Habrán salido a eso de las diez.
They will have left by ten.

Habrá terminado la lección antes de comer.
He will have finished the lesson before eating.

Heinle Grammar Tutorial:
The conditional perfect

B. Conditional perfect

1. The conditional perfect is formed with the conditional tense of **haber** plus a past participle.

habría		
habrías	hablado	*I would have spoken, etc.*
habría		
habríamos	comido	*I would have eaten, etc*
habríais		
habrían	salido	*I would have left, etc*

2. This tense is used to express something that *would have* taken place.

Yo habría estudiado en vez de ir al cine.
I would have studied instead of going to the movies.

¿Qué habrías contestado tú?
What would you have answered?

C. Probability

The future and conditional perfects may be used to express probability.

¿Habrá terminado su trabajo a tiempo?
I wonder if he has finished his work on time.

¿Habría terminado su trabajo a tiempo?
I wonder if he had finished his work on time.

Habrán llegado a las ocho.
They must have arrived at eight.

Habrían llegado a las ocho.
They had probably arrived at eight.

Práctica

4-17 El teatro. Ud. va al teatro a encontrarse con sus amigos. Ud. conjetura sobre lo que ellos ya habrán hecho (probablemente) antes de su llegada.

Modelo   ellos / llegar temprano
Ellos ya habrán llegado temprano.

1. ellos / cenar
2. Carlos / estacionar el coche
3. Concha / comprar las entradas
4. ellos / esperarnos una hora antes de entrar
5. Concha / entrar al teatro
6. ellos / sentarse en su butaca

4-18 Unas decisiones difíciles. ¿Qué habría hecho Ud. en las situaciones siguientes? Con un(a) compañero(a) de clase lean las situaciones siguientes. Luego háganse la pregunta y contéstela con lo que habría hecho.

Modelo   Mi amigo encontró una cartera *(wallet)* en la calle y se la devolvió al dueño.
—*¿Qué habrías hecho tú?*
—*Yo se la habría devuelto al dueño también.*

1. Ricardo se ganó un millón de dólares en la lotería y luego hizo un viaje alrededor del mundo.
2. Los estudiantes recibieron malas notas en el examen, pero luego decidieron estudiar más.
3. Era el cumpleaños de su novio(a), y le compró muchos regalos.
4. Alguien me invitó a cenar en un restaurante elegante, pero no acepté su invitación.
5. El cocinero nos ofreció un bocado de carne asada, pero no lo aceptamos porque no teníamos hambre.

4-19 A conjeturar. Con un(a) compañero(a) de clase tengan esta conversación en español.

ROBERTO   Where do you suppose they have gone?

MARGARITA   They must have decided to go to the movie theater.

ROBERTO   I wonder if they had tried to call us before leaving the house.

MARGARITA   Maybe, but we had probably not arrived home yet.

ROBERTO   They must have thought that we had already seen the movie or they probably would have invited us to go with them.

Heinle Grammar Tutorial:
Possessive adjectives and pronouns

Possessive adjectives and pronouns

A. Possessive adjectives—unstressed (short) forms

1. The unstressed (short) forms of the possessive adjectives:

mi, mis	*my*	**nuestro(a, os, as)**	*our*
tu, tus	*your*	**vuestro(a, os, as)**	*your*
su, sus	*his, her, its, your*	**su, sus**	*their, your*

2. Possessive adjectives agree with the thing possessed and not with the possessor. The unstressed forms always precede the noun.

Él es cortés con mi mamá.
He is polite with my mother.

Su hermano es muy listo.
His (her, your, their) brother is very clever.

Tus composiciones son muy interesantes.
Your compositions are very interesting.

3. All possessive adjectives agree in number with the nouns they modify, but **nuestro** and **vuestro** show gender as well as number.

Nuestros padres van mañana.
Our parents are going tomorrow.

Nuestra casa está lejos del centro.
Our house is far from downtown.

4. The possessive **su** has several possible meanings: *his, her, its, your,* or *their.* For clarity, **su** plus a noun is sometimes replaced by the definite article + noun + prepositional phrase.

¿Dónde vive su madre?
  OR
¿Dónde vive la madre de él? (de ella, de Ud., de ellos, etcétera)
Where does his (her, your, their, etc.) mother live?

El padre de él y el tío de ella son amigos.
His father and her uncle are friends.

5. Definite articles are generally used in place of possessives with parts of the body, articles of clothing, and personal effects. If the subject does the action to someone else, the indirect object pronoun indicates the possessor (**Les limpié los zapatos** = *I cleaned their shoes*). If the subject does the action to himself or herself, the reflexive pronoun is used (**Ella se lava las manos** = *She washes her hands*). However, if the part of the body or article of clothing is the subject of the sentence, or if any confusion exists regarding the possessor, then the possessive adjective is used.

Tus pies son enormes.
Your feet are enormous.

Pedro dice que mis brazos son muy fuertes.
Pedro says that my arms are very strong.

B. Possessive adjectives—stressed (long) forms

1. The stressed (long) forms of the possessive adjectives:

mío(a, os, as)	*(of) mine*
tuyo(a, os, as)	*(of) yours*
suyo(a, os, as)	*(of) his, hers, its, yours*
nuestro(a, os, as)	*(of) ours*
vuestro(a, os, as)	*(of) yours*
suyo(a, os, as)	*(of) theirs, yours*

2. The stressed forms agree in gender and number with the nouns they modify; they always follow the noun.

unas amigas mías   una tía nuestra
some friends of mine   *an aunt of ours*

3. The stressed possessive adjectives may function as predicate adjectives or they may be used to mean *of mine, of theirs*, and so forth.

   Unas amigas mías vinieron al club.
   Some friends of mine came to the club.

   Esa es la raqueta suya, ¿verdad?
   That's your racquet, isn't it?

4. It is important to note in the previous examples that the stress is on the possessive adjective and not on the noun: **unas amigas mías, una raqueta suya.** In contrast, the short forms of the possessive adjective are not stressed: **mis amigas, su raqueta.**

5. Since **suyo** has several possible meanings, the construction **de + él, ella, Ud.,** etc., may be used instead for clarity.

   Un amigo suyo viene a verme.
     OR
   Un amigo de Ud. viene a verme.
   A friend of yours is coming to see me.

C. Possessive pronouns

1. The possessive pronouns are formed by adding the definite article to the stressed forms of the possessive adjectives.

Possessive adjectives		Possessive pronouns	
el coche mío	*my car*	el mío	*mine*
la finca nuestra	*our farm*	la nuestra	*ours*

   Carlos tiene la maleta suya y las mías.
   Carlos has his suitcase and mine (plural).

2. For clarification, **el suyo (la suya,** etc.) may be replaced by the **de + él (ella, Ud.,** etc.) construction.

   Esta casa es grande.   *This house is large.*
   La suya es pequeña. ⎫
   La de él es pequeña. ⎭ *His is small.*

3. After the verb **ser** the definite article is usually omitted.

   ¿Son tuyos estos boletos?
   Are these tickets yours?

   Notice that an article may be used to stress selection: **Es el mío.** *It's mine.*

Práctica

4-20 Familias. Dos personas están comparando sus familias. Con un(a) compañero(a) de clase completen esta comparación con la forma correcta de los adjetivos posesivos.

1. *(My)* _____ tío vive con *(our)* _____ familia.
2. *(His)* _____ hermanas visitan a *(your [fam. sing.])* _____ primas, ¿verdad?
3. *(Their)* _____ casa está cerca de *(her)* _____ apartamento.
4. *(Her)* _____ parientes conocen a *(my)* _____ abuelos.

Aspectos de la familia en el mundo hispánico ■ 95

4-21 Más información sobre algunas familias. Cambie las oraciones según el modelo.

Modelo   Mi amigo vive cerca de la universidad.
Un amigo mío vive cerca de la universidad.

1. Nuestro tío es casi ciego.
2. Tus primos viven en España.
3. Mis primas son simpáticas.
4. Su hermana estudia en México.
5. Mi abuela dice que es su idea.

4-22 La comparación continúa. Con un(a) compañero(a) de clase completen las oraciones siguientes con un pronombre o un adjetivo posesivo.

1. *(My)* _____ familia es grande. *(Yours [fam. sing.])* _____ es pequeña.
2. *(His)* _____ hermana es joven. *(Mine)* _____ es vieja.
3. *(Her)* _____ parientes viven en España. *(Ours)* _____ viven aquí
4. *(Your [formal])* _____ primos asisten a esta universidad. *(Hers)* _____ prefieren estudiar en Chile.

4-23 ¿De quién es? Hágale estas preguntas a un(a) compañero(a) de clase. Él (Ella) debe contestar usando pronombres posesivos en sus respuestas.

Modelo   ¿Es tuyo este libro?
Sí, es mío.
-o-
No, no es mío.

1. ¿Son tuyas estas revistas?
2. ¿Es de ella este auto?
3. ¿Son tuyas estas recetas?
4. ¿Es tuyo ese traje de baño?
5. ¿Es de Juan esta casa?

Ahora, haga cinco preguntas más que requieran el uso de los pronombres posesivos en las respuestas.

4-24 Más comparaciones. Compare las cosas siguientes, usando pronombres o adjetivos posesivos en sus respuestas. Comparta sus comparaciones con su compañero(a) de clase. ¿Tienen mucho en común?

Modelo   your family and a friend's family
Mi familia es pequeña; la suya es grande.

1. our class with their class
2. your favorite food and your friend's favorite food
3. your car with your friend's car
4. your grades with your friend's grades
5. our university and your friend's university

4-25 Información de sus familias. Con un(a) compañero(a) de clase, háganse cinco preguntas sobre sus familias. Contesten usando adjetivos o pronombres posesivos.

Modelo —¿De dónde es su familia?
—La mía es de Utah.

Heinle Grammar Tutorial:
Interrogative words

Notice that all interrogatives have written accents.

Interrogative words

A. Forms of the interrogatives

¿quién? ¿quiénes?	*who?*
¿de quién? ¿de quiénes?	*whose, of whom, about whom?*
¿a quién? ¿a quiénes?	*to whom?*
¿con quién? ¿con quiénes?	*with whom?*
¿qué?	*what?*
¿cuál? ¿cuáles?	*what, which, which one(s)?*
¿cuánto? ¿cuánta?	*how much?*
¿cuántos? ¿cuántas?	*how many?*
¿cómo?	*how? what?*
¿para qué?	*why (for what purpose)?*
¿por qué?	*why (for what reason)?*
¿dónde?	*where?*
¿adónde?	*to where?*
¿cuándo?	*when?*

¿Quién ha ganado el premio Nobel?
Who has won the Nobel prize?

¿Qué busca Ud.?
What are you looking for?

¿Cuál es su religión?
What is his religion?

¿Cuánto dinero necesitas?
How much money do you need?

¿Por qué va a casarse?
Why are you going to get married?

¿Adónde van ellos en el invierno?
Where are they going in the winter?

B. *¿Qué?* versus *¿cuál?*

1. **¿Qué?** *(What?)* asks for a definition or explanation. It is also used to ask for a choice when the things involved are general or abstract nouns.

   ¿Qué es una pantalla?
   What is a screen?

   ¿Qué prefieres, la poesía o la prosa?
   What do you prefer—poetry or prose?

   ¿Qué te pasó?
   What happened to you?

2. When an identification is being asked for in a question that contains a noun, either expressed or implied, **¿qué?** is always used. Note that **¿qué?** always comes before the noun in this construction.

   ¿Qué (cosa) le dio ella de comer a Carlos?
   What (thing) did she give Carlos to eat?

   ¿Qué libro quieres?
   What book do you want?

3. **¿Cuál?** *(Which? Which one?)*, on the other hand, is used when asking for a selection or choice among specific objects or when asking questions involving a number of possibilities as answers.

Hay muchos coches en la calle. ¿Cuál es el tuyo?
There are many cars on the street. Which one is yours?

Tengo muchas clases difíciles. ¿Sabes cuál es la más difícil?
I have many difficult classes. Do you know which one is the most difficult?

¿Cuál prefieres, el tuyo o el mío?
Which one do you prefer—yours or mine?

Note that in parts of Latin America **¿cuál?** is frequently used as an adjective with a noun. In Spain it is not.
¿Cuál libro prefieres?
(Which book do you prefer?)

4. **¿Cuál?** is a pronoun and usually is not used as an adjective to modify a noun.

¿Cuál es la fecha de su carta?
What is the date of his letter?

BUT

¿Qué fecha prefieres?
Which date do you prefer?

5. Note that **¿cuál?** is always used before a phrase introduced by **de**.

¿Cuál de los dos quieres?
Which of the two do you want?

Práctica

4-26 Preguntas. Haga una serie de preguntas que produzcan la información siguiente.

Modelo   Carlos y Berta van al teatro.
¿Quiénes van al teatro?
-o-
¿Adónde van Carlos y Berta?

1. Esa chica es mi amiga.
2. Vamos a salir para Toledo el sábado.
3. Su casa está cerca de la iglesia.
4. El coche es de mi papá.
5. Aurelio llama a Elena.
6. Es una cámara.
7. Quiero las maletas rojas.
8. Les tengo mucho cariño a ellos.
9. Van al Cine Mayo para ver la película francesa.
10. Estoy bien, gracias.

4-27 La salida. Su amigo(a) va a salir esta noche. Siendo una persona de mucha curiosidad, Ud. le hace muchas preguntas porque quiere saber muchas cosas. Su compañero(a) de clase va a contestar sus preguntas.

1. who are you going out with
2. where are you going
3. when are you going
4. how are you going to get there
5. why did you decide to go there
6. how long will you be there
7. what will you do there before coming home
8. at what time will you come home
9. who is going to pay for the evening
10. when can I call you to talk with you about the date

4-28 Periodista. Haga el papel de un(a) periodista que trabaja con un diario importante. Ud. está investigando un robo de un banco. Va a tener una entrevista con un funcionario del banco [su compañero(a) de clase] que puede darle la información básica que Ud. necesita. Haga las cinco preguntas básicas que son esenciales en el buen periodismo:

¿Qué?   **¿Dónde?**   **¿Cuándo?**   **¿Cómo?**   **¿Quién?**

Hacer and *haber* with weather expressions

A. Expressions with *hace (hacía)*

1. Most expressions that describe the weather are formed with the impersonal (third person singular) forms of **hacer**.

¿Qué tiempo hace? *What's the weather like?*	Hace mal tiempo. *The weather is bad.*
Hace fresco. *It is cool.*	Hace buen tiempo. *The weather is good.*
Hacía frío. *It was cold.*	Hace viento. *It is windy.*
Hace calor. *It is hot.*	Hacía sol. *It was sunny.*

2. The adjective **mucho** (*not* **muy**) is the equivalent of *very* in most of these expressions since **frío, calor,** and **sol** are nouns.

   Hace mucho frío (calor, sol).
   It is very cold (hot, sunny).

3. The verb **tener** is used with animate beings to describe a physical state.

   Yo tengo frío (calor).
   I am cold (hot).

Note the meanings of the following examples:
Hace sol. = It is sunny.
Hay sol. = The sun is shining.

B. Expressions with *hay* (*había*)

Hay, the impersonal form of **haber,** is used to describe weather conditions that are visible. **Había** is used for the past.

Hay polvo (nubes, niebla).
It is dusty (cloudy, foggy).

Había sol (luna).
The sun (moon) was shining.

Hay chubascos.
There are squalls, sudden rainstorms.

Hay tormentas de nieve.
There are snowstorms.

Práctica

4-29 El tiempo. Describa el tiempo de hoy, el de ayer y el de mañana según el pronóstico para la región en donde vive.

 4-30 Las estaciones. Con un(a) compañero(a) de clase, describan el tiempo de su estado durante la primavera, el verano, el otoño y el invierno. Luego, hagan una lista de las cosas que a ustedes les gusta hacer en cada una de las estaciones y digan por qué. Comparen la información. ¿Hace el mismo tiempo en sus estados durante las estaciones del año? ¿A Uds. les gusta hacer las mismas cosas?

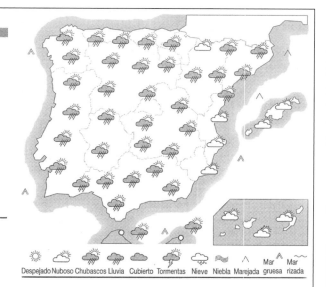

HOY

Pasará otro frente

Otro día más, desde hace más de una larga semana, podemos observar en el mapa previsto la profunda borrasca oceánica, y asociada a la misma, un nuevo frente cruzando la Península Ibérica de oeste a este. Las lluvias, en consecuencia, serán casi generalizadas, correspondiendo las de mayor intensidad a la vertiente atlántica. El viento de poniente también seguirá soplando con fuerza en la mayoría de las regiones.

PRONÓSTICO PARA ESPAÑA

- DOMINGO pasado por agua
- MENOS inestable por el Mediterráneo
- VIENTOS muy fuertes
- MAÑANA disminuirán las precipitaciones
- MARTES continuará la mejoría

Despejado Nuboso Chubascos Lluvia Cubierto Tormentas Nieve Niebla Marejada Mar gruesa Mar rizada

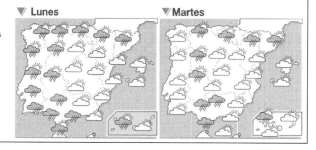

▼ **Lunes**   ▼ **Martes**

4-31 Pronóstico de tiempo *(Weather forecast)* **para España.** Después de repasar los mapas de España en la página 100, contesten Ud. y un(a) compañero(a) de clase las preguntas siguientes.

1. ¿Qué tiempo hace en España el domingo? ¿el lunes? ¿el martes?
2. ¿En cuál de los tres días va a hacer peor tiempo? ¿mejor tiempo?
3. ¿En qué día va a llover mucho?
4. ¿En qué día hará mucho viento? ¿En qué día hará mucho sol?
6. Lean Uds. el reportaje, «Pasará otro frente *(front)*». ¿Qué pasará sobre el océano? ¿Hará mal o buen tiempo? ¿Qué pasará sobre la Península Ibérica de oeste a este? ¿Hará mucho viento en la península?

Heinle Grammar Tutorial:
Time expressions with **hacer**

Hacer with expressions of time

1. The impersonal form of **hacer (hace)** is used with expressions of time to indicate the duration of an action that began in the past and continues into the present. The normal word order in these constructions is **hace** + expression of time + **que** + verb in the present tense.

   Hace dos años que vivo aquí.
   I have lived here for two years.

   ¿Cuánto tiempo hace que estás aquí?
   How long have you been here?

2. When an action had been going on for a period of time in the past and was still continuing when something interrupted the action, it is expressed by **hacía** + a time expression + **que** + verb in the imperfect tense.

   Hacía dos años que él vivía aquí cuando murió.
   He had been living here for two years when he died.

   Vivo aquí desde hace dos años.
   I have lived here for two years.

   Vivía aquí desde hacía dos años cuando murió.
   He had been living here for two years when he died.

An alternate construction for expressing the same idea is: verb phrase + **desde hace** or **hacía** + expression of time.

   The present tense of any verb + **desde** + a specific day, month, or year is used to express *since* in sentences such as:

   Trabajo día y noche desde junio. *(I have been working day and night since June.)*
   Trabajo aquí desde el lunes. *(I have been working here since Monday.)*

3. **Hace** plus an expression of time may also be used to express the idea of *ago*. The normal word order in this construction is **hace** + expression of time + **que** + verb in the preterite tense.

   Hace más de dos mil años que los romanos lo construyeron.
   The Romans built it more than two thousand years ago.

   The word order in this construction may also be reversed.

   Los romanos lo construyeron hace más de dos mil años.

Práctica

4-32 La duración del tiempo. Cambie las oraciones siguientes según el modelo.

Modelo (nosotros) viajar / dos meses
Hace dos meses que viajamos.
Hacía dos meses que viajábamos.

1. (yo) tocar el piano / cuatro años
2. (ellos) trabajar aquí / diez meses
3. (tú) hablar con Rosa / media hora
4. (Carlos) tener ganas de comer / más de una hora
5. (Uds.) estar sentados solitos / dos horas

4-33 Una descripción de su familia y de Ud. Complete cada una de las oraciones siguientes con información sobre su familia y sobre Ud. mismo(a). Luego, comparta esta información con la clase. Su profesor(a) va a escoger a varios estudiantes para que ellos le presenten una descripción de su familia a la clase. Use expresiones de tiempo con **hacer.**

1. (Hacer) _____ _____años que mis antepasados (llegar) _____ a este país.
2. (Hacer) _____ _____años que mi familia (vivir) _____ _____ .
3. Yo (nacer) _____ en _____ (hacer) _____ _____años.
4. Yo (decidir) _____ asistir a esta Universidad (hacer) _____ _____ .
5. Yo (llegar) _____ aquí (hacer) _____ _____ .
6. Yo (estar) _____ (hacer) _____ _____ .
7. Yo (estudiar) _____ español en esta clase (hacer) _____ _____ .
8. Antes de entrar a esta clase, yo (estudiar) _____ español desde (hacer) _____ _____ .

 4-34 Preguntas personales. Con un(a) compañero(a) de clase háganse preguntas para saber cuánto tiempo hace que ustedes hacen algo. Sigan el modelo.

Modelo estudiar español
Ud: *¿Cuánto tiempo hace que estudias español?*
Su compañero(a) de clase: *Estudio español desde hace un año.*

1. asistir a esta universidad
2. vivir en este estado
3. conocer a tu mejor amigo(a)
4. visitar otro país

Para expresar «ago»

Modelo mudarse
Ud: *¿Cuánto tiempo hace que te mudaste aquí?*
Su compañero(a) de clase: *Me mudé aquí hace tres años.*

5. graduarse de la escuela secundaria
6. leer una novela buena
7. hacer un viaje largo
8. comprar un coche nuevo

Repaso

🌐 For more practice of vocabulary and structures, go to the book companion website at **www.cengagebrain.com**

Review the progressive tenses.

Review the perfect tenses.

Review possessive adjectives and pronouns.

Review interrogative words.

Review **hacer** and **haber** with weather expressions.

Review **hacer** with expressions of time.

Antes de empezar la última parte de esta unidad, es importante repasar el vocabulario nuevo y la estructura y hacer las actividades que siguen.

4-35 La boda. Cambie los verbos entre paréntesis al progresivo presente con **estar** para narrar lo que está pasando en este momento. Luego, cambie los verbos al progresivo pasado para narrar lo que estaba pasando cuando la novia llegó a la iglesia.

1. las campanas de la iglesia (tocar)
2. los invitados (sentarse) en las bancas
3. el coro (cantar) el Ave María
4. el novio (sentirse) nervioso
5. yo (sacar) fotos de la niña de las flores

4-36 Su rutina diaria. Conteste estas preguntas sobre su rutina diaria.

1. ¿Qué ha hecho Ud. esta mañana como todas las mañanas?
2. ¿Ha hecho Ud. hoy algo diferente de costumbre? (¿Qué?)
3. ¿Qué ya había hecho Ud. cuando llegó a la clase de español?
4. ¿Qué habrá hecho Ud. para las diez de la noche?
5. ¿Qué habría hecho Ud. hoy si no hubiera clase?

4-37 Para pedir información. Para hacer estas preguntas cambie las palabras entre paréntesis al español.

1. *(My)* _____ libros están aquí. ¿Dónde están *(yours [formal])* _____?
2. *(His)* _____ casa está cerca. ¿Dónde está *(theirs)* _____?
3. *(Their)* _____ coche está enfrente del teatro. ¿Dónde está *(ours)* _____?
4. *(Our)* _____ mamá está en la sala. ¿Dónde está *(his)* _____?

4-38 Una entrevista. Hágale estas preguntas a un(a) compañero(a) de clase. ¿Hay semejanzas entre Uds.? ¿Cuáles son?

1. ¿De dónde eres?
2. ¿Dónde vives aquí?
3. ¿Adónde vas generalmente durante el fin de semana?
4. ¿Quién es tu mejor amigo(a)?
5. ¿Por qué estudias español?
6. ¿Cuál de tus clases es tu favorita?
7. ¿Cuándo termina tu última clase del día?
8. ¿Cuántas veces por semana vas a estudiar a la biblioteca?

4-39 ¿Qué estación es? Trabaje con un(a) compañero(a) de clase y tomando turnos, una persona describe el tiempo y la otra persona dice qué estación es.

Modelo   Ud.: *Hace fresco y hace mucho viento.*
Su compañero(a) de clase: *¿Es el otoño?*
Ud.: *¡Sí!*

4-40 ¿Cuánto tiempo? Entreviste a un(a) compañero(a) de clase para saber cuánto tiempo hace que él/ella hace estas actividades.

1. conducir
2. leer en español
3. saber montar en bicicleta
4. ser estudiante universitario
5. vivir en este estado
6. tener una cuenta en el banco

Aspectos de la familia en el mundo hispánico ■ **103**

A conversar

Communication strategies

One of the primary goals of second language learning is oral communication. Therefore, it is essential that you learn the ways in which native speakers of Spanish organize conversations in order to communicate effectively. One of the first steps toward effective communication is to learn phrases for initiating and ending a conversation. The following are some useful expressions.

Initiating a conversation

Hola, ¿qué tal?	*Hello, how are you?*
Buenos días, ¿cómo estás?	*Good morning, how are you?*
Hola, me llamo. . .	*Hello, my name is . . .*
Hola, ¿cómo te llamas?	*Hello, what is your name?*
Hola, soy. . .	*Hello, I am . . .*
¿Qué hay de nuevo?	*What's new? (What's going on?)*
¿Adónde vas?	*Where are you going?*
¿Eres. . . ?	*Are you . . . ?*
¿De dónde eres?	*Where are you from?*
¿Qué estudias?	*What are you studying?*

Ending a conversation

Adiós. Tengo que irme a casa.	*Good-bye. I have to go home*
Hasta luego.	*See you later.*
Hasta mañana.	*See you tomorrow.*
A ver si nos vemos pronto.	*Let's try to see each other soon.*
Estamos en contacto.	*We'll be in touch.*
Nos hablamos más tarde.	*We'll talk later.*

 4-41 Situación. Con un(a) compañero(a) de clase preparen un diálogo utilizando algunas de las expresiones para empezar y terminar una conversación.

Descripción y expansión

4-42 Opiniones. En el mundo hispánico el concepto de la familia incluye no solamente a la madre, al padre y a sus hijos, sino también a los tíos, a los primos y a los abuelos. Se refiere a esta clase de familia como a una «familia extensa». En cambio, una familia de los Estados Unidos por lo general consiste en solo los padres y los hijos, y se llama una «familia nuclear».

    a. ¿Qué clase de familia hay en el dibujo, en su opinión? ¿Por qué opina esto?
    b. ¿Qué está pasando en el dibujo?
        ¿Dónde está la madre? ¿Qué está haciendo?
        ¿Dónde está el padre? ¿Qué está haciendo?
        ¿Dónde están los niños pequeños? ¿Qué están haciendo?
        ¿Dónde están los jóvenes? ¿Qué están haciendo?
        ¿Dónde está la abuela? ¿Qué está haciendo ella?

c. Compare las actividades de la familia en el dibujo con las de su familia. ¿Cuáles son las diferencias y semejanzas?

© Cengage Learning

4-43 Encuesta. Su profesor(a) va a conducir una encuesta de la clase. Va a escribir las opiniones de cada estudiante, relacionadas con las preguntas siguientes, en la pizarra.

a. ¿Es común que el abuelo o la abuela vivan con sus hijos en nuestra sociedad? En su opinión, ¿deben vivir juntas varias generaciones? ¿Por qué?

b. ¿Qué clase de familia prefiere Ud., una familia extensa o una familia nuclear? ¿Por qué?

Using context to decipher unfamiliar words

Inevitably, you will sometimes hear words and phrases that are unfamiliar to you because they're technical, idiomatic expressions, or vocabulary you haven't learned yet. In these cases, you can rely on what surrounds the unfamiliar word to understand its meaning. Pay careful attention to the words before and after the unfamiliar word or phrase. A definition or a synonym may be given, or a word or phrase of opposite meaning may be nearby. Figure out the main point of the whole utterance. Then find a substitute word or phrase that would make sense in that context.

Track 12 🔊 **Buenos días**

Escuche la situación siguiente y complete las actividades.

Pedro, estudiante universitario de segundo curso de ingeniería industrial de la universidad de Caracas, siempre se acuesta tarde, y le es difícil levantarse por la mañana. Por eso, rara vez puede darle los buenos días a su papá, que se marcha a las siete menos diez para la oficina. La abuela, Juan y la mamá se quedan en casa.

4-44 Información. Entreviste a un(a) compañero(a), haciéndole cinco preguntas, para asegurarse de que ha comprendido bien el contenido del diálogo.

1. ¿Por qué llama la mamá a Pedro?
2. ¿Quién lleva a Pedro a la universidad?
3. ¿Qué piensa Juan sobre su hermano?
4. ¿El papá de Pedro está de viaje de negocios?
5. ¿A qué se refiere la mamá de Pedro cuando dice «se te pegan las sábanas»?
6. Miguel come tostadas con el café, ¿verdad?

4-45 Conversación. Cuéntele a un(a) compañero(a), en forma narrativa, qué se hace en su casa cuando su familia se levanta. ¿Tiene hermanos perezosos? ¿Prepara su mamá el desayuno? ¿Quién es el primero en salir de casa?… Luego pídale a su compañero(a) que compare a su familia con la suya.

4-46 Situaciones. Con un(a) compañero(a) de clase, prepare un diálogo que corresponda a una de las siguientes situaciones. Estén listos para presentarle el diálogo a la clase.

Una reunión familiar. Ud. y otro miembro de su familia están planeando una reunión familiar. Tienen que decidir dónde y cuándo será la reunión, quién va a hacer las invitaciones, qué clase de comida van a preparar, quién va a sacar fotos y quién va a preparar las actividades en que los niños puedan participar para divertirse.

El cine. Ud. y un(a) amigo(a) hablan del cine. Ud. habla de una película que vio hace dos semanas. A Ud. le gustó mucho, y su amigo(a) quiere saber por qué. Ud. le explica las razones y después Ud. le pide a su amigo(a) que le describa una película buena que él/ella haya visto (has seen). *Más tarde Uds. deciden ir al cine.*

Track 13 **4-47 Ejercicio de comprensión.** Ud. va a escuchar un comentario breve sobre una familia del mundo hispánico. Después del comentario, va a escuchar dos oraciones. Indique si la oración es **verdadera** (V) o **falsa** (F), trazando un círculo alrededor de la letra que corresponde a la respuesta corrrecta.

1. V   F

2. V   F

Ahora, escriba un título para el comentario que refleje el contenido. Compare su título con los otros de la clase. ¿Cuál de ellos es el mejor en su opinión? Luego, escriba una cosa que Ud. aprendió al escuchar el comentario, algo que no sabía.

Hay tres pasos en esta actividad. **Primer paso:** Se divide la clase en grupos de tres personas. Lean la introducción a la discusión. **Segundo paso:** Cada miembro del grupo tiene que tomar un papel para representar la escena. **Tercer paso:** Después actúen la situación frente a toda la clase.

4-48 Discusión: un dilema familiar. A continuación se describe a una familia que se ve confrontada con un problema típico. Acaban de informarle al padre que lo van a ascender a director de su compañía. Su familia tendrá que mudarse a una ciudad que queda lejos del pueblo donde siempre ha vivido.

EL PADRE	tipo conservador, ambicioso, que quiere controlar a su familia. A él le gusta la idea de mudarse y de ascender a director. Así ganará más dinero para pagar los estudios de sus hijos. Además, podrá comprarse una casa más lujosa y pasar las vacaciones en Europa. Aunque pide la opinión de los demás, está convencido de que será una oportunidad maravillosa para todos.
LA MADRE	mujer bondadosa que siempre busca reconciliar las diferencias entre la familia. Ella tiende a apoyar a su marido en cuestiones de negocios. Por eso, dice que su marido tiene razón, que habrá más posibilidades para todos y que los problemas de la mudanza se resolverán.
LA ABUELA	viuda, vieja, muy vinculada al pueblo donde vive ahora, donde está enterrado su marido. Ella sabe que va echar de menos su pueblo, ya que todas sus amistades se encuentran allí, y ella es muy vieja para cambios de esa clase.
EL HIJO	muchacho de unos quince años que siempre ha creído que el pueblo de ellos es muy atrasado. Le gusta conocer a gente nueva y visitar lugares desconocidos. Le parece que ya ha explorado todo en su pueblo y está aburrido con su vida actual. También cree que si su padre gana más dinero es posible que le regale un auto el año que viene.
LA HIJA	muchacha de unos diecisiete años que está enamorada de un joven, vecino de ellos. Para ella, su Pepe es el hombre más sofisticado que hay, puesto que tiene veintidós años y sabe tanto del mundo. Además, su íntima amiga Julia piensa casarse en el verano y ella no quiere perderse la boda.

En grupos, preparen una escena breve, pero emocionante en la cual participan todos los miembros de la familia. Discutan las ventajas y desventajas de mudarse.

Después de preparar y practicar una escena breve, el (la) profesor(a) va a escoger a dos grupos para presentarle su escena a la clase.

4-49 Temas de conversación o de composición.

1. ¿Se ha mudado mucho su familia? ¿Cuántas veces? ¿Le gusta la idea de mudarse a menudo o prefiere quedarse en un lugar?
2. En cuestiones económicas, ¿debe funcionar la familia como una pequeña democracia o debe mandar el padre? ¿Por qué?
3. ¿Qué importancia deben tener las opiniones de los niños en una familia?

Aunque muchos creen que la familia es la base fundamental de la sociedad, hay poco consenso sobre la exacta definición de la familia. En el Paraguay —y demás países latinoamericanos— el concepto de la familia incluye a abuelos, padres, tíos, primos y también padrinos. ¿Qué papel cree usted que hacen los padrinos en la vida de los paraguayos? ¿Hacen algún papel en su vida?

Lectura

El compadrazgo en Paraguay

El compadrazgo es la relación que existe entre los padres de un niño o una niña y los padrinos[1]. Algunos antropólogos culturales lo han llamado «parentesco[2] ritual» puesto que[3] es una relación que no requiere lazos familiares, sino que se establece a partir del rito del bautismo católico. En el Paraguay, al igual que en otros países de América Latina, el compadrazgo hace un papel importante en la vida familiar y en las relaciones sociales. El grado[4] de importancia, sin embargo, varía entre poblaciones rurales y urbanas y entre clases sociales.

Hoy en día, en las ciudades y entre las clases altas, la institución de compadrazgo sirve principalmente para satisfacer los requisitos del bautismo católico. Los padrinos, por lo general, son seleccionados entre parientes y amigos de la misma clase social. Su única responsabilidad es ayudar a los padres con la educación cristiana. También se espera que los padrinos les den regalos a los ahijados[5] en sus cumpleaños, Navidad y graduación.

Entre la población rural, en cambio, los padrinos asumen[6] mayores responsabilidades. No solamente dan regalos para ocasiones especiales, sino que también ayudan con el costo de la escuela, la ropa y a veces, a conseguir trabajo. Por lo tanto, entre las clases bajas, los padrinos son generalmente personas de mejores condiciones económicas, ya sea un maestro, el patrón[7] o alguna autoridad política. A cambio[8] de la protección y ayuda del patrón, el compadre le es leal. Esta institución atenúa[9] un poco las disparidades económicas en los pueblos pequeños. También ha tenido implicaciones políticas, ya que los parentescos rituales permitieron a los terratenientes[10] del partido político Colorado conseguir el apoyo de los campesinos.

La familia paraguaya incluye a padrinos, compadres y ahijados.

Históricamente, el vínculo[11] social entre compadres es fuerte. Los compadres deben ayudarse y tratarse con respeto. En lugar de llamarse por sus nombres, se tratan de «compadre y comadre» o de «compá y comai». También se visitan a menudo, sobre todo en caso de enfermedad.

[1] godparents; [2] kinship; [3] since; [4] degree; [5] godchildren; [6] take on; [7] boss; [8] In exchange; [9] soften; [10] landholders; [11] tie

Una costumbre paraguaya entre padrinos y ahijados es *tupanoi*, que significa «la bendición» en guaraní. Antes de saludar, el ahijado coloca las manos a modo de oración y dice: «la bendición, padrino (o madrina)». El padrino, o la madrina, mueve la mano derecha en forma de cruz y responde «Dios te bendiga».

4-50 Preguntas. Conteste las siguientes preguntas sobre la lectura.

1. ¿Qué es el compadrazgo?
2. ¿Es el compadrazgo más importante entre las poblaciones rurales o las urbanas? Explique.
3. ¿Cuáles son algunas responsabilidades de los padrinos?
4. ¿Qué significa *tupanoi*? Explique esta costumbre.

 4-51 Discusión. Comente estas preguntas con dos o tres compañeros(as).

1. Cuando habla de su familia, ¿a quiénes incluye? ¿Incluye a personas que no son parientes? ¿A quiénes? ¿Incluye mascotas?
2. ¿Tiene usted un padrino o una madrina? Si contestó que sí, ¿cómo los seleccionaron y qué papel hacen en su vida?
3. ¿Qué ventajas y desventajas tiene el compadrazgo?

4-52 Proyecto. Investigue uno de los siguientes temas, y escriba un ensayo de comparación y contraste.

Temas:
- la celebración del Día del Niño en dos países hispanos
- las guarderías *(daycares)* en un país hispano y en los Estados Unidos
- una reunión familiar típica de Paraguay y una reunión de su familia
- las madres que trabajan en un país hispano y las que trabajan en los Estados Unidos

Para escribir un ensayo de comparación y contraste:

1. Introduzca el tema.
2. Escoja entre una estructura de bloque o dé mezcla.
   a. En una estructura de bloque, discuta todos los puntos del primer tema y luego todos los puntos sobre el segundo tema.
   b. En la de mezcla, explique primero todas las semejanzas y luego todas las diferencias (o al inverso). Con esta estructura, usted alterna continuamente entre los dos temas.
3. Incluya frases apropiadas para señalar, para comparar y contrastar.
   a. Para señalar semejanzas: **ambos, al igual que, como, comparte, del mismo modo, también, tan... como**
   b. Para señalar diferencias: **al contrario, a diferencia de, en cambio, en contraste, mientras que, sin embargo**
4. Concluya su ensayo, resumiendo los puntos más importantes.

El hombre y la mujer en la sociedad hispánica

Diego Cervo/Shutterstock.com

¿Cómo es esta pareja? ¿Qué hacen? En su opinión, ¿cuál es la relación entre hombres y mujeres en el mundo actual?

En contexto
En el cine

Estructura
- The subjunctive mood
- Some uses of the subjunctive
- Commands
- Relative pronouns

Repaso
🌐 www.cengagebrain.com

A conversar
Techniques for maintaining a conversation

A escuchar
Paying attention to verb endings

Intercambios
Los hombres y las mujeres

Investigación y presentación
Aleida, una mujer colombiana ilustrada

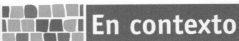

Vocabulario activo

Verbos
evitar *to avoid*
perder (ie) *to miss, to lose*

Sustantivos
el (la) amante *lover*
la butaca *theater seat*
la fila *row*
la función *show*
la telenovela *television serial*
   (soap opera)

Adjetivos
fenomenal *great, terrific*

Otras expresiones
a tiempo *on time, in time*
darse prisa *to hurry*
echarse una siestecita *to take a little nap*
ojalá (que) *I hope that*
¿Qué demonios pasa? *What the devil*
   is going on?
tal vez *perhaps*

5-1 Para practicar. Complete Ud. el párrafo siguiente con las palabras más lógicas de la sección **Vocabulario activo.** No es necesario usar todas las palabras.

Después de **1.** _____ la mujer se levantó, se baño y se vistió. Quería asistir a una **2.** _____ en un teatro cercano. Era tarde y por eso ella **3.** _____ para llegar **4.** _____ al teatro. Ella compró una entrada y entró al teatro. Decidió sentarse en una **5.** _____ en la última **6.** _____ del teatro. Quería **7.** _____ a su **8.** _____ si él había decidido asistir también. Ella no quería verlo jamás. La función era **9.** _____: mejor que la **10.** _____ que ella había visto en la televisión anoche.

Track 14 ◀))) **5-2 En el cine.** Antes de leer el diálogo, escúchelo con el libro cerrado. ¿Cuánto comprendió?

(Carlos, Concha y tío Paco llegan al cine, compran los boletos y entran.)

TÍO PACO   ¿Qué hora es? Ojalá que lleguemos a tiempo para ver los dibujos animados del «Pájaro Loco»[1].

CARLOS   No se preocupe, tío. ¿Quieren que les traiga algo? Voy a comprar una gaseosa.

CONCHA   Un chocolate, por favor.

TÍO PACO   Gracias, para mí nada.

CARLOS   *(Después de volver.)* Bueno, pues, entremos.

TÍO PACO   Sentémonos muy cerca. No veo nada.

CONCHA   Tío, Carlos y yo no queremos estar tan cerca de la pantalla. Nos vamos a sentar atrás. Lo veremos a Ud. después.

TÍO PACO	Bueno, bueno, váyanse. *(Se sienta en la segunda fila.)*
CARLOS	¿Nos sentamos en aquellas butacas allí, las que están en el medio?
CONCHA	Donde sea[1], pero date prisa. Estamos perdiendo las primeras escenas.
CARLOS	Bueno, sígueme. Permiso, con permiso señora muy amable, con permiso, muchas gracias. ¡Uf! ¡Perdone! ¿Ves bien?
CONCHA	Sí, muy bien. Cállate.

(Voces de la pantalla.)

MUJER	¡Qué contenta me siento en tus brazos, mi amor!
HOMBRE	Sí, yo también, pero se está haciendo tarde. Tu marido se estará preguntando[2] dónde estás. Tenemos que separarnos una vez más.
MUJER	Apenas son las diez de la noche. Sabes que él nunca deja a tu esposa antes de las doce.
HOMBRE	Sí, pero tal vez llegue Jorge antes de la hora convenida[3]. Debemos evitar escenas desagradables. *(Voces del auditorio.)*
CARLOS	¿Qué demonios pasa? ¿Quién es Jorge?
CONCHA	No sé. Nos perdimos eso al principio. *(Pasan dos horas. Termina la función.)*
CONCHA	¡Qué película fenomenal!
CARLOS	Sí, me gustó. Pero, ¿dónde está tío Paco? Busquémoslo.
CONCHA	Ahí está. Tío, ¿le gustó la película?
TÍO PACO	Pues, la verdad, sobrina, tenían esos dos tantos esposos y amantes que me dio un sueño terrible y me eché una siestecita. ¿Cómo terminó?
CARLOS	Pues… este… bueno, tío, es demasiado complicado. Vámonos.
TÍO PACO	Francamente, me gustan más las telenovelas como «María Mercedes».[2] ¡Esa sí que vale la pena!

Notas culturales

[1] **los dibujos animados del «Pájaro Loco»:** *La gran mayoría de los dibujos animados, o «caricaturas», son de origen norteamericano. Entre los más populares están «Los Simpson», «Bob Esponja» y «Scooby Doo».*

[2] **«María Mercedes»:** *La telenovela es un tipo de programa muy popular en el mundo hispánico. A diferencia de (Unlike) las «soap operas» en los Estados Unidos, las telenovelas son episodios cortos que terminan en un año, o más. Generalmente estos programas se transmiten solo una vez por semana, pero duran una o dos horas.*

[1] Donde sea *Wherever*   [2] se estará preguntando *he'll be wondering*   [3] convenida *agreed upon*

5-3 Actividad cultural. En grupos de tres personas, respondan a estas preguntas. Después de hablar de sus preferencias, comparta la información con los otros grupos para ver cuántas personas son aficionados del cine o de las telenovelas (*soap operas*).

1. ¿Le gustan más las películas o prefiere las telenovelas? ¿Por qué?
2. ¿Cómo se llama su película favorita? ¿Por qué es su favorita?
3. ¿Qué programa de televisión le gusta más? ¿Por qué?
4. ¿Le gustaría ser actor (actriz) de televisión? ¿del cine? ¿Por qué?
5. ¿Quiénes son sus actores (actrices) favoritos(as)? ¿Por qué?

5-4 Comprensión. Conteste las preguntas siguientes.

1. ¿Adónde van Carlos, Concha y el tío Paco?
2. ¿Qué compran antes de entrar?
3. ¿Qué es el «Pájaro Loco»?
4. ¿Qué compra Carlos?
5. ¿Dónde se sienta el tío Paco?
6. ¿Por qué no saben quién es Jorge?
7. Según Concha, ¿cómo fue la película?
8. ¿A Carlos le gustó la película?
9. ¿Qué hizo el tío Paco durante la película?
10. Al tío Paco, ¿qué le gusta más que las películas?

5-5 Opiniones. Conteste las preguntas siguientes.

1. ¿Va a menudo al cine? ¿Cuántas veces por mes?
2. ¿Dónde se sienta en el cine?
3. ¿Le gustan las películas italianas? ¿Por qué?
4. ¿Qué clase de refrescos toma en el cine?

Jean-Pierre Lescourret/Corbis

Este cine se encuentra en Madrid, España. ¿Tiene la comunidad suya cines antiguos como este?

Estructura

The subjunctive mood

In general, the indicative mood is used to relate or describe something that is definite, certain, or factual. In contrast, the subjunctive mood is used after certain verbs or expressions that indicate desire, doubt, emotion, necessity, or uncertainty. In this unit the formation of the present subjunctive and the use of the subjunctive after the expressions **tal vez, acaso, quizás,** and **ojalá** will be presented.

Heinle Grammar Tutorial:
The present subjunctive

Forms of the present subjunctive

A. The present subjunctive of regular verbs

The present subjunctive of most verbs is formed by dropping the **-o** of the first person singular of the present indicative and adding the endings **-e, -es, -e, -emos, -éis, -en** to **-ar** verbs and **-a, -as, -a, -amos, -áis, -an** to **-er** and **-ir** verbs.

hablar		comer		vivir	
hable	hablemos	coma	comamos	viva	vivamos
hables	habléis	comas	comáis	vivas	viváis
hable	hablen	coma	coman	viva	vivan

B. Irregular verbs

1. Most verbs that are irregular in the present indicative are regular in the present subjunctive. Three examples are:

venir		traer		hacer	
venga	vengamos	traiga	traigamos	haga	hagamos
vengas	vengáis	traigas	traigáis	hagas	hagáis
venga	vengan	traiga	traigan	haga	hagan

2. The following six common verbs, which do not end in **-o** in the first person singular of the present indicative, are irregular in the present subjunctive.

dar		estar		haber	
dé	demos	esté	estemos	haya	hayamos
des	deis	estés	estéis	hayas	hayáis
dé	den	esté	estén	haya	hayan

ir		saber		ser	
vaya	vayamos	sepa	sepamos	sea	seamos
vayas	vayáis	sepas	sepáis	seas	seáis
vaya	vayan	sepa	sepan	sea	sean

C. Stem-changing verbs

1. The **-ar** and **-er** verbs that change **e** to **ie** or **o** to **ue** in the present indicative make the same stem changes in the present subjunctive. (Notice that again there are no stem changes in the first and second persons plural.)

entender		encontrar	
entienda	entendamos	encuentre	encontremos
entiendas	entendáis	encuentres	encontréis
entienda	entiendan	encuentre	encuentren

2. The **-ir** verbs that change **e** to **ie** or **o** to **ue** in the present indicative make the same stem changes in the present subjunctive; in addition, they change **e** to **i** or **o** to **u** in the first and second persons plural.

sentir		dormir	
sienta	sintamos	duerma	durmamos
sientas	sintáis	duermas	durmáis
sienta	sientan	duerma	duerman

3. The **-ir** verbs that change **e** to **i** in the present indicative make the same stem change in the present subjunctive; in addition they change **e** to **i** in the first and second persons plural.

servir		repetir	
sirva	sirvamos	repita	repitamos
sirvas	sirváis	repitas	repitáis
sirva	sirvan	repita	repitan

D. Spelling-change verbs

Verbs ending in **-car, -gar, -zar,** and **-guar** have spelling changes throughout the present subjunctive in order to preserve the pronunciation of the final consonant of the stem.

buscar: c to qu		llegar: g to gu	
busque	busquemos	llegue	lleguemos
busques	busquéis	llegues	lleguéis
busque	busquen	llegue	lleguen

abrazar: z to c		averiguar: gu to gü	
abrace	abracemos	averigüe	averigüemos
abraces	abracéis	averigües	averigüéis
abrace	abracen	averigüe	averigüen

Práctica

5-6 Formas del presente del subjuntivo. Exprese la primera persona singular y plural de estos verbos en el presente del subjuntivo.

1. comer
2. tener
3. conocer

4. hacer
5. traer
6. decir

5-7 Más práctica. Exprese la tercera persona singular y plural de estos verbos en el presente del subjuntivo.

1. ganar
2. ver
3. pagar
4. buscar
5. estar
6. irse

Ahora, exprese la primera persona singular y plural de estos verbos en el presente del subjuntivo.

1. servir
2. acostarse
3. volver
4. perder
5. jugar
6. empezar

 5-8 ¡Qué memoria! Escoja algunos verbos y pídale a otro estudiante que los conjugue en el presente del subjuntivo. ¿Cómo es su memoria?

Some uses of the subjunctive

A. The subjunctive after *tal vez, acaso,* and *quizás*

1. The subjunctive is used after the expressions **tal vez, acaso,** and **quizás** (all meaning *perhaps, maybe*) when the idea expressed or described is indefinite or doubtful.

   Tal vez llegue a tiempo, pero lo dudo.
   Perhaps he will arrive on time, but I doubt it.

   Quizás Juan conozca a Gloria, pero no es probable.
   Perhaps Juan knows Gloria, but it's not likely.

   Acaso Manuel sepa la respuesta, pero no lo creo.
   Maybe Manuel knows the answer, but I don't think so.

2. However, when the idea expressed is definite or very probable, the indicative is used.

   Tal vez salen temprano hoy como siempre.
   Perhaps they're leaving early today as always.

   Teresa está en el banco. Acaso está cobrando un cheque.
   Teresa is in the bank. Maybe she's cashing a check.

   Quizás podemos hacerlo; parece fácil.
   Maybe we can do it; it looks easy.

B. The subjunctive after *ojalá (que)*

The subjunctive is always used after **ojalá** (derived from the Arabic *May Allah grant that*). The **que** is optional after **ojalá.**

   Ojalá (que) se den prisa.
   I hope (that) they hurry.

   Ojalá (que) él no vaya con nosotros.
   I hope (that) he doesn't go with us.

   Ojalá (que) no lleguemos tarde.
   I hope (that) we don't arrive late.

Práctica

5-9 Pensamientos. Ud. está solo(a) en su cuarto pensando en sus amigos, en sus familiares y en lo que posiblemente ellos hagan. Exprese sus pensamientos. Siga el modelo.

> **Modelo**　mi amigo / ir / al cine
> *Tal vez mi amigo vaya al cine.*

1. mi familia / dar / un paseo / ahora
2. mis abuelos / llegar / al teatro / a tiempo
3. mi hermano / buscar / trabajo
4. mi hermana / estar / a punto de llegar
5. mi primo / aprender a / conducir
6. mi madre / servir / la cena
7. mis amigos / tener / ganas de salir
8. mis tíos / comprar / las entradas
9. José / echarse / una siestecita
10. mi prima / hacerle / falta a su hermano

5-10 Actividades personales. Las personas siguientes quieren hacer ciertas cosas. Indique lo que ellas quizás puedan hacer. Siga el modelo.

> **Modelo**　Pablo quiere ganar el partido.
> *Quizás gane el partido.*

1. María quiere levantarse temprano.
2. Ellos desean hablar alemán.
3. Mi hermano desea echarse una siestecita.
4. Su amante quiere ir con ellos al cine.
5. Su madre quiere ver una película fenomenal.
6. Enrique quiere pagar la cuenta.
7. José desea buscar una butaca en esa fila.
8. Los niños quieren salir.
9. Ese idiota quiere darle todo su dinero.
10. Aquellos jóvenes desean sentarse cerca de la pantalla.

5-11 Una cita. Ud. tiene una cita esta noche, y espera que todo salga bien. Exprese sus deseos, usando la expresión **ojalá.** Siga el modelo.

> **Modelo**　Vamos al cine esta noche.
> *Ojalá que vayamos al cine esta noche.*

1. Mi hermano nos compra entradas.
2. Yo llego temprano a la casa de mi novio(a).
3. Mi novio(a) está listo(a) para salir.
4. Mi coche funciona bien.
5. Él/Ella quiere comer en un buen restaurante antes de ver la película.
6. Podemos encontrar una mesa desocupada.
7. La comida es muy buena.
8. La comida no cuesta mucho.
9. Encontramos butacas cerca de la pantalla al entrar al cine.
10. Él/Ella se divierte bastante esta noche.

5-12 Un nuevo día. Ud. y un(a) amigo(a) van a salir de su apartamento para ir a la universidad. Están haciéndose preguntas acerca del día. Siga el modelo.

Modelo ¿Tenemos examen hoy?
¡Ojalá que no tengamos examen hoy!

1. ¿Comemos en la cafetería después de la clase?
2. ¿Podemos estudiar en la biblioteca esta tarde?
3. ¿Vamos al cine después de cenar esta noche?
4. ¿Quién va a comprar las entradas?
5. ¿Volvemos temprano a casa?
6. ¿A qué hora nos acostamos?

5-13 En el cine. Miguel y María Luz están esperando a sus amigos enfrente del cine. Con un(a) compañero(a) de clase, exprese la conversación de ellos en español.

MIGUEL   I hope Laura and Emilio find a seat near the screen.

MARÍA LUZ   Perhaps they can, but I doubt it. There are a lot of people here.

MIGUEL   There are two seats here. Maybe they'll sit next to us.

MARÍA LUZ   I hope they hurry or they'll lose these seats.

MIGUEL   Perhaps they'll have to leave if they can't find good seats.

Ahora, usando las expresiones **ojalá, tal vez** y **acaso**, crean Uds. una conversación sobre lo que quieren que pase durante este año escolar.

5-14 Tal vez. ¿Qué harán estas personas famosas hoy? Sea creativo(a) y al terminar compare sus oraciones con las de su compañero(a).

Modelo el príncipe de Mónaco
Tal vez el príncipe de Mónaco se case otra vez.

1. el presidente de los Estados Unidos
2. la reina de Inglaterra
3. el beisbolista Albert Pujols
4. la activista Rigoberta Menchú
5. el actor Antonio Banderas
6. la actriz Salma Hayek
7. la escritora Isabel Allende
8. la cantante Shakira

For the use of the infinitive to express commands, see **Unidad 11**.

The **vosotros** commands are not generally used in Latin America. They have been replaced by the **Uds.** commands.

Commands

There are several different command forms in Spanish:

the formal direct commands (**Ud.** and **Uds.**)
the familiar direct commands (**tú** and **vosotros**)
the *let's* command (**nosotros**)
the indirect commands

All of these commands use present subjunctive verb forms except for the affirmative **tú** and **vosotros** commands.

Heinle Grammar Tutorial:
Formal and *nosotros*
commands; informal
commands

A. Formal commands

1. The **Ud.** and **Uds.** commands, negative and affirmative, are the same as the third person forms of the present subjunctive.

Mire (Ud.).	No mire (Ud.).	Salgan (Uds.).	No salgan (Uds.).
Look.	*Don't look.*	*Go out.*	*Don't go out.*

Note that the word **Ud.** is sometimes included for courtesy, but it is generally omitted.

2. Object pronouns (reflexive, indirect, and direct) follow and are attached to affirmative direct commands, but they precede negative direct commands. Notice that the affirmative command adds an accent to maintain the original stressed syllable.

Váyase (Ud.).	Váyanse (Uds.).
No se vaya (Ud.).	No se vayan (Uds.).
Go away.	*Don't go away.*

B. Familiar commands—affirmative

1. The affirmative **tú** command for regular verbs is the same as the third person singular of the present indicative. The subject pronoun is generally not used. Note again that object pronouns are attached to affirmative commands.

Habla, por favor.	Sígueme.
Speak, please.	*Follow me.*
Vuelve a casa temprano.	Cállate.
Return home early.	*Be quiet.*

2. The following affirmative **tú** commands are irregular:

decir: di	**poner:** pon	**tener:** ten
hacer: haz	**salir:** sal	**venir:** ven
ir: ve	**ser:** sé	

3. The affirmative **vosotros** command is formed by dropping the **-r** from the infinitive and adding **-d.**

escuchar: Escuchad.	**decir:** Decidnos.
Listen.	*Tell us.*

4. For the **vosotros** command of reflexive verbs, the final **-d** is dropped before adding the pronoun **os.** One exception to this is **idos** (from **irse**). If the verb is an **-ir** verb, an accent is required on the final **i.**

Levantaos.	Divertíos.
Get up.	*Have a good time.*

C. Familiar commands—negative

The negative familiar commands for both **tú** and **vosotros** are the same as the second person forms of the present subjunctive. Object pronouns precede negative commands.

No llegues (tú) tarde.　　No lo esperéis.
Don't arrive late.　　*Don't wait for him.*

D. The "let's" command

1. The **nosotros** or *let's* command is the same as the first person plural of the present subjunctive. Note the position of the object pronouns in the second example below.

Comamos.　　　　　No comamos.
Let's eat.　　　　　*Let's not eat.*

Cerrémosla.　　　　No la cerremos.
Let's close it.　　　*Let's not close it.*

2. When either the reflexive pronoun **nos** or the pronoun **se** is attached to an affirmative *let's* command, the final **-s** of the verb is dropped. A written accent is added to maintain the original stress of the verb.

Sentémonos.　　　　No nos sentemos.
Let's sit down.　　　*Let's not sit down.*

Pidámoselo.　　　　No se lo pidamos.
Let's ask him (her) for it.　　*Let's not ask him (her) for it.*

Both **vamos** and **vayamos** can be used for the affirmative command, but **vamos** is more common.

3. The verb **ir (irse)** is irregular in the affirmative **nosotros** command.

Vamos.　　　**BUT**　　No vayamos.
Let's go.　　　　　　*Let's not go.*

Vámonos.　　**BUT**　　No nos vayamos.
Let's leave.　　　　　*Let's not leave.*

4. An alternate way of expressing the affirmative *let's* command is to use **ir a** plus the infinitive. This form is not used for negative commands.

Vamos a hablar con ellos.　**BUT**　No hablemos con ellos.
Let's talk with them.　　　　　*Let's not talk with them.*

5. Note that **a ver** (without **vamos**) is generally used to express *let's see.*

A ver. Creo que todo está listo.
Let's see. I think everything is ready.

E. Indirect commands

Indirect commands are the same as the third person (singular or plural) of the present subjunctive. They are always introduced by **que.**

Que le vaya bien.
May all go well with you.

Los niños quieren salir. Pues, que salgan ellos.
The children want to go out. Well, let them go out.

Note that object pronouns always precede both negative and affirmative indirect commands, and the subject, if expressed, generally follows the verb.

Práctica

5-15 Mandatos formales. Cambie estas oraciones a mandatos formales. Siga el modelo.

> **Modelo** La señorita entra. *Señorita, entre, por favor.*
> El señor no dice nada. *Señor, no diga nada, por favor.*

1. El tío espera un momento.
2. La señora no habla tanto.
3. Los jóvenes van al cine.
4. El señor se sienta cerca de la pantalla.
5. La señora no come mucho.

5-16 Mandatos familiares. Cambie estas oraciones a mandatos familiares. Siga el modelo.

> **Modelo** Aurelio dice algo. *Aurelio, di algo.*
> Mi amigo no le da dinero. *Amigo, no le des dinero.*

1. Laura va conmigo a la fiesta.
2. Roberto no sale temprano.
3. María hace un pastel.
4. Felipe no es tonto.
5. Elena no entra a la sala.

5-17 Una visita a Madrid. Los padres de Laura están visitando Madrid, y ella está diciéndoles lo que ellos deben hacer durante su estadía. Siga el modelo.

> **Modelo** ir a un buen restaurante
> *Vayan a un buen restaurante.*

1. probar algunos platos típicos españoles
2. no comer ni beber demasiado
3. después de comer, volver al hotel para echarse una siesta
4. comprarme unos libros de arte
5. después, ir al teatro
6. conseguir entradas para la función
7. llegar al teatro temprano
8. regresar al hotel en taxi
9. acostarse en seguida
10. divertirse durante el viaje

5-18 Una persona mandona (*bossy*). Dígale a un(a) compañero(a) de clase lo que él (ella) debe de hacer. Su compañero(a) debe decir por qué él (ella) no puede hacerlo. Sigan el modelo.

Modelo   devolver estos libros a la biblioteca
Ud.: *Devuelve estos libros a la biblioteca.*
Su compañero(a) de clase: *No, porque no puedo perder el tiempo.*

1. no irse sin hablar con ellos
2. empezar ahora a estudiar
3. servir vino con la comida
4. no ser ridículo
5. no pagar demasiado por las entradas
6. regresar antes de las cinco
7. llegar al cine a tiempo
8. no tomar demasiada cerveza
9. no preocuparse
10. pedirles a ellos más dinero

Ahora, dele Ud. dos o tres mandatos más a su compañero(a) de clase.

5-19 Opiniones personales. Indique su opinión sobre las cosas que estas mujeres quieren hacer. Siga el modelo.

Modelo   Paula quiere conseguir un empleo.
¡Que lo consiga!

1. Susana quiere escribir una novela.
2. María desea compartir las tareas domésticas con su esposo.
3. Penélope quiere tener su propio negocio.
4. Marta y Mirna quieren conocer el mundo.
5. Mi tía desea hacer un documental.
6. Mis amigas desean sacar licenciaturas.
7. Elena quiere arreglar camiones.
8. Las jóvenes quieren jugar hockey.
9. Eva quiere gobernar el país.
10. Ellas quieren convertirse en líderes.

5-20 ¿De acuerdo o no? Con un(a) compañero(a) de clase, háganse estas preguntas para decidir lo que quieren hacer hoy. Sigan el modelo.

Modelo   ¿Vamos a sentarnos aquí?
Sí, sentémonos aquí. (No, no nos sentemos aquí.)

1. ¿Vamos a salir esta noche?
2. ¿Vamos a levantarnos temprano?
3. ¿Vamos a empezar a estudiar ahora?
4. ¿Vamos a pedir una taza de café?
5. ¿Vamos a comprar entradas?
6. ¿Vamos a ver una telenovela?
7. ¿Vamos a salir de la casa temprano?
8. ¿Vamos a hacerlo en seguida?
9. ¿Vamos a divertirnos un rato?
10. ¿Vamos a preguntarles si quieren ir?

5-21 Mandatos. Dígale a su compañero(a) de clase cinco cosas que él/ella debe hacer. Su compañero(a) de clase va a indicar si él/ella quiere hacerlas o si hay otras cosas que él/ella prefiere hacer. Use la imaginación con cierta limitación, por supuesto.

> **Modelo** Ud.: *Come estos gusanos.*
> Su compañero(a) de clase: *No quiero comerlos. Prefiero comer una tortilla.*

 5-22 Consejos. Pregúntele a un(a) compañero(a) de clase si Ud. debe hacer las cosas siguientes. Su compañero(a) de clase le va a contestar con un mandato negativo o afirmativo. Cambie los objetos directos a pronombres. Siga el modelo.

> **Modelo** *¿Hago el trabajo?*
> *Sí, hazlo. (No, no lo hagas.)*

1. ¿Pongo mis libros en tu mesa?
2. ¿Te digo la verdad?
3. ¿Traigo mi coche a la universidad mañana?
4. ¿Te explico la lección?
5. ¿Empiezo a cantar una canción?
6. ¿Te abrazo?

Heinle Grammar Tutorial:
Relative clauses

In English, an infinitive can directly follow and modify a noun or pronoun; in Spanish, this construction can be expressed by **que** + infinitive. **Hay mucho que leer.** *There is a lot to read.*

Relative pronouns

A. Uses of *que*

1. The most commonly used relative pronoun is **que** *(that, which, who)*. It can refer to persons, places, or things, and is never omitted in Spanish.

   Manuel es el muchacho **que** trabaja en esa tienda.
   Manuel is the boy who works in that store.

   La película **que** vieron anoche es francesa.
   The movie (that) they saw last night is French.

   Cuernavaca es una ciudad **que** está cerca de la capital.
   Cuernavaca is a city (that is) near the capital.

2. After most prepositions of one syllable such as **a, con, de,** and **en,** the relative pronoun **que** is only used to refer to things.

   Las películas de **que** hablan son de España.
   The movies they are talking about are from Spain.

   El dinero con **que** compró el coche era de su madre.
   The money he bought the car with was his mother's.

B. Uses of *quien(es)*

1. **Quien(es)** *(who, whom)* refers only to people. It is most commonly used after prepositions of one syllable **(a, con, de)** or to introduce a clause that is set off by commas.

   La señora con **quien** están hablando es traductora.
   The woman they are talking to is a translator.

   Aquel hombre, **quien** vino a mi casa ayer, es el presidente.
   That man, who came to my house yesterday, is the president.

2. **Quien(es)** is also used to mean *he who, those who, the ones who,* and so forth.

Quien estudia, aprende.
He who studies, learns.

Quienes comen mucho, engordan.
Those who eat a lot, get fat.

3. **Que** is preferred to **quien** as a direct object. It does not require the personal **a.**

El hombre **que (a quien)** vi es su tío.
The man (whom) I saw is his uncle.

C. Uses of *el cual* and *el que*

El que (la que, los que, las que) and **el cual (la cual, los cuales, las cuales)** are used instead of **que** or **quien** in the following situations:

1. For clarification and emphasis when there is more than one person or thing mentioned in the antecedent.

La amiga de Carlos, **la cual (la que)** vive en Nueva York, va a México.
Carlos's friend, who lives in New York, is going to Mexico.

El tío de María, **el cual (el que)** es muy viejo, va al cine con ella.
María's uncle, who is very old, is going to the movies with her.

2. After the prepositions **por** and **sin** and after prepositions of two or more syllables.

Se me olvidó la llave, sin **la cual (la que)** no pude entrar.
I forgot the key, without which I couldn't get in.

Vieron a sus amigas, detrás de **las cuales (las que)** había dos butacas juntas.
They saw their friends, behind whom there were two seats together.

3. In addition, **el que (la que, los que, las que)** is used to translate *the one who, he who, those who, the ones who.* (**El cual** is not used in this construction.)

El que estudia, tiene éxito.
He who studies will be successful.

Esos actores y **los que** están en esta telenovela son muy populares.
Those actors and the ones who are in this soap opera are very popular.

D. Uses of *lo cual* and *lo que*

1. **Lo cual** and **lo que** are neuter forms; both are used to express *which* when the antecedent referred to is not a specific noun but rather a statement, a situation, or an idea.

Felipe dijo que no vendría, **lo cual** nos sorprendió.
Felipe said he wouldn't come, which surprised us.

Vi una sombra en la pared, **lo que** me asustó.
I saw a shadow on the wall, which frightened me.

2. In addition, **lo que** (but not **lo cual**) means *what* when the antecedent is not stated.

Lo que dijo Juan no les parecía posible.
What Juan said didn't seem possible to them.

No sé **lo que** quieres.
I don't know what you want.

E. Use of *cuyo(a, os, as)*

In a question, *whose* is expressed as **¿de quién(es)?:**
¿De quién es este boleto?

Cuyo *(whose, of whom, of which)* is used before a noun and agrees with it in gender and number.

La chica **cuya** madre es profesora se llama Esmeralda.
The girl whose mother is a professor is named Esmeralda.

Ese árbol, **cuyas** hojas son pequeñas, es un roble.
That tree, the leaves of which are small, is an oak.

Práctica

5-23 Los pronombres relativos. Haga los cambios necesarios en estas oraciones, según las palabras entre paréntesis.

1. Es la *esposa* de quien hablo. (tío / mujeres / profesores)
2. Esa es la *película* cuyo nombre no recuerdo. (actores / actrices / cine)
3. Ese cantante, cuya *música* me encanta, es de la Argentina. (canciones / estilo / voz)

5-24 Observaciones generales. Complete estas oraciones con la forma correcta de un pronombre relativo.

1. La película _____ dan en el Cine Colorado es muy buena.
2. _____ hablan mucho, poco aprenden.
3. Allí está el restaurante detrás de _____ vive Carmen.
4. La mujer con _____ hablan es abogada.
5. El cine al _____ entran está muy oscuro.
6. Ese hombre, _____ está hablando ahora con Paco, es el tío de Mirabel.
7. Jacinta siempre hace _____ ella quiere.
8. El chico _____ novia quiere ir al partido de jai alai se llama Francisco.
9. La telenovela _____ a ella le gusta se llama «María Mercedes».
10. Esas son las amigas de _____ te hablé.
11. El hombre a _____ conocí anoche es el primo de Fernando.
12. Él estudió toda la noche, _____ me sorprendió.

 5-25 Omitiendo la repetición. En grupos de dos personas, junten las oraciones siguientes, omitiendo las repeticiones que no sean necesarias. Pongan una preposición delante del pronombre relativo cuando sea necesario. Sigan el modelo.

Modelo   Ese es el actor español. Ellos hablan mucho de él.
Ese es el actor español de quien ellos hablan mucho.

1. Esta es mi amiga chilena. Escribí una carta a mi amiga chilena.
2. Vamos a la casa de mis primos. El Teatro Colorado está cerca de la casa de mis primos.
3. Vimos una película sobre unos amantes. La película nos gustó mucho.
4. Su tío empezó a gritar. Esto lo asustó mucho.
5. Concha tiene una chaqueta. La chaqueta está en la sala.

5-26 Una entrevista. Hágale cinco preguntas a su compañero(a) de clase, usando un pronombre relativo en cada una de las preguntas de la lista siguiente.

cuyo(a)	**quien**	**que**
el (la) que	**lo que**	

🌐 For more practice of vocabulary and structures, go to the book companion website at **www.cengagebrain.com.**

Antes de empezar la última parte de esta **unidad,** es importante repasar el vocabulario nuevo y la estructura y hacer las actividades que siguen.

Review commands.

5-27 Su niñez. Haga el papel de un(a) niño(a) que les pide permiso a sus padres para hacer varias cosas. Su compañero(a) de clase va a hacer el papel de uno de los padres. Haga la pregunta y su compañero(a) de clase le va a contestar con una respuesta negativa o afirmativa. Deberá usar pronombres en las respuestas. Siga el modelo.

> **Modelo** —¿Puedo comprar este helado?
> —*No, no lo compres. - o - Sí, cómpralo.*

1. ¿Puedo mirar la televisión?
2. ¿Puedo leer un cuento esta noche?
3. ¿Puedo probar los dulces?
4. ¿Puedo preparar la cena?
5. ¿Puedo hacer una fiesta?
6. ¿Puedo vender mis videojuegos?
7. ¿Puedo invitar a mi amigo a jugar conmigo?
8. ¿Puedo llamar a los abuelos?

Review commands.

5-28 Mandatos del (de la) profesor(a). Haga una lista de cinco mandatos que su profesor(a) da en la clase casi todos los días. Léale su lista a la clase. Sus compañeros de clase van a compartir sus listas también. ¿Cuáles son los mandatos que el (la) profesor(a) suele dar con más frecuencia?

Review relative pronouns.

5-29 A escoger. Escoja el pronombre relativo correcto de las formas entre paréntesis.

1. Ellos salieron de casa temprano, (quien, lo cual) le molestó a la madre.
2. La señorita de (quien, que) hablan es su hermana.
3. (Lo que, El que) ellos hacen no me importa.
4. La telenovela, (quienes, cuyo) argumento es bastante sencillo, es su programa favorito.
5. Ella vive en aquella casa detrás de (que, la cual) hay un parque pequeño.
6. Les gustó la película (que, la que) vieron anoche.

Review the subjunctive mood and some uses of the subjunctive.

5-30 Formando oraciones. Haga una oración completa usando las palabras en el orden en que están escritas. Haga otros cambios o adiciones si son necesarios.

1. tal vez / ellos / venir / también / pero / yo / dudar
2. ojalá / él / salir / pronto
3. quizás / estudiante / poder / terminar / lección / ahora
4. venir / Ud. / pronto / por favor
5. acaso / ella / saber / respuesta / pero / no / ser / probable

Review the subjunctive mood and some uses of the subjunctive.

5-31 Este fin de semana. Relátele a su compañero(a) de clase cinco cosas que tal vez Ud. vaya a hacer este fin de semana. Luego, su compañero(a) de clase va a hacer lo mismo. Siga el modelo.

> **Modelo** Ud.: *Quizás mi amigo(a) y yo vayamos al cine.*
> Su compañero(a) de clase: *Tal vez yo vaya a la biblioteca a estudiar.*

A conversar

Once you have initiated a conversation, it is essential that you learn some techniques that will enable you to keep the conversation going. As you participate in conversations, do not let concern for grammatical accuracy or correct pronunciation keep you from speaking. Say what you want to say the best way you know how.

Techniques for maintaining a conversation:

1. **Cognates:** Use as many cognates as you can to express yourself. [**Me gusta la clase** de *historia*. **Quiero ser** *profesor(a)*.] Beware of false cognates, however, as they can cause misunderstanding and even embarrassment. For example, the Spanish word **éxito** may look like the English word *exit*, but it means *success*. Likewise, the Spanish word **colegio** resembles the English word *college*, but it means *high school*.
2. **Paraphrase:** If you do not know the exact word, express the idea in another way. For example, if you forget the word for *shoes* **(zapatos),** you can say, **las cosas que se llevan en los pies.**
3. **Synonyms:** If the listener has difficulty understanding what you are saying, clarify your meaning by using another word (synonym) that has the same or similar meaning to the first word that you used. If you want to buy a ballpoint pen **(bolígrafo),** but the person doesn't understand that word, then you could say, **Quiero comprar una pluma.**
4. **Repetition:** If you don't understand the person who is speaking, ask him/her to repeat what was said more slowly.
5. **Gestures:** When all else fails you may be able to express some of your ideas by using gestures. If you want to say **Ramón toca el violín,** but cannot remember the words for *play* and *violin*, then you can act out someone playing a violin.

Descripción y expansión

Cuando se hace un viaje o se busca un lugar específico, es importante saber pedir y entender direcciones. Se presenta aquí una lista de expresiones útiles para pedir direcciones, y otra lista de expresiones para darlas. Estudie las dos listas antes de empezar las actividades.

Para pedir direcciones:

Buenos días, señor (señora, señorita)…
¿Hay un hospital (una universidad, un banco, etcétera) cerca de aquí?
¿Dónde está el ayuntamiento (la Estación del Norte, etcétera)?
¿Podría decirme, por favor, cómo llegar a…?
Busco el Almacén Torres…
¿Por dónde se va para llegar allí?
¿Cuál es la dirección de… ?
¿Sabe Ud. dónde queda…?

Para dar direcciones:

Siga (por la calle…, adelante, derecho hasta llegar a…)
Camine (dos cuadras hasta llegar a…)
Doble (a la izquierda, a la derecha) en la calle (en la avenida)…
Cruce la calle y…

5-32 En el mapa. Ahora Ud. está (en el centro, enfrente de la catedral, al lado de la plaza, etcétera).

1. Refiriéndose al mapa abajo, su profesor(a) les dará a Uds. unas direcciones. Trate de seguirlas.

2. Con otro(a) estudiante haga la siguiente actividad. Ud. acaba de llegar por tren a una ciudad hispana y quiere saber cómo llegar a los siguientes lugares. Pida instrucciones usando una expresión diferente cada vez. El (La) otro(a) estudiante hace el papel de residente de la ciudad y le da la información necesaria. Use el mapa. Ud. está en la Estación del Norte.

   a. la catedral   f. el hospital
   b. el banco   g. el Teatro Colón
   c. la Universidad   h. el ayuntamiento
   d. la Plaza Mayor   i. una panadería
   e. la biblioteca

3. Después de recibir las instrucciones, explíquele al (a la) otro(a) estudiante la razón por la cual necesita encontrar ese lugar.

Modelo   *Tengo que ir al banco para cobrar* (cash) *un cheque.*

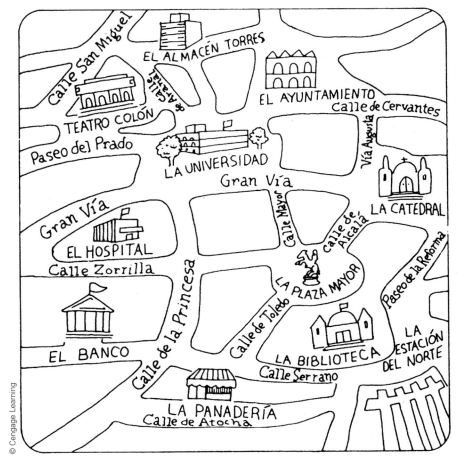

Paying attention to verb endings

Paying attention to the verb ending will tell you the time frame of the action as well as the mood of the verb. The mood of the verb reveals how the speaker feels about the statement he or she makes. If the speaker uses the indicative mood, then you know the statement is real; it's a fact. If the speaker uses the subjunctive mood, then you know the statement may not be real: it could be a wish, a contrary-to-fact statement, or an opinion.

Track 15 ◀)) **La joven profesional**

Escuche la siguiente situación y complete las actividades.

Maruca y su marido Ramiro hablan, en la sobremesa de un domingo, sobre su hija Gloria, la cual trabaja desde hace cuatro años con una firma especializada en las últimas tecnologías. La acaban de ascender a jefa de programadores.

5-33 Información. Según lo que ha escuchado, ¿son **verdaderas** o **falsas** las siguientes oraciones?

1. La mamá espera que Gloria viaje a Tokio.
2. Ramiro está muy orgulloso de su hija.
3. La mamá es una mujer muy moderna.
4. Según el papá, Gloria y el chico que estudia medicina quizás sean novios.
5. Gloria trabaja en una agencia de viajes.

Shutterstock.com

5-34 Conversación. Con dos compañeros, representen los papeles de una mamá liberada/conservadora, de un papá conservador/moderno y de una hija que no tiene prisa en casarse, y para quien lo importante, por ahora, es la carrera.

5-35 Situaciones. Con un(a) compañero(a) de clase, preparen un diálogo que corresponda a una de las siguientes situaciones. Estén listos para presentar un diálogo enfrente de la clase.

> *Una cita para ir al cine.* Dos novios hablan sobre la posibilidad de ir al cine. El novio quiere ver la película **Syriana** con George Clooney (se puede usar el título de otra película si Uds. no conocen esta), pero la novia no quiere verla. La novia tiene que explicar las razones por las cuales no quiere ver esa película.

> *El movimiento feminista.* Unos novios discuten los cambios provocados por el movimiento feminista. El novio menciona varios cambios que le parecen malos. La novia dice que él no tiene razón, y le presenta una lista de otros cambios que las mujeres quieren realizar para tener igualdad entre los sexos.

Track 16 **5-36 Ejercicio de comprensión.** Ud. va a escuchar un comentario breve sobre el hombre y la mujer en el mundo hispánico. Después del comentario, va a escuchar tres oraciones. Indique si la oración es **verdadera** (V) o **falsa** (F), trazando un círculo alrededor de la letra que corresponde a la respuesta correcta.

1. V F
2. V F
3. V F

Ahora, escriba un título para cada comentario que refleje su contenido. Compare sus títulos con los de la clase. Luego, escriba una cosa que Ud. aprendió de estos comentarios que no sabía antes. ¿Cuáles son los títulos mejores?

5-37 Discusión: los hombres y las mujeres. Hay tres pasos en esta actividad. **Primer paso:** Se divide la clase en varios grupos y cada grupo va a recibir una de las siete preguntas. **Segundo paso:** Los miembros de su grupo tienen que indicar sus preferencias entre las posibilidades indicadas. **Tercer paso:** Después, cada grupo tiene que hacer una presentación sobre el tópico de su grupo. Luego, la clase va a tener la oportunidad de presentar sus propias opiniones en cuanto a los varios tópicos.

1. ¿Qué sería lo peor que su hijo(a) podría hacer?
   a. casarse con alguien de otra raza o religión
   b. casarse a los diecisiete años
   c. quedarse soltero(a)

2. Su esposa(o) tiene un(a) ex novio(a). ¿Qué prefiere que haga él/ella?
   a. que nunca vea a esa persona
   b. que vea a esa persona solo cuando Ud. esté presente
   c. que vea a esa persona cuando y donde quiera

3. ¿Qué clase de esposo(a) le gustaría?
   a. el (la) que siempre quiere mandar
   b. el (la) que se dedica totalmente a una cosa: o a la familia o al trabajo fuera de casa
   c. el (la) que se deja dominar

4. ¿Qué es lo que le importa a Ud. más en un hombre o en una mujer?
   a. su apariencia física
   b. su capacidad de llevarse bien con la gente
   c. su inteligencia

5. ¿Cuál es el mejor modo de asegurar los derechos de la mujer en nuestra sociedad?
   a. la ley
   b. la educación
   c. esperar a que se acepte a la mujer como igual al hombre

6. ¿Qué opina Ud. de la posición actual de la mujer en las profesiones?
   a. todavía no es igual al hombre
   b. ya es esencialmente igual al hombre
   c. nunca ha habido, ni hay, grandes diferencias entre los hombres y las mujeres al nivel profesional

7. ¿Cuál debe ser la actitud del gobierno hacia el uso de los medios artificiales para controlar la natalidad?
   a. debe fomentar su uso por medio de la educación
   b. no debe hacer nada
   c. debe requerir su uso

5-38 Temas de conversación o de composición

1. ¿Qué opina del movimiento feminista? ¿Cree que debe haber un movimiento de liberación para los hombres?
2. Si una mujer fuera candidata para la presidencia, ¿votaría por ella?
3. ¿Qué opina del matrimonio? ¿Qué importancia tiene en la sociedad actual? ¿Será importante en la sociedad futura?

Vladimir Flórez, mejor conocido como Vladdo, es un caricaturista *(cartoonist)* de Colombia. En 1997 creó un personaje llamado Aleida que se ha vuelto muy popular entre el público femenino. Hoy, las caricaturas de Aleida se publican en las revistas colombianas *Semana* y *Caras*, así también como en periódicos de Ecuador, Panamá y la República Dominicana. ¿Cómo cree Ud. que es Aleida? ¿Piensa que los temas que toca son universales o propios *(characteristic)* de Colombia?

Lectura

Aleida, una mujer colombiana ilustrada

Aleida es una mujer colombiana, que tiene entre treinta y cuarenta años de edad; es profesional, divorciada y siempre está buscando el amor. Le gusta despotricar[1] de los hombres, las parejas y el amor. No se considera feminista sino «igualista»; es decir, no quiere que se discriminen a las mujeres por ser mujeres pero tampoco que se las favorezcan[2].

En una entrevista con María Isabel Rueda de la revista *Semana*, Aleida expresa algunas de sus teorías sobre las relaciones entre el hombre y la mujer: «Muchas mujeres nos casamos con la idea de que los hombres cambien, y no cambian. Y ellos se casan con la idea de que las mujeres no cambiemos, y cambiamos. Ese es el principio de todos los desencuentros[3] que hay en las relaciones».

En la siguiente caricatura, Aleida corrige la entrada de un diccionario para incluir su perspectiva sobre las relaciones. Como ha dicho ella: «Uno o es feliz o está casado. »

La historia oficial, by Vladimir Florez, La Historia Oficial por Vladdo, www.aleidaonline.com and e-mail: correo@aleida.com.

---

[1] rant and rave; [2] favor them; [3] misunderstandings

5-39 Preguntas. Conteste las siguientes preguntas.

1. ¿Es Aleida un personaje real o ficticio? ¿Quién lo creó?
2. ¿Cómo es Aleida? ¿Se considera a sí misma feminista?
3. ¿Qué piensa Aleida de las mujeres? ¿Y de los hombres?
4. En la caricatura, ¿cómo corrige Aleida la entrada del diccionario?
5. ¿Qué se puede inferir sobre lo que piensa Aleida del matrimonio?

5-40 Discusión. Comente estas preguntas, trabajando con dos o tres compañeros.

1. ¿Qué le parece la caricatura de Aleida? ¿Cree que la actitud de Aleida hacia los hombres y el amor es cínica o realista?
2. ¿Qué le parece el hecho de que Aleida, un personaje femenino, haya sido creado por un caricaturista masculino?
3. ¿Por qué cree que Aleida es tan popular en Colombia? ¿Puede un público no-colombiano apreciar a Aleida? Explique.
4. ¿Es la caricatura (*comics*) un medio en el que se puede tocar temas serios? Explique.
5. ¿Le gustan las caricaturas? ¿Cuál es su preferida? ¿A qué caricatura de los Estados Unidos se parece Aleida?

5-41 Proyecto. Cree su propia caricatura siguiendo estas instrucciones.

1. Invente un personaje colombiano. Dele un nombre, una edad, una profesión y una personalidad. Escriba un párrafo introduciendo a su personaje; inclúyalo en su presentación final.
2. Escoja uno de los siguientes temas: (1) el machismo, (2) el movimiento feminista, (3) las mujeres en la política, (4) la violencia doméstica, (5) el matrimonio. Investigue su tema en relación con Colombia.
3. Piense qué diría su personaje sobre el tema que investigó. Decida si el personaje le va hablar directamente al público —como lo hace Aleida— o si habrá un diálogo con otro personaje.
4. Use un sitio web gratuito (*free*) para crear su caricatura, como por ejemplo, MakeBeliefsComix.com, www.pixton.com, www.toondoo.com o stripgenerator.com.
5. Comparta su caricatura —y su párrafo introductorio— con el resto de la clase.

Costumbres y creencias

ZUMA Wire Service / Alamy

En México y Guatemala, durante la época de Carnaval, es costumbre rellenar huevos con confetti, decorarlos y romperlos en las cabezas de otros. Estos huevos se llaman cascarones. ¿Ha visto Ud. cascarones en su comunidad?

En contexto
Momentos tristes

Estructura
- The imperfect subjunctive and the present perfect and past perfect subjunctive
- The subjunctive in noun clauses and sequence of tenses
- The subjunctive after impersonal expressions
- Affirmative and negative expressions

Repaso
🌐 www.cengagebrain.com

A conversar
Following a conversation

A escuchar
Recognizing oral cognates

Intercambios
La muerte

Investigación y presentación
Las Navidades hispanas

Vocabulario activo

Verbos

agradecer *to be grateful*
ahorrar *to save (money)*
firmar *to sign*
velar *to hold a wake over*

Sustantivos

la aflicción *grief*
el alma *soul, spirit*
el (la) difunto(a) *deceased person*
las exequias *funeral rites*
el gasto *expense*
el rasgo *characteristic*
el refrán *saying, proverb*
la velación *vigil, watch, wake*
el velorio *wake*
el (la) viudo(a) *widower, widow*
la voluntad *will*

Adjetivos

sabrosísimo(a) *really delicious*
tacaño(a) *stingy*

Otras expresiones

a gusto *at ease*
cumplir con *to fulfill one's obligation to*
de verdad *true, real*
en mi vida *(never) in my life*
(que) en paz descanse *(may he or she) rest in peace*
esquela de difunto *obituary notice*
lo corto(a) *how short*
medio tacaño *somewhat stingy or miserly*
tomar una copa *to have a drink*

Alma is feminine, but it takes the definite article **el** when used in the singular.

6-1 Para practicar. Complete el párrafo siguiente con palabras escogidas de la sección **Vocabulario activo.** No es necesario usar todas las palabras.

A mi amigo le gusta **1.** _____ todo el dinero que gana.
2. _____ nunca he visto a un hombre tan **3.** _____. Nunca va a un bar o a un café con nadie para **4.** _____ porque es un
5. _____ que él evita. Su esposa se murió hace dos semanas, y ahora él es
6. _____. Él no puso una **7.** _____ en el periódico porque le costaría unos pocos pesos. Hubo un **8.** _____ en su casa, pero él no les sirvió nada a sus amigos porque no quería gastar dinero comprando refrescos. No les
9. _____ nada a ellos por **10.** _____ él. Me parece que él es un hombre sin **11.** _____. Con respecto a su pobrecita esposa, solo se puede decir que **12.** _____.

Track 17 🔊 **6-2 Momentos tristes.** Antes de leer el diálogo, escúchelo con el libro cerrado. ¿Cuánto comprendió?

CÉSAR   Señora, deseo que Ud. acepte la expresión de mi más profundo pésame[1]. Lamento sinceramente su pérdida.

ELENA   Muchas gracias, César; es un consuelo tremendo tener amigos como Ud. en estas horas de aflicción.

MANUEL   Señora, la acompaño en sus sentimientos. Don Mario fue un amigo de verdad. Lamento mucho que hayamos perdido un hombre tan ilustre. Pero ya sabe Ud.: «La muerte a nadie perdona»[1].

El Lic. D. MARIO CABRERA MONTALVO[2]

Descansó en la Paz del Señor

Su esposa Elena Ramos de Cabrera, sus hijos Marta, Begoña, Sonia, Abel, Rosalinda, Blanca, Rodolfo, Cristina y Timoteo Cabrera Ramos agradecerán a sus amigos la asistencia a las exequias que se verificarán el día 6 de junio a las trece horas en la Iglesia de Nuestra Señora de Guadalupe.

Velación[3]: En casa de la viuda, Avenida Bolívar, 135.

ELENA   Muchas gracias, Manuel. El pobre Mario, que en paz descanse[4], siempre lo consideró a Ud. como un joven muy prometedor[2].

CÉSAR   *(Alejándose de la señora viuda.)* Oye, Manuel, ¿quieres que tomemos una copa?

MANUEL   ¡Bien que la necesito![3] ¿Dónde está el pobre de don Mario?

CÉSAR   Creo que lo tienen en la sala. Será la primera vez que se siente a gusto en esa sala —doña Elena nunca lo dejaba entrar… ¡En mi vida he visto tanta comida! Sírvete de estos taquitos[4]; están sabrosísimos.

MANUEL   Don Mario siempre ofrecía buena comida. Pero se estaría quejando del gasto, como siempre. ¿Te lleno el vaso?

CÉSAR   Sí, gracias. Mario era medio tacaño, ¿verdad?

MANUEL   ¡Sí que lo era! Ahorraba los centavitos como si fueran de oro. Apenas el viernes pasado se resistía a prestarme diez pesos alegando[5] no tenerlos. ¡Y luego pidió que firmara un pagaré[6]!

CÉSAR   Viejo bribón[7]. Para lo que le ha valido[8]. Dejarlo todo para la viuda y para los hijos haraganes[9].

MANUEL   Ahí está Mario para decirte lo corta que es esta vida.

CÉSAR   De acuerdo. Oye, pasemos a ver al difunto.

MANUEL   ¡Mira! ¿Es posible que Mario vista su traje nuevo? ¡Nunca lo usaba en vida!

---

[1] profundo pésame *condolence* [2] prometedor *promising* [3] ¡Bien que la necesito! *I really need it!*
[4] taquitos *snacks* [5] alegando *claiming* [6] un pagaré *promissory note* [7] bribón *rascal* [8] Para lo que le ha valido. *A lot of good it did him.* [9] haraganes *lazy, good-for-nothing*

CÉSAR	Decía que esperaba una ocasión «trascendental». Bueno, ya hemos cumplido con la viuda. Vamos a despedirnos.
MANUEL	*(A la señora.)* Le repito, señora, mis profundos sentimientos. Voy a rezar por el eterno descanso del alma de don Mario.
ELENA	Muchas gracias, Manuel. Es Ud. un buen amigo.
MANUEL	Será un consuelo, señora, saber que deja a tantos amigos. Me hubiera gustado despedirme de él en vida, pero el Señor no quiso permitirlo.
ELENA	Se hizo la voluntad de Dios. Con saber eso me consuelo. Les agradezco mucho que Uds. hayan podido venir. Buenas noches.

Notas culturales

[1] **«La muerte a nadie perdona»:** *Es un refrán popular en español. Los refranes se usan más en la cultura hispánica que en la anglosajona, especialmente en las ocasiones solemnes.*

[2] **El Lic. D. Mario Cabrera Montalvo:** *Este es un ejemplo de las «esquelas de difunto» que aparecen en los periódicos hispánicos. La familia las paga, y su tamaño refleja la posición económica del difunto.* **Lic. D.** *es la abreviatura de* **Licenciado don.**

[3] **Velación:** *La costumbre de velar al difunto es casi universal en la sociedad hispánica. En algunos países el velorio tiene sus rasgos de fiesta: se sirven comidas y bebidas y no se considera una falta de respeto divertirse.*

[4] **(que) en paz descanse:** *Es muy común incluir esta frase u otra semejante cuando uno menciona el nombre de un difunto.*

Robert Yager/Stone/Getty Images

En las casas e iglesias se construyen altares dedicados a la memoria de la gente que ha muerto para celebrar el Día de los Muertos. Describa en detalle el altar de esta foto. ¿Qué se puede identificar? ¿Qué le parece esta tradición?

6-3 Actividad cultural. Después de leer las **Notas culturales,** la clase será dividida en grupos. Cada grupo va a participar en una actividad para comparar las costumbres y tradiciones relacionadas con la muerte en los Estados Unidos y en el mundo hispano.

1. Compare los refranes populares en español que están mencionados en el número uno de las **Notas culturales** con los de este país. ¿Cuántos existen en los Estados Unidos? ¿Son semejantes o diferentes?

2. Busque una esquela funeraria en el periódico de su ciudad y compárelas con la esquela que se incluye en esta **unidad.** ¿Cuáles son las diferencias y las semejanzas?

3. Se describe un velorio de la sociedad hispánica aquí. ¿Tenemos velorios en este país? ¿Ha asistido a un velorio alguna vez? Describa las diferencias y las semejanzas. ¿Cree Ud. que un velorio debe ser solemne? Explique.

4. En el mundo hispano se menciona la expresión «que en paz descanse» cuando uno menciona el nombre de un difunto. ¿Tenemos una expresión parecida en este país? ¿Cuál es?

6-4 Comprensión. Conteste las preguntas siguientes.

1. ¿Por qué van Manuel y César a casa de doña Elena?
2. ¿Qué quiere decir «la muerte a nadie perdona»?
3. ¿Dónde está el cadáver de don Mario?
4. ¿Qué toman César y Manuel?
5. ¿Gastaba mucho dinero don Mario?
6. ¿Cómo son los hijos de don Mario?
7. ¿Qué viste el difunto? ¿Por qué se sorprende Manuel?
8. ¿Qué hacen César y Manuel después de ver al difunto?
9. ¿César y Manuel en realidad eran buenos amigos de Mario? ¿Cómo sabe?

6-5 Opiniones. Conteste las preguntas siguientes.

1. ¿Cree que es una buena o mala costumbre tener al difunto en casa durante el velorio? ¿Por qué?
2. En su opinión, ¿debe asistir a las exequias solamente la familia del difunto? ¿Por qué?
3. ¿Piensa que la muerte es un aspecto de la vida mejor aceptado en el mundo hispánico? ¿Cómo es en los Estados Unidos?
4. ¿Cree que hay otra vida después de la muerte? Explique.
5. ¿Qué piensa de las exequias lujosas y costosas?
6. ¿Piensa que a veces las exequias en los Estados Unidos son más paganas que religiosas? ¿Por qué?

Estructura

Heinle Grammar Tutorial:
The imperfect subjunctive

The imperfect subjunctive

1. The imperfect (past) subjunctive is formed by dropping the **-ron** of the third person plural preterite indicative and adding one of the following sets of endings: **-ra, -ras, -ra, -ramos, -rais, -ran** or **-se, -ses, -se, -semos, -seis, -sen.** The same endings are used for all three conjugations.

Preterite	Imperfect subjunctive	
hablaron	**hablara**	**—hablase**
comieron	**comiera**	**—comiese**
vivieron	**viviera**	**—viviese**

2. The two sets of endings are interchangeable in most cases; however, the **-ra** endings are more common in Latin America and will be used in this text.

hablar

hablara, hablase	habláramos, hablásemos
hablaras, hablases	hablarais, hablaseis
hablara, hablase	hablaran, hablasen

comer

comiera, comiese	comiéramos, comiésemos
comieras, comieses	comierais, comieseis
comiera, comiese	comieran, comiesen

vivir

viviera, viviese	viviéramos, viviésemos
vivieras, vivieses	vivierais, vivieseis
viviera, viviese	vivieran, viviesen

Note that all verbs—regular, irregular, stem-changing, and spelling-changing in the third person of the predicate indicative—follow the same pattern of conjugation in the imperfect subjunctive.

Infinitive	Third person plural preterite	Imperfect subjunctive
construir	construyeron	construyera(se)
creer	creyeron	creyera(se)
decir	dijeron	dijera(se)
dormir	durmieron	durmiera(se)
haber	hubieron	hubiera(se)
hacer	hicieron	hiciera(se)
leer	leyeron	leyera(se)
pedir	pidieron	pidiera(se)
poner	pusieron	pusiera(se)
poder	pudieron	pudiera(se)
ser	fueron	fuera(se)

The present perfect and past perfect subjunctive

A. The present perfect subjunctive

The present perfect subjunctive is formed with the present subjunctive of the auxiliary verb **haber** and a past participle.

haya
hayas
haya   } hablado
hayamos   comido
hayáis
hayan   vivido

B. The past perfect subjunctive

The past perfect subjunctive is formed with the imperfect subjunctive of **haber** and a past participle.

hubiera(hubiese)
hubieras(hubieses)   } pagado
hubiera(hubiese)
hubiéramos(hubiesemos)   bebido
hubierais(hubieseis)
hubieran(hubiesen)   salido

Note that **Ojalá que** + present or present perfect subjunctive = *I hope*.
And **Ojalá** + imperfect or past perfect subjunctive = *I wish*.

Práctica

6-6 Una fiesta. La familia Gómez está planeando una fiesta de Nochevieja. La Sra. Gómez está exclamando nerviosamente que espera que todo salga bien *(turn out well)*. Después de leer sobre sus inquietudes, cuente la situación otra vez, usando los sujetos entre paréntesis.

1. ¡Ojalá tu padre me ayudara con los planes! (María, Uds., tú)
2. ¡Ojalá todos hayan recibido las invitaciones! (Pepe, tú, Luisa y yo)
3. ¡Ojalá todos pudieran venir! (Juan y él, tú, nosotros)
4. ¡Ojalá hubiéramos planeado la fiesta más temprano! (Julia, mis parientes, yo)
5. ¡Ojalá Rosa haya comprado las uvas para la celebración de las doce uvas de la felicidad! (Carlos y Alicia, Ester, tú)

6-7 Su cumpleaños. Ud. va a celebrar su cumpleaños. Hable de algunas de las cosas que quiere hacer. Luego, compare lo que está pensando con lo que piensan algunos de sus compañeros de clase.

1. Tal vez mi familia _____.
2. ¡Ojalá que mis amigos _____!
3. Quizás mi madre _____.
4. ¡Ojalá que las invitaciones _____!
5. Quizás la fiesta _____.

6-8 Su futuro. Un(a) amigo(a) está diciéndole cosas que le pasarán a Ud. en el futuro. Ud. va a responder a cada idea, diciendo que no tiene tanta confianza como él/ella en lo que está oyendo. Use las expresiones **ojalá, tal vez** y **quizás.**

> **Modelo** Estudiante 1: *Recibirás buenas notas en todas tus clases este semestre.*
> Ud.: *Tal vez yo reciba buenas notas en todas mis clases este semestre.*

1. Te graduarás con honores al fin del semestre.
2. Encontrarás un buen trabajo.
3. Te casarás con un(a) hombre/mujer rico(a) e inteligente.
4. Vivirás en una casa grande y moderna cerca de la playa.
5. Tendrás una familia grande de doce hijos.
6. Llegarás a ser una persona famosa y poderosa.

Ahora, dígale a su amigo(a) cuatro cosas que le pasarán a él (ella). Él (Ella) contesta de una manera que muestra su falta de confianza.

The subjunctive in noun clauses

A. Verbs requiring the subjunctive

1. The subjunctive is frequently used in dependent noun clauses in Spanish. A dependent noun clause is one that functions as the subject or object of a verb. Such clauses in Spanish are always introduced by **que,** but in English, *that* is often omitted or an infinitive is used in place of the noun clause.

   Es dudoso que él sea rico.
   It is doubtful that he is rich. (**"que él sea rico"** is a noun clause that functions as the subject of the verb **"es"**)

   Esperamos que ellos vengan.
   We hope (that) they will come. (**"que ellos vengan"** is a noun clause that functions as the object of the verb **"esperamos"**)

2. The subjunctive is generally used in a dependent noun clause when the verb in the main clause of the sentence expresses such things as advising, wishing, desiring, commanding, requesting, doubt, denial, disbelief, emotion, and the like, and when there is a change of subject in the dependent clause. If there is no change of subject, the infinitive follows these verbs.

   Su mamá quiere que él estudie más.
   His mother wants him to study more. (change of subject from "his mother" in the main clause to "he" in the dependent clause)

   Él quiere estudiar más.
   He wants to study more. (no change of subject)

3. Other examples of verbs requiring the subjunctive:

   | ADVICE | Le aconsejo que asista al velorio.
I advise him to attend the wake. |
   |---|---|
   | COMMAND | Me mandó que viniera con él.
He ordered me to come with him. |
   | DESIRE | Quieren que recemos por él.
They want us to pray for him. |

WISH	Deseaba que Ud. aceptara la expresión de mi más profundo pésame. *I wanted you to accept the expression of my deepest sympathy.*
HOPE	Esperaba que Ud. no vacilara en decírmelo. *I hoped that you would not hesitate to tell me.*
INSISTENCE	Insisten en que tomemos una copa. *They insist we have a drink.*
EMOTION	Lamento mucho que hayamos perdido un hombre tan ilustre. *I very much regret that we have lost such an illustrious man.*
	Me alegro de que Uds. hayan venido. *I am glad that you have come.*
PREFERENCE	La familia prefiere que sus amigos vengan a las cuatro. *The family prefers that their friends come at four.*
REQUEST	Ella le pidió que firmara el cheque. *She asked him to sign the check.*
DOUBT	Dudo que Paco haya ahorrado su dinero. *I doubt that Paco has saved his money.*
DENIAL	Manuel negó que don Mario fuera un hombre generoso. *Manuel denied that Don Mario was a generous man.*
DISBELIEF	No creía que ella se hubiera atrevido a venir. *I didn't believe that she would have dared to come.*

4. Verbs of communication (**decir, escribir,** etc.) require the subjunctive when the communication takes the form of an indirect command. When the verb of communication merely gives information, the indicative is used.

Te digo que ganes más dinero.
I'm telling you to earn more money. (command)

Te digo que Juan gana más dinero.
I'm telling you that Juan earns more money. (information)

Nos escribe que vengamos al velorio de don Mario.
He writes us to come to Don Mario's wake. (command)

Nos escribe que fue al velorio de don Mario.
He writes us that he went to Don Mario's wake. (information)

B. Infinitive instead of dependent noun clause

1. After certain verbs of ordering, forcing, permitting, and preventing, the infinitive is more common than a dependent noun clause. In this construction, an indirect object pronoun is used. Verbs that can take an infinitive include **mandar, ordenar, obligar a, prohibir, impedir, permitir, hacer, dejar, aconsejar.** (The infinitive is especially frequent after **dejar, hacer, mandar,** and **permitir.**)

Note the following examples.

Le aconsejo asistir al velorio de don Mario.
I advise him to attend Don Mario's wake.

Me mandó a aprender los refranes.
He ordered me to learn the proverbs.

Nos permiten entrar a la casa.
They permit us to enter the house.

2. If the subject of the dependent verb is a noun, then the subjunctive is often used.

Ella no permite que don Mario entre en la sala.
She doesn't permit Don Mario to enter the living room.

C. Subjunctive or indicative with certain verbs

1. The verbs **creer** and **pensar** are normally followed by the indicative in affirmative sentences.

Creo que él vendrá.
I believe that he will come.

Él piensa que lo tienen en la biblioteca.
He thinks that they have it in the library.

2. When **creer** and **pensar** are used in interrogative or negative sentences expressing doubt, they require the subjunctive. If doubt is not implied, then the indicative may be used.

No creo que él le haya dejado nada.
I don't believe that he has left her anything.

¿Piensas que tu primo (tal vez) venga?
Do you think that your cousin may come?

Sequence of tenses

As you saw in the preceding examples, the use of either the present or the imperfect subjunctive in the dependent clause is usually determined by the tense of the verb in the main clause.

1. If the verb in the main clause is in the present, present perfect, or future tense, or is a command, the present or present perfect subjunctive is regularly used in the dependent clause.

Main clause—indicative	Dependent clause—subjunctive
present present progressive present perfect	present subjunctive
future future perfect command	present perfect subjunctive

2. If one of the past tenses or the conditional is used in the main clause, either the imperfect or the past perfect subjunctive regularly follows in the dependent clause.

Main clause—indicative	Dependent clause—subjunctive
imperfect preterite past progressive	imperfect subjunctive
pluperfect conditional conditional perfect	past perfect subjunctive

Práctica

Nota cultural, 6-9: La mayor parte de las personas del mundo hispánico es católica y sigue las costumbres y las creencias de la Iglesia. Cada día del calendario de la Iglesia católica lleva el nombre de un santo y muchos niños reciben el nombre de un santo o una santa. Como consecuencia, en algunas familias, las personas celebran el día de su santo.

6-9 El día del santo de José. Lea la **Nota cultural** sobre los días de los santos. Luego, cambie cada oración siguiendo el modelo.

> **Modelo**   Quiere tener una fiesta. (que ellos)
> *Quiere que ellos tengan una fiesta.*

1. José quería celebrar su día especial. (que nosotros)
2. Se alegraron de dar una fiesta. (que su novia)
3. Querían traerle muchos regalos. (que los invitados)
4. Ella esperaba asistir a la fiesta. (que yo)
5. Laura insistía en ir también. (que tú)
6. Ahora espero tener una fiesta para mi día del santo. (que mis amigos)
7. No quiero invitar a tanta gente a mi casa. (que Ud.)
8. Prefiero quedarme en casa. (que todos)

6-10 Un velorio. El licenciado D. Mario Cabrera murió. Hubo un velorio en su casa. Ud. asistió al velorio. Describa lo que tuvo lugar el día del velorio, y lo que pasa ahora.

El día del velorio

1. La viuda esperaba que la gente (llegar) _____ a tiempo.
2. Sentían que don Mario no le (haber) _____ dejado mucho dinero a su esposa.
3. Al principio la gente temía que doña Elena no (querer) _____ velarlo.
4. Sus amigos negaban que él (ser) _____ medio tacaño.
5. César insistió en que Manuel le (expresar) _____ sus sentimientos de pésame a la viuda.
6. Alicia prefería que los niños no (mirar) _____ el cuerpo del difunto que estaba en la sala, como era la costumbre.

El día después del velorio (hoy)

1. Todos creen que doña Elena (ser) _____ una mujer muy valiente.
2. El cura insiste en que ella (ir) _____ a vivir con su familia.
3. Su familia y yo dudamos que ella (tener) _____ mucho dinero.
4. Manuel quiere (mandarle) _____ una copia de la esquela de difunto a su madre.
5. La viuda desea (hacer) _____ un viaje a Segovia con su prima.
6. La gente no cree que doña Elena (poder) _____ sobrevivir la pérdida de su esposo.

6-11 Consejos. La gente siempre está pidiéndole a Ud. consejos. Deles sus consejos a las personas siguientes. Sea original.

> **Modelo** Carlos quiere ver una película buena.
> *Le aconsejo a Carlos que vea una película española.*

1. Manuel quiere mandarle algo a la viuda.
2. Susana quiere probar la comida mexicana.
3. Roberto quiere mirar una buena telenovela.
4. Mis padres quieren visitar un país hispánico.
5. Uds. quieren leer una novela interesante.
6. Tú quieres hacer algo divertido esta noche.
7. Mis amigos quieren estudiar una lengua extranjera.
8. Rosario quiere salir temprano para llegar a las nueve.

Ahora, compare sus respuestas con las de un(a) compañero(a) de clase.

6-12 Los pensamientos de los padres. Sus padres tienen ciertas ideas y sentimientos acerca de su familia y de la vida en general. Exprese estas ideas según el modelo. Luego, compare sus respuestas con las de un(a) compañero(a) de clase.

> **Modelo** nos alegramos de / nuestros hijos viven aquí
> *Nos alegramos de que nuestros hijos vivan aquí.*

A	B
nos alegramos de	no hay otra guerra mundial
esperamos	nuestros hijos asisten a una universidad
insistimos en	no podemos ayudar más a nuestros hijos
queremos	nuestros hijos no se casan antes de graduarse
sentimos	nuestra hija es médica
preferimos	nuestros hijos no fuman
	nuestra familia tenga buena salud

 6-13 Los días festivos. Escogiendo de los verbos siguientes, indique lo que Ud. piensa que pasará en cada uno de los días festivos. Luego, compare sus respuestas con las de un(a) compañero(a) de clase.

> **Modelo** esperar / el día de los Reyes Magos
> *Espero que los Reyes Magos me traigan un coche nuevo.*

A	B
esperar	la Navidad
sentir	la Nochebuena
creer	el Año Nuevo
temer	la Nochevieja
dudar	el Día de San Valentín
preferir	el Día de Independencia
querer	
insistir en	

The subjunctive after impersonal expressions

1. The subjunctive is regularly used after the following impersonal expressions when the dependent verb has an expressed subject. When there is no expressed subject, the infinitive is used instead.

Es necesario que (ellos) estudien.   **BUT**   Es necesario estudiar.
It is necessary for them to study.   *It is necessary to study.*

Note that **Es fácil (difícil)
que lo haga** means *It is likely
(unlikely) that he will do it.
It is easy (difficult) for him
to do it* is usually translated
Le es fácil (difícil) hacerlo.

es posible *it is possible*	es bueno *it is good*
es necesario *it is necessary*	es justo *it is just (right)*
es preciso *it is necessary*	es natural *it is natural*
es importante *it is important*	es triste *it is sad*
es fácil *it is likely*	conviene *it is advisable*
es difícil *it is unlikely*	importa *it matters, it is important*
es probable *it is probable*	es raro *it is odd*
es lamentable *it is lamentable*	es extraño *it is strange*
es imposible *it is impossible*	es dudoso *it is doubtful*
es (una) lástima *it is a pity*	es mejor *it is better*
más vale *it is better*	es de esperar *it is to be hoped, expected*
es preferible *it is preferable*	es ridículo *it is ridiculous*
es urgente *it is urgent*	es sorprendente *it is surprising*

2. The following impersonal expressions do not require the subjunctive unless they are used in a negative sentence.

es cierto *it is true*	es verdad *it is true*
es evidente *it is evident*	es seguro *it is certain*
es claro *it is clear*	

¿Es cierto que ellos son ricos?
Is it true that they are rich?

No es cierto que ellos sean ricos.
It is not true that they are rich.

Es evidente que él es muy fuerte.
It's evident that he is very strong.

Práctica

6-14 La muerte. Algunos amigos de Mario Cabrera Montalvo están hablando de su muerte. Lea lo que cada una de las personas dice, y luego vuelva a expresar los comentarios, siguiendo el modelo.

Modelo   Es necesario tener un velorio. (que la familia)
             Es necesario que la familia tenga un velorio.

1. Es importante asistir a las exequias. (que nosotros)
2. Es preciso rezar por el alma del difunto. (que ellos)
3. Es una lástima tener tanta angustia. (que su esposa)
4. Es bueno firmar esta tarjeta de pésame. (que tú)
5. Es difícil ayudarle a la viuda. (que yo)

6-15 El amor. Una pareja joven de México está planeando casarse. Describa esta situación, completando las oraciones siguientes con la forma correcta del verbo entre paréntesis.

1. Es evidente que los jóvenes (estar) enamorados.
2. No es cierto que el novio (querer) casarse pronto.
3. Es importante que la novia (empezar) a hacer planes para la boda.
4. Es necesario que (haber) dos ceremonias, una civil y otra religiosa.
5. Es dudoso que los padres de la novia (pagar) todos los gastos de la boda.
6. Es urgente que el novio (encontrar) un buen trabajo pronto.
7. Es preciso que los novios (ahorrar) bastante dinero antes de casarse.
8. Es obvio que los novios (agradecer) mucho la ayuda de sus familias para arreglar la boda.

6-16 Opiniones. Pídale a un(a) compañero(a) de clase que exprese sus opiniones sobre varios temas, contestándole sus preguntas. Luego él/ella va a hacerle a Ud. las mismas preguntas.

Modelo —¿Es importante que toda la gente ahorre dinero? ¿Por qué?
—*Sí, es importante que ahorre dinero para una emergencia.*

1. ¿Era dudoso que Ud. pudiera asistir a la universidad? ¿Por qué?
2. ¿Es necesario que Ud. estudie todas las noches? ¿Por qué?
3. ¿Es cierto que Ud. va a tener mucho éxito en esta clase? ¿Por qué?
4. ¿Es probable que Ud. vaya a ser un médico después de graduarse? ¿Por qué?
5. ¿Es verdad que Ud. va a hacer muchos viajes a Europa en el futuro? ¿Por qué?
6. ¿Es importante que Ud. se case inmediatamente después de terminar sus estudios aquí en la universidad? ¿Por qué?

6-17 Planes para el futuro. Varias personas planean hacer las cosas siguientes. Para realizar sus planes indique si será necesario hacer o no las actividades entre paréntesis. Luego, compare sus respuestas con las de un(a) compañero(a) de clase.

Modelo María quiere visitar Madrid. (ir a España)
Es necesario que María vaya a España.

1. César quiere asistir a la velación de don Mario. (ir a la casa de doña Elena / darle su sentido pésame / probar la comida / ver al difunto)
2. Juan quiere trabajar para una compañía internacional. (aprender lenguas extranjeras / seguir un curso de negocios / viajar a muchos países / entender varias culturas)
3. Quiero hacer un viaje a la América del Sur. (ir a una agencia de viajes / conseguir un pasaporte / comprar cheques de viajero / hacer mis maletas / viajar por avión)

6-18 Hoy y ayer. Con un(a) compañero(a) de clase, díganse cinco cosas que Uds. tenían que hacer ayer antes de venir a clase, y cinco cosas que es importante hacer hoy.

Modelo *Ayer era necesario que yo estudiara la lección antes de venir a clase.*
Hoy es importante que yo compre unos libros para mis clases.

Affirmative and negative expressions

A. Forms

Negative expressions		Affirmative counterparts	
nada	*nothing, not anything*	algo	
nadie	*no one, nobody, not anybody*	alguien	
ninguno(a)	*no, no one, none, not any (anyone)*	alguno(a)	*some(one), any, (pl.) some*
		siempre	*always*
nunca } jamás }	*never, not ever*	algún día	*someday*
		alguna vez	*sometime, ever*
tampoco	*neither, not either*	también	*also*
ni... ni	*neither . . . nor*	o...o	*either . . . or*

B. Uses

1. Simple negation is achieved in Spanish by placing the word **no** directly before the verb or verb phrase.

   No voy a la biblioteca esta tarde.
   Pedro **no** ha empezado la tarea.

2. If one of the negative words listed above follows a verb, then **no** (or another negative word) must precede the verb; the result in Spanish is a double negative. However, if the negative word precedes the verb, the **no** is omitted.

   No tengo nada.   **BUT**   Nada tengo.
   I have nothing.   *(I don't have anything.)*

   No voy nunca a la iglesia.   **BUT**   Nunca voy a la iglesia.
   I never go to church.   *(I don't ever go to church.)*

   Nunca dice nada.
   He never says anything.

3. The personal **a** is required with **alguien, nadie, alguno,** and **ninguno** when these forms are used as objects of a verb.

   ¿Conoces a alguien en Nueva York? No, no conozco a nadie.
   Do you know anyone in New York? No, I don't know anyone.

   ¿Viste a alguno de tus amigos? No, no vi a ninguno.
   Did you see any of your friends? No, I didn't see any(one).

4. **Ninguno** and **alguno** drop their final **-o** before masculine singular nouns to become **ningún** and **algún,** respectively.

   Algún día voy a comprar una casa de campo.
   Someday I am going to buy a country house.

5. **Alguno(a)** may be used in the singular or the plural, but **ninguno(a)** is almost always used in the singular.

   ¿Conoces a algunos de los músicos de la orquesta?
   Do you know some of the musicians in the orchestra?

   No hay ningún libro en esa mesa.
   There are no books on that table.

6. **Nunca** and **jamás** both mean *never*. In a question, however, **jamás** means *ever* and anticipates a negative answer. To express *ever* when either an affirmative or a negative answer is possible, **alguna vez** is used.

Jamás voy al cine.
I never go to the movies.

¿Has estado alguna vez en Europa?
Have you ever been in Europe?

¿Has oído jamás tal mentira?
Have you ever heard such a lie?

7. **Algo** and **nada** may also be used as adverbs.

Esta computadora fue algo cara.
This computer was somewhat expensive.

Este coche no es nada barato.
This car is not at all cheap.

Práctica

6-19 Las palabras negativas. Cambie las oraciones a la forma negativa.

> **Modelo** Tengo algo en el bolsillo.
> *No tengo nada en el bolsillo.*

1. Hay alguien aquí.
2. Algunos de los invitados tomaron una copa.
3. Siempre vamos al cine con nuestros padres.
4. Elena va al velorio también.
5. Vamos a la iglesia o a su casa.
6. Van a comprarle algo a la viuda.
7. Hay algunos vecinos en la sala.

 6-20 Los días festivos. Ud. está hablando con un(a) amigo(a) de los días festivos. Completen las oraciones con expresiones afirmativas y negativas, según sea necesario.

1. —¿Conoces bien _____ de las costumbres religiosas del mundo hispano?
   —No, no conozco _____ de esas costumbres.
2. —¿Conoce a _____ que haya estado en México durante la Navidad?
   —No, no conozco a _____ que haya estado allí durante aquella temporada.
3. —¿ _____ mandas tarjetas de Navidad escritas en español?
   —No, _____ mando tales tarjetas.
4. —¿Haces _____ muy especial durante la Nochevieja?
   —No, no hago _____ especial.

 6-21 Vamos al centro. Su compañero(a) de clase piensa ir al centro. Pregúntele si él/ella planea hacer las cosas siguientes. Su compañero(a) de clase contesta todas sus preguntas de una manera negativa y le explica por qué. Siga el modelo.

> **Modelo** ir con alguien al cine
> Ud.: *¿Vas con alguien al cine?*
> Su compañero(a) de clase: *No, no voy con nadie porque prefiero ver la*
>   *película solo(a).*

1. siempre comer en el centro
2. ir al cine o a la librería
3. tomar una copa con alguien
4. buscar algunas revistas en la librería
5. comprar algo en el supermercado
6. pasar por la biblioteca también para estudiar

 For more practice
of vocabulary and
structures, go to the book
companion website at
www.cengagebrain.com

Antes de empezar la última parte de esta **unidad,** es importante
repasar el vocabulario nuevo y la estructura y hacer las actividades
que siguen.

Review the past perfect
subjunctive

6-22 Lamentos. ¿Qué lamentaban los señores Bolaños que no hubiera hecho su
hijo Rodrigo? Siga el modelo.

> **Modelo** comprarse un coche deportivo
> *Lamentaban que se hubiera comprado un coche deportivo.*

1. trabajar en un bar
2. no estudiar suficiente
3. meterse en política
4. no querer casarse
5. prestarle mucho dinero
6. no hacer un posgrado
7. mudarse a México

Review the imperfect
subjunctive and the
subjunctive in noun clauses.

6-23 Transformación. Haga oraciones nuevas, usando las palabras entre
paréntesis.

> **Modelo** Esperaba salir temprano. (que ellos)
> *Esperaba que ellos salieran temprano.*

1. Él insistió en ir a la iglesia. (que ellos)
2. Ella prefería hacer el viaje en avión. (que nosotros)
3. Queríamos ir a misa esta semana. (que tú)
4. Deseaban probar los taquitos. (que Tomás)
5. Esperábamos llegar a una decisión pronto. (que el jefe)
6. Temía tener mala suerte. (que él)
7. Nos alegramos de poder asistir a la fiesta. (que tú)
8. Yo sentía mucho salir tan temprano. (que ellos)

Review the subjunctive
in noun clauses and
sequence of tenses.

6-24 Una conversación. Hágale las preguntas siguientes a un(a) compañero(a)
de clase. Luego, él (ella) debe explicar su respuesta.

> **Modelo** Ud.: ¿Temes que el profesor nos dé un examen hoy?
> Su compañero(a): *Sí, temo que el profesor nos dé un examen hoy.*
> Ud.: *¿Por qué?*
> Su compañero(a): *Porque no he estudiado mucho.*

1. ¿Crees que el profesor (la profesora) sea muy exigente?
2. ¿Prefieres que vayamos a la cafetería después de la clase?
3. ¿Esperas que vayamos a un concierto esta noche?
4. ¿Quieres que yo compre los boletos?
5. ¿Deseas que nuestros compañeros vayan con nosotros?
6. ¿Dudas que yo pueda entender la música contemporánea?

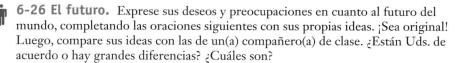

Review the subjective after impersonal expressions.

6-25 Sus opiniones. Exprese sus opiniones sobre las ideas siguientes, poniendo una expresión impersonal delante de cada una de las oraciones. Use cuantas expresiones impersonales como sea posible.

Modelo Nosotros somos muy inteligentes.
Es evidente que nosotros somos muy inteligentes.

1. Hay un examen hoy.
2. El profesor de esta clase es muy simpático.
3. Todos nosotros somos ricos.
4. Las vacaciones no empiezan hoy.
5. Todos los estudiantes reciben buenas notas.
6. Voy a graduarme mañana.

Review the subjunctive in noun clauses, sequence of tenses, and the subjunctive after impersonal expressions.

6-26 El futuro. Exprese sus deseos y preocupaciones en cuanto al futuro del mundo, completando las oraciones siguientes con sus propias ideas. ¡Sea original! Luego, compare sus ideas con las de un(a) compañero(a) de clase. ¿Están Uds. de acuerdo o hay grandes diferencias? ¿Cuáles son?

1. Espero que las potencias mundiales *(world powers)* _____.
2. Espero que los científicos _____.
3. Quiero que mi familia _____.
4. Deseo que mis amigos _____.
5. Es importante que las escuelas _____.
6. Dudo que el presidente _____.
7. Es probable que yo _____.
8. Es necesario que la gente _____.
9. Es evidente que una buena educación _____.
10. Es posible que los astronautas _____.

Review affirmative and negative expressions.

6-27 Una entrevista negativa. Hágale estas preguntas a un(a) compañero(a) de clase. Él/Ella tiene que contestar de una manera negativa.

1. ¿Tienes algo para mí?
2. ¿Hablas con alguien por teléfono todas las noches?
3. ¿Siempre te vistes con algún traje nuevo?
4. ¿Vas siempre a misa?
5. ¿Vas a ir algún día a Cuba?
6. ¿Quieres ir a la biblioteca o al velorio?
7. ¿Vas al velorio de don Mario también?

To keep a conversation moving, it is necessary to react to what is being said. You may indicate that you are following the conversation by using exclamations, asking for clarification of certain points, agreeing or disagreeing with certain points, or by reacting with certain expressions that show that you are simply paying attention.

Following a conversation

Paying attention:

Ah, sí.	*Oh, yes.*
¿Ah?	*Ah?*
¿De veras?	*Really?*
Entiendo bien, pero…	*I understand well, but . . .*
No sabía eso.	*I didn't know that.*
Y luego, ¿qué pasó?	*And then, what happened?*
Y, ¿qué más?	*And, what else?*
Tiene(s) razón, pero…	*You're right, but . . .*

Asking for clarification:

Repita(e), por favor.	*Repeat that, please.*
¿Quiere(s) decir que… ?	*Do you mean that . . . ?*
No sé si entiendo bien.	*I don't know if I understand well.*
¿Qué dijo Ud. (dijiste)?	*What did you say?*
¿Está(s) diciendo que… ?	*Are you saying that . . . ?*
¿Qué quiere(s) decir?	*What do you mean?*

Exclamations:

¡No me diga(s)!	*You don't say!*
¡Qué cosa!	*The idea!*
¡Qué interesante!	*How interesting!*
¡Qué ridículo!	*How ridiculous!*

Expressing agreement and disagreement:

Sí, tiene(s) razón.	*Yes, you're right.*
Estoy de acuerdo.	*I agree.*
Sí, es verdad.	*Yes, it's true.*
No, no tiene(s) razón.	*No, you're wrong.*
No estoy de acuerdo.	*I disagree.*
No, no es verdad.	*No, it's not true.*

Descripción y expansión

Hay algunas personas que tienen creencias y supersticiones que influyen en su manera de vivir. Con un(a) compañero(a) de clase, hagan las siguientes actividades que tratan sobre este tema. ¿Es Ud. una persona supersticiosa? Indique el número del dibujo que corresponde a cada una de las creencias siguientes.

© Cengage Learning

_____ romper un espejo
_____ mirar la luna llena sobre el hombro izquierdo
_____ un gato negro
_____ derramar sal
_____ una herradura *(horseshoe)*
_____ una pata de conejo
_____ caminar debajo de una escalera
_____ el número trece
_____ encontrar un trébol de cuatro hojas
_____ el número siete
_____ trece personas sentadas alrededor de una mesa

6-28 ¿Qué cree Ud.? Conteste las preguntas siguientes.

a. ¿Cuáles de estas creencias traen mala suerte?
b. ¿Cuáles de estas creencias traen buena suerte?
c. ¿Cree en algunas de estas supersticiones? ¿Cuáles? ¿Por qué?
d. ¿Conoce algunas personas que crean en algunas de estas supersticiones? ¿Quiénes son? ¿En cuáles de estas supersticiones creen?
e. ¿Conoce otras supersticiones que no estén en la lista? Explique una.

6-29 En su opinión. Indiquen su actitud hacia cada una de las supersticiones indicadas por los dibujos, completando las frases siguientes.

Modelo   Es dudoso *que un gato negro traiga mala suerte.*

Es mejor…	Más vale una persona…	No quiero…
Es importante…	No creo…	Es probable…

 6-30 Opiniones. En grupos de dos o tres personas contesten las siguientes preguntas.

a. ¿Por qué creen las personas en supersticiones? ¿Cuál es el origen de muchas supersticiones?
b. ¿Hay mucha superstición en la religión? Expliquen.

6-31 Encuesta. Ahora, su profesor(a) va a conducir una encuesta para saber cuáles de los estudiantes son supersticiosos. Luego va a escribir en la pizarra algunas de las supersticiones que los estudiantes tienen y cuáles son las más comunes.

Recognizing oral cognates

You've had plenty of practice identifying written cognates—words that look similar in English and Spanish. Oral cognates are a bit more difficult to identify due to the difference in pronunciation. To recognize oral cogates, you need to be aware of Spanish pronunciation rules. For example:

1. There are only 5 vowel sounds: /a/, /e/, /i/, /o/, /u/. Ex. **color** → *color*
2. The h is always silent. Ex. **alcohol** → *alcohol*
3. There is no th, z, or sh sounds in Spanish. Ex. **terapia** → *therapy*
4. Words never begin with s. Ex. **estilo** → *style*

You should also be aware of common Spanish-English suffix patterns:

-dad → -ity Ex. **nacionalidad** → *nationality*

-ncia → -nce Ex. **paciencia** → *patience*

-mente → -ly Ex. **correctamente** → *correctly*

-esa/-eza → -ness Ex. **franquesa** → *frankness*

-oso → -ous Ex. **estudioso** → *studious*

-ifica → -ify Ex. **modifica** → *modify*

Track 18))) **Costumbres**

Escuche la siguiente situación y complete la actividad.

Un grupo de estudiantes de las Canarias sale de clase después de volver de las vacaciones de carnaval, llamadas también vacaciones de primavera. Todos están agotados por haber pasado varias noches de fiestas, en las que se divirtieron muchísimo.

6-32 Información. Conteste las siguientes preguntas.

1. ¿Qué fiestas acaban de tener?
2. En Cuaresma, ¿en qué días había que hacer ayuno y abstinencia?
3. ¿Por qué están agotados todos?
4. ¿Ayuna la familia de Paquita?
5. ¿Qué profesor les es antipático a los estudiantes?

6-33 Conversación. Con un grupo de compañeros de la clase, charlen sobre las fiestas y costumbres del estado de donde provienen. ¿Son fiestas ancestrales o relativamente modernas? ¿De origen histórico o religioso?

6-34 Situaciones. Con un(a) compañero(a) de clase, preparen un diálogo que corresponda a una de las siguientes situaciones. Estén listos para presentarlo enfrente de la clase.

El Día de los Reyes Magos (1). *Ud. está pasando el año escolar estudiando en Madrid. Vive con una familia madrileña. Es el 6 de enero; Ud. y los miembros de la familia van a asistir a una fiesta en la casa de unos tíos. Ud. no entiende la importancia de este día y le pide a la madre que le explique lo que significa el Día de los Reyes Magos.*

Las posadas (2). *Es la Navidad y su familia quiere que Ud. participe en las posadas. Ud. no quiere participar. Su padre trata de convencerlo(la) de que es importante que haga una parte de la procesión. Ud. trata de explicarle las razones por las cuales no quiere hacerlo.*

Nota cultural (1): En varios países del mundo hispánico se celebra el Día de los Reyes Magos el 6 de enero. En esta fecha se conmemora el día en que los Reyes Magos llegaron a Belén llevando regalos para el niño Jesús. Hoy, muchas familias hispanas intercambian regalos con sus parientes y amigos en este día en vez de hacerlo durante la Navidad que es principalmente un día religioso. Por lo general, hay una fiesta. Se sirve una torta y escondida en la torta hay un muñeco. La persona que encuentra este muñeco en el pedazo de torta que recibe tiene que dar una fiesta para todos los que están presentes algunas semanas después.

Nota cultural (2): La celebración de «las posadas» empieza el 16 de diciembre y termina en la Nochebuena. Se llaman posadas porque conmemoran el viaje de María y José a Belén y su búsqueda de un sitio donde pasar la noche. Casi todas las personas de un barrio participan en esta celebración.

Track 19 **6-35 Ejercicio de comprensión.** Ud. va a escuchar un comentario sobre el concepto de la muerte en el mundo hispánico. Después del comentario va a escuchar varias oraciones. Indique si la oración es **verdadera** (V) o **falsa** (F), trazando un círculo alrededor de la letra que corresponde a la respuesta correcta.

1. V F   **3.** V F
2. V F   **4.** V F

Ahora, escriba un título para este comentario que refleje el contenido. Luego, compare su título con los otros de la clase. ¿Cuál es el mejor? Indique lo que ha aprendido al escuchar el comentario que no sabía antes.

Hay tres pasos en esta actividad. **Primer paso:** Lea los ejemplos de algunos epitafios en la siguiente actividad. Luego, escriba su propio epitafio y conteste las dos preguntas que terminan esta actividad. **Segundo paso:** Escriba su propio obituario en español después de leer el ejemplo de un obituario abajo. **Tercer paso:** Comparta lo que ha escrito con la clase.

6-36 Discusión: La muerte

1. **El epitafio.** Aunque en nuestra cultura muchas personas prefieren no pensar en la muerte, su contemplación puede darnos una nueva actitud hacia la vida. Nuestros antepasados lo entendieron así, e hicieron grabar en su lápida un epitafio que resumiera su vida. Lea aquí algunos ejemplos:

   Aquí yace Harry Miller entre sus esposas Elinore y Sarah.
   Pidió que lo inclinaran un poco hacia Sarah.
   Eric Langley: Él sí se lo llevó todo consigo.
   William Barnes: Padre generoso y leal.
   Nancy Smith: A veces amaba, a veces lloraba.

   a. ¿Qué quiere que le graben en su lápida?
   b. ¿Podría escribir un epitafio que resumiera toda su vida en pocas palabras?

2. **El obituario.** Los obituarios también pueden ayudarnos a ver más claramente nuestra vida. Completando las frases siguientes, escriba su obituario. Después, léaselo a la clase.

   Falleció ayer _____ a la edad de _____.
   La causa de su muerte fue _____.
   Le sobrevive(n) _____.
   Estudiaba para ser _____.
   Sus amigos se acordarán de él (ella) por _____.
   Su muerte inesperada no le permitió _____.
   Su familia indica que en vez de mandar flores se puede _____.

3. Ahora, léale su obituario a la clase. Los otros estudiantes van a compartir el suyo también.

6-37 Temas de conversación o de composición

1. ¿Cuál es su actitud hacia la muerte? ¿Tiene miedo de morirse? ¿Le gusta asistir a los velorios? ¿Deben ser costosos los entierros?
2. En muchas culturas, inclusive la hispánica, la muerte es un hecho que se acepta de una manera bastante realista. En la nuestra tratamos de esconder o de no confrontar el hecho de la muerte. ¿Cómo evitamos la realidad de la muerte?
3. Los psicólogos dicen que el que sabe que va a morirse dentro de poco tiempo pasa por un proceso que empieza con la ira y la negación y termina con la aceptación de la muerte. ¿Cómo reaccionaría ante tal noticia? ¿Qué cosas quisiera hacer antes de morirse?
4. Actualmente es posible mantener viva a una persona mediante procedimientos artificiales, inclusive con el uso de máquinas. Si una persona ha sufrido un daño cerebral y queda reducida permanentemente a un nivel vegetativo, ¿se le debe mantener viva artificialmente? ¿Cuándo deja de vivir una persona?

Investigación y presentación

La Navidad es una de las fiestas cristianas más importantes y más popularizadas. Se celebra en muchos países alrededor del mundo; sin embargo, las costumbres de cómo se celebra varían entre culturas. ¿Cómo piensa Ud. que se celebra en Puerto Rico? ¿Cuándo abrirán los regalos en Chile? ¿Cree que las decoraciones navideñas en España son las mismas que en los Estados Unidos?

Lectura

Las Navidades hispanas

En la siguiente encuesta[1], dos chilenos, dos españoles y una puertorriqueña que viven en los Estados Unidos hablan sobre la Navidad. Describen las costumbres y tradiciones de sus países y familias.

¿Cómo celebran la Navidad?

GONZALO, Chile
Bueno, la noche del 24 de diciembre, nos juntamos[2] en la casa de mi abuela —todos los primos, todos los tíos— y hacemos una comida bien rica, por lo general, pavo[3] o pollo. Y en la noche misma abrimos los regalos de la familia. Al día siguiente, por la mañana, uno se despierta y están los regalos del Viejito Pascuero[4] en la cama, y son como dos celebraciones distintas.

MACARENA, Chile
En Chile se acostumbra celebrar más el veinticuatro por la noche: una comida muy grande con toda la familia. En Chile en la época de Navidad es verano, entonces es muy distinto. Las comidas son afuera, en el patio, con muchas cosas frías —ensaladas, mariscos [5]. En mi familia, abrimos los regalos el día veinticuatro. También vamos a misa; es como una misa especial que dura más tiempo.

---

[1] survey; [2] get together; [3] turkey; [4] Santa Claus; [5] seafood

158 ■ UNIDAD 6

MADDIE, Puerto Rico
En Puerto Rico, la noche del veinticuatro es la noche que tenemos la gran fiesta con todos los amigos, con todos los familiares. Comemos hasta las dos, tres de la mañana y esa es la fiesta superviva[6], bien intensa mientras que la Navidad, durante el día cuando tal vez hemos comido y bebido un poco demasiado, es un día más tranquilo.

Marko Tomicic

ANA, España
En mi caso no celebro la Navidad. Nosotros en casa, en diciembre, celebramos Januca que también se conoce como la Fiesta de las Luces. Es una celebración judía que dura ocho días. Todos los primos nos reunimos en casa del abuelo y la abuela y encedemos el candelabro de ocho brazos. Cantamos canciones en ladino como «Ocho kandelikas» y comemos buñuelos fritos en aceite y cubiertos en miel: ¡riquísimos!

¿Qué tipo de adornos se usan para Navidad en su país?

MADDIE, Puerto Rico
Es un poco diferente obviamente. Allá no tenemos nieve. Allá se usa mucho la flor de Pascua[7], roja o blanca, casi siempre roja. Acá hay nieve y muñecos de nieve[8] y todo lo que se asocia con la Navidad, lo cual no existe en Puerto Rico; sin embargo, tal vez se sorprenden en saber que allá sí usamos árboles de Navidad.

© Cengage Learning

DIEGO, España
Es muy frecuente que en España, en las calles, haya luces decorando con motivos navideños. También suelen poner en las plazas de los ayuntamientos[9] grandes árboles de Navidad con luces, bolas, etcétera. En muchas calles incluso se cantan lo que llamamos nosotros villancicos[10], que son canciones tradicionales de Navidad. En los Estados Unidos es muy habitual decorar la casa por fuera con luces. En España esto no es muy frecuente. Seguramente en los pueblos se hará, pero en las grandes ciudades no es habitual y es más, creo que es un acto ilegal.

[6] very lively; [7] poinsettias; [8] snowmen; [9] city halls; [10] carols

6-38 Preguntas. Conteste las siguientes preguntas.

1. ¿Cuándo se acostumbra hacer una gran cena e intercambiar regalos de Navidad en Chile y en Puerto Rico? ¿Celebran todos los hispanohablantes la Navidad?
2. En Chile, ¿cómo se llama el personaje que trae regalos a los niños el 25 de diciembre?
3. ¿Por qué la familia de Macarena come comidas frías para Navidad? ¿Qué más hacen?
4. ¿Qué adornos se usan para Navidad en Puerto Rico?
5. ¿Qué semejanzas y diferencias existen entre los adornos navideños de España y los de los Estados Unidos?

6-39 Discusión. Comente estas preguntas con dos o tres compañeros.

1. ¿Celebra su familia la Navidad? ¿Qué costumbres y tradiciones tienen?
2. ¿Con cuál de las familias de los entrevistados —Gonzalo, Macarena, Maddie, Diego— le gustaría a usted celebrar la Navidad? ¿Por qué?
3. ¿Cuál es la diferencia más grande entre la Navidad en los Estados Unidos y en los países hispanos?

6-40 Proyecto. Haga una encuesta *(survey)* como la de la lectura. Siga estos pasos.

1. Escoja una de las celebraciones siguientes: el Día de los Reyes, el Año Nuevo, el Día de la Independencia, el Día de las Madres, Semana Santa.
2. Prepare una lista de tres preguntas relacionadas con la celebración que ha escogido, como por ejemplo, cuándo y cómo se celebra, qué comidas se preparan, qué adornos se usan, etcétera.
3. Busque a dos o tres personas originarias de diversos países hispanos para entrevistarlas. Pueden ser estudiantes, profesores, empleados de la universidad o personas en su comunidad.
4. Haga la entrevista, ya sea en persona, por teléfono o por Internet.
5. Escriba los resultados de su encuesta en un artículo. Incluya una pequeña introducción y una conclusión en la que comparta lo que Ud. aprendió. Esté listo(a) para presentar su artículo en la clase.

Aspectos económicos de Hispanoamérica

Robert Harding World Imagery / Alamy

En muchos pueblos pequeños de Hispanoamérica, el mercado es el centro de actividad comercial.

En contexto
A mudarnos a la capital

Estructura
- The subjunctive in adjective clauses
- Subjunctive versus indicative after indefinite expressions
- Prepositions
- Uses of **por** and **para**
- Prepositional pronouns

Repaso
 www.cengagebrain.com

A conversar
How to involve others in conversations

A escuchar
Determining the purpose of the conversation

Intercambios
Los problemas contemporáneos

Investigación y presentación
El etnoturismo en Panamá

161

En contexto

Vocabulario activo

Verbos
calentar (ie) *to heat*
mudarse *to move (residence)*
soñar (ue) (con) *to dream (about)*

Sustantivos
el barrio *neighborhood, district*
el camión *bus (slang)*
el (la) campesino(a) *peasant*
la cantina *bar*
la choza *hut, shack*
el frijol *bean*
el taller *shop, workshop*
el techo *roof*
el televisor *television set*

la ventaja *advantage*
el vestido *dress*

Adjetivos
ajeno(a) *belonging to another*
embarazada *pregnant*
seco(a) *dry*

Otras expresiones
dondequiera *anywhere*
ganarse el pan *to earn a living*
haber de *to be supposed to*
que sueñes con los angelitos *sweet dreams*

La palabra **camión** quiere decir *bus* en México, pero quiere decir *truck* en los otros países de Latinoamérica y en España.

7-1 Para practicar. Complete el párrafo siguiente con palabras escogidas de la sección **Vocabulario activo**. No es necesario usar todas las palabras.

Para la gente pobre es muy difícil **1.** _____. Yo soy pobre y a veces **2.** _____ con ganarme la lotería. Si tuviera mucho dinero, **3.** _____ de mi **4.** _____ a un **5.** _____ más acaudalado *(affluent)*. En vez de tomar el **6.** _____ a mi trabajo, yo tendría mi propio coche lujoso. No trabajaría en un **7.** _____, sino que compraría una compañía donde se harían computadoras. Yo compraría un **8.** _____ para cada cuarto de mi casa, y muchos **9.** _____ elegantes para mí. La **10.** _____ de tener mucho dinero es que se puede comprar casi todo. La desventaja es que se puede perder el alma *(soul)*.

Track 20 🔊 **7-2 A mudarnos a la capital.** Antes de leer el diálogo, escúchelo con el libro cerrado. ¿Cuánto comprendió?

(Una choza campesina. Pedro llega cansado después de un día de trabajo en su parcela de tierra.)

PEDRO Hola, Teresa, ¿qué hay de comer? Vengo muerto de hambre.

TERESA ¡Ay! Has llegado temprano; déjame calentar los frijoles. Primero voy a acostar a Panchito. Duérmete, mi niño. Que sueñes con los angelitos. Así es.

PEDRO Se me partió[1] el machete hoy. ¡Qué diablos! No hay un día que no traiga mala suerte. No sé cómo he de ganarme el pan trabajando en esta tierra seca.

TERESA Pedro, tengo una noticia. Fui a ver a la mamá Teófila[1] y me dice que estoy embarazada.

PEDRO ¡Qué bueno! ¡Qué feliz me haces! Pero... otra boca, ¿qué hacemos?

[1] partió *broke, split*

TERESA	Dios dirá, Pedro. Quizás pueda coser ajeno[2]. La señora Cruz busca a alguien que le haga unos vestidos para el verano.
PEDRO	Te prohíbo que trabajes, mujer. Estaba pensando una cosa, ¿sabes? ¿Por qué no nos mudamos a la capital?[2] Allí puedo buscar un trabajo que pague bien.
TERESA	Pero, Pedro, ¿qué hacemos con la casa? ¿Y si no encuentras nada? Me siento más segura aquí; al menos tenemos techo —pobre tal vez, pero seguro.
PEDRO	¿No quieres que tus hijos tengan más oportunidades que nosotros? Aquí no hay nada que valga la pena… Y será mejor para ti también. No tendrás que depender más de la mamá Teófila. Debes tener un médico que sepa lo que hace, un hospital que tenga facilidades modernas. Además, podríamos divertirnos un poco. Dicen que hay cines en la ciudad en que puedes ver películas todas las noches en vez de una película por semana como en el cine de aquí.
TERESA	¿Y es cierto que hay lugares donde se puede bailar todas las noches? ¿Y que hay parques bellos y camiones que te llevan dondequiera?
PEDRO	Sí, Teresa, todo eso y mucho más. Podremos comprarnos un televisor. No tendremos que ir a verlo a la cantina como aquí.
TERESA	Pero, ¿dónde viviremos?
PEDRO	Hay un barrio llamado San Blas. Allí viven los Otero y los Palma que se fueron a la capital el año pasado. Hay escuelas buenas para Panchito y para el niño que esperamos. Quiero que asistan a buenas escuelas que les den mejores posibilidades.
TERESA	Yo también, yo también, Pedro. Y tú, ¿qué harás? No quiero que sufras por falta de trabajo.
PEDRO	Con todos los automóviles que hay en la ciudad, siempre habrá necesidad de alguien que sepa de mecánica. Habrá un taller que necesite otro trabajador.
TERESA	Pero, Pedro, ¿qué hacemos si . . . ?
PEDRO	No te preocupes, mi amor, todo saldrá bien. Quiero que mi familia tenga de todo, ¿entiendes? De todo lo bueno de la vida.

Notas culturales

[1] *la mamá Teófila: En las regiones rurales de Hispanoamérica, todavía es común utilizar los servicios de una partera* (midwife). *Esto se debe a la tradición y, por otra parte, al hecho de que no hay médicos en todos los pueblos.*

[2] *¿Por qué no nos mudamos a la capital?: Las ideas que expresa Pedro sobre las ventajas de la vida urbana son bastante generalizadas en las zonas rurales y han causado una migración constante hacia las grandes ciudades. Desgraciadamente, uno de los resultados más frecuentes ha sido la creación de barrios de miseria alrededor de las mismas ciudades. Otro es la desilusión y amargura* (bitterness) *de la gente en esta situación.*

[2] pueda coser ajeno *to take in sewing*

7-3 Actividad cultural. En grupos de tres personas, hablen sobre la vida en la ciudad y en el campo. Escriba una síntesis de las preferencias de su grupo y compártelas con los otros grupos de la clase.

1. ¿Cuáles son las ventajas de vivir en la ciudad? ¿las desventajas?
2. ¿Cuáles son las ventajas de vivir en el campo? ¿las desventajas?
3. ¿Dónde prefiere Ud. vivir, en la ciudad o en el campo? ¿Por qué?

7-4 Comprensión. Conteste las preguntas siguientes.

1. ¿Por qué llega Pedro a casa temprano?
2. ¿Qué es lo que tienen para comer?
3. ¿Cuál es la noticia que Teresa le da a Pedro?
4. ¿Qué piensa hacer ella?
5. ¿Cuál es la idea de Pedro?
6. ¿Por qué se siente Teresa más segura en el campo?
7. Según Pedro, ¿qué diversiones hay en las ciudades? ¿y según Teresa?
8. ¿Qué trabajo va a buscar Pedro?
9. En cuanto a su familia, ¿qué quiere Pedro?
10. En las circunstancias de Pedro y Teresa, ¿se iría Ud. a la ciudad?

7-5 Opiniones. Conteste las preguntas siguientes.

1. En su opinión, ¿qué causa la pobreza en la sociedad?
2. ¿Piensa que es posible eliminar la pobreza? Explique.
3. ¿Cree que es la responsabilidad del gobierno ayudar a los pobres? ¿Por qué?
4. Según Ud., ¿es posible que un pobre sea feliz? Explique.
5. ¿Prefiere ser una persona pobre y feliz, o rica y descontenta? ¿Por qué?

Adondequiera que vaya en Latinoamérica, hay algunas comunidades pobres en donde las familias llevan la ropa a ríos o lagos para lavarla. ¿Conoce Ud. a alguien que lave ropa en el río?

Estructura

Heinle Grammar Tutorial:
The subjunctive in adjective
clauses

The subjunctive in adjective clauses

1. An adjective clause modifies a noun or pronoun (referred to as the antecedent) in the main clause of the sentence. Adjective clauses are always introduced by **que.**

   Vive en una casa **grande.** (simple adjective modifying **casa**)

   Vive en una casa **de ladrillo.** (adjective phrase modifying **casa**)

   Quiere vivir en una casa **que tenga muchos cuartos.** (adjective clause modifying **casa**)

2. If the adjective clause modifies an indefinite or negative antecedent, the subjunctive is used in the adjective clause. If the antecedent being described is something or someone certain or definite, the indicative is used.

   Aquí no hay nada que valga la pena. (negative antecedent)
   There is nothing here that is worthwhile.

   Debes tener un médico que sepa lo que hace. (indefinite antecedent)
   You ought to have a doctor who knows what he is doing.

   Buscaba un hospital que tuviera instalaciones modernas. (indefinite antecedent)
   He was looking for a hospital that had modern facilities.

   Haré lo que diga el jefe. (indefinite antecedent)
   I'll do what(ever) the boss says.

   No hay nadie que sepa la respuesta. (negative antecedent)
   There is no one who knows the answer.

   BUT

   Aquí hay algo que vale la pena. (definite antecedent)
   There is something here that is worthwhile.

   Tiene un médico que sabe lo que hace. (definite antecedent)
   He has a doctor who knows what he is doing.

   Ha encontrado un trabajo que tiene muchas ventajas. (definite antecedent)
   He has found a job that has many advantages.

3. The personal **a** is not used when the object of the verb in the main clause does not refer to a specific person or persons; however, it is used before **nadie, alguien,** and forms of **ninguno** and **alguno** when they refer to a person who is the direct object of the verb.

   Busca un médico que sepa lo que hace.
   He is looking for a doctor who knows what he is doing.

   No he visto a nadie que pueda hacerlo.
   I have not seen anyone who can do it.

   ¿Conoce Ud. a algún hombre que quiera comprar la finca?
   Do you know a (any) man who wants to buy the farm?

Práctica

7-6 Observaciones generales. Complete estas oraciones usando el subjuntivo o el indicativo de los verbos entre paréntesis, según convenga *(as needed)*.

1. Busco un trabajo que me (gustar) _____.
2. Necesita un hombre que (poder) _____ servir de guardia.
3. Su esposo quiere mudarse a una ciudad que él no (conocer) _____.
4. Tengo un puesto que (pagar) _____ más que ese.
5. Han encontrado un artículo que les (dar) _____ más información.
6. No había ninguna persona que (creer) _____ eso.
7. Conoce a un mecánico que (arreglar) _____ bicicletas.
8. Necesitan un apartamento que no (costar) _____ mucho.
9. Siempre tienen ayudantes que (hablar) _____ inglés.
10. Preferían un abogado que (saber) _____ lo que hacía.
11. Aquí hay alguien que (poder) _____ explicártelo.
12. ¿Conoces a alguien que (hacer) _____ vestidos?

7-7 Se mudó a la ciudad. Ud. acaba de mudarse a una nueva ciudad, y busca una casa y una buena escuela para sus hijos. Describa la clase de casa y de escuela que busca, haciendo oraciones con las expresiones indicadas.

> **Modelo**　Busco una casa que: tener tres habitaciones.
> *Busco una casa que tenga tres habitaciones.*

1. Busco una casa que: estar cerca de un parque / ser bastante grande / tener tres dormitorios y cuatro baños / no costar más de cien mil pesos

   Ahora mencione otras características que Ud. busca.

2. Queremos mandar a nuestros hijos a una escuela que: ser pública / tener buenos maestros / ofrecer una variedad de cursos / preparar bien a sus graduados / estar cerca de nuestra casa

   Ahora, mencione dos o tres cosas más que Ud. espera que la escuela ofrezca.

Para terminar, compare con otro(a) estudiante la clase de casa y de escuela que busca. ¿Cuáles son las semejanzas y diferencias?

7-8 Opiniones personales. Exprese sus opiniones personales completando estas oraciones con sus propias ideas.

1. Deseo conocer a gente que _____.
2. Sueño con casarme con una persona que _____.
3. Quiero seguir una carrera que _____.
4. Quiero encontrar un trabajo que _____.
5. Me gustaría mudarme a una ciudad que _____.
6. Prefiero vivir en una casa que _____.
7. Necesito comprar un coche que _____.
8. Quiero vivir en un país que _____.

Ahora, compare sus opiniones con las de otro(a) estudiante. ¿Cuáles de las opiniones se parecen a las de Ud.?

7-9 El anuncio. Ud. es dueño(a) de un taller, y necesita emplear a un mecánico. Con otro(a) estudiante completen este anuncio para el periódico de su pueblo.

> **El Taller Martínez requiere un mecánico que:**
> —sepa de mecánica
> —conozca bien los coches japoneses
> —_____
> —_____

Subjunctive vs. indicative after indefinite expressions

A. The subjunctive after indefinite expressions

The subjunctive is used after the following expressions when they refer to an indefinite or uncertain time, condition, person, place, or thing.

1. Relative pronouns, adjectives, or adverbs attached to **-quiera:**

adondequiera	*(to) wherever*	**quienquiera**	*whoever*
dondequiera	*wherever*	**cualquier(a)**	*whatever, whichever*
cuandoquiera	*whenever*	**comoquiera**	*however*

Examples:

Adondequiera que tú vayas, encontrarás campesinos oprimidos.
Wherever you (may) go, you will find oppressed peasants.

Dondequiera que esté, lo encontraré.
Wherever it is, I'll find it.

Cuandoquiera que lleguen, comeremos.
We will eat whenever they arrive.

Quienquiera que encuentre la pintura, recibirá mucho dinero.
Whoever finds the painting will receive a lot of money.

A pesar de cualquier disculpa que ofrezca, tendrá que pagar la multa.
(In spite of) Whatever excuse he may offer, he will have to pay the fine.

Comoquiera que lo hagan, no podrán solucionar el problema.
However they may do it, they will not be able to solve the problem.

Cualquier cosa que diga, será la verdad.
Whatever he says will be the truth.

> **Note: Quien** plus the subjunctive is more common in conversation: **Quien encuentre la pintura, recibirá mucho dinero.**

> Note that the plurals of **quienquiera** and **cualquiera** are **quienesquiera** and **cualesquiera**, respectively. **Cualquiera** drops the final **a** before any singular noun.

2. **Por** + adjective or adverb **+ que** *(however, no matter how):*

Por difícil que sea, lo haré.
No matter how difficult it may be, I will do it.

Por mucho que digas, no la convencerás.
No matter how much you say, you will not convince her.

B. The indicative after indefinite expressions

When the expressions presented in Section A refer to a definite time, place, condition, person, or thing, or to a present or past action that is considered to be habitual, then the indicative is used.

Adondequiera que fuimos, encontramos campesinos oprimidos.
Wherever we went, we found oppressed peasants.

Cuandoquiera que nos veían, nos saludaban.
Whenever they saw us, they would greet us.

Por más que juego al tenis, siempre pierdo.
No matter how much I play tennis, I always lose.

Práctica

7-10 Opiniones personales. Complete estas oraciones con el subjuntivo o el indicativo de los verbos entre paréntesis, según convenga.

1. Adondequiera que ellos (mudarse) _____, no encontrarán empleo.
2. Dondequiera que él (estar) _____, siempre puede divertirse.
3. Cuandoquiera que nosotros lo (ver) _____, le daremos dinero.
4. Por pobres que (ser) _____, ellos nunca se van a quejar de nada.
5. Quienquiera que (buscar) _____ una vida mejor, tendrá que conseguir una buena educación.
6. Cualquier cosa que yo (decir) _____, ellos la creen.

7-11 Situaciones indefinidas. Con otro(a) estudiante, completen estas oraciones con una expresión indefinida.

adondequiera	dondequiera	cuandoquiera	quienquiera
cualquiera	comoquiera	por más	

1. Empezaremos a estudiar _____ que ellos salgan.
2. _____ que ella está cansada, ella siempre quiere mirar la televisión.
3. Lo encontraremos _____ que esté.
4. _____ que ellos recibían una carta de sus amigos, me permitían leerla.
5. _____ que dijo eso no entendía la lección.
6. _____ razón que tú des, la creeremos.
7. _____ libro que escojas, lo encontraremos interesante.
8. Ellos dicen que irán _____ que él vaya.

7-12 Su futuro. Escriba cuatro oraciones sobre su futuro, usando las expresiones indefinidas que siguen. Compare sus ideas con las de su compañero(a) de clase. ¿Son parecidas o diferentes? ¿Son sus ideas y las de su compañero(a) optimistas o pesimistas? ¿Por qué?

adondequiera	cuandoquiera	quienquiera	cualquiera

Prepositions

Heinle Grammar Tutorial:
Simple prepositions; Uses of
a, con, de, and **en**

A. Simple prepositions

a *to, at*
ante *in front of, before; with respect to*
bajo *under*
con *with*
contra *against*
de *of, from*
desde *from, since*
durante *during*
en *in; on, upon*
entre *between, among*

excepto *except*
hacia *toward*
hasta *until, up to, as far as*
mediante *by means of*
para *for; in order to*
por *for; through; along; by*
según *according to*
sin *without*
sobre *on, over; about*
tras *after*

El testigo tenía que aparecer ante el juez.
The witness had to appear before the judge.

Escribió novelas bajo un seudónimo.
He wrote novels under an assumed name.

Miró hacia el río.
He looked toward the river.

Esperaremos hasta las nueve.
We will wait until nine.

Va a dar una conferencia sobre política latinoamericana.
He is going to give a lecture on (about) Latin American politics.

Día tras día él me decía la misma cosa.
Day after day he would tell me the same thing.

B. Uses of *a*

In addition to its special use before direct object nouns referring to people (see
Unidad 1), the preposition **a** is used:

1. to indicate the point (of time or place) toward which something is directed or at
   which it arrives.

   Volvieron a la choza.
   They returned to the hut.

   Fue de Nueva York a México.
   He went from New York to Mexico.

   Estará en casa a las siete.
   She will be at home at seven.

2. after verbs of motion **(ir, venir)** when they are followed by an infinitive or by a
   noun indicating destination.

   Voy a la playa.
   I'm going to the beach.

   Vino a verme.
   He came to see me.

3. after verbs of beginning, learning, and teaching, when these are followed by an infinitive.

Comenzó a trabajar.
She began to work.

Empecé a buscarlos.
I began to look for them.

Aprendieron a hablar francés.
They learned to speak French.

Me enseñó a conducir.
He taught me to drive.

4. after verbs of depriving or taking away.

Le robaron el dinero al banco.
They stole the money from the bank.

Les quité los dulces a los niños.
I took the sweets from the children.

Note: It is becoming more common not to use the **a** in speech.

5. after the verb **jugar** when the name of a game or sport is mentioned.

Juegan al tenis.
They play tennis.

Jugó a las damas chinas.
He played Chinese checkers.

6. in combination with the definite article **el (al)** before an infinitive to express the English *on* or *upon* + present participle.

Al salir del aula, empezaron a correr.
Upon leaving the classroom, they began to run.

7. in the construction **a** + definite article + period of time + **de** + infinitive, meaning *after*.

A las dos semanas de estudiarlos, sabían todos los usos del subjuntivo.
After two weeks of studying them, they knew all the uses of the subjunctive.

8. to indicate manner or means (how something is made or done).

Las hacen a mano.
They make them by hand.

Llegaron a pie.
They arrived on foot.

cocinar a fuego lento
to cook over a slow fire

9. to express price or rate.

¿A cuánto está la tela azul? A un dólar el metro.
How much is the blue material? A dollar a meter.

a todo vapor
at full steam

10. as an equivalent of English *on* or *in*.

a bordo del buque *on board the boat*	a tiempo *in (on) time*
a su llegada *on her arrival*	a vista de tierra *in sight of land*
al contario *on the contrary*	llegar a México *to arrive in Mexico*

11. to express *by* or *to* in certain fixed expressions.

poco a poco *little by little*	dos a dos *two to two*
mano a mano *hand to hand*	cara a cara *face to face*

C. Uses of *con*

1. Con is used before certain nouns to form adverbial expressions of manner.

Guía con cuidado.
He drives carefully.

Comíamos con frecuencia en ese café.
We ate at that café frequently.

2. Con expresses accompaniment.

Pedro quiere ir a la ciudad con Teresa.
Pedro wants to go to the city with Teresa.

3. It is also used to express *notwithstanding*.

Con todos sus defectos, es un tipo simpático.
Notwithstanding all his faults, he's a nice fellow.

D. Uses of *de*

De is usually translated as *of* or *from*. In addition it is used as follows:

1. to show possession (English *'s*).

La finca es de Aurelio.
The farm is Aurelio's.

2. to show the material from which something is made.

El traje es de casimir.
The suit is (made of) cashmere.

3. to express cause or reason (equivalent to English *of, with, on account of*).

Murió de cáncer.
He died of cancer.

Está loca de alegría.
She's wild with joy.

Estoy muriéndome de hambre.
I'm dying of hunger.

4. to express *in the morning*, etc., when a specific time is given.

Empezó a las seis de la mañana (de la noche).
He began at six in the morning (at night).

5. to indicate profession or occupation.

Trabajaba de obrero.
He was working as a laborer.

6. to express the function or use of an object.

Es una máquina de escribir (de coser).
It is a typewriter (sewing machine).

7. to specify condition or appearance before a noun (the English *with* or *in*).

Las montañas están cubiertas de nieve.   Estaba de luto.
The mountains are covered with snow.   *She was in mourning.*

8. to indicate a distinctive characteristic.

la chica de los ojos grandes   el hombre de la barba
the girl with the big eyes   *the man with the beard*

9. to translate *in* after a superlative.

Es el barrio más pintoresco de la ciudad.
It's the most picturesque neighborhood in the city.

E. Uses of *en*

1. En is used to indicate mode of transportation.

Fuimos en avión (tren).
We went by plane (train).

2. En is used to denote location (the equivalent of the English *at* or *in*).

Estoy en casa (en clase, en Madrid).
I am at home (in class, in Madrid).

Pasaron las vacaciones en la playa (en México).
They spent their vacation at the beach (in Mexico).

F. Compound prepositions

Some common compound prepositions are:

a causa de *because of*	dentro de *inside of*
a pesar de *in spite of*	después de *after (time, order)*
acerca de *about, concerning*	detrás de *behind, after (place)*
además de *besides, in addition to*	en frente de *in front of*
al lado de *beside, alongside of*	en vez de *instead of*
alrededor de *around*	encima de *on top of*
antes de *before (time, place)*	frente a *opposite, in front of*
cerca de *near*	fuera de *outside of, away from*
debajo de *under*	junto a *next to*
delante de *in front of, before*	lejos de *far from (place)*
respecto a *with respect to*	

Práctica

7-13 Preposiciones sencillas. Complete estas oraciones con la preposición correcta.

1. Los hijos hablaron *(until)* _____ las once.
2. Los campesinos caminaban *(toward)* _____ la casa.
3. Hay muchas diferencias *(between)* _____ tú y yo.
4. Los padres están *(in)* _____ la cocina.
5. *(During)* _____ la conversación, él me lo explicó.
6. Sus primos son *(from)* _____ San Antonio.
7. Quieren luchar *(against)* _____ la pobreza.
8. Manuel va a venir *(with)* _____ los boletos.
9. El pueblo vivía *(under)* _____ una dictadura.
10. El jefe está *(before)* _____ sus partidarios.
11. Tenemos que estar *(at)* _____ su casa *(at)* _____ las ocho.
12. *(According to)* _____ el periódico, muchos campesinos se mudan a la ciudad.
13. No puedo vivir *(without)* _____ mi mujer.
14. Había muchos papeles *(on)* _____ la mesa.
15. Tratamos de encontrarlo semana *(after)* _____ semana.
16. Viven en este barrio *(since)* _____ febrero.

7-14 Preposiciones compuestas. Complete estas oraciones con una preposición compuesta.

1. *(On top of)* _____ la mesa había un televisor.
2. Los obreros se sentaron *(under)* _____ un árbol.
3. *(Opposite)* _____ la casa había una iglesia.
4. Hay muchos árboles *(around)* _____ mi casa.
5. *(Outside of)* _____ la ciudad viven los ricos.
6. *(Before)* _____ salir, ellos querían escuchar los nuevos discos.
7. *(Near)* _____ la choza había un pozo seco.
8. Queríamos estar *(inside of)* _____ la casa.
9. Tenía que quedarse *(behind)* _____ la puerta.
10. Querrían una casa de campo *(next to)* _____ la playa o *(alongside of)* _____ un río.
11. *(Because of)* _____ su pobreza no pueden comprar un vestido nuevo.
12. *(In spite of)* _____ sus dificultades, tenían esperanza.

7-15 Opiniones personales. En grupos de tres personas, complete estas oraciones con sus propias ideas. Luego, compárelas con las de otro(a) compañero(a) de clase. ¿Tienen mucho en común?

1. Voy a divertirme en vez de _____.
2. Yo siempre _____ antes de comer.
3. Voy al cine después de _____.
4. Además de _____ quiero mirar la televisión.
5. Voy a hacer un viaje a España a pesar de _____.
6. Prefiero vivir fuera de _____.
7. Quiero comprar una casa que esté lejos de _____.
8. No voy de compras en este barrio rico a causa de _____.

7-16 Su cuarto. Describa su cuarto, dando la ubicación de las cosas de la lista. Después, su compañero(a) de clase va a describir el suyo. ¿Cuáles son las diferencias y semejanzas?

> **Modelo**   cama
> *Mi cama está cerca de la ventana.*

1. el televisor
2. la radio
3. la computadora
4. los libros
5. la mesa
6. la ropa
7. la silla
8. los retratos
9. la lámpara
10. la ventana

Uses of *por* and *para*

Heinle Grammar Tutorial:
Por versus **para**

Certain verbs such as **pedir, esperar,** and **buscar** include the meaning *for* in the verb itself and therefore never require **por** or **para.**

A. Uses of *por*

1. To translate *through, by, along,* or *around* after verbs of motion

   Pedro entró por la puerta de su choza.
   Pedro entered through the door of his hut.

   Andaba por la senda junto al río.
   He was walking along the path by the river.

   Le gusta a ella pasearse por la ciudad.
   She likes to walk around the city.

2. To express the motive or reason for a situation or an action *(because, for the sake of, on account of)*

   No quiero que sufras por falta de trabajo.
   I don't want you to suffer because of lack of work.

   Lo hace por amor a sus hijos.
   He does it because of (out of) love for his children.

3. To indicate lapse or duration of time *(for)*

   Trabajó la tierra seca por tres años.
   He worked the dry land for three years.

   Irán a la ciudad por seis meses.
   They will go to the city for six months.

4. To indicate *in exchange for*

   Compró el machete por 20 pesos.
   He bought the machete for twenty pesos.

5. To mean *for* in the sense of *in search of* after **ir, venir, llamar, mandar,** etc.

   Fue por la partera.
   He went for the midwife.

   Fueron a la librería por un libro.
   They went to the bookstore for a book.

   Vinieron por una vida mejor.
   They came for (looking for) a better life.

6. To indicate *frequency, number, rate,* or *velocity*

Va al pueblo tres veces por semana.
He goes to town three times a week.

¿Cuánto ganas por hora?
How much do you earn per hour?

El límite de velocidad es ochenta kilómetros por hora.
The speed limit is eighty kilometers an hour.

7. To express the manner or means by which something is done *(by)*

Lo mandaron por correo.
They sent it by mail.

8. To express *on behalf of, in favor of, in place of*

Ayer trabajé por mi hermano.
Yesterday I worked for (in place of) my brother.

El abogado habló por su cliente.
The lawyer spoke for (on behalf of) his client.

Votará por el Sr. Sánchez.
He will vote for (in favor of) Mr. Sánchez.

9. In the passive voice construction to introduce the agent of the verb

Los frijoles fueron calentados por el vendedor.
The beans were heated by the vendor.

10. To express the idea of something yet to be furnished or accomplished

Me quedan tres páginas por leer.   La casa está por terminar.
I have three pages left to read.   *The house is yet to be built.*

11. To translate the phrases *in the morning (in the afternoon,* etc.) when no specific time is given

Siempre doy un paseo por la tarde.
I always take a walk in the afternoon.

12. In cases of mistaken identity

Me tomó por su primo.
He mistook me for his cousin.

Note: The prepositions **por** and **para** are not interchangeable, although both are often translated as *for* in English. Each has its own specific uses in Spanish.

B. Uses of *para*

1. To indicate a purpose or goal *(in order to, to, to be)*

Es necesario estudiar para aprender.
It is necessary to study (in order) to learn.

Paco debe salir temprano para llegar a tiempo.
Paco should leave early in order to arrive on time.

Trabajará como mecánico para ganar más dinero.
He will work as a mechanic in order to earn more money.

María estudia para médica.
María is studying to be a doctor.

2. To express destination *(for)*

Salen mañana para la capital.
They leave tomorrow for the capital.

El regalo es para mi novia.
The gift is for my fiancée.

3. To denote what something is used for or intended for *(for)*

Compré una taza para café.
I bought a cup for coffee (coffee cup).

Es un estante para libros.
It's a bookcase.

Ha de haber escuelas buenas para Panchito.
There must be good schools for Panchito.

4. To express *by* or *for* a certain time

Comprará unos vestidos para el verano.
She will buy some dresses for summer.

Esta lección es para mañana.
This lesson is for tomorrow.

Hará la tarea para el jueves.
She will do the homework by Thursday.

5. To indicate a comparison of inequality

Para una chica de seis años, toca bien el piano.
For a girl of six, she plays the piano well.

Note: This usage is not universal. In a number of Spanish-speaking countries you would say **está *por* empezar.**

6. With the verb **estar** to express something that is about to happen

La clase está para empezar.
The class is about to begin.

Práctica

7-17 Observaciones generales. Complete estas oraciones con **por** o **para.**

1. Ana estudia _____ ser maestra.
2. Hemos estado en este barrio _____ dos días.
3. _____ llegar al taller es necesario pasar _____ el parque.
4. La casa fue construida _____ su abuelo.
5. Hay que terminar la tarea _____ las nueve de la noche.
6. Ya es tarde y los obreros están _____ salir de la fábrica.
7. Fueron a la cantina _____ comer.
8. Tengo un cuaderno _____ mis apuntes.
9. _____ un chico que habla tanto, no dice mucho de importancia.
10. Nuestros amigos quieren ir al teatro. Nosotros estamos _____ ir también.
11. Estas uvas son _____ ti.
12. Se cayeron _____ no tener cuidado.
13. Debe dejar el coche en el garaje _____ una semana.
14. Recibí las noticias _____ telegrama.
15. No hay suficiente tiempo _____ terminar el trabajo.
16. Lo hice _____ el jefe porque él no podía venir.
17. La choza todavía está _____ construir.
18. No puedo encontrar nada _____ aquí.
19. Nos tomaron _____ españoles, pero somos de Italia.
20. Salieron de casa _____ la noche.

7-18 Un viaje a México. Complete la historia de Manuel, que está planeando mudarse a la Ciudad de México. Use **por** o **para** en las oraciones. Luego, compare sus respuestas con las de su compañero(a) de clase. Si no están de acuerdo tienen que justificar sus respuestas.

1. Manuel ha decidido salir _____ la capital _____ buscar empleo.
2. _____ una persona pobre sin trabajo, él es optimista.
3. Él está _____ salir porque tiene que estar allí _____ el sábado.
4. Él va a viajar _____ camión _____ la costa y _____ las montañas antes de llegar a la capital.
5. Ayer compró un billete del camión o autobús _____ 20 pesos.
6. Su esposa fue al mercado _____ comestibles _____ prepararle una comida especial antes de su salida.
7. Se quedará en la capital _____ dos meses.
8. Él está _____ trabajar en una tienda o en una fábrica, si hay un puesto _____ él.
9. Él cree que habrá más oportunidades _____ su familia en la ciudad.
10. Las páginas finales de este cuento de Manuel están _____ escribirse.

7-19 Una entrevista. Hágale preguntas a su compañero(a) de clase para saber la información indicada a continuación.

1. why he/she is at the university
2. what he/she is studying to be
3. how long he/she will have to study to finish his/her courses
4. whether he/she has to work in order to pay his/her bills
5. whether he/she works in the afternoon or evening

¿Cómo contestó Ud.? ¿Se parecen mucho sus respuestas a las de su compañero(a)? Explique.

Prepositional pronouns

A. Nonreflexive prepositional pronouns

1. The nonreflexive prepositional pronouns are used as objects of prepositions. They have the same forms as the subject pronouns with the exception of **mí, ti.**

mí	*me*	**nosotros(as)**	*us*
ti	*you*	**vosotros(as)**	*you*
Ud.	*you*	**Uds.**	*you*
él	*him, it*	**ellos**	*them*
ella	*her, it*	**ellas**	*them*

2. Some common prepositions followed by the prepositional pronouns:

a	*to*	**en**	*in, on*	**por**	*for; instead of*
ante	*in front of*	**hacia**	*toward*	**sin**	*without*
contra	*against*	**hasta**	*until*	**sobre**	*on, over*
de	*of, from*	**para**	*for*	**tras**	*behind, after*
desde	*since*				

A mí no me gusta mirar televisión.
I don't like to watch television.

Habrá diversiones para ti.
There will be entertainment for you.

No puede vivir sin ella.
He/She cannot live without her.

3. The third person singular and plural forms may refer to things as well as to people.

No puedo estudiar sin ellos. (libros)
I can't study without them.

4. When **mí** and **ti** follow the preposition **con,** they have the special forms **conmigo** and **contigo.**

¿Vas conmigo o con ellos?
Are you going with me or with them?

Quieren mudarse contigo a la ciudad.
They want to move with you to the city.

5. After the words **como, entre, excepto, incluso, menos, salvo,** and **según,** subject pronouns rather than prepositional pronouns are required in Spanish.

Hay mucho cariño entre tú y yo.
There is a great deal of affection between you and me.

Quiero hacerlo como tú.
I want to do it like you.

6. The neuter prepositional pronoun **ello** is used to refer to a previously mentioned idea or situation.

Estoy harto de ello.
I am fed up with it.

No veo nada malo en ello.
I don't see anything bad about it.

B. Reflexive prepositional pronouns

mí	(mismo[a])	nosotros(as)	(mismos[as])
ti	(mismo[a])	vosotros(as)	(mismos[as])
sí	(mismo[a])	sí	(mismos[as])

1. When the subject of the sentence and the prepositional pronoun refer to the same person, the reflexive forms are used. These forms are the same as the regular prepositional pronouns with the exception of **sí,** which is used for all third person forms (singular and plural). When used with **con** the reflexive prepositional pronoun **sí** becomes **consigo.**

El campesino nunca habló de ella.
The peasant never spoke of her.

El campesino nunca habló de sí (mismo).
The peasant never spoke of himself.

Ellas estaban contentas con él.
They were happy with him.

Ellas estaban contentas consigo (mismas).
They were happy with themselves.

2. The adjective **mismo** may be added after any of the reflexive prepositional pronouns in order to intensify a reflexive meaning. In these constructions **mismo** agrees in gender and number with the subject.

Ellas quieren hacerlo para sí mismas.
They want to do it for themselves.

Estamos descontentos con nosotros mismos.
We are unhappy with ourselves.

Práctica

7-20 Preguntas generales. Conteste estas preguntas, usando las formas no reflexivas de los pronombres preposicionales.

1. ¿Para quién(es) son los regalos? (*me / you [fam. sing.] / him / them / us / her / you [pl.]*)
2. ¿Con quién(es) han discutido el problema? (*you [fam. sing.] / me / her / them / you [pl.] / him*)
3. ¿Contra quién(es) están todos? (*them / you [fam. sing.] / me / you [pl.] / him / us / her*)

 7-21 Más preguntas generales. Conteste estas preguntas usando las formas reflexivas de los pronombres preposicionales. Su compañero(a) de clase va a hacerle estas preguntas.

Modelo   ¿Traen los refrescos para los invitados?
No, traemos los refrescos para nosotros mismos.

1. ¿Compras un coche nuevo para tu hermana?
2. ¿Hace tu amiga las actividades para el profesor?
3. ¿Está tu amigo descontento con su novia?
4. ¿Va tu primo a construir la casa para su familia?

 7-22 Una entrevista. Hágale estas preguntas a su compañero(a) de clase.

1. ¿Quieres ir conmigo al cine esta noche?
2. ¿Quieres ir con nuestros amigos a un café después?
3. ¿Prefieres quedarte con nosotros esta noche en vez de volver a casa?
4. ¿Piensas que esas chicas quieren salir contigo y conmigo?
5. ¿Te gustaría desayunar con mi familia el domingo?
6. ¿Quieres jugar al golf conmigo?

Repaso

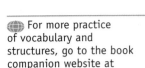

🌐 For more practice of vocabulary and structures, go to the book companion website at **www.cengagebrain.com**

Review the subjunctive after adjective clauses.

Antes de empezar la última parte de esta **unidad,** es importante repasar el vocabulario nuevo y la estructura y hacer las actividades que siguen.

7-23 Las preferencias personales. Con un(a) compañero(a) de clase, hablen de sus preferencias en la vida. Estén listos(as) para explicar por qué prefieren ciertas cosas. Sigan el modelo.

Modelo comprar una casa (ser grande, ser pequeña, estar en la playa)
—*Prefiero comprar una casa que sea grande. ¿Y tú?*
—*Prefiero comprar una casa que esté en la playa.*

1. casarme con un hombre (una mujer) (ser inteligente / ganar mucho dinero / querer una familia grande / saber divertirse)
2. encontrar un trabajo (pagar bien / ser interesante / ofrecer la oportunidad de progresar / no ser difícil)
3. vivir en una ciudad (tener muchas diversiones / estar en un país extranjero / ofrecer muchas oportunidades)
4. comer en un restaurante (servir platos extranjeros / tener buenos vinos / costar poco)
5. conocer a una persona (saber bailar bien / a quien le gustar los deportes / querer asistir al teatro / ser divertida)

Si hay tiempo, su profesor(a) puede conducir una encuesta para saber cuáles de las respuestas son las más populares y cuáles son las menos populares.

Review subjunctive vs. indicative after indefinite expressions.

7-24 Opiniones personales. Exprese sus opiniones sobre las situaciones siguientes completando cada una de las oraciones de una manera lógica. Después, compare sus respuestas con las de un(a) compañero(a) de clase. ¿Tienen mucho en común?

1. Voy a graduarme de esta universidad por _____.
2. Encontraré un trabajo adondequiera que yo _____.
3. Más tarde iré con mi familia a Europa cuandoquiera que ellos _____.
4. Dondequiera que _____, siempre compro recuerdos (*souvenirs*) para mis amigos.
5. Al volver a casa les mostraré todas mis fotos a quienesquiera que _____.
6. Por más que _____, no encuentro el lugar ideal para vivir.
7. Cualquier problema que he tenido, siempre _____.

Review the uses of prepositions.

7-25 La economía. Complete las siguientes oraciones con las preposiciones correctas.

1. Respecto _____ la pobreza, ¿qué debería hacer el gobierno?
2. _____ los datos, la pobreza mundial aumenta.
3. El economista creó un modelo en base _____ la teoría del bienestar.
4. Me gustaría construir viviendas _____ Nicaragua.
5. Ellos realizan obras de caridad _____ mucho amor.
6. Además _____ bajar los intereses, el banco central invertirá en la energía alternativa.
7. El precio de la gasolina comenzó _____ subir nuevamente.
8. La empresa está _____ borde de la bancarrota (*bankrupty*).

7-26 Los estudios en el extranjero. Ud. piensa pasar un año estudiando y viajando en España. Use **por** o **para** para completar la descripción de sus planes.

Ahora estoy listo(a) 1. _____ mudarme a España. Mañana 2. _____ la tarde salgo 3. _____ Madrid. Prefiero viajar 4. _____ barco, pero tengo que estar en la capital 5. _____ el jueves. 6. _____ eso es necesario ir 7. _____ avión. Voy a España 8. _____ estudiar español y literatura española. Voy a quedarme allí 9. _____ un año. En la universidad voy a estudiar 10. _____ maestro(a) de español. 11. _____ perfeccionar el español, pienso que es importante pasar tiempo en un país donde se habla este idioma.

Hay mucho que hacer antes de salir. Compré dos maletas 12. _____ la ropa, pero todavía están 13. _____ hacer. Mi madre me dijo que las haría 14. _____ mí, si yo no tuviera tiempo 15. _____ hacerlas.

16. _____ una persona que no ha viajado mucho, no tengo miedo. Espero que los españoles no me tomen 17. _____ turista. Quiero ser aceptado(a) 18. _____ la gente como estudiante, nada más.

Shutterstock.com

7-27 La tecnología. Conteste las preguntas usando pronombres preposicionales. Después, compare sus respuestas con las de un(a) compañero(a) de clase.

1. ¿Puede vivir sin la tecnología?
2. ¿Pasa más de dos horas enfrente de la computadora?
3. ¿Le gusta estudiar con sus amigos?
4. ¿Prefiere cantar enfrente de sus parientes o para si mismo(a)?
5. ¿Cuándo se siente molesto(a) consigo mismo(a)?

A conversar

Learning to involve your partner in conversations is an important technique for keeping the conversation going. You can do this by utilizing expressions that ask for confirmation of preceding comments or that request an opinion or information.

How to involve others in conversations

Confirmation of preceding comments:

Viven en México, ¿no?	*They live in Mexico, right?*
No le (te) gusta bailar, ¿verdad?	*You don't like to dance, right?*

Requesting an opinion or information:

Y, ¿qué le (te) parece esta idea?	*And how does this idea seem to you?*
Y, ¿qué piensa Ud. (piensas)?	*And what do you think?*
¿Qué opina Ud. (opinas) de este problema?	*What is your opinion of this problem?*
¿Qué sabe Ud. (sabes) de eso?	*What do you know about that?*

Descripción y expansión

Hay ventajas y desventajas de vivir en la ciudad, así como en el campo. Esto depende de la personalidad del individuo y la clase de vida que él (ella) quiera tener. Estudie con cuidado los dos dibujos de esta página y la página siguiente. ¿Dónde prefiere vivir? Haga las actividades a continuación.

7-28 Descripción. Describa con detalles la escena de la ciudad y la escena del campo.

© Cengage Learning

7-29 Opiniones. Conteste las siguientes preguntas.

a. ¿Le gustaría vivir en la ciudad dibujada en la página 182? Explique.
b. ¿Le gustaría vivir en la parte del campo dibujada en esta página? ¿Por qué?
c. ¿En qué ciudades o regiones rurales ha vivido? Cuéntele a la clase algo sobre uno de estos lugares. ¿Fue una experiencia buena o mala? ¿Por qué?

Ahora, su profesor(a) va a conducir una encuesta de la clase para saber cuántos estudiantes prefieren vivir en la ciudad y cuántos en el campo. Cada estudiante tiene que dar una razón para su preferencia. ¿Dónde prefiere vivir la mayoría de los estudiantes?

Determining the purpose of the conversation

The purpose is the reason the speakers are engaged in a conversation. It tells you what the speakers are trying to do. To determine the purpose, first figure out where the dialogue takes place and between whom. Pay careful attention to the first lines where the topic of conversation is usually revealed. Also listen for functional expressions. For example:

    a. to explain: **por eso, es decir, por ejemplo**
    b. to express an opinion: **creo que, me parece que**
    c. to suggest: **¿qué te parece si...?, ¿por qué no...?**
    d. to apologize: **lo siento mucho, perdón, disculpa**

Track 21 ◀))) **Economía global**

Escuche la situación y complete las actividades.

José, un estudiante que se especializa en español, entrevista a su profesor de economía, que es uruguayo, con el fin de completar el trabajo que está haciendo para la clase que este curso tiene sobre la civilización hispánica contemporánea.

7-30 Información. Complete las siguientes oraciones con una de las opciones que se ofrecen.

    1. Un estudiante entrevista al profesor...
        a. cerca de la civilización hispánica.
        b. español.
        c. haciendo un trabajo.

    2. España invierte...
        a. solo en América Latina.
        b. en los Estados Unidos.
        c. en las Américas.

    3. El profesor habla...
        a. en la lengua de Cervantes.
        b. en inglés.
        c. de la expansión económica.

    4. La gente de Washington viajará...
        a. en compañías españolas.
        b. en trenes españoles.
        c. en los Estados Unidos.

    5. El chico que entrevista es estudiante de...
        a. profesor.
        b. español.
        c. expansión económica.

7-31 Conversación/Debate. Dos grupos de estudiantes debaten el pro y la contra de la inversión extranjera en la economía global. Uno defiende la posición de un país poco desarrollado, cuyos recursos naturales van desapareciendo y cuya industria no se desarrolla, aunque la población sigue aumentando. Otro representa un país del hemisferio norte, cuya expansión económica depende de los países subdesarrollados.

7-32 Situaciones. Con un(a) compañero(a) de clase, prepare algunos diálogos que correspondan a las siguientes situaciones. Estén listos para presentarlos enfrente de la clase.

Buscando empleo. Ud. tiene una entrevista con el (la) director(a) de personal de una compañía. Ud. le dice a él (a ella) la clase de trabajo que Ud. quiere. El (La) director(a) le describe a Ud. los trabajos que están disponibles en la compañía. Luego le pide a Ud. que complete un formulario y que lo deje con el (la) secretario(a). Le informa que él (ella) lo (la) llamará a Ud. el viernes.

Unas elecciones políticas. Un(a) candidato(a) conservador(a) y un(a) liberal debaten sobre lo que su partido político puede hacer para ayudar a los pobres.

Buscando un nuevo apartamento. Ud. acaba de mudarse a una ciudad cerca de las montañas y está buscando un apartamento. Ud. llama a un(a) corredor(a) de bienes raíces (realtor). El (La) corredor(a) de bienes raíces le hace una serie de preguntas para saber la clase de apartamento que le gustaría a Ud.

El (La) corredor(a) debe pedir información sobre las cosas siguientes:

   a. *número de cuartos que quiere que incluya: las habitaciones, baños, etcétera*
   b. *la ubicación del apartamento: ¿En qué parte de la ciudad? ¿En qué piso?, etcétera*
   c. *la necesidad de tener un garaje*
   d. *el dinero que Ud. quiere pagar para alquilar un apartamento*
   e. *otras cosas de importancia*

Track 22 **7-33 Ejercicio de comprensión.** Ud. va a escuchar un comentario sobre la pobreza de los países hispanoamericanos. Después del comentario, va a escuchar varias oraciones. Indique si la oración es **verdadera (V)** o **falsa (F),** trazando un círculo alrededor de la letra que corresponde a la respuesta correcta.

   1. V   F
   2. V   F
   3. V   F
   4. V   F
   5. V   F

Además del tema general de este comentario que es «la pobreza», escriba dos o tres cosas más que ha aprendido al escucharlo.

7-34 Discusión: Los problemas contemporáneos. Hay tres pasos en esta actividad. **Primer paso:** En grupos de tres personas, contesten las siguientes preguntas y expliquen sus respuestas. **Segundo paso:** Los miembros de cada grupo tienen que preparar una explicación para sus respuestas. **Tercer paso:** Los grupos tienen que participar en una encuesta conducida por el (la) profesor(a).

1. ¿Cuál de los siguientes es el problema más grave con que vamos a enfrentarnos en el futuro?
   a. el exceso de población
   b. la contaminación del agua y del aire
   c. la pobreza

2. Si Ud. fuera presidente, ¿a cuál de los siguientes problemas le daría prioridad?
   a. a la defensa del país
   b. a los programas contra la pobreza
   c. a la ayuda económica para las ciudades

3. ¿En cuál de los siguientes programas debe gastar más dinero el gobierno?
   a. en la cura contra el cáncer
   b. en la eliminación de los barrios pobres
   c. en empleos para los desocupados

4. ¿Quién es más responsable por el bienestar económico?
   a. el gobierno   b. la industria   c. el individuo

5. Si fuera necesario que el gobierno federal gastara menos, ¿qué gastos podría eliminar?
   a. el apoyo económico para los países extranjeros
   b. los fondos para la educación
   c. los gastos para la defensa nacional

6. ¿Cuál es la causa principal del crimen?
   a. la falta de oportunidades económicas
   b. la disolución de la familia
   c. los prejuicios raciales

7-35 Temas de conversación o de composición

Trabajando en grupos de cuatro personas de la clase, preparen un diálogo sobre el tema del crimen y de la violencia. Uno de Uds. es candidato(a) a la presidencia; los otros dos son periodistas que van a hacerle preguntas sobre los siguientes temas.

1. el papel de la pobreza como causa del crimen y de la violencia
2. otros factores que pueden conducir al crimen y a la violencia
3. lo que puede hacer el gobierno para reducir el número de crímenes
4. lo que deben hacer la industria y el individuo para reducir el número de crímenes

Prepárense para hacer o presentar este diálogo enfrente de la clase.

Panamá es la economía que crece más rápido en la región; sin embargo, las poblaciones indígenas continúan siendo muy pobres. Por eso en los últimos años algunas comunidades desarrollan el etnoturismo con la esperanza de salir de la pobreza. ¿Qué imagen tiene Ud. de los indígenas de Panamá? ¿Qué cree Ud. que es el etnoturismo? ¿Podrá ayudar a las comunidades indígenas?

Lectura

El etnoturismo en Panamá

¿Le gusta viajar para conocer otras culturas? ¿Le gustaría hospedarse en una aldea indígena? ¿aprender sobre tradiciones ancestrales? ¿comprar artesanía directamente del artesano? ¡Lo invitamos a hacer etnoturismo en Panamá!

Olinchuk/Shutterstock.com

Panamá cuenta con siete etnias indígenas: Kunas, Emberá Wounaan, Bokotá, Teribe, Bri Bri y Ngöbe Buglé. Estos pueblos indígenas representan el 10% de la población nacional. Muchos viven en comarcas —territorios autónomos donde mantienen su propia forma de autogobierno— y se dedican a la pesca, la caza[1] o la agricultura.

Kevin Schafer/CORBIS

Mujer kuna confecciona[6] una colorida mola.

Kuna Yala

La comarca de Kuna Yala, en el archipiélago de San Blas, es la pionera del etnoturismo. Desde hace décadas recibe a miles de turistas, generando de esta actividad unos 80 mil dólares al año. Según el reglamento[2] de la comarca, cada visitante debe pagar dos dólares al desembarcar y también debe comportarse[3] según el reglamento: no puede andar en traje de baño por las áreas habitadas y no puede sacar fotos sin el permiso de los habitantes.

Paul Thompson Images / Alamy

Las mujeres emberás continúan la tradición de pintarse el cuerpo.

Emberá-Wounaan

Cerca de la frontera con Colombia está la comarca de Emberá-Wounaan. Los visitantes llegan a esta área remota en piragua[4] e inmediatamente los reciben con música y danza tradicionales. Después de un refrescante baño en un río, degustan de un almuerzo típico: plátano y tilapia envueltos[5] en hojas de banano. Después de interactuar con los indígenas, el visitante aprecia su lucha

---

[1] hunting; [2] rules; [3] behave; [4] canoe; [5] wrapped; [6] makes

por conservar la cultura, el bosque y el mar.

Rob Crandall / Alamy

La isla San Cristóbal forma parte de la comarca Ngöbe Buglé, la más grande de Panamá.

San Cristóbal

En la isla de San Cristóbal, al norte del país cerca de Costa Rica, un grupo de mujeres ngöbes también desarrollan el etnoturismo. Aquí, los visitantes ven cómo se trabaja la hoja de una planta llamada pita para obtener fibra. Luego observan cómo se confeccionan chácaras, bolsas tejidas de pita. Esta artesanía forma parte del ritual de la primera menstruación, en la cual la niña se retira a un lugar lejos del pueblo y confecciona la chácara.

7-36 Preguntas. Conteste las siguientes preguntas.

1. ¿Qué es el etnoturismo?
2. ¿Por qué algunas comarcas de Panamá están desarrollando este tipo de turismo?
3. ¿Qué comarca fue la primera área indígena en desarrollarse turísticamente? ¿Qué artesanía vende? ¿Cómo protege su modo de vivir ante los turistas?
4. ¿Dónde está Emberá-Wounaan? ¿Cuáles son algunas de sus tradiciones?
5. ¿Cuál es la atracción etnoturística de la isla San Cristóbal? ¿Qué etnia habita la isla?

7-37 Discusión. Responda a las preguntas, trabajando con dos o tres compañeros.

1. ¿Le gustaría a Ud. hacer etnoturismo? ¿Por qué sí o por qué no?
2. ¿Es posible hacer etnoturismo en los Estados Unidos? (¿Dónde?)
3. En su opinión, ¿es el etnoturismo una solución al problema de la pobreza? Explique.

7-38 Proyecto. Una de las actividades económicas de Panamá es el turismo, del cual hay muchos tipos distintos. Por ejemplo:

(1) el ecoturismo
(2) el turismo científico
(3) el turismo médico
(4) el turismo de compras
(5) el turismo de aventura
(6) el turismo de negocios

Con un(a) compañero(a) de clase, escojan uno de los turismos de la lista e investiguen sobre él en Internet, en la biblioteca o en una agencia de viajes. Usen la información para escribir un folleto turístico. Si es posible, incluyan fotos y mapas.

Los movimientos revolucionarios del siglo xx

© Ian Wood / Alamy

Estas personas del Perú hacen una manifestación. ¿Quiénes participan? ¿Hay manifestaciones como esta en tu estado?

En contexto

En la mansión de los Hernández Arias

Estructura

- The subjunctive in adverbial clauses (1)
- Demonstrative adjectives and pronouns
- The reciprocal construction
- The reflexive for unplanned occurrences

Repaso

 www.cengagebrain.com

A conversar

Interrupting a conversation

A escuchar

Active listening

Intercambios

El control de la natalidad

Investigación y presentación

Las arpilleras de Chile

En contexto

Vocabulario activo

Verbos

exigir *to demand*
juntarse a *to join*
rodear *to surround*
secuestrar *to kidnap*
suprimir *to suppress*
vencer *to win*

Sustantivos

el alivio *relief*
el amanecer *dawn*
la amenaza *threat*
el apoyo *support*
el casimir *cashmere*
el colmo *limit*
la culpa *guilt, blame*
el (la) espía *spy*
la fábrica *factory*

el (la) guerrillero(a) *guerrilla fighter*
el (la) holgazán(ana) *loafer, idler*
la ola *wave*
la pesadilla *nightmare*
la primaria *elementary school*
el rescate *ransom*
el secuestro *kidnapping*
el sudor *sweat*

Adjetivos

avergonzado(a) *ashamed*
décimo(a) *tenth*
poderoso(a) *powerful*

Otras expresiones

en cuanto *as soon as*
hacer daño *to harm, to hurt*

8-1 Para practicar. Complete el párrafo siguiente con palabras escogidas de la sección **Vocabulario activo.** No es necesario usar todas las palabras.

Anoche tuve una **1.** _____ en un sueño que un grupo de **2.** _____ me **3.** _____. Los guerrilleros **4.** _____ un **5.** _____ de un millón de dólares. Ellos dijeron que si no recibían el dinero pronto ellos me **6.** _____. Al **7.** _____, me desperté cubierto de **8.** _____. ¡Qué **9.** _____! La **10.** _____ fue nada más que un sueño. Era tarde. **11.** _____ desayuné, salí para la **12.** _____ donde estaba trabajando. Todo el día traté de **13.** _____ la memoria de lo que pasó anoche.

Track 23))) **8-2 En la mansión de los Hernández Arias.** Antes de leer el diálogo, escúchelo con el libro cerrado. ¿Cuánto comprendió?

(Gonzalo, el padre, ve entrar a su hijo Emilio.)

GONZALO   Hola, hijo. ¿Viste el periódico? Secuestraron al Sr. González[1] y exigen un rescate de dos millones de pesos por su vida.

EMILIO   ¡Uy! ¿Quién pagaría eso? El viejo no vale ni la décima parte.

GONZALO   ¡Emilio! No bromees[1] —esto de los secuestros es muy serio. Mañana voy a contratar[2] un pistolero[3] para que me proteja.

EMILIO   ¿Y cómo vas a asegurarte[4] de que no sea espía? Mientras estén por todas partes esos guerrilleros…

GONZALO   ¡Esto es el colmo![5] La policía tiene que hacer algo antes de que caiga el gobierno. Estas amenazas al orden legal[2] tienen que ser suprimidas. Mañana en cuanto llegue a la oficina hablaré con el presidente.

EMILIO	Cálmate, viejo, cálmate. No hay nada que puedas hacer. El orden legal solo le sirve a los poderosos.
GONZALO	Pero… ¿y yo? Comencé así, sin nada. Lo que tengo lo gané por mi propio sudor.
EMILIO	Y el sudor de los obreros de tus fábricas. Además, tenías una ventaja grande: una falta de escrúpulos que te permitía sobrevivir.
GONZALO	No permito que me hables así. ¡Es una falta de respeto que no aguanto! Y tú, veo que no desprecias[6] los automóviles de último modelo, aquellas vacaciones en Europa el año pasado, los trajes de casimir. Cuando yo me muera, lo tendrás todo.
EMILIO	Sí, tienes razón, papá, pero todo aquello ya pasó. Así me enseñaste, no conocía otra vida. En cuanto me di cuenta, me sentí terriblemente avergonzado.
GONZALO	¡Pero qué ideas! ¡Yo no te enseñé a ser holgazán! Bueno, ya que te has arrepentido[7], debes aprender algo que te sirva en el futuro.
EMILIO	Ya lo he hecho, papá. Voy a buscar una vida que me dé alguna esperanza. En cuanto me despida de ti me voy a juntar a las fuerzas de liberación[3] en las montañas.
GONZALO	¿Cómo? Pero, ¿es posible? ¿Dejas todo esto para vivir con ese grupo de bandidos? ¿Estás loco? ¿Quieres matar a tu mamá?
EMILIO	Bandidos, no, papá. ¡La ola del futuro! Estamos en el amanecer de un nuevo orden. Después que venzamos, habrá justicia, igualdad, solidaridad humana. No habrá resistencia que valga para impedir este movimiento. ¡Venceremos!
GONZALO	Pero, hijo. ¿Cómo te atreves? ¡Es una locura! Te arrepentirás.
EMILIO	Me voy, papá, me están esperando con el viejo González. Adiós.
GONZALO	¿González? ¡Por Dios! ¡No puede ser! Espera, Emilio. No te vayas. ¡Emilio! ¡No le hagan daño a González! ¡Emilio!
EMPLEADO	Señor, ¡despiértese, despiértese! Habrá sido una pesadilla. ¿Qué pasó? Llamaba a Emilio. Él no ha llegado todavía de la primaria; el chófer fue a recogerlo.
GONZALO	¡Puf! ¡Qué alivio! Soñaba que habían secuestrado al Sr. González.
EMPLEADO	Pero, señor, aquello pasó anoche. Hoy lo encontraron muerto, el pobre.
EMILIO	¡Hola, papá! ¿Oíste lo del Sr. González?

---

[1] No bromees *don't joke*   [2] a contratar *to hire*   [3] un pistolero *gunman*   [4] asegurarte *to assure yourself*
[5] ¡Esto es el colmo! *This is the limit!*   [6] que no desprecias *you do not scorn*   [7] ya que te has arrepentido *you have repented*

Notas culturales

[1] **Secuestraron al Sr. González:** *El secuestro político es uno de los métodos que usan los guerrilleros hoy día. Por lo general la víctima es alguien de suficiente importancia para que el secuestro cause gran escándalo. El rescate muchas veces consiste en dinero, comida o facilidades médicas para los pobres. Así los guerrilleros ganan cierto apoyo popular. Debido a esta amenaza, muchas personas importantes emplean guardias personales.*

[2] **Estas amenazas al orden legal:** *Muchas veces la falta de orden civil causada por los guerrilleros provoca la caída de los gobiernos débiles o inestables.*

[3] **me voy a juntar a las fuerzas de liberación:** *A veces los hijos de las familias más ricas son los más rebeldes. Es posible que resulte de un sentimiento de enajenación (alienation) producido por su vida, o de un sentimiento de culpa por lo que tienen, frente a la gran pobreza que los rodea.*

8-3 Actividad cultural. Hoy día parece que haya guerras y revoluciones en varias partes del mundo. Conteste estas preguntas.

1. ¿Cuáles son las diferencias y cuáles son las semejanzas entre los guerrilleros, los terroristas y los insurgentes?
2. ¿Es difícil o fácil luchar contra esos tres grupos de rebeldes?
3. ¿Cuáles son algunas de las cosas horribles que esos grupos hacen para atraer la atención de la gente y los políticos?
4. ¿Tienen mucho o poco éxito usando estas estrategias?
5. ¿Cómo se puede combatir las actividades de esos tres grupos?

8-4 Comprensión. Conteste las siguientes preguntas.

1. ¿Qué le ha pasado al Sr. González?
2. ¿Qué rescate exigen?
3. ¿Para qué quiere un pistolero el Sr. Hernández?
4. ¿Con quién va a hablar mañana?
5. Según Emilio, ¿a quién le sirve el orden legal?
6. ¿Cómo consiguió el Sr. Hernández su dinero?
7. ¿Qué tipo de vida ha llevado Emilio?
8. ¿Por qué se siente avergonzado Emilio?
9. ¿Qué va a hacer ahora?
10. ¿Quién despierta al Sr. Hernández?
11. ¿Era cierto lo que había soñado él, acerca de Emilio?
12. ¿Es Emilio joven o viejo?
13. ¿Cuál fue el resultado verdadero del secuestro?

8-5 Opiniones. Conteste las siguientes preguntas.

1. ¿Cree que los secuestros ayudan o hacen daño a la causa de los rebeldes? Explique.
2. En su opinión, ¿cuáles son las injusticias sociales que existen y que provocan revoluciones?
3. ¿Cree que es posible resolver los problemas políticos y sociales sin revoluciones violentas? Explique.
4. Según Ud., ¿cómo se pueden resolver los problemas mundiales?
5. ¿Tiene una actitud optimista o pesimista en cuanto al futuro del mundo? ¿Por qué?

The subjunctive in adverbial clauses (1)

A. Adverbial clauses

An adverbial clause is a dependent clause that modifies the verb of the main clause, and, as an adverb, expresses time, manner, place, purpose, or concession. An adverbial clause is introduced by an adverb, a preposition, or a conjunction.

Adverbial clause denoting time:

El padre hablará con su hijo tan pronto como llegue de la primaria.
The father will speak with his son as soon as he arrives from school.

Adverbial clause denoting manner:

Salió sin que nosotros lo viéramos.
He left without our seeing him.

Adverbial clause denoting place:

Nos encontraremos donde quieras.
We will meet wherever you wish.

Adverbial clause denoting purpose:

Fueron a la oficina para que ella pudiera hablar con el jefe.
They went to the office so that she could speak with the boss.

Adverbial clause denoting concession:

Debes ir a la clínica aunque no quieras.
You should go to the clinic even though you don't want to.

In this unit, only adverbial clauses introduced by adverbs of time will be discussed.

B. Subjunctive and indicative in adverbial time clauses

Heinle Grammar Tutorial:
The subjunctive in adverbial clauses

Antes (de) que is always followed by the subjunctive because its meaning *(before)* assures that the action in the adverbial clause is in the future.

1. The subjunctive is used in adverbial time clauses when the time referred to in the main clause is future or when there is uncertainty or doubt. The following adverbs usually introduce such adverbial clauses:

antes (de) que *before*   hasta que *until*
cuando *when*   mientras (que) *while*
después (de) que *after*   para cuando *by the time*
en cuanto *as soon as*   tan pronto como *as soon as*

Examples:

Van a discutirlo antes de que él salga.
They are going to discuss it before he leaves.

Cuando me muera, lo tendrás todo.
When I die you will have everything.

Después que venzamos, habrá justicia.
After we win there will be justice.

Lo haremos en cuanto llegue ella.
We'll do it as soon as she arrives.

Los secuestros van a continuar hasta que la policía haga algo.
The kidnappings are going to continue until the police do something.

Hablaré con los periodistas mientras estén en la oficina.
I will speak with the journalists while they are in the office.

Ya habrá regresado para cuando su hija se despierte.
He will have already returned by the time his daughter wakes up.

Dijo que me llamaría cuando él llegara.
He said he would call me when he arrived.

Me avisó que lo haría en cuanto pudiera.
He advised me that he'd do it as soon as he could.

2. If the adverbial time clause refers to a fact, a definite event, or to something that has already occurred, is presently occurring, or usually occurs, then the indicative is used. The present indicative or one of the past indicative tenses usually appears in the main clause.

Llegaron después que la policía rodeó la casa.
They arrived after the police surrounded the house.

Lee una revista mientras se desayuna.
He/She is reading a magazine while he/she eats breakfast.

Siempre compraba un periódico cuando pasaba por el quiosco.
He/She always used to buy a newspaper when he/she passed by the newsstand.

Práctica

 8-6 Un repaso del diálogo. Repase varias partes del diálogo de esta unidad, y complete estas oraciones con la forma correcta de las palabras entre paréntesis. Luego, compare sus respuestas con las de un(a) compañero(a) de clase.

1. Emilio ya estará en casa cuando su papá (despertarse) _____.
2. Emilio ya estaba en casa cuando su papá (despertarse) _____.
3. Van a leer el artículo después (de) que (comprar) _____ el periódico.
4. Leyeron el artículo después (de) que (comprar) _____ el periódico.
5. Él mencionará el secuestro mientras (hablar) _____ con su tío.
6. Él mencionó el secuestro mientras (hablar) _____ con su tío.
7. Su papá dormirá hasta que el empleado (entrar) _____ a la sala.
8. Su papá durmió hasta que el empleado (entrar) _____ a la sala.
9. Ellos hablarán con el jefe tan pronto como él (llegar) _____ a la oficina.
10. Ellos hablaron con el jefe tan pronto como él (llegar) _____ a la oficina.
11. Los obreros van a formar un comité en cuanto ellos (encontrar) _____ un líder.
12. Los obreros formaron un comité en cuanto ellos (encontrar) _____ un líder.

 8-7 Cierto o incierto. Cambie las palabras escritas en letra cursiva por las palabras entre paréntesis. Luego, escriba las oraciones otra vez, haciendo los cambios necesarios. Después compárelas con las de un(a) compañero(a) de clase y justifique los cambios.

1. Emilio no *dice* nada cuando su padre entra. (dirá)
2. En cuanto habla su padre, él no *escucha* más. (escuchará)
3. El empleado *se queda* en el cuarto hasta que él se duerme. (se quedará)

4. Ellos *hablan* con su profesor después de que entra a la clase. (hablarán)
5. Ella *trabaja* en la fábrica mientras sus hijos están en la escuela. (trabajará)
6. El periodista *buscó* a los guerrilleros hasta que los encontró. (buscará)
7. Tan pronto como llegó su hijo, *discutieron* los secuestros. (discutirán)
8. Ella *había salido* cuando nosotras llegamos. (habrá salido)

8-8 Una carta de México. Carmen y Ramón acaban de llegar de Oaxaca a la Ciudad de México. Escriba en español esta carta escrita por Carmen a su amiga Rosa. Luego, compare su carta con la de un(a) compañero(a) de clase. ¿Están de acuerdo?

Dear Rosa,

We will stay in Mexico City until the revolution has ended in Chiapas. I will tell you about the threats we received before we left Oaxaca. Ramón plans to write an article about our experiences as soon as there is time. We will send you a copy after he has written it.

Yesterday the government representatives said that they were going to discuss the problem as soon as we arrived at the embassy (embajada). I don't know why, but they always become angry when we discuss politics with them. We believe that they want to suppress the information about the political conditions in Latin America before a newspaper can publish it.

I will call you as soon as we have talked with the embassy officials.

With a hug,

Carmen

8-9 Opiniones personales. Con un(a) compañero(a) de clase, expresen sus opiniones acerca de los temas siguientes. Luego, compare sus opiniones con las de un(a) compañero(a) de clase para ver las semejanzas y diferencias entre sus opiniones.

1. No voy a unirme *(join)* a un partido político hasta que _____.
2. Votaré por el presidente cuando _____.
3. Tendremos paz en el mundo tan pronto como _____.
4. Nuestro gobierno apoyará los movimientos revolucionarios cuando _____.
5. La democracia sobrevivirá después de que _____.
6. Habrá pobreza en el mundo hasta que _____.
7. Habrá menos revoluciones cuando _____.
8. Los cambios políticos continuarán hasta que _____.

8-10 Las elecciones nacionales. Es la temporada de las elecciones nacionales. Exprese sus opiniones sobre estas elecciones, usando las expresiones siguientes. ¿Quiénes van a ganar, los republicanos o los demócratas? Su compañero(a) de clase puede hacer el papel de representante de un partido político y Ud. puede hacer el papel de representante del otro.

Modelo hasta que
Los republicanos no van a ganar las elecciones hasta que ellos bajen los impuestos.

cuando
después de que
antes de que
tan pronto como

Ahora, compartan sus ideas con la clase.

Demonstrative adjectives and pronouns

Heinle Grammar Tutorial:
Demonstrative adjectives
and pronouns

A. Demonstrative adjectives

1. The demonstrative adjectives in Spanish are **este** *(this)*, **ese** *(that)*, and **aquel** *(that)*. **Este** refers to something near the speaker; **ese** refers to something near the person being addressed; and **aquel** refers to something that is distant or remote from both the speaker and the person addressed.

   Voy a comprar este traje de casimir.
   I am going to buy this cashmere suit.

   Tomemos ese taxi.
   Let's take that taxi.

   Prefiero aquel hotel.
   I prefer that hotel over there.

2. Demonstrative adjectives agree in gender and number with the nouns they modify. These are the forms:

este	**esta**	*this*		**estos**	**estas**	*these*
ese	**esa**	*that (nearby)*		**esos**	**esas**	*those (nearby)*
aquel	**aquella**	*that (over there)*		**aquellos**	**aquellas**	*those (over there)*

3. Although demonstrative adjectives usually precede the noun, they may also follow, in which case a definite article precedes the noun.

   El chico este es muy travieso.
   This boy is very mischievous.

B. Demonstrative pronouns

1. The demonstrative pronouns are identical in form to the demonstrative adjectives. They used to have a written accent —**éste (-a, -os, -as); ése (-a, -os, -as); aquél (-lla, -llos, -llas)**— but in modern publications are no longer written with one. They agree in gender and number with the noun they replace.

   Este periódico es mejor que ese.
   This newspaper is better than that one (near you).

   Estos hombres son más simpáticos que aquellos.
   These men are nicer than those (over there).

   Note that demonstrative adjectives and pronouns are frequently used in the same sentence, and that the singular forms of the pronouns usually mean *this one* or *that one.*

2. The **este** and **aquel** forms are also used to express *the latter* (**este**) and *the former* (**aquel**).

   Raúl y Tomás son ciudadanos de México; este es de Guadalajara y aquel es de Puebla.
   Raúl and Tomás are citizens of Mexico; the latter is from Guadalajara and the former is from Puebla.

   Miguel y Carmen son mis mejores amigos; esta es de Buenos Aires y aquel es de La Paz.
   Miguel and Carmen are my best friends; the latter is from Buenos Aires and the former is from La Paz.

C. Neuter demonstratives

The neuter demonstrative pronouns **esto, eso,** and **aquello** are used to refer to abstract ideas, situations, or unidentified objects.

No creo eso.
I don't believe that (what you just said).

¿Oíste aquello? ¿Qué será?
Did you hear that? I wonder what it is.

¿Qué es esto?
What is this?

Práctica

 8-11 Observaciones. Complete esta serie de observaciones con un pronombre o adjetivo demostrativo. Luego, compare sus observaciones con las de un(a) compañero(a) de clase para ver las semejanzas y/o diferencias.

1. *(These)* _____ amenazas tienen que ser suprimidas.
2. *(This)* _____ hombre es más holgazán que *(that one)* _____.
3. *(These)* _____ fábricas son más grandes que *(those over there)* _____.
4. En *(those)* _____ tiempos los obreros no vivían de *(this)* _____ manera.
5. No queremos ver *(this)* _____ película, sino *(that one)* _____.
6. Me gusta *(this)* _____ vida más que la vida de la ciudad.
7. A mí no me gustan *(these)* _____ vestidos; prefiero *(those over there)* _____.
8. ¿Qué es *(that)* _____ que tienes en la mano?

 8-12 El secuestro. Con un(a) compañero(a) de clase, escriban este diálogo en español. Después, preséntenlo enfrente de la clase.

VICENTE They kidnapped don Gonzalo near that factory last night.

TOMÁS This is a photo of the guerrilla fighters who are asking for a ransom.

VICENTE These two men, Roberto and Juan García, are brothers; the latter is a lawyer, the former is a teacher.

TOMÁS That man next to the car is don Gonzalo's son.

RAMÓN Which man, this one or the one (over there) on the other side of the car?

VICENTE That one. Can you believe this?

RAMÓN This is ridiculous. That man can't be his son. Emilio doesn't live in this city now.

TOMÁS You're right. I hope this nightmare ends soon.

 8-13 En la librería. Ud. y un(a) amigo(a) están en una librería buscando libros para un amigo que va a tener su cumpleaños el domingo. Uds. están indicando los libros que en su opinión son sus predilectos. Escojan por lo menos seis clases de libros.

Modelo Ud.: *Yo creo que a él le gustaría ese libro de cuentos cortos.*
Su amigo: *No, yo creo que él preferiría este libro escrito por Hemingway, o aquel escrito por Faulkner.*

The reciprocal construction

1. The reflexive pronouns **nos** and **se** are used to express a reciprocal or mutual action. When used in this manner, they convey the meaning of *each other* or *one another*.

   Nos escribimos todos los días.
   We write one another every day.

   No se entienden.
   They do not understand each other.

2. Occasionally it is necessary to clarify that this construction has a reciprocal rather than a reflexive meaning. This is done by using an appropriate form of **uno... otro (uno a otro, la una a la otra, los unos a los otros,** etc.).

   Nosotros nos engañamos.
   We deceived ourselves.

   Nosotros nos engañamos el uno al otro.
   We deceived each other.

   Ellos se mataron.
   They killed themselves.

   Ellos se mataron los unos a los otros.
   They killed one another.

3. When *each other* (or *one another*) is the object of a preposition, the reflexive pronoun is not used unless the verb is reflexive to begin with. Instead, the **uno... otro** formula is used with the appropriate preposition.

   Suelen hablar bien el uno del otro.
   They generally speak well of each other.

   Los vi pelear los unos contra los otros.
   I saw them fighting (against) each other.

   BUT

   Se quejaron los unos de los otros.
   They complained about each other.

Práctica

8-14 Buenos amigos. Ud. tiene unos amigos muy buenos. Describa su relación, siguiendo el modelo.

Modelo   ayudar / con nuestros estudios
   Nos ayudamos con nuestros estudios.

1. ver / después de clase todos los días
2. encontrar / todas las tardes en la cafetería para tomar refrescos
3. prestar / dinero
4. escribir / durante el verano
5. hablar por teléfono / con frecuencia
6. dar / regalos

8-15 Pidiendo información. Hágale estas preguntas a un(a) compañero(a) de clase. Él (Ella) va a contestar con una oración completa.

1. ¿Se ayudan siempre sus amigos?
2. ¿Se conocieron Uds. hace mucho tiempo?
3. ¿Se escriben Uds. con frecuencia?
4. ¿Nos encontraremos en el café esta tarde?
5. ¿Nos vemos el sábado en el centro?

8-16 Una reunión política. Ud. ha asistido a una reunión política en el Zócalo en la Ciudad de México con un amigo(a) mexicano(a), quien es político(a). Ud. está explicándole lo que pasó durante la reunión a otro(a) amigo(a) que no pudo asistir. Su amigo(a) de México no está de acuerdo con su narración de lo que pasó. Actúe (*Act out*) esta situación con un(a) compañero(a) de clase que va a hacer el papel de su amigo(a) mexicano(a). Use las palabras de la lista en su conversación.

Modelo   gritar
Ud.: *Tom, los políticos se gritaron todo el tiempo.*
Su amigo(a) mexicano(a): *¡Mentira! Nosotros no nos gritamos.*

mirar con desdén   insultar
tirar piedras   pegar
pelear

8-17 Relaciones personales. Usando pronombres recíprocos describa su relación con las personas indicadas. Su compañero(a) de clase va a hacer la misma cosa.

Modelo   las primas de mi familia
Las primas de mi familia se admiran.

sus padres   su novio o novia y tú
sus amigos   otros parientes
sus hermanos o hermanas

The reflexive for unplanned occurrences

An additional use of the pronoun **se** is to relate an accidental or unplanned occurrence. In these reflexive constructions an indirect object pronoun is added to refer to the person involved in the occurrence, and the verb agrees in number with the noun that follows it. This construction also removes the element of blame from the person performing the action. Verbs that are frequently used in this construction are **perder, romper, olvidar, acabar, quedar, caer, ocurrir.**

Se me olvidó el dinero.
I forgot the money. (The money got forgotten by me.)

Se nos perdieron los periódicos.
We lost the newspapers. (The newspapers got lost on us.)

A Pedro se le rompió el machete.
Pedro broke the machete. (The machete got broken on Pedro.)

Al chofer se le perdieron las llaves.
The driver lost the keys. (The keys got lost on the driver.)

Práctica

8-18 Ellos no tienen la culpa. Cambie las oraciones para indicar sucesos no planeados. Siga el modelo.

Modelo Alicia olvidó los libros.
A Alicia se le olvidaron los libros.

1. Los chicos rompieron los platos.
2. Perdimos el dinero.
3. Olvidaste el periódico.
4. Tengo una idea. *(Use **ocurrir** in the answer.)*
5. El chico rompió el celular.
6. Olvidamos los boletos.

 8-19 Sucesos inesperados. Relátele a un(a) compañero(a) de clase algunas de las cosas inesperadas que les han pasado a Ud. y a los miembros de su familia. Su compañero(a) de clase va a hacer la misma cosa.

Modelo yo / perder
A mí se me perdió el dinero.

1. mi padre / olvidar
2. yo / quebrar
3. mi hermanita / perder
4. mi hermano / caer
5. mi madre / romper
6. mi abuelo / ocurrir

Ahora, relate algunas cosas inesperadas que le pasaron, o invente cosas que no le pasaron a Ud. hoy.

 8-20 Para pedir información. Con un(a) compañero(a) de clase, háganse estas preguntas.

Modelo ¿Se te perdió la tarea antes de llegar a clase hoy?
Sí, se me perdió la tarea en el autobús.

1. ¿Se te paró el coche antes de llegar a la universidad?
2. ¿Se te olvidaron los libros hoy?
3. ¿Se te perdió la tarea para hoy?
4. ¿Se te olvidó el mapa para tu presentación?
5. ¿Se te olvidaron los apuntes que te presté?
6. ¿Se te olvidaron nuestras composiciones?

🌐 For more practice of vocabulary and structures, go to the book companion website at **www.cengagebrain.com**

Antes de empezar la última parte de esta **unidad,** es importante repasar el vocabulario nuevo y la estructura y hacer las actividades que siguen.

Review the subjunctive in adverbial clauses (1).

8-21 Para pedir información. Con un(a) compañero(a) de clase, hagan y contesten estas preguntas.

1. ¿Me comprarás una taza de café cuando tengas tiempo?
2. ¿Me ayudarás hasta que yo comprenda la lección?
3. ¿Me darás todo tu dinero tan pronto como llegues a clase mañana?
4. ¿Contestarás todas las preguntas antes de que salgas hoy?
5. ¿Me escribirás una carta cuando estés de vacaciones?
6. ¿Siempre me hablarás en español dondequiera que tú me veas?

Ahora, hágale a su compañero(a) de clase dos de sus propias preguntas.

Review the demonstrative adjectives and pronouns.

8-22 ¿Cuál de estas cosas le gusta más? Complete las oraciones con pronombres o adjetivos demostrativos. Luego, compare sus respuestas con las de un compañero(a) de clase. ¿Están de acuerdo?

1. *(This)* _____ clase es más interesante que *(that one)* _____ .
2. *(These)* _____ estudiantes estudian más que *(those)* _____ .
3. No puede creer *(that)* _____ .
4. ¿Qué es *(this)* _____ ?
5. *(These)* _____ ruinas son magníficas. *(Those)* _____ son menos impresionantes.
6. *(That)* _____ profesor siempre hace *(these)* _____ mismas preguntas.

Review the subjunctive in adverbial clauses (1) and the reciprocal construction.

8-23 ¿Cuándo tiene que hacer estas cosas? Diga cuándo es necesario hacer las siguientes cosas con sus amigos o parientes. Su compañero(a) va a compartir sus ideas con respecto a estas cosas también.

Modelo ayudar
Será necesario que nos ayudemos cuando tengamos un problema.

1. hablar o textear
2. ver
3. pelear
4. abrazar
5. despedir
6. reunir

Review the reflexive for unplanned occurrences.

8-24 La niñez. Hágale las siguientes preguntas a un(a) compañero(a) de clase sobre su niñez *(childhood)*.

1. ¿Tenías mascotas de niño(a)? ¿Alguna vez se te escapó o se te murió?
2. ¿Qué juguete se te perdió? ¿Dónde estabas?
3. ¿Se te olvidaba hacer las tareas o no?
4. ¿Alguna vez se te rompió algo de valor? ¿Qué cosa?
5. ¿Eras paciente o se te acaba la paciencia fácilmente?
6. ¿Cuál fue la cosa más estúpida que se te ocurrió hacer?

At times it may be necessary to interrupt a conversation if the other person refuses to stop talking. Expressions that can be used to interrupt a conversation are listed here.

Interrupting a conversation

Bueno, pero opino que…	OK, but it's my opinion that . . .
Sí, pero creo que…	Yes, but I believe that . . .
Sí, pero un momento…	Yes, but just one moment . . .
¿Me permite(s) decir algo?	May I say something?
Pero, déjeme (déjame) decir…	But, allow me to say . . .
Mire(a), yo digo que…	Look, I say that . . .
Quisiera decir algo ahora.	I would like to say something now.

Descripción y expansión

Este dibujo representa un barrio pobre que se puede encontrar en varias partes de Hispanoamérica. Mírelo con cuidado y después haga las actividades que siguen.

© Cengage Learning

8-25 ¿Qué hay en la escena? Cada estudiante tiene que describir un detalle de lo que se ve en la escena. Luego, cada estudiante va a indicar una condición que ve en el dibujo que puede causar revoluciones.

8-26 Comparaciones.
Comparen las condiciones de esta escena con las condiciones que existen en su ciudad.

 8-27 Opiniones. Con un(a) compañero(a) de clase, hagan las siguientes actividades.

a. En su opinión, ¿qué deben o pueden hacer los Estados Unidos para eliminar la pobreza y la injusticia social en el mundo?

b. ¿Cree que las revoluciones que han ocurrido en varios países hispanoamericanos realmente hayan mejorado la situación del pueblo? ¿Por qué sí o por qué no?

c. ¿Puede salir un país del subdesarrollo (*underdevelopment*)? Explique.

d. Muchos hispanoamericanos consideran que los Estados Unidos son al menos en parte responsable de los problemas de sus países. Comente.

Después de hablar sobre estos asuntos, cada pareja tiene que presentarle oralmente sus ideas u opiniones a la clase. ¿Cuántas ideas son iguales? ¿Cuáles son?

Active listening

Active listening means paying attention, thinking about the message, and recalling details. To achieve this, clear your mind of distractions and focus.

Track 24 🔊 **De vacaciones**

Escuche la siguiente situación y complete las actividades.

Pepe y su hermano Pablo, cubanos exiliados en Miami, y un matrimonio chileno, María y Fernando, se conocen mientras están de viaje en el Perú. De vuelta a Cuzco, después de haber visitado Machu Picchu, toman un café juntos.

8-28 Información. Complete las siguientes oraciones basándose en el diálogo que acaba de escuchar.

1. María y Fernando son (nuevos amigos / un matrimonio chileno).
2. Pablo y Pepe son cubanos de (Miami / Nueva York).
3. Los amigos han visitado (Machu Picchu / a Fidel).

 8-29 Entrevista. Un(a) estudiante entrevista a otro(a) sobre lo que sabe de la Cuba de Fidel Castro. Luego, le da a la clase la información que ha recibido. Otro tema posible de la entrevista podría ser unas vacaciones en un lugar de interés. También debe darle a la clase la información recibida.

8-30 Situaciones. Con un(a) compañero(a) de clase, preparen algunos diálogos que correspondan a las siguientes situaciones. Estén listos para presentarlos enfrente de la clase.

> *Un secuestro. Ud. ha leído un artículo en un diario de México sobre el secuestro de un hombre de negocios de los Estados Unidos. Los terroristas piden un rescate de tres millones de dólares. Con un(a) amigo(a) discutan si los secuestros y otros actos de terrorismo pueden resolver los problemas políticos y sociales del mundo, o si hacen que la situación llegue a ser peor.*

> *Un congreso (convention) internacional. Uds. participan en un congreso internacional de estudiantes universitarios. Ud. es pesimista en cuanto a la posibilidad de tener paz mundial, y explica por qué. Su compañero(a), que es optimista, dice que el mundo va a vivir en paz, y ofrece sus razones para creer eso.*

Track 25 🔊 **8-31 Ejercicio de comprensión.** Ud. va a escuchar un comentario sobre la política de Hispanoamérica en el siglo xx. Después del comentario, va a escuchar varias oraciones. Indique si la oración es **verdadera (V)** o **falsa (F),** trazando un círculo alrededor de la letra que corresponde a la respuesta correcta.

1. V F   3. V F
2. V F   4. V F

Ahora, escriba dos cosas que aprendió al escuchar este comentario. Comparte sus ideas con las de la clase. ¿Cuáles son las ideas predominantes?

 8-32 Discusión: El control de la natalidad. Hay tres pasos en esta actividad.

Primer paso: Lea el comentario que sigue y el ejemplo. Al comentar un problema, cedemos a veces a la tentación de expresarnos en términos absolutos (blanco y negro) en vez de reconocer todas las posiciones posibles frente al problema. Sin embargo, sabemos que es posible tomar una posición conservadora, moderada, liberal, radical o revolucionaria ante muchos problemas. Veamos un ejemplo:

> **Problema:** el control de la natalidad (*birth control*)
>
> **Posición conservadora:** El gobierno no debe hacer nada para controlar el número de nacimientos; es una cuestión individual.
>
> **Posición moderada:** El gobierno puede educar a los ciudadanos, pero no debe tratar de establecer leyes para controlar la natalidad.
>
> **Posición liberal:** El gobierno debe promulgar ciertas leyes que fomenten el uso de los métodos artificiales para controlar la natalidad.
>
> **Posición radical:** El gobierno tiene el derecho de esterilizar a toda pareja que tenga más de dos hijos.
>
> **Posición revolucionaria:** Primero es necesario cambiar completamente el sistema de gobierno; después los nuevos gobernantes podrán establecer leyes sobre el asunto como mejor les parezca.

Segundo paso: En grupos de cinco, identifiquen una posición conservadora, moderada, liberal, radical o revolucionaria ante los siguientes problemas:

1. la distribución de la riqueza en los Estados Unidos
2. el uso de las drogas ilegales
3. el control de las grandes industrias multinacionales
4. la libertad de prensa

Tercer paso: Después, presenten oralmente o en forma escrita las posiciones. Comparen sus opiniones con las de los otros grupos.

8-33 Temas de conversacion o de composición

1. Identifique su posición personal en cuanto a una posición conservadora, moderada, liberal, radical o revolucionaria. ¿Con cuál de estas posiciones políticas se identifica más? Explique.
2. En su opinión, ¿cree que es posible resolver los problemas sociales y políticos del mundo sin conflictos? Explique.

En 1973, en Chile, hubo un golpe de estado *(coup d'état)* violento. El presidente socialista Salvador Allende murió y el dictador Pinochet tomó control hasta 1990. Durante los años siguientes, un gran número de personas desaparecieron y el número de pobres creció. Si usted viviera en una dictadura militar, ¿qué haría para expresar su angustia? ¿Cómo protestaría sin ser detenido(a) *(arrested)* por las autoridades?

Lectura

Las arpilleras de Chile

Después del golpe de estado[1] de 1973, muchos esposos, padres e hijos fueron detenidos y luego desaparecieron[2]. Otros hombres perdieron su trabajo por estar afiliados al partido izquierdista[3]. Como consecuencia, muchas mujeres se vieron responsables del bienestar[4] de la familia. Una manera con que generaron un poco de dinero para la familia, fue trabajar en los talleres de arpilleras. El primer taller de arpilleras se formó en 1974 con el apoyo de la Vicaría de la Solidaridad, una organización católica. Consistía en su inicio[5] de catorce mujeres quienes confeccionaban tapices[6] tridimensionales con retazos de tela[7].

Mientras las mujeres cosían[8] para alimentar a la familia, hablaban sobre sus experiencias de represión, terror, impotencia y angustia. Pronto, las arpilleras se convirtieron en un medio de denuncia y protesta. Las arpilleristas bordaban[9] escenas de sus parientes perdidos, de familias con hambre, de la tortura, de las huelgas, del deseo de paz y felicidad. Las telas rectangulares eran como páginas de un libro de historia y los hilos eran gritos[10].

El movimiento arpillero creció. En un país silenciado por la censura y la brutalidad, las arpilleristas crearon una cultura de resistencia. Al principio el gobierno no les dio importancia ya que las escenas coloridas decepcionaban y aparentaban[11] simplemente como arte folklórico, «cosa de mujeres».

John and Lisa Merrill/Corbis

La arpillera es un texil rectangular. La primera tela que se usa es gruesa[12], muchas veces de arpillera[13]. Por lo general, el fondo[14] es una escena de las montañas andinas. Las personas que pueblan las escenas están tejidas por separado. A veces las arpilleristas usaban su propio cabello o pedazos de su ropa para confeccionar[15] las figuras. Antes de la dictadura, esta forma de arte ya existía en Isla Negra, en la costa de Chile. La famosa cantante Violeta Parra también bordaba arpilleras que representaban imágenes típicas, como las de la cueca, el baile tradicional.

[1] military coup; [2] disappeared, went missing; [3] left-wing; [4] well-being; [5] beginning; [6] tapestries; [7] fabric scraps; [8] sewed; [9] embroidered; [10] screams; [11] looked; [12] thick; [13] burlap; [14] background; [15] make

Las arpilleras se vendieron en el exterior y a través de ellas, el mundo pudo ver otra versión de la historia oficial. Luego, el gobierno consideró las arpilleras anti-chilenas y su exportación fue ilegal. Sin embargo, miles de arpilleras salieron de Chile por contrabando[16], continuando la resistencia política.

Desde 1990 Chile tiene un gobierno democrático y los talleres de arpilleras se han cerrado. No obstante[17], la labor de las arpilleristas continúa mostrándose en museos. Este arte popular es un pedazo de la historia de Chile y testimonio de un grupo de mujeres desafiantes.

[16] smuggling; [17] Nevertheless

8-34 Preguntas. Conteste las siguientes preguntas.

1. ¿Qué pasó en Chile en 1973?
2. ¿Por qué empezaron algunas mujeres de Chile a crear arpilleras?
3. ¿Qué son las arpilleras? ¿De qué están hechas?
4. ¿Qué dos elementos de la naturaleza tienen la mayoría de las arpilleras de fondo (*background*)?
5. ¿Cómo denunciaban las arpilleras la dictadura de Pinochet?

 8-35 Discusión. Comente estas preguntas con dos o tres compañeros.

1. ¿A qué arte folklórico de los Estados Unidos se parecen las arpilleras?
2. ¿Cree Ud. que las arpilleras fueron una manera efectiva de resistencia política? Explique.
3. Piense en un movimiento político o social en los Estados Unidos. ¿Qué escena representaría este grupo en una arpillera?

8-36 Proyecto. Con un(a) compañero(a) de clase, escojan uno de los temas siguientes para investigar y hacer una presentación en PowerPoint™:

1. la dictadura de Pinochet
2. el Movimiento de Izquierda Revolucionaria
3. el movimiento de la Nueva Canción Chilena
4. el movimiento mapuche
5. la protesta estudiantil en Chile

Investiguen sobre su tema en Internet o en la biblioteca. También busquen imágenes relacionadas con su tema. Al crear su presentación PowerPoint, incluyan 10 diapositivas o *slides*. Limiten sus ideas a una idea central por *slide*.

La educación en el mundo hispánico

LatinStock Collection / Alamy

Esta clase tiene lugar en una universidad de Argentina. ¿Qué cree que hace el profesor?

En contexto
Esperando al profesor de historia

Estructura
- The subjunctive in adverbial clauses (2)
- Adverbs
- Comparison of adjectives and adverbs
- Irregular comparatives and superlatives
- The absolute superlative
- Exclamations

Repaso
🌐 www.cengagebrain.com

A conversar
Keeping control of a conversation

A escuchar
Tolerating ambiguity

Intercambios
Un manifiesto

Investigación y presentación
La educación en Costa Rica

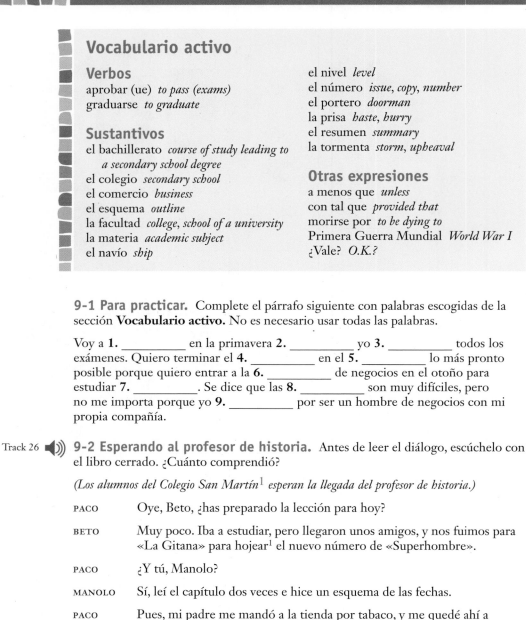

Vocabulario activo

Verbos
aprobar (ue) *to pass (exams)*
graduarse *to graduate*

Sustantivos
el bachillerato *course of study leading to a secondary school degree*
el colegio *secondary school*
el comercio *business*
el esquema *outline*
la facultad *college, school of a university*
la materia *academic subject*
el navío *ship*

el nivel *level*
el número *issue, copy, number*
el portero *doorman*
la prisa *haste, hurry*
el resumen *summary*
la tormenta *storm, upheaval*

Otras expresiones
a menos que *unless*
con tal que *provided that*
morirse por *to be dying to*
Primera Guerra Mundial *World War I*
¿Vale? *O.K.?*

9-1 Para practicar. Complete el párrafo siguiente con palabras escogidas de la sección **Vocabulario activo.** No es necesario usar todas las palabras.

Voy a **1.** _____ en la primavera **2.** _____ yo **3.** _____ todos los exámenes. Quiero terminar el **4.** _____ en el **5.** _____ lo más pronto posible porque quiero entrar a la **6.** _____ de negocios en el otoño para estudiar **7.** _____ . Se dice que las **8.** _____ son muy difíciles, pero no me importa porque yo **9.** _____ por ser un hombre de negocios con mi propia compañía.

Track 26 **9-2 Esperando al profesor de historia.** Antes de leer el diálogo, escúchelo con el libro cerrado. ¿Cuánto comprendió?

(Los alumnos del Colegio San Martín[1] esperan la llegada del profesor de historia.)

PACO — Oye, Beto, ¿has preparado la lección para hoy?

BETO — Muy poco. Iba a estudiar, pero llegaron unos amigos, y nos fuimos para «La Gitana» para hojear[1] el nuevo número de «Superhombre».

PACO — ¿Y tú, Manolo?

MANOLO — Sí, leí el capítulo dos veces e hice un esquema de las fechas.

PACO — Pues, mi padre me mandó a la tienda por tabaco, y me quedé ahí a charlar con Tonia para ver si quería ir al cine el domingo. Al volver no tuve tiempo de estudiar. ¿Me puedes hacer un resumen del capítulo para poder responder si el maestro me hace una pregunta?

MANOLO — Cuando te haga una pregunta, te paso la respuesta. ¿Vale?

PACO — Ah, este Manolo, siempre lo sabe todo. ¿Por qué estudias tanto?

[1] para hojear *to leaf through (book)*

MANOLO	Lo hago para poder entrar en la Facultad de Medicina². Papá se muere por verme médico. Si no salgo bien en los exámenes este año, temo que me eche de casa. ¿No piensas entrar a una universidad?
PACO	Sí, pero en Comercio, para poder trabajar con el viejo en su fábrica. Pero, ¿para qué tanta prisa? Si no apruebas este año³, aprobarás el otro. Aquí uno se divierte más; allá en la «uni» la cosa se pone seria.
BETO	Es lo que digo yo. Ya llevo siete años aquí. Hasta el portero sabe mi nombre.
PROFESOR	*(Entrando)* Buenos días, jóvenes. El tema de esta semana es la Primera Guerra Mundial.
PACO	Pssst, Manolo, ¿ganamos esa guerra?
MANOLO	Cállate, idiota, fue una guerra europea.
PROFESOR	Primero vamos a hablar de las causas inmediatas de aquella gran tormenta que sacudió² el mundo.
PACO	Beto, mira a Nacho: ya se durmió.
PROFESOR	En 1914 la guerra fue declarada por Alemania…
PACO	¿Para qué quiero yo saber estas cosas? Superhombre es más interesante.
MANOLO	No seas bruto³. No te gradúas sin que lo sepas, a menos que te hagan preguntas sobre Superhombre en los exámenes.
PROFESOR	Cuando en 1915 fue atacado el navío Lusitania…
PACO	Oye, Beto, ¿quieres ver este número? Superhombre se encuentra en una batalla en Verdún. No sé dónde queda eso pero…
PROFESOR	Si no dejas de cuchichear⁴, Paco, te van a expulsar⁵ de la clase. ¿Entiendes?
PACO	Ah, sí, perdone, Beto y yo estábamos comentando un libro que leí recientemente sobre ese mismo asunto de la guerra. Se lo recomendaba a Beto.
PROFESOR	Bueno, después de que terminemos aquí, te quiero ver en mi oficina. Con tal que me des un informe completo sobre ese libro, te perdono.
PACO	Pero Profesor, tengo solo unos quince minutos antes de la próxima clase. Manolo, ¿qué hago ahora? ¡Sí que estoy perdido!

Notas culturales

¹ **Colegio San Martín:** *El colegio más o menos equivale a la escuela secundaria en los Estados Unidos. El alumno termina el «bachillerato» cuando tiene unos dieciséis o diecisiete años. En algunos países, es necesario seguir un curso preparatorio antes de entrar a la universidad.*

² **Facultad de Medicina:** *En el sistema hispánico, que tiene por modelo el europeo, uno entra directamente a la escuela profesional (por ejemplo, a la de Medicina), donde se recibe*

---

² sacudió *shook*   ³ bruto *idiot*   ⁴ cuchichear *to whisper*   ⁵ te van a expulsar *you will be expelled*

toda la instrucción a nivel universitario. La Facultad de Filosofía y Letras, que equivale más o menos a Liberal Arts, *se dedica a las humanidades y a preparar maestros. «Facultad» significa lo mismo que* college *o* school *en las universidades norteamericanas.*

[3] **Si no apruebas este año:** *El sistema hispánico requiere que el alumno apruebe varias materias (requisitos) por medio de los exámenes finales, por lo general, exámenes orales y escritos. El alumno repite las materias hasta aprobarlas.*

9-3 Actividad cultural. Según las notas culturales, hay unas diferencias y semejanzas entre las escuelas y universidades del mundo hispánico. En grupos de tres personas, hagan una lista de estas diferencias y semejanzas entre los colegios y las escuelas secundarias; por ejemplo: Una escuela secundaria en España se llama «colegio».

1. ¿Qué tienen que terminar los estudiantes antes de graduarse del colegio? Por lo general, ¿cuántos años tiene un estudiante en el mundo hispánico cuando se gradúa del colegio?

2. ¿Los estudiantes pueden entrar en la universidad al graduarse? ¿Qué tiene que hacer a veces?

3. ¿Una facultad en una universidad de España equivale más o menos a cuáles divisiones en las universidades de los Estados Unidos?

4. Otra tradición es que los estudiantes tienen que aprobar varias materias. Si el estudiante no puede aprobarlas, ¿qué le pasa?

5. ¿Cuáles de las diferencias en las escuelas del mundo hispánico le gustan, o no le gustan? ¿Por qué?

9-4 Comprensión. Conteste las siguientes preguntas.

1. ¿Por qué no ha estudiado Beto la lección?
2. ¿Quién ha estudiado más?
3. ¿Para qué quiere Paco un resumen del capítulo?
4. ¿Por qué estudia tanto Manolo?
5. ¿A qué facultad va a entrar Paco?
6. ¿Cuánto tiempo lleva Beto en el colegio?
7. ¿Por qué se enoja el profesor?
8. ¿Sobre qué hablaban Paco y Beto?
9. ¿Para qué tiene Paco que ir a la oficina del profesor?
10. ¿Qué le dice Paco al profesor para no tener que ir a su oficina?

9-5 Opiniones. Conteste las siguientes preguntas.

1. ¿A Ud. le gusta estudiar historia europea? ¿Por qué?
2. ¿Para qué estudia?
3. ¿Cuál es su materia favorita?
4. ¿Piensa que las escuelas secundarias preparan bien a los jóvenes para sus estudios en la universidad? Explique.
5. ¿Qué clases de la universidad requieren que apruebe muchos exámenes?
6. ¿En qué facultad de la universidad está Ud.?
7. ¿Cuándo va a graduarse?
8. ¿Qué va a hacer después de graduarse?

Robert Fried / Alamy

Estos estudiantes de la Universidad Pontífica charlan entre clases. ¿En dónde le gusta a Ud. charlar con sus amigos en el campus?

Estructura

Heinle Grammar Tutorial:
The subjunctive in adverbial clauses

The subjunctive in adverbial clauses (2)

A. The subjunctive after certain adverbial phrases

The subjunctive is always used in adverbial clauses introduced by the following phrases denoting purpose, provision, supposition, exception, or negative result.

a fin (de) que	*so that, in order that*	en caso (de) que	*in case*
a menos que	*unless*	para que	*so that, in order that*
a no ser que	*unless*	siempre que	*provided that*
con tal (de) que	*provided that*	sin que	*without*

Examples:

Te perdono **con tal de que** me des un informe sobre ese libro. ¿Vale?
I'll excuse you provided you give me a report on that book. O.K.?

En caso de que el maestro te haga una pregunta, te paso la respuesta.
In case the teacher asks you a question, I'll pass you the answer.

Paco no puede salir bien en el examen **a menos que** sus amigos lo ayuden.
Paco cannot do well on the exam unless his friends help him.

Entramos **sin que** ellos nos vieran.
We entered without their seeing us.

Lo hago **para que** él pueda entrar a la universidad.
I'm doing it so that he can enter the university.

B. Subjunctive versus indicative

1. The phrases **de manera que** and **de modo que** *(so that, in order that)* may express either result or purpose. When they introduce a clause expressing purpose, the subjunctive follows. When they introduce a clause expressing result, the indicative follows.

   Lo pongo aquí **de modo que** nadie lo encuentre.
   I'm putting it here so that no one will find it. (purpose)

   Escribe **de manera que** nadie lo pueda leer.
   He/She writes so that no one can read it. (purpose)
   BUT
   Escribió con cuidado **de manera que** todos lo podían leer.
   He/She wrote carefully so that everybody was able to read it. (result)

2. The subjunctive is used in an adverbial clause introduced by **aunque** *(although, even though, even if)* if the clause refers to an indefinite action or to uncertain information. If the clause reports a definite action or an established fact, then the indicative is used.

   No lo terminaré hoy **aunque** trabaje toda la noche.
   I won't finish it today even if I work all night.

   Lo compraremos **aunque** él no quiera pagarlo.
   We will buy it even though he may not want to pay for it.
   BUT
   No lo terminé, **aunque** trabajé toda la noche.
   I didn't finish it even though I worked all night.

   Lo compramos **aunque** él no quería pagarlo.
   We bought it even though he didn't want to pay for it.

Práctica

9-6 Observaciones variadas. Complete estas oraciones con la forma apropiada del verbo entre paréntesis.

1. Quiere comprarlo con tal de que no (costar) _____ mucho.
2. No podremos invitarlos a menos que tú (traer) _____ bastante comida para todos.
3. Ellas no pueden salir sin que nosotros las (ver) _____.
4. No puedo contestar a menos que ellos me (ayudar) _____ con esta lección.
5. En caso de que a él no le (gustar) _____, tendremos que devolverlo.
6. Ellos no iban a menos que nosotros los (acompañar) _____.
7. Los chicos se hablaban sin que él lo (saber) _____.
8. Yo traje el dinero en caso de que Uds. lo (necesitar) _____.
9. Querían acompañarnos con tal que nosotros (volver) _____ temprano.
10. Él no quiere ir a menos que la tienda (estar) _____ cerca.
11. Ella habló despacio para que ellos la (entender) _____.
12. Les preguntaremos a ellos a fin de que nosotros (saber) _____ las respuestas.
13. Vamos a salir esta noche aunque (llover) _____.
14. Aunque él no (haber) _____ estudiado, va a asistir a la clase.
15. Salí rápidamente, de modo que se me (olvidar) _____ el libro.
16. Hablaré despacio de manera que todos me (entender) _____.

9-7 Las vacaciones. Ud. y unas personas a quienes conoce piensan hacer ciertas cosas durante las vacaciones, a menos que algo las interrumpa. Diga lo que cada una de estas personas va a hacer. Siga el modelo.

Modelo   mis padres irán a la Argentina / recibir el pasaporte
Mis padres irán a la Argentina a menos que no reciban el pasaporte.

1. yo iré a México / tener dinero
2. los estudiantes irán a la playa / hacer buen tiempo
3. Gloria irá al teatro / poder comprar las entradas
4. tú irás de compras / estar en el centro
5. nosotros iremos al estadio / haber un partido de fútbol

9-8 Planes para el futuro. Describa algunas de las cosas que Ud. y sus amigos piensan hacer, con tal que existan ciertas condiciones.

Modelo   yo estudiaré mucho / la biblioteca estar abierta
Yo estudiaré mucho con tal que la biblioteca esté abierta.

1. tú aprenderás mucho / el profesor enseñar bien
2. Teresa hablará español / alguien poder entenderla
3. Ramón y yo bailaremos / la orquesta tocar un tango
4. mis amigos estudiarán en España / la universidad les dar crédito
5. yo no asistiré a esta universidad / ofrecerme una beca

9-9 Conclusiones lógicas. Trabajando en parejas, escriban conclusiones lógicas para estas oraciones. Al terminar, comparen sus ideas con las de los otros estudiantes.

1. El profesor lo repite a fin de que nosotros _____.
2. Él les hace un esquema del capítulo para que los estudiantes _____.
3. No puedo prestar atención en clase a menos que _____.
4. Los estudiantes se hablan en clase sin que _____.
5. Quiero estudiar en España con tal que _____.
6. Voy a graduarme siempre que _____.
7. Mis padres siempre me prestan dinero a menos que _____.
8. Tengo que encontrar un buen trabajo a fin de que _____.

9-10 Planes personales. Trabajando en parejas, hagan una lista de cuatro cosas que quieren hacer con tal que ciertas condiciones existan. Al terminar, comparen su lista con las de sus compañeros de clase.

Heinle Grammar Tutorial:
Adverbs

Adverbs

A. Formation

1. Most adverbs of manner in Spanish are formed by adding **-mente** to the feminine singular form of an adjective. If an adjective has no feminine form, **-mente** is added to the common form.

rápido(a)	**rápidamente**	elegante	**elegantemente**
cariñoso(a)	**cariñosamente**	feliz	**felizmente**
perfecto(a)	**perfectamente**	fácil	**fácilmente**

Note that if the adjective contains a written accent, the adverb retains it.

2. In spoken language, adjectives are frequently used as adverbs.

   a. If the only function of such an adjective is to modify the verb in the sentence, the masculine singular form of the adjective is used.

   Ellos hablaron rápido.
   They spoke rapidly.

   No saben jugar limpio.
   They don't know how to play fair(ly).

   b. Sometimes, however, such an adjective modifies both the verb and the subject of a sentence to some extent. In this case the adjective agrees in gender and number with the subject.

   Los jóvenes vivían felices.
   The young people lived happily.

   Ellas se acercan contentas.
   They are approaching contentedly.

   c. Adverbs are also formed by using **con** plus a noun.

claramente	**con claridad**
fácilmente	**con facilidad**
rápidamente	**con rapidez**

B. Usage

1. An adverb that modifies a verb usually follows the verb or is placed as close as possible to it.

   Paco estudió rápidamente la lección.
   Paco studied the lesson rapidly.

2. An adverb that modifies an adjective usually precedes the adjective.

   Esta lección es perfectamente clara.
   This lesson is perfectly clear.

3. When two or more adverbs modifying the same word occur in a series, only the last adverb has the **-mente** ending.

   Habló clara, rápida y enfáticamente.
   He spoke clearly, rapidly, and emphatically.

4. When more than one word in a sentence is modified by an adverb, the last adverb may be replaced by **con** plus a noun for variety.

   Estudia francés diligentemente y lo habla **con** claridad.
   She studies French diligently and speaks it clearly.

Práctica

9-11 Distintas personalidades. Describa las cosas que estas personas hacen a causa de ciertas características personales.

   Modelo   Elena es seria.   *Estudia seriamente.*

   1. Carlos es inteligente. Habla _____.
   2. Iturbide es profesional. Toca el piano _____.
   3. Alfonso y Carlos son diligentes. Trabajan _____.
   4. Tú eres lógico(a). Contestas mis preguntas _____.
   5. Nosotros somos tranquilos. Comemos _____.

 9-12 Para pedir información. Trabajando en parejas, hágale a su compañero(a) de clase las preguntas siguientes. Él (Ella) tiene que contestar, usando un adverbio que termine en **-mente**.

   Modelo   ¿Comes con rapidez?   *No, no como rápidamente.*

   1. ¿Escribes las composiciones con claridad?
   2. ¿Tu familia te llama con frecuencia?
   3. ¿Tu cantante (*singer*) favorito canta con tristeza?
   4. ¿Lees el periódico con rapidez todos los días?
   5. ¿Haces la tarea con facilidad?

9-13 El (La) profesor(a) de esta clase. Trabajando en parejas, hagan una descripción del (de la) profesor(a) de esta clase.

Modelo El (La) profesor(a) entra _lentamente_ a clase todos los días.

1. El (La) profesor(a) habla _____.
2. Él (Ella) ayuda a los estudiantes _____.
3. Él (Ella) escribe _____ en la pizarra.
4. Los estudiantes participan _____ en su clase.
5. Él (Ella) mira _____ a sus estudiantes.

Ahora, comparen sus descripciones con las de los otros estudiantes.

9-14 Las acciones de otras personas. Trabajando en parejas, describan cómo las personas siguientes hacen varias cosas. Incluyan un adverbio en su descripción.

Modelo mi padre
Mi padre habla suavemente.

1. mi madre
2. mi hermano
3. mi hermana
4. mi novio(a)
5. el (la) pianista
6. el (la) trabajador(a)
7. el (la) estudiante
8. el (la) presidente(a)
9. el (la) chófer

Heinle Grammar Tutorial: Comparisons of equality and inequality

Comparison of adjectives and adverbs

A. Comparisons of equality

The following forms are used in comparisons of equality:

tan + adjective or adverb + **como** _as . . . as_
tanto(a, os, as) + noun + **como** _as much (many) . . . as_
tanto como _as much as_

Examples:

1. with adjectives and adverbs

   Paco es **tan** divertido **como** Beto.
   Paco is as funny as Beto.

   El chico corre **tan** rápidamente **como** su hermano.
   The boy runs as rapidly as his brother.

2. with nouns

   Hay **tantas** preguntas en este examen **como** en el anterior.
   There are as many questions on this exam as on the one before.

   María tiene **tanto** dinero **como** su hermano.
   María has as much money as her brother.

3. with verbs

   Estudió **tanto como** de costumbre.
   He studied as much as usual.

   Las niñas comen **tanto como** nosotros.
   The girls eat as much as we do.

B. Comparisons of inequality

The following forms are used in comparisons of inequality:

más + adjective, noun, or adverb **+ que** *more . . . than*, suffix *-er*
menos + adjective, noun, or adverb **+ que** *less . . . than*, suffix *-er*
más que *more than*
menos que *less than*

Examples:

1. with adjectives

Esta tormenta fue **más** fuerte **que** la anterior.
This storm was stronger than the last one.

Este capítulo es **menos** largo **que** ese.
This chapter is shorter (less long) than that one.

2. with nouns

Él tiene **más** inteligencia **que** yo.
He has more intelligence than I.

Ellos tienen **menos** tiempo **que** sus amigos.
They have less time than their friends.

3. with adverbs

Ellos cuchichean **más** rápidamente **que** nosotros.
They whisper more rapidly than we do.

Él lo hacía **menos** frecuentemente **que** su hermano.
He used to do it less frequently than his brother.

4. with verbs

Él lee **más que** Carlos.
He reads more than Carlos.

Viajo **menos que** mis tíos.
I travel less than my aunt and uncle.

Before a number, **de** is used instead of **que**.

Tengo **menos de** cinco pesos.
I have less than five pesos.

Note: In negative sentences **que** may be used before numerals with the meaning of **only: No necesito más que cuatro dólares.** *(I need only four dollars.)*

C. The superlative

1. Spanish forms the superlative of adjectives (*most, least,* suffix *-est*) with the definite article plus **más** or **menos. De** is used after a superlative as the equivalent of the English *in* or *of.* Occasionally a possessive adjective replaces the definite article.

Ese es el hombre **más** rico **del** país.
That is the richest man in the country.

Esta novela es la **menos** interesante **de** todas.
This novel is the least interesting (one) of all.

Es mi vestido **más** elegante.
It's my most elegant dress.

2. The definite article is not used with the superlative of adverbs.

Ese chico escribe **más** claramente cuando no está nervioso.
That boy writes most clearly when he isn't nervous.

Ese era el libro que ella **menos** esperaba encontrar.
That was the book she least expected to find.

3. To express the superlative of adverbs more emphatically, the following construction may be used.

$$\text{lo} + \begin{Bmatrix} \textbf{más} \\ \textbf{menos} \end{Bmatrix} + \textit{adverb} + \begin{Bmatrix} \textbf{que} + \textbf{poder} \\ \textbf{posible} \end{Bmatrix}$$

Volví **lo más** pronto **posible**.
I returned as soon as possible.

Lo puso **lo más** alto **que** pudo.
He put it as high as he could.

Práctica

9-15 Dos clases. Con un(a) compañero(a) de clase, usando **tan... como** o **tanto... como** comparen esta clase con otra clase que Uds. tienen.

> **Modelo** *Esta clase es tan interesante como mi clase de historia.*
> *Esta clase tiene tantos estudiantes como mi clase de inglés.*

9-16 Su familia y Ud. Con un(a) compañero(a) de clase, usando **más... que** y **menos... que** compárense con otros miembros de su familia.

> **Modelo** *Yo soy más inteligente que mi hermana.*
> *Yo soy menos listo que mi hermano.*

9-17 Lo mejor de todo. Con un(a) compañero(a) de clase, usando la forma superlativa describan las cosas siguientes.

> **Modelo** *La película* Syriana *fue la película más interesante de aquel año.*
> *Esta novela mexicana es la más larga de todas.*

un actor	un político	una ciudad
una actriz	un(a) amigo(a)	un país

9-18 Opiniones personales. Expresen sus opiniones sobre las cosas siguientes, usando una forma comparativa.

> **Modelo** una novela / una telenovela (interesante)
> *Una novela es más interesante que una telenovela.*
> -o-
> *Una novela es menos interesante que una telenovela.*

1. los profesores / mis padres (inteligentes)
2. nuestra casa / la Casa Blanca (grande)
3. nuestra universidad / Harvard (famoso)
4. una película surrealista / una película realista (interesante)

9-19 La sociedad. ¿Ha mejorado la sociedad durante los últimos años? Expresen sus opiniones sobre los tópicos siguientes.

> **Modelo** los profesores / ¿inteligentes?
> *Los profesores son más inteligentes que antes.*
> -o-
> *Los profesores son menos inteligentes que antes.*

1. los crímenes / ¿violentos?
2. las mujeres / ¿femeninas?
3. los estudiantes / ¿diligentes?
4. los políticos / ¿honrados?
5. los viejos / ¿felices?
6. las ciudades / ¿atractivas?
7. la vida / ¿agradable?
8. la economía / ¿estable?

 9-20 Un sondeo. En su opinión, ¿cuál de las siguientes cosas es más popular en este país hoy en día? Comparen sus ideas con las de los otros miembros de la clase, escribiendo sus respuestas en la pizarra debajo de las varias categorías indicadas.

> **Modelo** la revista
> *La revista más popular actualmente es* Time (People, Newsweek).

1. la película
2. el programa de televisión
3. la novela
4. el actor
5. el político
6. la canción
7. el conjunto musical
8. el coche

Heinle Grammar Tutorial:
Superlatives and irregular comparative and superlative forms

Irregular comparatives and superlatives

1. The following adjectives have irregular comparatives and superlatives:

bueno	*good*	(el) **mejor**	*better, (the) best*
malo	*bad*	(el) **peor**	*worse, (the) worst*
grande	*large, great*	(el) **mayor**	*older, (the) oldest; (larger, largest; great, greatest)*
pequeño	*small*	(el) **menor**	*younger, (the) youngest; (smaller, smallest)*

The plural is formed by adding **-es.**

Tu hijo es buen alumno, pero el mío es mejor.
Your son is a good student, but mine is better.

Son los mejores alumnos de la clase.
They are the best students in the class.

2. **Grande** and **pequeño** also have regular comparatives (**más grande** and **más pequeño**). These are the preferred forms when referring to physical size.

Alicia es la más pequeña de la familia.
Alicia is the smallest in the family.
BUT
Alicia es menor que su hermana.
Alicia is younger than her sister.

3. The following adverbs have irregular comparatives and superlatives:

bien	*well*	**mejor**	*better, best*
mal	*badly*	**peor**	*worse, worst*
mucho	*much*	**más**	*more, most*
poco	*little*	**menos**	*less, least*

Tú tocas bien el piano, pero yo lo toco mejor.
You play the piano well, but I play better.

Felipe baila mal el tango, pero Pedro lo baila peor.
Felipe dances the tango badly, but Pedro dances it worse.

Práctica

 9-21 Haciendo comparaciones. Hágale estas preguntas a un(a) compañero(a) de clase. Él (Ella) debe usar una forma comparativa del adjetivo o del adverbio en las respuestas.

Modelo   ¿Trabajas mucho?
Sí, trabajo mucho, pero mi amigo(a) trabaja más.

1. ¿Cantas bien?
2. ¿Hablas poco?
3. ¿Eres pequeño(a)?
4. ¿Comes mucho?
5. ¿Eres malo(a)?
6. ¿Eres grande?
7. ¿Eres bueno(a)?
8. ¿Juegas mal (al tenis)?

9-22 A comparar. Usando formas comparativas y superlativas, compare a las personas y las cosas siguientes. Hay varias posibilidades. Compare sus comparaciones con las de otro(a) estudiante de la clase.

Modelo   Mi novia… *Mi novia es menor que yo.*
Mi novia es más inteligente que Ud.
Mi novia es la menos gorda de todos.

1. Mi familia…
2. Esta universidad…
3. Mi clase de español…
4. Mis profesores…
5. Mis notas…
6. Mis planes para el futuro…

The absolute superlative

1. The absolute superlative expresses a high degree of an adjective or adverb by simply using **muy** with the adjective or adverb.

   Aquel navío es muy grande.
   That ship is very large.

   Ella canta muy bien.
   She sings very well.

2. To express an even higher or more emphatic degree of an adjective or adverb, the absolute superlative is formed by dropping the final vowel of an adjective or adverb and adding the suffix **-ísimo(a, os, as).**

Note: *Very much* is always expressed by **muchísimo.**

   Ana es hermos**ísima.**
   Ana is extremely beautiful.

   Esos chicos son rar**ísimos.**
   Those boys are really strange.

   Me gustó much**ísimo.**
   I liked it very much.

   El ejercicio es dificil**ísimo.**
   The exercise is terribly difficult.

3. Words ending in **-co** or **-go** drop the **o** and change **c** to **qu** or **g** to **gu** before **-ísimo.**

   rico → riqu**ísimo**

   largo → largu**ísimo**

4. Words ending in **z** change **z** to **c** before **-ísimo.**

   feliz → felic**ísimo**

5. The same effect may be achieved by using adverbs and adverbial phrases such as **sumamente** *(extremely)*, **terriblemente** *(terribly)*, **notablemente** *(remarkably)*, **en extremo** *(in the extreme)*, and **en alto grado** *(to a high degree).*

   Están sumamente preocupados.
   They are extremely worried.

   Es notablemente fácil.
   It's remarkably easy.

Práctica

9-23 La universidad. Describa la universidad, cambiando estas oraciones a la forma -ísimo(a, os, as).

Modelo   La universidad es muy buena.
              La universidad es buenísima.

1. El nivel de las clases era muy bajo.
2. Aquellas muchachas son muy inteligentes.
3. El viaje al colegio me parecía muy largo.
4. Los libros son muy baratos.
5. Los maestros son muy astutos.
6. Su esquema era muy malo.
7. La comida en la cafetería estuvo sumamente sabrosa.
8. Estas lecciones son muy fáciles.
9. La facultad es extraordinariamente pequeña.
10. Los estudiantes son muy ricos.

9-24 Para pedir información. Trabajando en parejas, hágale estas preguntas a un(a) compañero(a) de clase. Él (Ella) debe contestar cada una de las preguntas usando una forma superlativa absoluta en sus respuestas.

Modelo ¿Es el bachillerato sumamente fácil?
Sí, es facilísimo.

1. ¿Es la materia muy interesante?
2. ¿Son los profesores extremadamente inteligentes?
3. ¿Son los libros terriblemente caros?
4. ¿Es el resumen del cuento muy largo?
5. ¿Son las clases muy difíciles?

 9-25 Las cosas buenísimas. Trabajando en parejas, hagan una lista de sus cosas favoritas. Luego, compare su lista con la de su compañero(a) de clase. Incluya cinco cosas en su lista.

Heinle Grammar Tutorial:
Exclamations

Note: **Vaya un (una)** is also used to mean *What ...!*, *What a ...!*: **¡Vaya un hombre!** (*What a man!*)

Exclamations

1. In Spanish, exclamations are most frequently formed with **¡qué! ¡Qué!** is the equivalent to *What a ...!* or *What ...!* before nouns and to *How ...!* before adjectives and adverbs.

¡Qué lástima!
What a pity!

¡Qué prisa tienen!
What a hurry they're in!

¡Qué bien habla!
How well he speaks!

¡Qué guapa es!
How attractive she is!

2. If the noun in the exclamation is followed by an adjective, **tan** or **más** precedes the adjective. (This tends to make the exclamation more emphatic.) **Tan** or **más** is omitted when an adjective precedes the noun.

¡Qué hombre tan (más) fuerte!
What a strong man!

¡Qué bebida tan (más) sabrosa!
What a delicious drink!
BUT
¡Qué buena persona!
What a good person!

3. **¡Cuánto!** (*how, how much, how many*) is also commonly used in exclamations.

¡Cuánto dinero tiene!
How much money he has!

¡Cuánto quería viajar con ellos!
How I wanted to travel with them!

¡Cuántos admiradores tienes!
How many admirers you have!

4. Other interrogative words may also be used in exclamations.

¡**Quién** haría tal cosa!
Who would do such a thing!

5. When a noun clause follows an exclamation, its verb may be in either the indicative or the subjunctive.

¡Qué lástima que no (ganó) ganara!
What a pity he didn't win!

Práctica

9-26 Momentos emocionantes. Trabajando en parejas, usen exclamaciones como una reacción a las situaciones siguientes.

Modelo   Ud.: *Es un día bonito.*
Su compañero(a) de clase: *¡Qué día tan bonito!*

1. Tú tienes mucho dinero.
2. Ella vive muy lejos.
3. Mi amigo lo sabe todo.
4. Hay más de mil estudiantes aquí.
5. Este libro es muy interesante.
6. El profesor es excelente.
7. Esta universidad es grande.
8. La Facultad de Medicina es buena.

9-27 Exclamaciones. Trabajando en parejas, den una exclamación apropiada para cada una de las situaciones siguientes.

Modelo   al ver a una mujer muy alta
¡Qué alta es! ¡Qué mujer tan alta!

1. al probar una sopa
2. al ver a un hombre que acaba de ganarse un millón de dólares
3. al ver un accidente
4. al conocer a una persona que habla español bien
5. al entrar a un palacio
6. al tomar una limonada
7. al visitar Nueva York
8. al aprobar un examen

9-28 Reacciones personales. Trabajando en parejas, explique algo emocionante que le pasó. Su compañero(a) de clase debe reaccionar con una exclamación apropiada.

Modelo   Ud.: *Recibí una A en la última prueba.*
Su compañero(a) de clase: *¡Qué inteligente eres!*
-o-
¡Qué bueno!

Repaso

For more practice of vocabulary and structures, go to the book companion website at **www.cengagebrain.com**

Antes de empezar la última parte de esta **unidad,** es importante repasar el vocabulario nuevo y la estructura y hacer las actividades que siguen.

Review the subjunctive in adverbial clauses (2).

9-29 Respuestas lógicas. Hágale estas preguntas a un(a) compañero(a) de clase. Su compañero(a) de clase tiene que contestar las preguntas de una manera lógica.

1. ¿Vas conmigo a la librería?
   No, no voy a menos que _____.
2. ¿Tomaremos algo en la cafetería después?
   Sí, tomaremos algo con tal que _____.
3. ¿Saliste rápido de tu última clase hoy?
   Sí, salí sin que _____.
4. ¿Vas a estudiar conmigo en la biblioteca esta noche?
   Sí, voy a estudiar contigo para que _____.
5. ¿Asistirás a la conferencia de español?
   Sí, voy a asistir en caso de que _____.

Review the subjunctive in adverbial clauses (2).

9-30 Opiniones personales. Trabajando en parejas, completen estas oraciones de una manera lógica. Comparen sus ideas con las de otros estudiantes de la clase.

1. Mañana estudiaré en la biblioteca con tal que _____.
2. No volveré a hablarle a mi novio(a) a menos que _____.
3. Yo salí de la clase sin que _____.
4. Iré al cine con mis amigos para que _____.
5. Me quedaré en casa mañana en caso de que _____.
6. Traje mis libros a clase a fin de que _____.
7. Venderé mi coche en caso de que _____.
8. Estudiaré español e historia europea para que _____.
9. Le escribí una carta a mi familia de modo que _____.
10. Haré un viaje a Chile aunque _____.

Review the adverbs.

9-31 Para pedir información. Trabajando en parejas, hágale estas preguntas a un(a) compañero(a) de clase. Él (Ella) debe contestarle usando una forma adverbial que termine con **-mente.**

Modelo ¿Contestas las preguntas de una manera lógica?
Sí, las contesto lógicamente.
-o-
No, no las contesto lógicamente.

1. ¿Escribes de manera clara?
2. ¿Trabajas de manera diligente?
3. ¿Hablas de manera seria?
4. ¿Vas a clase con regularidad?
5. ¿Lees con frecuencia?
6. ¿Estudias con rapidez?

Review the comparison of adjectives and adverbs, irregular comparatives and superlatives, and the absolute superlative.

9-32 Comparaciones. Trabajando en parejas, describan las cosas en la siguiente lista, usando una forma comparativa o superlativa.

1. mi profesor(a) de español / los maestros de la escuela secundaria
2. mi hermano(a) / yo
3. el cine / la televisión
4. esta universidad / las otras universidades del estado
5. los Estados Unidos / los países hispánicos

Review the comparison of adjectives and adverbs, irregular comparatives and superlatives, and the absolute superlative.

9-33 Las bibliotecas. Con un(a) compañero(a) de clase, observen bien la foto de la Biblioteca Central de la UNAM, en México. ¿Cómo se compara con la biblioteca central de su universidad? Hagan cinco descripciones, usando formas comparativas y superlativas.

Estudiantes de la UNAM estudian en la Biblioteca Central.

Review exclamations.

9-34 Exclamaciones. Trabajando en parejas, reaccionen a las siguientes situaciones con una exclamación apropiada.

1. Su equipo de baloncesto acaba de perder.
2. Se enteran que su amiga Alicia tiene cien pares de zapatos.
3. Los invitaron a una fiesta pero no pueden asistir.
4. Tienen que leer 60 páginas para mañana.
5. Ven un video de un gato tocando el piano.

Once you have started to express your ideas, you will want to keep control of the conversation until you have completed your thoughts. Some expressions that can be used to prevent your partner from interrupting and to buy time while you are thinking of what you want to say next are given here.

Keeping control of a conversation

Hesitation fillers:

A ver.	*Let's see.*
Y, bien…	*And, well, …*
Un momento…	*One moment …*
Espere (Espera)…	*Wait …*
Déjeme (Déjame) pensar…	*Let me think …*
Es decir…	*That is to say …*

Expansion and clarification of a point:

Y también…	*And also …*
Y además…	*And besides …*
Debo añadir que…	*I should add that …*
Lo que quiero decir es que…	*What I mean to say is that …*

Descripción y expansión

En las escuelas y universidades hay centros estudiantiles donde los estudiantes pueden reunirse para divertirse. Mire con cuidado el dibujo de la página 227 y después haga las actividades correspondientes con los otros estudiantes de la clase.

9-35 Describan detalladamente lo que se ve en la escena de una fiesta estudiantil en la proxima página.

a. ¿Qué clase de refrescos se venden? ¿Qué bebida cuesta menos? De las tres bebidas que se venden, ¿cuál es la más costosa?

b. ¿Cuántas personas hay en la banda? ¿Hay más de diez hombres? ¿Es el hombre que toca la trompeta más alto que el que toca el violón *(bass viola)*? ¿Es el guitarrista menos o más gordo que el hombre que toca los tambores *(drums)*? ¿Cuál es el instrumento más grande de la banda? ¿Quién toca el instrumento más pequeño?

c. ¿Cuál de las dos mesas tiene más estudiantes, la de la izquierda o la de la derecha? La mesa a la izquierda, ¿tiene más de 15 estudiantes? ¿En qué mesa se han consumido más bebidas? (Cuente las botellas.)

9-36 Fiestas. Haga una comparación entre esta fiesta y una fiesta típica de su universidad. Comparta esta comparación con la clase.

© Cengage Learning

 9-37 Opiniones. Con un(a) compañero(a) de clase, conteste estas preguntas.

  a. ¿Son importantes las fiestas? ¿Por qué?
  b. ¿Qué clase de fiestas le gusta más? Explique.

Ahora, compartan sus opiniones con la clase. ¿Cuántas personas piensan que las fiestas son importantes? ¿Cuántas personas no están de acuerdo? ¿Cuál es la fiesta que a los otros estudiantes les gusta más? ¿Por qué?

Tolerating ambiguity

Remember that there will always be words unclear or unknown. Don't get distracted by them. If you focus too much on a single word or phrase, you won't hear the rest of the narration.

Track 27 ◀)) **Carreras**

Escuche la siguiente situación y complete las actividades.

Conversación entre Javier, pintor de gran éxito, amigo de la familia, y Marina, estudiante, unos días antes del examen de selectividad que da ingreso a la universidad en España. Los dos, que están esperando la llegada de los padres de Marina, se han encontrado en la cafetería del Museo Reina Sofía, donde ha tenido lugar la inauguración de una muestra de la pintura de Javier.

9-38 Información. Conteste las siguientes preguntas.

1. ¿Quiénes mantienen la conversación?
2. ¿De qué tema charlan en el diálogo?
3. ¿Qué profesión tiene Javier?
4. ¿Qué examen va a tener Marina?
5. ¿Con qué carreras cree Marina que va a ganar mucho dinero?

9-39 Conversación. Con un(a) compañero(a), entablen un diálogo sobre sus estudios y sus esperanzas para el futuro.

9-40 Situaciones. Con un(a) compañero(a) de clase, preparen algunos diálogos que correspondan a las siguientes situaciones.

Una charla entre dos estudiantes de español. Dos estudiantes están en la cafetería discutiendo las ventajas y desventajas de estudiar en el extranjero.

Una carrera de medicina. Sus padres quieren que Ud. sea médico(a). Ud. no quiere estudiar medicina. Ellos le explican por qué creen que es una buena profesión para Ud., y Ud. les da las razones por las que prefiere estudiar para maestro(a).

Track 28 ◀)) **9-41 Ejercicio de comprensión.** Ud. va a escuchar un comentario sobre la educación en el mundo hispánico. Después del comentario, va a escuchar tres oraciones. Indique si la oración es **verdadera (V)** o **falsa (F)** trazando un círculo alrededor de la letra que corresponde a la respuesta correcta.

1. V   F
2. V   F
3. V   F

Ahora, escriba dos cosas que haya aprendido al escuchar este comentario. Comparta lo que ha aprendido con la clase.

9-42 Discusión: Un manifiesto. Los estudiantes de la Universidad de Córdoba, Argentina, empezaron la Reforma Universitaria al publicar en 1918 su «Manifiesto de la juventud argentina de Córdoba a los hombres libres de Sudamérica». El manifiesto insistía en la participación de los estudiantes en el gobierno de la universidad, defendía la libertad de enseñanza y asistencia y mantenía que la instrucción debería ser gratuita. Con unos compañeros de clase, preparen un manifiesto, en el que indique cómo debería ser la universidad ideal. Ahora, comparen su manifiesto con los de los otros grupos. ¿Cuáles son las características semejantes y las diferentes para tener una universidad ideal, según la opinión de su grupo y la de los otros?

9-43 Temas de conversación o de composición

En grupos de tres personas, hablen de sus experiencias en su escuela y la universidad. Cada grupo tiene que contestar y hablar de una de las preguntas abajo. Ningún grupo debe hablar sobre el mismo tópico. Todos pasamos muchos años en la escuela, y muchos también continúan su educación en la universidad. Ya que Ud. está participando en este proceso, tendrá algunas ideas sobre la educación que ha recibido y las instituciones de enseñanza a las que ha asistido. Indique sus ideas, contestando las siguientes preguntas oralmente o en forma escrita. Comparta sus opiniones con la clase.

1. ¿Le parece que la escuela secundaria lo/la ha preparado a Ud. de un modo adecuado para la universidad?
2. ¿Cree que la educación debe tener un fin práctico? ¿Debe limitarse a la preparación del alumno para un oficio?
3. ¿Quiénes deben establecer el plan de estudios de la universidad? ¿los profesores? ¿los estudiantes? ¿el rector y los decanos?
4. ¿Debe haber materias obligatorias (requisitos) en la universidad?
5. ¿Le parece que el sistema actual de evaluación del estudiante es un poco anticuado? ¿Hay otro sistema mejor?
6. ¿Deben participar los estudiantes en la administración de la universidad? ¿en la selección de los profesores?
7. ¿Debe ser gratuita la instrucción en las universidades públicas?
8. ¿Cuáles son los problemas principales con que se enfrenta la universidad hoy día?

Investigación y presentación

La educación ha sido el orgullo *(pride)* del pueblo costarricense. A muchos «ticos» (personas de Costa Ricas) les gusta jactarse *(boast)* de que hay más maestros que policías. ¿Por qué cree usted que Costa Rica le da importancia a la educación? ¿Cuáles son algunas diferencias que habrá entre el sistema educativo de Costa Rica y el de los Estados Unidos?

Lectura

La educación en Costa Rica

«Mi tierra es tierra de maestros. Por eso es tierra de paz». Eso es lo que dijo el presidente de Costa Rica Óscar Arias Sánchez en su discurso[1] de aceptación del Premio Nobel de la Paz en 1987. Alude al hecho que desde 1948 Costa Rica no tiene ejército[2]; en lugar de invertir[3] en armas, invierte en maestros.

Desde el comienzo de su historia, los gobernantes de Costa Rica le han dado mucha importancia a la educación. Muchos de ellos fueron maestros también, entre ellos, José María Castro Madriz, primer presidente electo quien impulsó la educación de la mujer. Veinte años después, en 1869, Costa Rica se convirtió en el primer país latinoamericano en declarar la enseñanza primaria gratuita[4] y obligatoria. La universalización de la educación primaria fue un medio importante para solidificar la identidad nacional y consolidar las relaciones entre clases sociales. También mejoró el nivel de alfabetismo[5] en forma dramática: en 1880 solamente el 10% de adultos podía leer; en 1900 el 40% y en 1950 el 80%. Hoy en día, el nivel de alfabetismo es 95%, el más alto de Centroamérica. Muchos creen que este nivel alto ayudó al desarrollo económico del país y al estándar de vida satisfactorio de los ciudadanos.

JEFFREY ARGUEDAS/epa/Corbis

Para celebrar el Día de Independencia y otros actos cívicos, «ejércitos» de estudiantes de todas las edades desfilan por las calles.

[1] speech; [2] army; [3] invest; [4] free; [5] literacy

El sistema de educación está dividido en tres secciones: la educación primaria (de 1° a 6° grado), la educación secundaria (de 7° a 11° grado) y la educación universitaria (que dura entre 4 y 7 años). Las tres secciones están reguladas por el Ministerio de Educación Pública. Una de las reglas del Ministerio, con el fin de disminuir las diferencias socioeconómicas entre los estudiantes, es que todos los estudiantes de primaria y secundaria deben llevar uniforme escolar. El uniforme de las escuelas secundarias públicas, por ejemplo, consta de pantalones o falda de color azul oscuro y camisa de color azul claro.

El año escolar comienza en febrero y termina en diciembre con un descanso de dos o tres semanas entre semestres. Todo estudiante —de las escuelas públicas y las privadas— tiene que tomar las pruebas[6] nacionales de rendimiento[7] en el 6° y el 9° grados para poder avanzar al siguiente año escolar y en el 11° para obtener el título de Bachiller.

Mientras que las escuelas privadas en el nivel secundario son muy populares y numerosas, en el nivel superior las universidades públicas tienen mayor prestigio. La Universidad de Costa Rica (UCR) tiene la mejor reputación. También es la más antigua y la más grande de Costa Rica; cuenta con 35 000 estudiantes. Para ingresar, el candidato tiene que tomar la Prueba de Aptitud Académica (parecida al SAT) y presentar dos opciones de carrera. Luego, de acuerdo con la nota y el número de vacantes en la carrera elegida, el estudiante es admitido o «gana un espacio». Es un proceso competitivo: generalmente hay más de 18 000 candidatos para 8 000 cupos[8]. Quienes no logran entrar generalmente buscan una universidad privada o un empleo.

[6] tests; [7] performance; [8] available slots

9-44 Preguntas. Conteste las siguientes preguntas.

1. ¿Qué le permite al gobierno de Costa Rica invertir dinero en la educación pública?
2. ¿Cómo ayudó la educación obligatoria y gratuita al desarrollo del país?
3. ¿Cuáles son algunas razones por las cuales los costarricenses se sienten orgullosos (proud) de su sistema educativo?
4. ¿Qué papel hace el Ministerio de Educación Pública?
5. Si Ud. estudiara en Costa Rica, ¿en qué mes comenzaría el año escolar? ¿Qué tendría que hacer para ingresar a la UCR?

9-45 Discusión. Comente estas preguntas trabajando con dos o tres compañeros.

1. ¿Cree que fue importante que los primeros gobernantes de Costa Rica fueran maestros? Explique.
2. ¿Cuáles son algunas diferencias entre el sistema educativo de Costa Rica y el de los Estados Unidos? ¿Cómo son parecidos?
3. ¿Por qué tendrán las universidades públicas de Costa Rica mayor prestigio que las universidades privadas?

9-46 Proyecto. ¿Le gustaría estudiar en la Universidad de Costa Rica o en una universidad de España o Hispanoamérica? Muchas universidades alrededor del mundo ofrecen programas para estudiantes internacionales. Investigue por Internet sobre algún programa de estudio en el extranjero *(study abroad program)* en una universidad hispanoamericana. Simplemente ingrese las palabras de búsqueda «universidades de (país)».

Prepare una presentación oral para la clase que incluya la siguiente información:

- En qué país le gustaría estudiar y por qué
- El nombre de la universidad sobre la que investigó y algunos datos interesantes
- Los requisitos *(requirements)* para estudiar en esa universidad
- El costo de estudiar allí durante un semestre
- El tipo de alojamiento *(lodging)* que escogería

La ciudad en el mundo hispánico

Jeremy Woodhouse/Photodisc/Getty Images

En esta foto vemos una vista de Quito, Ecuador. ¿Cómo es esta ciudad? Compare Quito con una ciudad grande de los Estados Unidos. ¿Se parecen mucho o son muy distintas?

En contexto
En el Café Alfredo

Estructura
- **If** clauses
- Verbs followed by a preposition
- Diminutives and augmentatives

Repaso
🌐 www.cengagebrain.com

A conversar
Expressions that ensure continuous interaction

A escuchar
Inferring social relationships

Intercambios
La vida urbana y la vida rural

Investigación y presentación
El transporte en Buenos Aires

233

Vocabulario activo

Verbos
averiguar *to find out*
enamorarse (de) *to fall in love (with)*
merecer *to deserve*
prestar *to lend*
reunirse *to meet, gather*

Sustantivos
el bocadito *snack*
el bolsillo *pocket*
el caballero *gentleman*
el conjunto *musical group*
los entremeses *hors d'oeuvres*
el letrero *sign*
el metro *subway*
la morenita *pretty brunette*
el (la) novio(a) *boyfriend, girlfriend,
    fiancé, fiancée*

el (la) pelirrojo(a) *redhead*
el tipo *guy*

Adjetivos
formidable *great, wonderful*
grandote(ta) *very large*
guapetón(ona) *really cute*
guapito(a) *very cute*
poquito(a) *a little bit*
resuelto(a) *resolved*
subterráneo(a) *underground*

Otras expresiones
al aire libre *in the open air, outside*
café al aire libre *sidewalk café*
¿de acuerdo? *agreed? all right?*

10-1 Para practicar. Complete el párrafo siguiente con palabras escogidas de la sección **Vocabulario activo.** No es necesario usar todas las palabras.

Anoche fui a ver a mi **1.** _____ Alicia. Ella vive en un barrio que está lejos de mi casa. Por eso tomé el **2.** _____ a su casa. Alicia es alta, delgada y **3.** _____ con cabello oscuro y bellísimo. Opino que ella es la **4.** _____ más bonita del mundo. Yo me **5.** _____ de ella la primera vez que la vi. Nosotros nos **6.** _____ todas las noches para hablar o para asistir a un concierto o ir al cine. Anoche había un **7.** _____ que daba un concierto en el Teatro Colón. Mi hermano me **8.** _____ dinero para comprar las entradas. Era un concierto **9.** _____. Después decidimos comer un **10.** _____ en un **11.** _____ que estaba cerca del teatro.

Track 29 🔊 **10-2 En el Café Alfredo.** Antes de leer el diálogo escúchelo con el libro cerrado ¿Cuánto comprendió?

(En la Ciudad de México, Tomás y Carlos se reúnen casi todos los días en el Café Alfredo, un restaurante al aire libre[1].)

TOMÁS   Hola, Carlos. ¿No vino Dieguito?

CARLOS   No. Tuvo que visitar a un amigo que está en el hospital.

TOMÁS   ¡Hombre! Mira a esas dos muchachas. Qué guapitas las dos ¿eh?

CARLOS   Guapetonas. A la morenita la vi pasar antes sola. Oye, ¿qué vamos a hacer esta noche?

TOMÁS   No sé. ¿Qué quieres hacer tú? Con tal que no cueste nada, porque mis bolsillos están que chillan del hambrote que traen[1].

[1] que chillan del hambrote que traen *are growling with hunger (very empty)*

CARLOS	A ver si Isabel y Sonia quieren salir a pasear. Te puedo prestar un poquito para que vayamos al cine. O podríamos ir al museo: no cuesta nada.
TOMÁS	¡Uf! Pero es media hora en camión[2]. Luego tendríamos que esperar hasta que se vistieran y luego otra media hora de vuelta. Ni que fueran[2] Julia Roberts y Keira Knightley.
CARLOS	En el metro llegaríamos en quince minutos.
TOMÁS	Si tuviéramos un coche solo nos tomaría diez minutos. Voy a buscarme una novia que viva en el centro. ¡Mira! Esas dos acaban de sentarse allí. Si esa pelirroja fuera mi novia, iría al fin del mundo en camión.
CARLOS	Tal vez esté resuelta la cuestión del programa para esta noche. Ve a hablarles. Ya me enamoré.
TOMÁS	Bueno, pero ¿qué les digo?
CARLOS	Invítalas a ir a bailar con nosotros.
TOMÁS	Pero, si aceptan… a menos que traigas dinero para los dos…
CARLOS	Sí, sí, yo te presto. Vamos al «Jacaranda». Tienen un conjunto formidable. Pero date prisa, antes de que se nos vayan.
TOMÁS	Bueno, bueno, ya voy. *(Se acerca a la mesa de Tere y Lola.)* Perdonen, señoritas, ¿saben Uds. dónde queda «El Jacaranda»?
TERE	Sí, allí en la esquina. ¿No ve el letrero ahí, el de las letras grandotas?
TOMÁS	Ah, ¿cómo no lo había notado? ¿Sabe si es un buen lugar para bailar?
TERE	Pues, así dicen. Yo nunca estuve adentro.
TOMÁS	Entonces, permítanme invitarlas. Si nos acompañaran a mi amigo y a mí, podríamos averiguar si merece la fama que tiene. ¿De acuerdo?
LOLA	Solo si les pide permiso a nuestros novios, que se acercan ahí detrás de Ud.
TOMÁS	¿Cómo? ¿Novios? Ah… este… Gracias por la información. Buenas noches, caballeros. Pedía un poquitín[3] de información. Si hubiera sabido, no habría molestado. Bueno, con su permiso… *(Vuelve a su mesa.)* Oye, Carlos, viéndolas de cerca no son tan bonitas.
CARLOS	Sí, veo que las acompañan unos tipos. Bueno, ¿qué quieres hacer esta noche?
TOMÁS	Pues, vamos en el metro a casa de Isabel y Sonia, ¿quieres? Pensándolo bien, no está tan lejos.
CARLOS	Bueno, vámonos.

Notas culturales

[1] **un restaurante al aire libre:** *La vida social en muchas ciudades hispánicas se concentra en los cafés —frecuentemente al aire libre— donde se reúne la gente por la tarde, después del trabajo, para conversar, beber y comer entremeses u otros bocaditos. Es una costumbre indispensable para mucha gente.*

[2] **media hora en camión:** *Se usa mucho el transporte público en las ciudades hispánicas. El medio más popular es el camión (la palabra para* bus *en México; en otros países, «el camión» quiere decir* truck*). Los taxis abundan* (abound) *también. En las capitales hay trenes subterráneos (llamados «metros») que suelen ser* (are usually, generally) *más rápidos y, a veces, más cómodos que los «camiones».*

[2] Ni que fueran *Not even if they were*   [3] un poquitín *a tiny bit*

10-3 Actividad cultural. En grupos de tres personas, hablen de estos temas.

1. ¿Qué papel hacen los cafés en las ciudades hispánicas? ¿Qué cosas se sirven en los cafés? ¿Son populares los cafés al aire libre en España? ¿en los Estados Unidos? ¿Prefiere Ud. comer y beber en un café o en un restaurante? Explique por qué.
2. ¿Cuáles son los medios de transporte más populares en las grandes ciudades del mundo hispánico? ¿Qué medio de transporte le gusta más a Ud.? ¿Por qué?

10-4 Comprensión. Conteste las siguientes preguntas.

1. ¿Qué tipo de restaurante es el Café Alfredo?
2. ¿Por qué no vino Dieguito?
3. ¿Qué piensa Tomás de las muchachas?
4. ¿Qué es lo que sugiere Carlos?
5. ¿Cómo pueden llegar a casa de Isabel y Sonia?
6. ¿Qué les pregunta Tomás a las dos muchachas?
7. ¿Qué quiere hacer en realidad?
8. ¿Por qué no se interesan las muchachas?
9. ¿Qué deciden hacer Tomás y Carlos?

10-5 Opiniones. Conteste las siguientes preguntas.

1. ¿En qué ciudad grande de los Estados Unidos o de México ha estado Ud.?
2. ¿Le gustan las ciudades grandes? ¿Por qué?
3. ¿Le gustan los restaurantes al aire libre? ¿Por qué?
4. ¿Dónde y cuándo ha estado Ud. en un restaurante al aire libre?
5. ¿Por qué no hay muchos restaurantes al aire libre en los Estados Unidos?
6. ¿Prefiere ir a un museo o al cine? ¿Por qué?
7. ¿Cómo se llama su conjunto musical favorito?

John W Banagan/Stone/Getty Images

El Museo Guggenheim Bilbao, en el norte de España, es una estructura singular. Describa el edificio. ¿Se parece a alguno de los edificios en la ciudad donde vive?

Estructura

Heinle Grammar Tutorial:
If clauses (hypothetical situations)

If clauses

A. Subjunctive and indicative in *if* clauses

In Spanish as in English, **si** or *if* clauses may express conditions that are factual or conditions that are contrary to fact. The verb tense used in a Spanish **si** clause depends on the factual or nonfactual nature of the condition.

1. When a **si** clause expresses a simple condition or a situation that implies the truth or an assumption, the indicative mood is used in both the **si** clause and the result clause of the sentence.

   Si tengo bastante dinero, iré contigo. ¿De acuerdo?
   If I have enough money, I will go with you. Agreed?

   Si continúas hablando, vas a perder el avión.
   If you continue talking, you are going to miss the plane.

   Si ellos tenían tiempo, hacían la tarea.
   If they had time, they did the assignment.

2. When a **si** clause states a hypothetical situation or something that is contrary to fact (not true now nor in the past) or unlikely to happen, the imperfect or past perfect subjunctive is used. The result clause is usually in the conditional or the conditional perfect.

   Si pudiera, iría en metro.
   If I could, I would go by subway.

   Si hubiera sabido, no las habría molestado.
   If I had known, I would not have bothered them.

   Si él fuera a México, vería las ruinas aztecas.
   If he should (were to) go to Mexico, he would see the Aztec ruins.

   ¿Qué harías si tuvieras un millón de dólares?
   What would you do if you had a million dollars?

   Si él lo pusiera en el bolsillo, no lo perdería.
   If he put it in his pocket, he would not lose it.

3. When **si** means *if* in the sense of *whether*, it is always followed by the indicative.

   No sé si lo haré o no.
   I don't know if (whether) I'll do it or not.

B. Clauses with *como si*

Como si (*as if*) implies an untrue or hypothetical situation. It always requires the imperfect or the past perfect subjunctive.

Pinta como **si** fuera Picasso.
He paints as if he were Picasso.

Hablaban como **si** no hubieran oído las noticias.
They were talking as if they hadn't heard the news.

¡Como **si** nosotros tuviéramos la culpa!
As if we were to blame!

Práctica

10-6 Varios pensamientos. Complete estos pensamientos de un(a) estudiante con la forma correcta de los verbos entre paréntesis.

1. Si yo (tener) _____ más tiempo, estudiaría con ellos.
2. Se él (haber) _____ estudiado sus apuntes, habría salido bien en el examen.
3. Si ellos (ganar) _____ bastante dinero, comprarán los libros.
4. La profesora me habló como si (ser) _____ mi madre.
5. Si nosotros (tomar) _____ el metro, llegaríamos a la universidad en diez minutos.
6. Si el profesor (hablar) _____ más despacio, los alumnos lo entenderían mejor.
7. Si los estudiantes (haber) _____ comido un bocadito antes de salir, no habrían tenido hambre durante el examen.
8. Si yo (poder) _____ encontrar una pluma, escribiré los apuntes en mi cuaderno.
9. Él estudió como si le (gustar) _____ el curso.
10. Si ellos (viajar) _____ por metro, gastarían menos.

10-7 Un(a) millonario(a). Trabajando en parejas, hablen de las cosas que harían si fueran millonarios. Incluyan las ideas de la lista y otras originales.

Si yo fuera millonario(a)…

1. comprar una casa grande
2. viajar a todas partes del mundo
3. ayudar a los pobres
4. comer en los restaurantes más elegantes del mundo
5. vivir en un lugar exótico
6. ¿…?
7. ¿…?
8. ¿…?

10-8 ¿Qué pueden hacer esta noche? Trabajando en parejas, hablen de las cosas que harían esta noche si tuvieran la oportunidad. Siguiendo el modelo, hagan una lista de estas actividades. Compare su lista con la de su compañero(a) de clase.

Modelo *Yo iría al centro si tuviera dinero.*

10-9 Reacciones. Reaccione a las situaciones siguientes completando cada una de las oraciones de una manera lógica. Luego compare sus reacciones con las de otro(a) compañero(a) de clase. ¿Tienen muchas reacciones en común?

Modelo *Si no tengo dinero, buscaré trabajo.*

1. Si yo no estudio, _____.
2. Si yo fumara, _____.
3. Si yo ganara mucho dinero, _____.
4. Si yo recibo un cheque de mil dólares, _____.
5. Si yo voy a México, _____.

10-10 Impresiones. Complete estas oraciones de una manera lógica y original. Luego compare sus impresiones con las de otro(a) compañero(a) de clase. ¿Tienen muchas impresiones en común?

1. Mi profesor habla como si _____.
2. El hombre anda como si _____.
3. Mi madre escribe como si _____.
4. Los estudiantes estudian como si _____.
5. Mi novio(a) gasta dinero como si _____.

10-11 Una visita a Madrid. Trabajando en grupos, hablen de lo que harían si fueran a Madrid, la capital de España. Luego, compartan su lista con las de los otros grupos. ¿Cuáles son las diferencias y las semejanzas?

Verbs followed by a preposition

Certain verbs require a preposition when followed by an infinitive or an object noun or pronoun. In the lists below, note the following:

A few verbs are regularly used with either of two prepositions.

entrar **en**   *or* entrar **a** *to enter (into)*
preocuparse **con**   *or* preocuparse **de** *to be concerned with, to worry about*

Many verbs may take more than one preposition, their meaning varying according to which preposition is used.

acabar **con** *to put an end to*
acabar **de** *to have just*

dar **a** *to face*
dar **con** *to come upon, meet*

pensar **de** *to think of (have an opinion of)*
pensar **en** *to think of (have on one's mind)*

A. Verbs that take the preposition *a*

1. Verbs taking **a** before an infinitive

acostumbrarse a *to get used to*	invitar a *to invite to*
aprender a *to learn to*	ir a *to be going to*
ayudar a *to help to*	negarse a *to refuse to*
comenzar a *to begin to*	ponerse a *to begin to*
empezar a *to begin to*	prepararse a *to prepare to*
enseñar a *to teach to*	volver a *to . . . again*

> **Pensar** may also be followed directly by an infinitive, in which case it means *to intend to*.

2. Verbs taking **a** before an object

acercarse a *to approach*	ir a *to go to*
asistir a *to attend*	llegar a *to arrive at (in)*
dar a *to face*	oler a *to smell of*
dirigirse a *to go toward; to address oneself to*	responder a *to answer*
entrar a *to enter*	saber a *to taste of*

B. Verbs that take the preposition *con*

1. Verbs taking **con** before an infinitive

contar con *to count on*
preocuparse con *to be concerned with*
soñar con *to dream of*

2. Verbs taking **con** before an object

casarse con *to marry*
contar con *to count on*
cumplir con *to fulfill one's
   obligation toward; to keep*
dar con *to meet, to come upon*

encontrarse con *to meet*
quedarse con *to keep*
soñar con *to dream of*
tropezar con *to run across, to come upon*

C. Verbs that take the preposition *de*

1. Verbs taking **de** before an infinitive

acabar de *to have just*
acordarse de *to remember to*
alegrarse de *to be happy to*
dejar de *to stop*
encargarse de *to take charge of*
haber de *to have to*

olvidarse de *to forget to*
preocuparse de *to be concerned about*
quejarse de *to complain of*
terminar de *to finish*
tratar de *to try to*

2. Verbs taking **de** before an object

acordarse de *to remember*
aprovecharse de *to take
   advantage of*
burlarse de *to make fun of*
depender de *to depend on*
despedirse de *to say good-bye to*
disculparse de *to apologize for*
disfrutar de *to enjoy*
dudar de *to doubt*

enamorarse de *to fall in love with*
gozar de *to enjoy*
mudar(se) de *to move*
olvidarse de *to forget*
pensar de *to think of, to have an
   opinion about*
reírse de *to laugh at*
servir de *to serve as*

D. Verbs that take the preposition *en*

1. Verbs taking **en** before an infinitive

confiar en *to trust to*
consentir en *to consent to*
consistir en *to consist of*

insistir en *to insist on*
pensar en *to think of, about*
tardar en *to delay in, to take long to*

2. Verbs taking **en** before an object

confiar en *to trust*
convertirse en *to turn into*
entrar en *to enter (into)*

fijarse en *to notice*
pensar en *to think of, to have in mind*

Práctica

10-12 Preposiciones. Complete estas oraciones con una preposición si es necesario.

1. Las mujeres se acercaron _____ la puerta sin leer el letrero.
2. La lección consiste _____ leer el cuento.
3. Nosotros queremos _____ ir al partido de fútbol.
4. Mi primo se enamoró _____ una pelirroja.
5. Se alegran _____ recibir una carta de su abuela.
6. La doctora espera _____ llegar temprano a la universidad.
7. Los estudiantes se ponen _____ estudiar a las diez.
8. El abogado siempre ha cumplido _____ su palabra.
9. Al entrar _____ su casa me olvidé _____ todo.
10. Es necesario acordarse _____ esta fecha.
11. Mis compañeros siempre insisten _____ beber vino.
12. Mis padres compraron una casa que da _____ la plaza.
13. No podemos _____ salir sin ellos.
14. Rumbo a la estación, Juan tropezó _____ su novia.
15. Me olvidé _____ ponerlo en mi cuarto antes de salir.

10-13 Imagínese. Complete estas oraciones de una manera lógica. Luego compare sus respuestas con las de otro(a) compañero(a) de clase. ¿Tienen algo en común?

1. En esta clase nosotros (aprender a) _____.
2. Todas las semanas yo (asistir a) _____.
3. Después de graduarme, quiero (casarse con) _____.
4. Este verano mi familia y yo (disfrutar de) _____.
5. Antes de dormirme, yo (pensar en) _____.

10-14 Información personal. Escriba cinco oraciones que describan cosas que Ud. hace. Luego, escriba cinco preguntas y hágaselas a un(a) compañero(a) de clase. Use palabras de la lista para hacer sus oraciones y sus preguntas.

Modelo   *Me encuentro con mis amigos después de la clase.*
              ¿Con quién te encuentras tú?

1. acostumbrarse a
2. dirigirse a
3. contar con
4. casarse con
5. quejarse de
6. burlarse de
7. despedirse de
8. consistir en
9. insistir en
10. fijarse en

Diminutives and augmentatives

Spanish has a number of diminutive and augmentative suffixes that are added to nouns, adjectives, and adverbs in order to indicate a degree of size or age. These suffixes may also express affection or contempt. Often these endings eliminate the need for adjectives.

A. Formation

1. Augmentative and diminutive endings are added to the full form of words ending in a consonant or stressed vowel.

mamá	mamacita	*(mama, mommy)*
animal	animalucho	*(ugly animal)*

2. Words ending in the final unstressed vowels **o** or **a** drop the vowel before the ending is added.

libro	librito	*(little book)*
casa	casucha	*(shack, shanty)*

3. When suffixes beginning in **e** or **i** are attached to a word stem ending in **c, g,** or **z**, these change to **qu, gu,** and **c,** respectively, in order to preserve the sound of the consonant.

chico	chiquito	*(little boy)*
amigo	amiguito	*(pal, buddy)*
pedazo	pedacito	*(small piece, bit)*

4. Diminutive and augmentative endings vary in gender and number.

pobres	pobrecillos	*(poor little things)*
abuela	abuelita	*(grandma)*

B. Diminutive endings

The most common diminutive endings are **-ito, -illo, -cito, -cillo, -ecito,** and **-ecillo.** In addition to small size, diminutive endings frequently express affection, humor, pity, irony, and the like.

1. The endings **-ecito(a)** and **-ecillo(a)** are added to words of one syllable ending in a consonant and words of more than one syllable ending in **e** (without dropping the **e**).

flor	flor**ecita**	*(little flower, posy)*
pan	pan**ecillo**	*(roll)*
pobre	pobr**ecillo**	*(poor thing)*
madre	madr**ecita**	*(mommy)*

2. The endings **-cito(a)** and **-cillo(a)** are added to most words of more than one syllable ending in **n** or **r**.

joven	joven**cita**	*(young lady)*
autor	autor**cillo**	*(would-be author)*

3. The endings **-ito(a)** and **-illo(a)** are added to most other words.

ahora	ahor**ita**	*(right now)*
casa	cas**ita**	*(little house)*
Pepe	Pep**ito**	*(Joey)*
Juana	Juan**ita**	*(Jeanie)*
campana	campan**illa**	*(hand bell)*

C. Augmentative endings

The most common augmentative endings are **-ón(-ona), -azo, -ote(-ota),** **-acho(a),** and **-ucho(a).** Augmentative endings express large sizes and also contempt, disdain, grotesqueness, and so on.

hombre	hombr**ón**	*(big, husky man)*
éxito	exit**azo**	*(huge success)*
libro	libr**ote**	*(large, heavy book)*
rico	ric**acho**	*(very rich)*

Práctica

10-15 Derivaciones. Traduzca cada una de las palabras de la siguiente lista. Diga si la palabra es diminutiva o aumentativa. Luego, dé la palabra original de cada palabra de la lista.

1. sillón	**11.** pollito
2. caballito	**12.** hermanito
3. perrazo	**13.** hombrecito
4. poquito	**14.** cucharón
5. mujerona	**15.** zapatillos
6. jovencito	**16.** cafecito
7. guapetona	**17.** grandote
8. platillo	**18.** morenita
9. panecillo	**19.** librote
10. ratoncito	**20.** boquita

Ahora, escriba un párrafo para describir una persona, una cosa o un animal, usando algunas de las palabras de la lista anterior. Prepárese para compartir su descripción con la clase.

10-16 Una plaza del pueblo. Imagínese que está mirando una foto de una plaza de un pueblo de México. Describa lo que ve, usando formas diminutivas o aumentativas en vez de las frases en cursiva. Luego compare su descripción con la de otro(a) compañero(a) de clase. ¿Están de acuerdo?

Hay una *mujer grande* **1.** _____ que está hablando con una *chica pequeña* **2.** _____. Un *hombre pequeño* **3.** _____ está caminando con su *perro grande* **4.** _____. Un *chico pequeño* **5.** _____ está sentado en un *banco pequeño* **6.** _____. Hay *pájaros pequeños* **7.** _____ encima de una *estatua grande* **8.** _____. Otro *hombre grande* **9.** _____ está leyendo un *libro pequeño* **10.** _____. A mi *hijo pequeño* **11.** _____ le gustaría jugar en esta *plaza pequeña* **12.** _____.

For more practice of vocabulary and structures, go to the book companion website at **www.cengagebrain.com**

Review *if* clauses.

Antes de empezar la última parte de esta **unidad,** es importante repasar el vocabulario nuevo y la estructura y hacer las actividades que siguen.

10-17 Observaciones. Complete estas oraciones con la forma correcta de los verbos entre paréntesis.

1. Irían a la playa si (tener) _____ tiempo.
2. Si yo (saber) _____ la verdad, se la diría.
3. Si José (estudiar) _____, aprenderá mucho.
4. Si ellos me (haber) _____ prestado el dinero, habría ido.
5. Si (haber) _____ bastante tiempo, vamos a ver las ruinas indígenas.
6. Ese hombre habla como si (ser) _____ muy inteligente.
7. Su novio baila como si (estar) _____ borracho.
8. Mi abuelo escribe como si no (poder) _____ ver bien.
9. Ella gasta dinero como si (tener) _____ mucho.
10. Me mudaría a la ciudad si (poder) _____ encontrar un trabajo.
11. Habrían visitado la aldea si (haber) _____ tenido más tiempo.
12. Si nosotros (salir) _____ a las seis, llegaremos a las diez.

Review verbs followed by a preposition.

10-18 Una excursión. Complete estas oraciones con las preposiciones adecuadas.

1. Los turistas llegaron ____ la estación de tren al mediodía.
2. Disfrutaron ____ impresionantes vistas panorámicas.
3. El señor Cho no pudo tomar fotos porque se olvidó ____ traer su cámara.
4. En la plaza, nos encontramos ____ un grupo de músicos.
5. Siempre soñé ____ ver las obras arquitectónicas de Gaudí.
6. El guía se encargó ____ conseguir las entradas.
7. Un señor se acercó ____ los turistas y les quiso vender una estatua.
8. El grupo acababa ____ recorrer el centro histórico cuando era hora de regresar a la estación de tren.

Review diminutives and augmentatives.

10-19 Descripciones. Complete estas oraciones de una manera lógica, usando formas diminutivas o aumentativas. Luego compare sus descripciones con las de otro(a) compañero(a) de clase. ¿Están de acuerdo?

1. Un animal que no es bonito es un _____.
2. Una casa que es muy pequeña y humilde es una _____.
3. Lo opuesto de un librote es un _____.
4. Una flor que es muy pequeña es una _____.
5. Tomás es más que un amigo; es un _____.
6. Hay una campana en la torre, pero la que ella tiene en la mano es una _____.
7. El profesor no quiere que lo hagamos más tarde; él quiere que lo hagamos ahora mismo o _____.
8. El drama es más que un éxito; es un _____.

Expressions that ensure continuous interaction

To keep a conversation moving and to ensure continued interaction with your partner, you may ask for help if you forget a word or the details of a situation. Some useful expressions are the following:

¿Cómo se dice... ?	*How do you say . . .*
¿Cómo se llama la persona que nos trae cartas?	*What do you call the person who brings us letters?*
Se me olvidó. ¿Recuerda Ud. (Recuerdas) lo que pasó?	*I forgot. Do you remember what happened?*
Ayúdeme (Ayúdame) a explicarlo.	*Help me explain it.*

Descripción y expansión

La ciudad ofrece muchas ventajas, pero a la vez tiene varias desventajas. Mire con cuidado el dibujo de esta ciudad hispánica, y después haga las siguientes actividades.

10-20 La ciudad. Describa detalladamente la escena en la página 246. Diga lo que hace cada persona en la escena. Use la imaginación.

a. ¿Qué hacen los niños enfrente del cine?
b. ¿Qué hace el hombre que está sentado en la parada del autobús?
c. ¿Qué hacen las dos parejas *(couples)*?
d. ¿Cómo se llama el almacén? ¿Qué se puede comprar en esa tienda?
e. ¿Cómo se llama la pastelería? ¿Qué se vende en esa tienda?
f. ¿Cómo se llama la película que dan en el cine? ¿Es una película extranjera para los mexicanos? ¿De qué país es?

 10-21 Opiniones y observaciones. Conteste las siguientes preguntas.

1. ¿Cuáles son algunas de las semejanzas entre esta ciudad, la ciudad de Nueva York y la suya? ¿Algunas de las diferencias?
2. ¿Dónde preferiría vivir, en esta ciudad o en la suya? ¿Por qué?
3. ¿Le parece a Ud. que la vida diaria de esta ciudad es más tranquila que la de su ciudad? Explique. Comparta sus ideas con las de los otros estudiantes.

LA GUERRA DE LAS GALAXIAS

Almacén Capitol

PASTELERÍA GÓMEZ

PARADA del autobús

Inferring social relationships

Pay attention to word usage and verb forms to infer the social relationship between speakers. For example, if they use diminutives (**guapita**) o colloquial expressions (**tipo**), you can infer that they have an informal, close relationship.

Track 30 🔊 **¿Al rancho?**

Escuche la situación siguiente y complete las actividades.

María Luisa, ecuatoriana del primer curso de universidad, charla por teléfono con su novio Darío sobre la amiga que tiene en Texas. María Luisa y Amy se escriben desde que estaban en el segundo curso de secundaria, y se visitaron en una ocasión durante el verano.

10-22 Información. Decida si son **verdaderas** o **falsas** las siguientes oraciones.

1. Darío tiene una amiga en Texas.	V	F
2. Amy quiere estudiar periodismo.	V	F
3. El rancho está muy lejos de las ciudades.	V	F
4. Amy cuenta en la carta lo que es una hermandad.	V	F
5. A la estudiante ecuatoriana le gusta vivir en el campo.	V	F

10-23 Conversación. Pregúntele a un(a) compañero(a) de clase lo que haría si tuviera en su casa un amigo de otro país durante las vacaciones. Cuando termine cuéntele a él/ella lo que Ud. haría de modo diferente.

10-24 Situaciones. Con un(a) compañero(a) de clase, prepare algunos diálogos que correspondan a las siguientes situaciones. Estén listos para presentarlos enfrente de la clase.

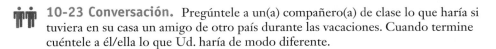

Una nueva casa. Los Rodríguez acaban de mudarse a otra ciudad y buscan una casa. Hablan con un(a) agente de bienes raíces (realtor) y le describen detalladamente la clase de casa que ellos quieren comprar.

Las elecciones municipales. Un(a) candidato(a) para alcalde camina por la ciudad visitando las casas de los votantes. Un hombre le pregunta lo que va a hacer para mejorar la ciudad. El (La) candidato(a) le explica lo que quiere hacer.

Track 31 🔊 **10-25 Ejercicio de comprensión.** Ud. va a escuchar un comentario sobre la importancia de la ciudad en el mundo hispánico. Después del comentario, va a escuchar varias oraciones. Indique si la oración es **verdadera (V)** o **falsa (F)**, trazando un círculo alrededor de la letra que corresponde a la respuesta correcta.

1. V F	3. V F
2. V F	4. V F

Ahora, escriba dos cosas que ha aprendido al escuchar este comentario. Comparta sus ideas con la clase.

Hay tres pasos en la actividad que sigue. **Primer paso:** Se divide la clase en grupos de dos personas. Lean la introducción a la discusión. **Segundo paso:** Cada persona tiene que explicar sus respuestas. **Tercer paso:** Varias parejas comparan respuestas.

10-26 Discusión: La vida urbana y la vida rural. Todos tenemos alguna idea de cómo preferiríamos vivir si pudiéramos escoger libremente. A algunas personas les gusta más la vida urbana; otras prefieren vivir en el campo. Con un(a) compañero(a) de clase, indiquen Uds. sus preferencias, contestando las siguientes preguntas. Escriban sus respuestas.

1. ¿Dónde se siente más cómodo(a), en la metrópoli o en el campo? ¿Por qué?
2. ¿Cuáles son algunas de las ventajas de la vida rural?
3. ¿Qué nos ofrece la metrópoli?
4. ¿Qué cualidades asocia con las personas que viven en las grandes ciudades? ¿Y con las que viven en el campo?
5. ¿Prefiere caminar por el campo o por las calles de una ciudad? Explique.
6. ¿Qué preparación necesita uno para ganarse la vida en la ciudad? ¿En el campo?
7. ¿Dónde hay mejores diversiones, en la ciudad o en el campo? Descríbalas.
8. ¿Dónde es mejor la calidad de la vida? ¿Por qué?

Ahora, comparen Uds. sus respuestas con las de los otros estudiantes de clase. ¿Cuáles son las diferencias? ¿las semejanzas? ¿Cuántos estudiantes prefieren vivir en la ciudad? ¿en el campo?

10-27 Temas de conversación o de composición

En grupos de tres personas, hablen de los temas siguientes. Después, todas las personas tienen que escribir un resumen de lo que contesta cada miembro de su grupo. Para terminar, Uds. tienen que dar sus opiniones con respecto al papel del gobierno en la resolución de estos problemas. Si Ud. dice que el gobierno debe ayudar a las ciudades y a los agricultores o no debe ayudarlos, esté preparado(a) para explicar por qué.

1. ¿Cuáles son los problemas más graves con los que se enfrentan los habitantes de las grandes ciudades?
2. ¿Cuáles son los problemas de las personas que viven en el campo?
3. ¿Cree Ud. que el gobierno nacional debe ayudar a las ciudades que tienen problemas económicos? ¿Debe ayudar a los agricultores con sus problemas?

Buenos Aires, Argentina, es la segunda ciudad más grande de Sudamérica. La zona metropolitana tiene más de 13 millones de habitantes, y la ciudad cuenta con 48 barrios. ¿Cómo cree Ud. que la gente se desplaza (*get around*) por la ciudad? ¿Qué tipo de transporte público tendrá Buenos Aires? ¿Cuál será el más eficiente?

Lectura

El transporte en Buenos Aires

Jose Manuel Revuelta Luna / Alamy

Como toda ciudad grande y cosmopolita, la capital de Argentina tiene una red de transporte que incluye autobuses, taxis y líneas subterráneas[1]. También empieza a ofrecer transporte público sostenible[2].

Subte: El sistema de metro de Buenos Aires, llamado **subte**, es el medio de transporte más rápido y eficiente. Hay seis líneas que cubren la mayor parte de la ciudad. El subte funciona todos los días de 6:00 a 23:00 hrs. También es bastante barato; cada boleto cuesta $1,10 pesos argentinos, o 26 centavos de dólar.

Colectivos: El autobús se llama **colectivo** en Argentina, y en Buenos Aires hay más de 140 líneas que pasan por todos los barrios. Es una forma barata de viajar pero entre semana, en el centro de la ciudad, es común quedarse atrapado[3] en los embotellamientos[4].

Metrobús: Para reducir el número de colectivos y por lo tanto el tráfico, el gobierno creó el Metrobús, un sistema de autobús de tránsito rápido. Consiste en usar carriles[5] exclusivos para autobuses, los cuales viajan en línea recta[6] sin tener que acelerar ni frenar[7] constantemente. Y entre más autobuses híbridos haya, menos será la contaminación ambiental.

Taxis: Los taxis, de color negro y amarillo, tienen una presencia fuerte en las zonas turísticas. Es una forma de viajar cómoda pero también más costosa. La tarifa, la cual es regulada por el Estado, depende de los kilómetros recorridos. El taxímetro muestra la tarifa, entonces no es necesario negociar el precio antes de subirse, como en otras ciudades latinoamericanas.

Bicis: Buenos Aires tiene un sistema de transporte público de bicicletas. Para utilizar este sistema, el viajero debe registrarse; luego, con el número de PIN,

[1] subway lines; [2] sustainable; [3] stuck; [4] traffic jams; [5] lanes; [6] straight; [7] brake

puede sacar una bicicleta de una estación, usarla por hasta una hora y luego devolverla a cualquier otra estación. Es un servicio gratuito[8] y funciona entre semana, de las 8:00 a las 20:00 hrs.

Buquebús: Buquebús es una empresa privada que ofrece ferrys rápidos entre Buenos Aires y Colonia y también Montevideo, Uruguay. Sale de Puerto Madero y en tres horas cruza el Río de la Plata para llegar a la otra capital rioplatense[9], Montevideo.

NB Photos / Alamy

Hay aproximadamente 40 000 taxis en Buenos Aires.

[8] free; [9] of River Plate

10-28 Preguntas. Conteste las siguientes preguntas.

1. ¿Cómo se llama el metro en Buenos Aires? ¿Cómo se llaman los autobuses?
2. ¿Cómo se reconocen los taxis? ¿Cuál es la ventaja y la desventaja de los taxis?
3. ¿Cuál es el transporte más eficiente de Buenos Aires? ¿Por qué es eficiente?
4. ¿Qué medios de transporte sostenible ofrece Buenos Aires?
5. ¿Cuál es el medio de transporte más barato de Buenos Aires? ¿Y el más caro?

10-29 Discusión. Comente estas preguntas con dos o tres compañeros.

1. ¿Qué ciudad de los Estados Unidos conoce Ud.? ¿Qué tipo de transporte público tiene esa ciudad? ¿Cómo se compara con el transporte público de Buenos Aires?
2. Si fuera turista en Buenos Aires, ¿qué medio de transporte usaría para llegar al hotel? ¿visitar Montevideo? ¿pasear por una hora en uno de los barrios?

10-30 Proyecto. ¿Qué medio de transporte que tiene Buenos Aires le gustaría introducir en la ciudad más cerca *(close)* adonde Ud. vive? ¿Cómo convencería al gobierno local para adoptarlo? Trabaje con un(a) compañero(a) de clase para investigar más a fondo sobre uno de los medios de transporte mencionados en la lectura. Luego preparen una propuesta para adoptar ese medio de transporte. Para escribir una propuesta sigan estos pasos:

1. Definan el problema de transporte en su ciudad.
2. Propongan un nuevo medio de transporte y digan cómo este resolvería el problema.
3. Incluyan información y datos sobre el medio de transporte que proponen.
4. Expliquen por qué la ciudad debe implementarlo.
5. Resuman los puntos más importantes.

Los Estados Unidos y lo hispánico

San Augustín (o St. Augustine), en la Florida, es la ciudad más antigua de los Estados Unidos. Fue fundada en 1565 por el español Pedro Menéndez. ¿Conoce Ud. otras ciudades estadounidenses fundadas por españoles?

En contexto
Después de los exámenes finales

Estructura
- The passive voice
- Substitutes for the passive
- Uses of the infinitive
- Nominalization
- The conjunctions **pero, sino,** and **sino que**
- The alternative conjunctions **e** and **u**

Repaso
🌐 www.cengagebrain.com

A conversar
Idioms

A escuchar
Making inferences

Intercambios
Situaciones

Investigación y presentación
Los Estados Unidos y la República Dominicana, unidos por el béisbol

Vocabulario activo

Verbos
charlar *to chat, converse*
señalar *to point out, indicate*

Sustantivos
el lío *problem, hassle*
el (la) profe *professor (slang)*
la raíz *root, origin*

Adjetivos
desagradable *unpleasant*

Otras expresiones
a propósito *by the way*
puesto que *since, inasmuch as*

11-1 Para practicar. Complete el párrafo siguiente con palabras escogidas de la sección **Vocabulario activo**.

Tengo un **1.** _____ muy **2.** _____ con mi compañero de cuarto en la residencia estudiantil. No sé exactamente la **3.** _____ del problema. **4.** _____ el **5.** _____ de mi clase de español conoce a mi compañero también, decidí **6.** _____ con él para ver si él podría **7.** _____ un remedio para resolver este problema. **8.** _____, mi compañero es mi hermano.

Track 32 🔊 **11-2 Después de los exámenes finales.** Antes de leer el diálogo, escúchelo con el libro cerrado. ¿Cuánto comprendió?

(Carlos, un estudiante mexicano, se reúne con Bob y Rudi, dos estudiantes chicanos[1], en la cafetería. Charlan de un viaje que Bobi y Rudi piensan hacer a México después de los exámenes finales.)

BOB   ¿Cómo estuvo el examen?

CARLOS   ¡Uf! Difícil, amigo. Solo con suerte me aprobaron.

RUDI   Pero tú siempre sales bien en química. ¿Qué pasó?

CARLOS   Pues, el profe nos hizo una mala jugada[1]. Preguntó mucho sobre las primeras lecciones. Se me había olvidado todo eso. Pero, no hablemos de cosas desagradables. Vamos a hablar del viaje. Van primero a la capital, ¿verdad?

BOB   Sí. Pensamos pasar unas dos semanas en la capital y luego ir en autobús hasta Yucatán. Terminamos en Cancún para descansar en la playa.

CARLOS   Buen programa. ¿Dónde van a alojarse[2] en México? ¿Han escogido un hotel?

RUDI   Todavía no. ¿Nos puedes recomendar uno que no sea muy caro, eh? No estamos en plan de[3] turistas ricos. Queremos viajar mucho con poco dinero.

[1] jugada *trick*   [2] alojarse *to lodge, stay*   [3] en plan de *in the situation of*

CARLOS	Claro. Después les doy una lista. Hay varios hoteles cómodos de precios muy moderados. ¿Quieren estar en el centro?
BOB	Creo que sí. A propósito, ¿es difícil andar por la ciudad? No tendremos coche.
CARLOS	Al contrario. Hay toda clase de transporte público. Tener coche es un lío en la ciudad. Puesto que Uds. hablan español, pueden pedir información en cualquier parte.
RUDI	¿Y qué ciudades del interior nos recomiendas?
CARLOS	Pues, hay varias interesantes entre la capital y Yucatán. Oaxaca, por ejemplo, es muy bella y las ruinas de Monte Albán están muy cerca.
RUDI	Benito Juárez nació en Oaxaca, ¿verdad?
CARLOS	Sí. Y si quieres ver otras ruinas, puedes ir a Palenque. Y luego a Villahermosa, Mérida, Uxmal y Chichén Itzá.
BOB	Pero, hombre, espérate. ¿Cómo vamos a recordar todo eso?
CARLOS	Miren, les voy a traer un libro de guía. Señalaré las ciudades más importantes e interesantes. ¿Por qué no van a Guatemala[2] y a los otros países centroamericanos?
BOB	No hay suficiente tiempo. Pensamos ir a Centroamérica el verano que viene. Queremos ver todos los países de habla española.
RUDI	También queremos ir a Brasil, donde hablan portugués, y a Haití, donde hablan francés. Además, hay islas como Trinidad y Tobago, donde el idioma oficial es el inglés.
BOB	Antes yo no sabía que había tanta variedad lingüística en Latinoamérica.
CARLOS	Existe mucha variedad cultural también, aun entre los países de habla española. Hay que darse cuenta de la diferencia entre un país como Guatemala y otro como Argentina.
BOB	Pero todos los países hispanos tienen las mismas raíces culturales. Hablan la misma lengua, tienen la misma religión…
CARLOS	Pero han tenido una historia diferente[3] y probablemente tendrán un destino propio. Verán, ¡incluso hay diferencias dentro de México, entre la capital y Yucatán!

Notas culturales

[1] *In some areas of the United States, **mexicoamericano** is now the preferred term.*

[2] **¿Por qué no van a Guatemala?:** *Desde la frontera de México hasta Panamá hay unas 1 200 millas que abarcan (include) siete países distintos: Guatemala, Honduras, El Salvador, Nicaragua, Costa Rica, Belice y Panamá. El más pequeño, El Salvador, tiene la misma área que el estado de New Hampshire; el más grande, Nicaragua, es del tamaño de Alabama.*

[3] **Pero han tenido una historia diferente:** *Uno de los errores más comunes de los norteamericanos es el olvidarse de las grandes diferencias que existen entre una y otra nación en la región llamada «Latinoamérica».*

11-3 Actividad cultural. En grupos de tres personas, miren los mapas de los países que forman América Central. Luego, contesten estas preguntas.

1. ¿Cuál es el país más grande de América Central?
2. ¿Cuál es el país más pequeño?
3. ¿Cuáles países tienen costa en el mar Caribe? ¿en el océano Pacífico?
4. ¿Qué les parecen estos países?
5. ¿Hay más semejanzas entre estos países que diferencias o hay más diferencias que semejanzas?
6. ¿Quieren vivir en esa parte de este hemisferio? Expliquen.

11-4 Comprensión. Conteste las siguientes preguntas.

1. ¿Dónde se reúnen los tres estudiantes?
2. ¿Cómo salió Carlos en el examen de química?
3. ¿Por qué fue tan difícil el examen?
4. ¿Adónde quieren ir primero Bob y Rudi?
5. ¿Cómo van a viajar a Yucatán?
6. ¿Van a andar por la capital en coche? Explique.
7. ¿Dónde está Monte Albán?
8. ¿Por qué no van a visitar Centroamérica?
9. ¿Qué idiomas hablan en el Brasil y en Haití?
10. ¿Dónde hablan inglés?

11-5 Opiniones. Conteste las siguientes preguntas.

1. ¿Ha viajado por Hispanoamérica? ¿Por dónde?
2. ¿Qué país de Hispanoamérica le gustaría visitar? ¿Por qué?
3. ¿Cómo preferiría viajar por Hispanoamérica? ¿En coche? ¿en tren? ¿en autobús? ¿en avión? ¿Por qué?
4. ¿Qué querría ver en cada país?
5. ¿Querría estudiar en un país hispanoamericano? Explique.
6. ¿Preferiría vivir con una familia hispanoamericana o en un hotel? ¿Por qué?
7. ¿Cree que es necesario saber hablar idiomas extranjeros si uno quiere viajar por el mundo? Explique.
8. En su opinión, ¿por qué es importante que una persona viaje a varios lugares del mundo?

Heinle Grammar Tutorial:
The passive voice

The passive voice

Both English and Spanish have an active and a passive voice. In the active voice, the subject performs the action of the verb; in the passive voice, the subject receives the action. Compare the following examples.

Active voice:

Los mayas construyeron las pirámides de Uxmal y Chichén Itzá.
The Mayans constructed the pyramids of Uxmal and Chichén Itzá.

Passive voice:

Las pirámides de Uxmal y Chichén Itzá fueron construidas por los mayas.
The pyramids of Uxmal and Chichén Itzá were constructed by the Mayans.

A. Formation of the passive voice

The passive voice is formed with the verb **ser** plus a *past participle*. **Ser** may be conjugated in any tense and the past participle must agree in gender and number with the subject. The agent (doer) of the action is usually introduced by **por.**

Ese pueblo fue fundado **por** los españoles.
That town was founded by the Spaniards.

Los tíos de Rudi van a ser ayudados **por** Bob y Carlos.
Rudi's aunt and uncle will be helped by Bob and Carlos.

B. Use of the passive voice

1. The passive voice with **ser** is used when the agent carrying out the action of the verb is expressed or implied.

   Los apuntes **fueron** repasados por Carlos.
   The notes were reviewed by Carlos.

   El boleto **fue** comprado por Rudi.
   The ticket was bought by Rudi.

   La casa **fue** destruida por el viento.
   The house was destroyed by the wind.

2. If the action of the sentence is mental or emotional, **de** is used instead of **por** with the agent.

   El profesor es respetado (admirado, etcétera) **de** todos.
   The professor is respected (admired, etc.) by everyone.

Práctica

11-6 ¿Quién hizo eso? Cambie los verbos a la voz pasiva, usando el pretérito de **ser.**

1. Las bebidas (servir) _____ por la empleada.
2. El libro de historia (leer) _____ por Juan.
3. Los manuscritos (escribir) _____ por un monje.
4. La información (mandar) _____ por mi amigo.
5. Los indígenas (respetar) _____ por los turistas.

11-7 Un viaje a México. Bob y Rudi van a México. Relate sus planes, cambiando las oraciones de la voz activa a la voz pasiva.

1. Los alumnos estudiaron la historia de Hispanoamérica.
2. Carlos describe la influencia española en México.
3. Bob y Rudi explorarán las ruinas indígenas.
4. Van a visitar las misiones que estableció la Iglesia católica.
5. Carlos señaló otros lugares en la guía que los chicos deben ver.
6. Carlos compró los boletos para el viaje.
7. Bob escribirá el itinerario.
8. Ellos explorarán todas las regiones de México.

11-8 Listo para viajar. Ud. está listo(a) para hacer un viaje a México. Describa lo que cada una de las personas siguientes hizo para ayudar con las preparaciones, usando el pretérito de la voz pasiva con **ser**.

Modelo reservas / arreglar / el agente de viajes
Las reservas fueron arregladas por el agente de viajes.

1. mi cámara nueva / comprar / mi tío
2. las maletas / hacer / una compañía argentina
3. el boleto de ida y vuelta / conseguir / mi padre
4. mi pasaporte / expedir *(to issue)* / el gobierno
5. mis dólares / convertir a pesos / el banco

 11-9 Personas, lugares y sucesos. Usando la voz pasiva, dé información sobre las personas, los lugares y los sucesos siguientes. Luego compare sus oraciones con las de un(a) compañero(a) de clase. ¿Están de acuerdo?

Modelo México / conquistar
México fue conquistado por los españoles.

1. la Declaración de Independencia de los Estados Unidos / escribir
2. América / descubrir
3. el teléfono / inventar
4. el presidente / elegir
5. la Primera Guerra Mundial / ganar

The passive **se** construction is more common and is preferred over the true passive.

Substitutes for the passive

A. The passive *se*

When the speaker wishes to focus on the recipient or subject of the action and the agent of the action is not directly expressed, the passive **se** construction is used. The passive **se** construction always has these three parts:

se + third person verb + recipient or subject of the action

Note that if the recipient or subject of the action is an object rather than a person, the verb in the passive **se** construction agrees with it.

En aquella librería **se** venden libros de historia.
History books are sold in that bookstore.

Muchas páginas **se** han escrito sobre la conquista.
Many pages have been written about the conquest.

Allí **se** encuentra la población de origen colonial.
The population of colonial origin is found there.

B. Impersonal *they*

The third person plural may also be used as a substitute for the passive when the agent is not expressed.

Dicen que es muy inteligente.
They say (It is said) that he/she is very intelligent.

Hablan español en Argentina.
They speak Spanish (Spanish is spoken) in Argentina.

Práctica

11-10 Información sobre México. Carlos está diciéndole a Rudi algunas de las cosas que ellos deben saber sobre México. Cambie estas oraciones a la forma singular.

Modelo   Se oyen lenguas indígenas allá.
            Se oye una lengua indígena allá.

1. Se encuentran misiones coloniales allí.
2. Se ven las pirámides al norte de la capital.
3. Se abrían las puertas del Museo de Antropología a las diez.
4. Se venden las guías turísticas en cualquier tienda.
5. Se cerraban tarde las tiendas en la Zona Rosa.

11-11 Más información. Carlos sigue dándole información a Rudi. Cambie las oraciones a la forma impersonal con el sentido de *they*.

Modelo   Se hacen joyas de plata en Taxco.
            Hacen joyas de plata en Taxco.

1. Se habla náhuatl en algunas aldeas de México.
2. Se venden flores de papel en los mercados.
3. Se dice que México es una tierra de contrastes.
4. Se comen tacos en México.
5. Se baila el jarabe tapatío en México.

 11-12 La llegada. Bob y Rudi han llegado a México. Con un(a) compañero(a) relaten lo que dice su guía, cambiando sus comentarios de la voz activa a la voz pasiva con **se**.

Modelo   Cambian dinero en el banco.
            Se cambia dinero en el banco.

1. Preparan platos típicos en los restaurantes cerca del Zócalo.
2. Venden libros antiguos en varias tiendas en la Zona Rosa.
3. Arreglan los planes del viaje en esa agencia.
4. Verán la catedral durante una visita a la plaza.
5. Tocan música folklórica en aquella cantina.

11-13 Al hotel. Con un(a) compañero(a) de clase, digan lo que hicieron estas personas cuando Rudi y Bob llegaron al hotel.

> **Modelo** abrir la puerta / el botones
> *La puerta fue abierta por el botones.*

1. traer las maletas al cuarto / Roberto
2. deshacer las maletas / los muchachos
3. arreglar un viaje a las pirámides / el agente de viajes
4. limpiar el cuarto / la criada
5. escribir unas tarjetas / Rudi

11-14 Un viaje personal. Usando la voz pasiva, relátele a su compañero(a) brevemente algunas experiencias que ha tenido viajando.

Uses of the infinitive

1. As an object of a preposition (where English uses the *-ing* form).

   Después de repasar sus apuntes, él fue a clase.
   After reviewing his notes, he went to class.

   Antes de hablar, es bueno pensar.
   Before speaking, it is good to think.

2. As a noun functioning as the subject or object of a verb. It may be used with or without the definite article **el**.

   (El) Ver esa región es indispensable.
   Seeing that region is indispensable.

   ¿Qué prefieres, nadar o esquiar?
   What do you prefer, swimming or skiing?

3. As a verb complement, in place of a noun clause when there is no change of subject.

   Quiero salir mañana.
   I want to leave tomorrow.

   Esperan llegar el martes.
   They hope to arrive on Tuesday.

4. In place of a noun clause after certain impersonal expressions (used with an indirect object pronoun).

   Le es necesario comprarlo.
   It is necessary for him/her to buy it.

   Nos es imposible viajar en tren.
   It is impossible for us to travel by train.

5. After verbs of perception such as **oír, escuchar, ver, mirar,** and **sentir.** (Note the position of the noun object in the last example.)

Los oí llorar.
I heard them crying.

Vieron escapar al ladrón.
They saw the thief escape.

6. Instead of a noun clause after verbs of preventing, ordering, or permitting (**prohibir, mandar, hacer, dejar,** and **permitir).** An object pronoun is usually a part of this construction.

Me prohibió salir.
He/She prohibited me from leaving.

Nos impidieron entrar.
They stopped us from entering.

No lo dejaron hablar.
They didn't allow him to speak.

Le hizo escribirla.
He/She made him/her write it.

7. In certain impersonal commands (usually on signs).

No fumar.
No smoking.

No escupir en la calle.
No spitting in the street.

No pisar el césped.
Don't step on the grass.

Práctica

11-15 Las experiencias de Bob y Rudi en México. Exprese algunas de las cosas que Bob y Rudi hicieron durante su primer día en México, traduciendo las palabras entre paréntesis. Luego compare sus oraciones con las de un(a) compañero(a) de clase. ¿Están de acuerdo?

1. *(After arriving)* _____ a México, fuimos al museo.
2. Rudi compró unos recuerdos *(in spite of having)* _____ poco dinero.
3. *(After eating)* _____, nos pusimos a charlar con unos mexicanos.
4. *(Instead of going to bed)* _____, miramos la televisión.
5. Siempre nos divertimos *(upon visiting)* _____ un país nuevo.

11-16 Una carta a un(a) amigo(a). Ud. está escribiéndole a un(a) amigo(a) después de llegar a la Ciudad de México. Cuéntele unas de sus experiencias personales. Luego lea su carta a un(a) compañero(a) de clase. ¿Han tenido experiencias similares?

El Palacio de Bellas Artes, en el centro histórico de la Ciudad de México, es un importante centro cultural.

Heinle Grammar Tutorial:
Nominalization

Nominalization

A word or phrase that modifies a noun (a simple adjective, a **de** phrase, or an adjective clause) may function as a noun when used with the definite article. The process of omitting the noun and using the article + modifier is called *nominalization*.

Noun(s) stated:

Hay dos chicas allí. La chica morena es mi prima y la chica rubia es mi hermana.
There are two girls over there. The brunette girl is my cousin and the blond girl is my sister.

Noun(s) omitted:

Hay dos chicas allí. La morena es mi prima y la rubia es mi hermana.
There are two girls over there. The brunette is my cousin and the blonde is my sister.

More examples:

La raqueta de Paco es roja. La de Roberto es azul.
Paco's racket is red. Roberto's is blue.

El chico que habla es Carlos. El que escribe es Juan.
The boy who is talking is Carlos. The one who is writing is Juan.

The contractions **al** and **del** often occur in nominalized sentences.

Quiero conocer al hombre rico.
Quiero conocer **al** rico.

Práctica

11-17 Opiniones personales. Cambie estas oraciones según el modelo.

Modelo   Pienso que los exámenes orales son más difíciles que los exámenes escritos.
Pienso que los orales son más difíciles que los escritos.

1. Estas son las fotos de Trinidad y aquellas son las fotos de Tobago.
2. La chica que está cerca de la ventana es más bonita que la chica que está sentada.
3. Te prestaré el vestido amarillo, si me prestas el vestido rojo.
4. Puedo leer las palabras que están en este letrero, pero no puedo leer las palabras que están en aquel letrero.
5. A propósito, la chica pelirroja quiere salir con Carlos, y la chica morena no quiere.
6. Los chicos de aquí no saben bailar, pero los chicos de allá sí saben.
7. El restaurante que está en esa esquina está cerrado; el restaurante que está en el centro está abierto.
8. Las bebidas que tomé costaron poco; las bebidas que tomaste costaron mucho.
9. La casa de Isabel queda lejos de aquí; la casa de Sonia queda cerca.
10. Se acerca a la mesa de Tere; se aleja de la mesa de Lola.

11-18 Sus preferencias. Trabajando en parejas, expresen sus preferencias en cuanto a las cosas siguientes.

Modelo   ¿Un vuelo? Nos gusta *el que sale a las ocho.*

1. ¿Un restaurante? Me gusta _____.
2. ¿Novelas? Nos gustan _____.
3. ¿Una canción? Quiero escuchar _____.
4. ¿Bailes? Nos gustan _____.
5. ¿Películas? Prefiero _____.

11-19 Su viaje a México. Trabajando en parejas, háganse estas preguntas para saber lo que prefieren ver.

Modelo   ¿Qué prefieres ver el museo de antropología o el museo de arte moderno?
Prefiero ver el de antropología.

¿Qué prefieres ver...

1. la catedral de Guadalajara o la catedral de México?
2. la costa del Pacífico o la costa del Atlántico?
3. los barrios pobres o los barrios ricos?
4. los mercados indígenas o los mercados modernos?
5. los edificios de arquitectura colonial o los edificios de arquitectura moderna?

Ahora, siguiendo el modelo anterior hagan Uds. dos o tres preguntas originales.

The conjunctions *pero, sino,* and *sino que*

Pero, sino, and **sino que** all mean *but.* They all join two elements of a sentence, but each has specific guidelines governing its usage.

1. **Pero** joins two elements when the preceding clause is affirmative. It introduces information that expands a previously mentioned idea.

   Quiero ir, **pero** no iré.
   I want to go, but I won't.

   Prefiero mirar la televisión, **pero** tengo que estudiar.
   I prefer to watch television, but I have to study.

   Pero may be used after a negative element. In this case, *but* is equivalent to *nevertheless* or *however.*

   Raúl no es muy alto, **pero** juega bien al tenis.
   Raúl isn't very tall, but he plays tennis well.

   No me gusta hablar de cosas desagradables, **pero** a veces hay que hacerlo.
   I don't like to talk of unpleasant things, but sometimes it must be done.

2. **Sino** is only used after a negative element in order to express a contrast or contradiction to the first element. (**Sino** connects only a word or phrase to a sentence, but never a clause.)

   No es fácil **sino** difícil.
   It isn't easy, but difficult.

   No quiere beber **sino** comer.
   He/She doesn't want to drink, but rather to eat.

   Ellos no son peruanos **sino** chilenos.
   They are not Peruvians, but Chileans.

3. **Sino que** is only used after a negative element to connect a clause to the sentence. Like **sino,** it introduces information that contrasts or contradicts the concept expressed in a preceding negative element.

   No es necesario que lo estudie **sino que** lo lea.
   It isn't necessary that he/she study it, but that he/she read it.

   No dijo que vendría **sino que** se quedaría en casa.
   He/She didn't say that he/she would come, but that he/she would stay at home.

Práctica

11-20 A aclarar. Para aclarar las situaciones siguientes, complete cada oración con **pero**, **sino** o **sino que**.

1. Rudi no va con Carlos _____ con Bob.
2. Quiere ser ingeniero _____ no es fácil.
3. No iré al concierto _____ lo escucharé por radio.
4. No es azul _____ verde.
5. No quiero hablar _____ callarme.
6. No quiere que hablemos _____ nos callemos.
7. No dijeron que lo comprarían _____ lo venderían.
8. No van a tomar el autobús _____ el metro.
9. No va al cine _____ se queda en casa.
10. Mi amigo no es español _____ mexicano.
11. Él va a estudiar, _____ ellos prefieren ir al cine.
12. No piensan ir a Bolivia _____ a Guatemala.
13. No hay desierto _____ montañas.
14. No queremos quedarnos aquí _____ nos quedaremos.
15. Me gustaría charlar más, _____ tengo que terminar la tarea.

11-21 A escoger. Complete cada oración con sus propias ideas. Luego compare sus respuestas con las de un(a) compañero(a) de clase. ¿Tienen mucho en común?

Modelo   No quiero visitar la misión sino *la catedral.*
              No quiero visitar la misión sino que *me la describan.*

1. No quiero hacer un viaje a Tucson, pero _____.
   No quiero hacer un viaje a Tucson sino (que) _____.

2. Guadalajara no está cerca, pero _____.
   Guadalajara no está cerca sino (que) _____.

3. Mi amigo cree que yo sé mucho de México, pero _____.
   Mi profesor no cree que yo sepa mucho de México sino (que) _____.

4. En México un pasaporte es importante, pero _____.
   En España un pasaporte no solo es importante sino (que) .

The alternative conjunctions *e* and *u*

1. The conjunction **y** changes to **e** before words beginning with **i** or **hi**.

   Queremos ver lugares pintorescos **e** interesantes.
   We want to see picturesque and interesting places.

   Se necesitan tela **e** hilo para hacer un vestido.
   Fabric and thread are needed to make a dress.

   However, **y** does not change before nouns beginning with **hie** or with **y**.

   petróleo **y** hierro   él **y** yo
   oil and iron   *he and I*

2. The conjunction **o** changes to **u** before words beginning with **o** or **ho**.

   Tomás **u** Olivia pueden hacerlo.
   Tomás or Olivia can do it.

   No importa si es mujer **u** hombre.
   It doesn't matter if it's a woman or a man.

Práctica

11-22 De vuelta a casa. Bob y Rudi han vuelto de México y están compartiendo la información que ellos han obtenido. Relate lo que ellos dijeron, completando estas oraciones con **y** o **e**.

   1. En México comimos naranjas _____ higos.
   2. Se sirve gaseosa con limón _____ hielo en casi todos los cafés.
   3. Rudi hablaba español _____ inglés todo el tiempo porque muchos de los mexicanos son bilingües.
   4. Las personas a quienes conocimos nos contaron muchos cuentos divertidos _____ increíbles.

11-23 La conversación con Bob y Rudi continúa. Complete estas oraciones con **o** o **u**.

   1. No sabíamos si necesitábamos más dinero _____ otra cosa para comprar joyas de plata.
   2. Traté de visitar el Castillo de Chapultepec siete _____ ocho veces sin tener éxito.
   3. Prefiero leer novelas _____ cuentos escritos por mexicanos para entender mejor su historia.
   4. No sabíamos si las entradas costaban setenta _____ ochenta pesos para entrar en el Palacio de Bellas Artes.

11-24 En un restaurante. Ud. está en un restaurante en Costa Rica; su compañero(a) de clase es el (la) mesero(a). Lea el menú y pídale recomendaciones al mesero (o a la mesera). Luego ordene su comida, bebida y postre. Use las conjunciones apropiadas.

Restaurante El Cocodrilo

ENTRADAS

Ceviche de corvina	2800 ¢
Empanadas de queso	1600 ¢
Tamal de arroz	1800 ¢
Ostras clásicas	3200 ¢

PLATOS PRINCIPALES

Olla de carne	3000 ¢
Iguana en pinol	3500 ¢
Hígado en salsa de cebolla	4250 ¢
Pescado en salsa de maracuyá	5950 ¢
Pollo en salsa piri-piri	4900 ¢
Casado vegetariano	3200 ¢

POSTRES

Higos en almíbar	2400 ¢
Yogur con frutas	2000 ¢
Hojaldres de piña	2500 ¢
Flan de coco	2400 ¢

BEBIDAS

Batido de fruta	1200 ¢
Horchata	1000 ¢
Hierbabuena	800 ¢
Infusión de tila	850 ¢
Café	900 ¢

For more practice of vocabulary and structures, go to the book companion website at **www.cengagebrain.com**

Antes de empezar la última parte de esta **unidad,** es importante repasar el vocabulario nuevo y la estructura y hacer las actividades que siguen.

Review the passive voice.

 11-25 Para pedir información. Trabajando en parejas, hagan y contesten estas preguntas.

> **Modelo**   ¿Los apuntes están escritos?
> *Sí, fueron escritos por el estudiante.*

1. ¿Las lecciones están terminadas?
2. ¿La composición está corregida?
3. ¿Los viajes están arreglados?
4. ¿La puerta está cerrada?
5. ¿El resumen está preparado?

Review the passive voice.

11-26 ¿Quién hace estas cosas en su familia? Trabajando en parejas, háganse y contesten estas preguntas, usando la forma de la voz pasiva con **ser.**

> **Modelo**   preparar / comida
> *¿Quién prepara la comida?*
> *La comida es preparada por mi padre.*

1. pagar / cuentas
2. escribir / cartas
3. leer / libros
4. cantar / canciones
5. limpiar / casa
6. manejar / coche

Ahora, pregúntele a un(a) compañero(a) de clase si hay otras cosas que otros miembros de su familia hacen en casa.

Review substitutes for the passive.

11-27 Para hacer anuncios. Se usa con frecuencia el **se** impersonal en los anuncios. Con un(a) compañero(a) escriban unos anuncios, usando las siguientes palabras.

> **Modelo**   casas / vender
> *Se venden casas aquí.*

1. viajes a Puebla / arreglar
2. comida francesa / servir
3. inglés / hablar
4. novelas mexicanas / vender
5. coches / alquilar

Review uses of the infinitive.

11-28 Más anuncios. En los anuncios también se usan infinitivos, como por ejemplo, «No fumar». Con su compañero(a) de clase, escriban cinco anuncios para la residencia estudiantil latina.

> **Modelo** *No traer mascotas de ninguna especie.*
> *Mostrar respeto a todos los residentes.*

Review nominalization.

11-29 Evitando la repetición. Cambie estas oraciones según el modelo.

> **Modelo** El boleto de Rudi y el boleto de Bob están en la maleta.
> *El boleto de Rudi y el de Bob están en la maleta.*

1. La casa de Juan y la casa de Pablo están muy lejos de aquí.
2. El libro que está en la mesa y el libro que está en la silla son de Elena.
3. Los mapas de México y los mapas de Costa Rica están en mi cuarto.
4. El coche azul y el coche rojo son nuevos.
5. Los muchachos españoles y los muchachos argentinos están aquí de visita.

Review the conjunctions pero, sino, sino que and the alternative conjunctions e and u.

11-30 Conjunciones. Complete estas oraciones con las conjunciones más adecuadas: **pero, sino, sino que, y, e, o o u.**

1. No queremos ir a Cancún _____ queremos ir a Cozumel.
2. El hotel no está en la playa _____ en una colina.
3. Conocimos a dos mexicanos muy simpáticos: Carlos _____ Isabel.
4. No solo nadamos en el mar _____ también buceamos.
5. Estoy en la habitación número siete _____ ocho, no me acuerdo.
6. No tenía hambre _____ sed.
7. Pedí un té frío con mucho limón _____ hielo.
8. Me gustó mucho el viaje: fue una experiencia increíble _____ inolvidable.

Review all grammar points addressed in the Estructura section.

11-31 Para planear un viaje a Latinoamérica. Ud. y un(a) amigo(a) están planeando un viaje a Latinoamérica. Trabajando en parejas, hagan un itinerario para su viaje, incluyendo los lugares que quieren visitar y una lista de cosas que piensan que son necesarias tener en el viaje. Hay solamente una restricción. Ud. puede llevar solamente cinco cosas incluyendo la maleta. Estén preparados para compartir su itinerario y su lista con los estudiantes de la clase. Ellos van a decirles si ellos piensan que Uds. han incluido todas las cosas esenciales para el viaje.

Idioms

Learning idioms and useful expressions will help you understand a native speaker more easily. Knowing idioms and expressions will also enable you to develop a more sophisticated level of speaking. An idiom is a word or expression that cannot be analyzed word for word nor does it have a direct English equivalent. Some of the more frequently used idioms you have studied are the following:

claro	*of course*	valer la pena	*to be worthwhile*
con permiso	*excuse me (when leaving the table or a room)*	tomar una copa	*to have a drink*
		hacer daño	*to harm, hurt*
de todos modos	*anyway*	darse cuenta de	*to realize*

Descripción y expansión

En el mundo hispánico se puede encontrar una gran variedad de restaurantes y cafés; unos son muy elegantes, algunos están al aire libre, algunos son cafeterías más o menos informales. Mire con cuidado la foto de un restaurante, y haga las actividades que siguen.

Linda Whitwam/Getty Images

Puerto Ingel, México

11-32 El Restaurante. ¿Cómo es el restaurante de la foto: grande, pequeño, elegante, regular? Describa el restaurante de la foto. Luego describa la clase de restaurante que Ud. prefiere. ¿Por qué prefiere ese tipo de restaurante?

11-33 Opiniones. Conteste las siguientes preguntas.

a. ¿Qué opina de la comida extranjera? Explique.
b. ¿Qué comida extranjera es su favorita? ¿Por qué?
c. ¿Cuál prefiere, la comida americana o la comida mexicana? ¿Por qué? Ahora, comparta sus ideas con la clase.

Making inferences

Making inferences is to go beyond what is said, to "listen between the lines." You can do this by asking yourself why something happens, why it is important, how one event influences another, and why the speakers say what they say. While you listen, combine details from the dialogue or narrative with what you know about the world to draw logical conclusions.

Track 33 **Política**

Escuche la situación siguiente y complete las actividades.

Dos empresarios del sector de la industria turística de Veracruz, México, durante su estancia en Houston, se encuentran viendo un partido de baloncesto. En el descanso charlan de diversos temas, entre ellos de política y de las próximas elecciones en los Estados Unidos.

11-34 Información. Complete las siguientes oraciones, basándose en el diálogo que acaba de escuchar.

1. Manolo y Pancho están viendo…
2. La sección de deportes no contaba…
3. Los dos señores mexicanos son…
4. Para los estados del Sur el ser conservador es…
5. Un segmento de la opinión pública está…
6. Podemos inferir que los señores apoyan…

Track 34 **11-35 Ejercicio de comprensión.** Ud. va a escuchar un comentario sobre las relaciones entre los Estados Unidos e Hispanoamérica durante el siglo xx. Después del comentario, va a escuchar varias oraciones. Indique si la oración es **verdadera (V)** o **falsa (F)**, trazando un círculo alrededor de la letra que corresponde a la respuesta correcta.

1. V   F
2. V   F
3. V   F
4. V   F
5. V   F
6. V   F

Ahora, escriba dos cosas que ha aprendido al escuchar este comentario. Comparta esta información con la clase. ¿Cuántos estudiantes escribieron las mismas cosas?

11-36 Situaciones. Hay tres pasos en la actividad que sigue. **Primer paso:** Se divide la clase en grupos de tres personas. Lean la introducción a cada situación. **Segundo paso:** Cada grupo tiene que escoger una situación. **Tercer paso:** Después actúen la situación frente a la clase entera.

1. **Para tomar un taxi:** Ud. ha llegado a una ciudad hispánica y tiene que tomar un taxi al centro. Pregúntele al chófer si conoce un hotel no muy caro y una agencia donde pueda alquilar un coche.

   autopista *highway;* calle *(f) street;* cobrar por *to charge for;* coche de alquiler *rental car;* precio fijo (por persona) *fixed price (per person);* recomendar *to recommend;* ruta *route;* taxímetro *taxi meter*

2. **Hay que ir al correo y al banco:** Después de escribir unas cartas y unas tarjetas postales, Ud. tiene que ir al correo. Pregúntele al conserje dónde está. Después, Ud. pasa por el banco para cobrar unos cheques de viajero. Tiene que identificarse y averiguar la tarifa *(rate)* de cambio.

   correo aéreo *air mail;* dirección *address;* estampilla (sello, timbre) *stamp;* franqueo *postage;* remitente *(m or f) sender, return address;* cajero *cashier;* cheque de caja *(m) cashier's check;* cheque de viajero *traveler's check;* cobrar un cheque *to cash a check;* cuenta *account;* firmar (o endosar) *to sign, to endorse;* tasa (o tarifa) de cambio *exchange rate;* ventanilla *(cashier's) window*

3. **Una enfermedad:** Un día Ud. se siente mal. Llame a la recepción y pida que le llamen a un médico. Después, llame al médico y explique lo que le pasa.

   alergia *allergy;* antiácido *antacid;* aspirina *aspirin;* cápsula *capsule;* clínica *clinic, hospital;* consultorio *doctor's office;* dolor de estómago (cabeza) *stomach (head) ache;* enfermedad *illness;* estar resfriado(a) *to have a cold;* farmacéutico(a) *pharmacist;* indigestión *indigestion;* inyección *injection, shot;* pastilla *tablet;* píldora *pill;* receta *prescription*

11-37 Temas de conversación o de composición

1. Escriba una composición o hable de un viaje que ha hecho. Describa los lugares que visitó y la gente a quien conoció.
2. Escriba una composición o hable de un viaje que querría hacer por el mundo hispánico.

Ahora, cada estudiante tiene que compartir esta información, presentándola oralmente a la clase.

La República Dominicana es el país que exporta más beisbolistas a los Estados Unidos. ¿Qué sabe Ud. acerca de la República Dominicana? ¿Sabe por qué hay tantos beisbolistas dominicanos en las Grandes Ligas?

Lectura

Los Estados Unidos y la República Dominicana, unidos por el béisbol

El deporte nacional de la República Dominicana es el béisbol, o «pelota» como acostumbran llamarlo los dominicanos. La televisión transmite partidos de béisbol todos los días y el café matutino[1] se acompaña con una discusión apasionada acerca de los equipos que acabaron de jugar. En las calles y en los parques, los niños dominicanos juegan al béisbol, soñando con llegar a las Grandes Ligas[2]. No es un sueño desatinado[3]: 10% de los jugadores del MLB son de la República Dominicana. Más del 25% de los jugadores de las ligas menores de los Estados Unidos también provienen de este pequeño país caribeño. De hecho[4], la República Dominicana es el mayor exportador de beisbolistas a los Estados Unidos.

Un poco de historia

Aunque el origen exacto del béisbol se desconoce[5], se sabe que el juego moderno se desarrolló en los Estados Unidos. Se introdujo a Cuba en los años 1860 y más tarde, los inmigrantes cubanos difundieron[6] el deporte en la República Dominicana. La popularidad del juego se extendió rápidamente. En 1911 se realizaron los primeros campeonatos nacionales, y en 1913 se publicó *La Pelota*, una revista dedicada exclusivamente al béisbol. La ocupación militar de los Estados Unidos entre 1916 y 1924 impulsó aún más el béisbol. Miles de aficionados vitoreaban los equipos dominicanos que jugaban contra los marinos americanos. En 1925 Baldomero Ureña se convirtió en el primer dominicano en jugar para un equipo de los Estados Unidos: el Allentown, un equipo de las ligas menores. La República Dominicana también contrató a jugadores estadounidenses, en particular de la Liga Negra, para complementar el talento local. En el campeonato de 1937, jugaron juntos beisbolistas blancos y negros, los cuales estaban separados en ese entonces en los Estados Unidos.

San Pedro de Macorís

San Pedro de Macorís está ubicado[7] en el sureste de la República Dominicana. De esta ciudad azucarera[8] han salido grandes beisbolistas, entre ellos Sammy Sosa, Alfonso Soriano y Robinson Canó. Curiosamente, San Pedro de Macorís —una ciudad de 214.000 habitantes— ha producido más jugadores para las Grandes Ligas per cápita que ningún otro lugar del mundo. El béisbol es allí una pasión y también es el pasaporte para salir de la pobreza.

---

[1] morning; [2] Major Leagues; [3] far-fetched; [4] In fact; [5] is unknown; [6] disseminated; [7] is located; [8] sugar-producing

Academias de béisbol

Con tanto talento dominicano, es fácil entender que todos los 30 equipos de las Grandes Ligas han invertido en academias de béisbol en la República Dominicana. El objetivo de las academias es producir grandes beisbolistas y más recientemente, educarlos también. Las academias tienen que ofrecer cursos de inglés, cursos acerca de la cultura estadounidense, ofrecer el diploma de bachillerato y educar a

Dicen que en la República Dominicana ¡se respira béisbol!

los jóvenes sobre el peligro de usar sustancias ilegales.

11-38 Preguntas. Conteste las siguientes preguntas.

1. ¿Cómo y cuándo se introdujo el béisbol a la República Dominicana?
2. ¿Durante qué años jugaron equipos dominicanos contra equipos de militares estadounidenses?
3. ¿Qué ciudad dominicana exporta más beisbolistas a las Grandes Ligas?
4. ¿Por qué tienen los equipos del MLB academias de béisbol en la República Dominicana?

 11-39 Discusión. Responda a las preguntas con dos o tres compañeros.

1. ¿Dónde cree que el béisbol es más popular, en los Estados Unidos o en la República Dominicana? Justifique su opinión.
2. ¿A qué beisbolistas dominicanos conoce Ud.? ¿En qué equipos juegan?
3. ¿Por qué cree que San Pedro de Macorís produce tantos beisbolistas profesionales?
4. ¿Cree que el béisbol beneficia económicamente a ambos países? Explique.

11-40 Proyecto. Trabaje con un(a) compañero(a) de clase para investigar y hacer una presentación oral sobre un aspecto de las relaciones entre los Estados Unidos y la República Dominicana. Pueden escoger uno de los siguientes temas o usar uno propio.

1. el turismo
2. la intervención militar
3. CAFTA
4. la industria azucarera
5. Satchel Paige
6. los inmigrantes dominicanos en el Noreste

Hagan su investigación en Internet o en la biblioteca. Usen la información para hacer una presentación oral de dos a tres minutos enfrente de la clase.

La presencia hispánica en los Estados Unidos

Megan O Daniels / Getty Images

Esta tienda mexicana está en Carrboro, Carolina del Norte. ¿Cuántas tiendas mexicanas hay en su comunidad?

En contexto
Los viajes de verano

Estructura
- Review of uses of the definite article
- Review of uses of the indefinite article
- Expressions with **tener, haber,** and **deber**
- Miscellaneous verbs

Repaso
🌐 www.cengagebrain.com

A conversar
Sayings and proverbs

A escuchar
Understanding regional variations

Intercambios
Las situaciones inesperadas

Investigación y presentación
Los estereotipos de los latinos en la pantalla

Vocabulario activo

Verbos
guiar *to guide*
repasar *to review*

Sustantivos
el antepasado *ancestor*
la charla *chat*
el consejo *advice*
la escala *stopover*
la gira *tour*
el pasaje *passage, ticket*
la patria *country*
la procedencia *origin*
el rasgo *trace*
el suroeste *southwest*

Adjetivos
aislado(a) *isolated*
marcado(a) *clear, marked*
pintoresco(a) *picturesque*

Otras expresiones
de ida *one-way (ticket)*
de ida y vuelta *round-trip (ticket)*
en cuanto a *regarding, as far as . . .*
   is concerned
pasado mañana *the day after*
   tomorrow
por lo menos *at least*

12-1 Para practicar. Complete el párrafo siguiente con palabras escogidas de la sección **Vocabulario activo.** No es necesario usar todas las palabras.

1. _____ vamos a salir para 2. _____. Compré dos 3. _____ de 4. _____. Queremos visitar la tierra de nuestros 5. _____. Antes de salir, 6. _____ la historia de aquella región. Supimos que ellos vivieron en una aldea 7. _____ en las montañas 8. _____ al norte de Santa Fe. Al llegar a Taos, conocimos a un hombre que era nativo de la región. Durante nuestra 9. _____ con él, nos dijo que a él le gusta 10. _____ a los forasteros *(strangers)* a varios lugares de interés cerca de Chimayo. Fuimos con él. Fue una 11. _____ muy interesante.

Track 35 🔊 **12-2 Los viajes de verano.** Antes de leer el diálogo, escúchelo con el libro cerrado. ¿Cuánto comprendió?

(Carlos, Bob y Rudi vuelven a encontrarse en la cafetería de la universidad para seguir su charla sobre los viajes de verano. Esta vez hablan del viaje que Carlos piensa hacer al suroeste de los Estados Unidos.)

CARLOS   Bueno, esta tarde tengo el último examen y mañana voy a hacer turismo. ¿Y Uds.? ¿Cuándo salen?

BOB   No salimos hasta el lunes. ¿Adónde vas primero?

CARLOS   Esperaba que Uds. me aconsejaran. Quiero ver lugares que demuestren la influencia mexicana. ¿Sería mejor ir a Phoenix, Tucson u otra ciudad?

RUDI   Pues, en cuanto a la influencia mexicana, hay relativamente poca en Phoenix, pero mucha en Tucson. Aquella fue establecida mucho más tarde. La misión de San Xavier del Bac, cerca de Tucson, fue construida en 1700.

BOB   En realidad, casi toda la influencia hispánica en Arizona es reciente, pero en el norte de Nuevo México y en el sur de Colorado hay pueblos que se fundaron en los tiempos coloniales. Ver esa región es indispensable.

RUDI	Si tienes mucho tiempo, te puedo recomendar algunos sitios magníficos en las montañas de Nuevo México. Pero por lo menos te daré la dirección de mis tíos en Santa Fe; ellos te pueden guiar por la ciudad.
CARLOS	Y la gente de Texas, ¿no es de procedencia mexicana también?
BOB	Bueno, Texas es más semejante a California: una mezcla de gente mexicana cuyos antepasados, o llegaron en el siglo XVIII, o inmigraron recientemente. El aspecto colonial se limita a varias misiones aisladas.
CARLOS	¿No son los estados de más concentración hispánica?
RUDI	Sí, es cierto, pero en Texas y en California ha habido más contacto con la cultura anglosajona que en otras partes, como en Nuevo México. ¿Cómo viajas? ¿En avión?
CARLOS	Sí, porque en autobús llevaría demasiado tiempo, ya que la distancia es enorme. Si pudiera, iría en tren, pero es difícil.
BOB	No solo difícil, sino imposible.
CARLOS	Tengo pasaje de Los Ángeles a San Antonio[1], y puedo hacer escala en cualquier ciudad de en medio[1]. Pensaba que podía tomar el autobús para visitar los pueblos pequeños.
RUDI	¿Compraste boleto de ida y vuelta?
CARLOS	No. Es un boleto de ida porque voy a viajar de San Antonio a México para pasar unos días con mis padres antes de volver a la universidad.
BOB	Hablando de México, ¿cuándo vas a orientarnos un poco más? Partimos el lunes para la capital.
CARLOS	Lo haré con mucho gusto. Si fuera posible, los acompañaría en una gira por mi patria. Pero creo que les puedo dar algunos consejos sobre los lugares más pintorescos e interesantes.
BOB	¿Por ejemplo?
CARLOS	Miren, tengo otro examen en diez minutos. Quisiera repasar mis apuntes una vez más antes de entrar. ¿Qué tal si nos reunimos aquí a las seis?
RUDI	Perfecto. Que salgas bien en el examen.
BOB	Sí, buena suerte.
CARLOS	Gracias. La voy a necesitar. Hasta luego. Nos vemos a las seis.

Nota cultural

[1] *Las misiones son una parte importante de la influencia hispana en los Estados Unidos. En el sur del país encontramos claros ejemplos del legado español en la estructura colonial de estas misiones, que albergaban a muchísimas personas dedicadas a la enseñanza de la religión católica. La ciudad de San Antonio, Texas, es famosa por sus cinco misiones ubicadas a lo largo del río San Antonio. En el siglo XVIII fue la mayor concentración de misiones católicas en Norteamérica. La más visitada es El Álamo; sin embargo la misión de San José fue muy importante. En ella vivieron unos 300 misioneros. Las otras misiones son San Juan, Concepción y Espada. Estas misiones, excepto El Álamo, se fundaron originalmente en el este de Texas, pero debido a épocas de sequía, malaria y la invasión francesa, se reubicaron en San Antonio. El siglo XVIII fue el apogeo de las misiones, pero más tarde perdieron importancia, debido a las enfermedades, falta de apoyo militar y ataques de los indígenas.*

[1] en medio *in between*

12-3 Actividad cultural. En parejas, contesten las siguientes preguntas.

1. ¿Qué función tienen las misiones?
2. ¿En qué zona de los Estados Unidos se establecieron las misiones?
3. ¿En qué estado hay cinco misiones importantes, una de ellas muy famosa?
4. ¿En qué estados se observa una mayor influencia mexicana?
5. ¿Qué causó la desaparición de las misiones?

12-4 Comprensión. Conteste las siguientes preguntas.

1. ¿Dónde se reúnen Carlos, Bob y Rudi para seguir su charla?
2. ¿Qué país van a visitar Bob y Rudi?
3. ¿Cuándo van a salir?
4. ¿Qué lugares quiere ver Carlos?
5. ¿Qué estados muestran rasgos de la cultura española colonial?
6. ¿Cómo pueden ayudarle los tíos de Rudi a Carlos?
7. ¿De qué elementos se compone la cultura hispánica de Texas?
8. ¿Dónde se encuentra la mayor concentración hispánica del suroeste?
9. ¿Cómo va a viajar Carlos?
10. ¿Por qué llevaría demasiado tiempo en autobús?
11. ¿Compró Carlos boleto de ida y vuelta? ¿Por qué no?
12. ¿De qué van a hablar cuando se reúnan a las seis?

12-5 Opiniones. Conteste las siguientes preguntas.

1. ¿Ha visitado el suroeste de los Estados Unidos? ¿Qué partes?
2. Si tuviera la oportunidad de visitar estados con influencia hispánica, ¿qué estados preferiría visitar? ¿Por qué?
3. Antes de estudiar español, ¿sabía algo de la influencia hispánica en los Estados Unidos? Explique.
4. ¿Cree que la influencia hispánica ha cambiado la cultura estadounidense actual? ¿Qué proyecta para los próximos cincuenta años?

Russell Dohrmann/Index Stock Imagery/PhotoLibrary/Getty Images

La misión de San Xavier del Bac. ¿Dónde está situada? Describa la misión en detalle. ¿Qué le parece?

Estructura

Heinle Grammar Tutorial:
Definite and indefinite articles

Review of uses of the definite article

Some special uses of the definite article in Spanish are as follows:

1. With nouns in a series, it is generally repeated before each noun.

   El lápiz, el libro y la foto son de Margarita.
   The pencil, the book, and the photo belong to Margarita.

2. With all titles except **don (doña)** and **San, Santo (Santa)** when talking about a person.

   La Sra. García está en Texas.
   Mrs. García is in Texas.

   Don José le reza a Santo Tomás.
   Don José prays to St. Thomas.

   Note that the article is omitted when speaking directly to a person.

   Sr. García, ¿dónde está el comedor?
   Mr. García, where is the dining room?

3. With nouns used in a general or abstract sense.

   Los días son largos.
   Days are long.

   La paciencia es más importante que la sabiduría.
   Patience is more important than wisdom.

4. With infinitives used as nouns.

   El tocar música es genial.
   Playing music is great.

   El leer es más agradable que el mirar la televisión.
   Reading is more pleasant than watching television.

Note that the definite article is used to express *on* with days of the week. **Voy a clase el lunes.** *I go to class on Monday.* Also the article is omitted with days of the week and with seasons after the verb **ser.**

5. With days of the week, seasons of the year, the time of day, and dates.

   Estudio español los lunes.
   I study Spanish on Mondays.

   La primavera es la estación más bonita del año.
   Spring is the prettiest season of the year.

   Son las siete.
   It's seven o'clock.

   Pasado mañana es el seis de enero.
   The day after tomorrow is January 6.

   However, the article is omitted with days of the week in expressions such as **Hoy es..., Ayer fue...,** etc.; it is also omitted after **ser** with seasons. After the preposition **en**, the use of the article with seasons is optional.

   Hoy es martes.
   Today is Tuesday.

   Es invierno en la Argentina.
   It's winter in Argentina.

   En (el) otoño las hojas se caen de los árboles.
   In autumn the leaves fall from the trees.

6. With names of languages, except after the preposition **en** or when the language immediately follows the verb **hablar.**

Hablan muy bien el italiano.
They speak Italian very well.

El español es muy fácil.
Spanish is very easy.

BUT

En español hay muchas palabras de origen árabe.
In Spanish there are many words of Arabic origin.

Hablan italiano.
They speak Italian.

After the preposition **de,** the article is often omitted with languages; this is always the case with a **de** phrase that modifies a noun.

Es profesora de alemán.
She's a German teacher (a teacher of German).

7. With parts of the body, articles of clothing, and personal effects, in place of the possessive adjective (see **Unidad 4**).

Me lavo las manos.
I wash my hands.

Marta se pone los guantes.
Marta puts on her gloves.

8. With the names of certain countries, cities, and states.

la Argentina	la Gran Bretaña
el Brasil	la Florida
el Canadá	el Japón
el Ecuador	el Perú
los Estados Unidos	el Uruguay
El Salvador	

Nowadays, the article is often omitted with these countries in newspapers, radio broadcasts, and colloquial speech. But it is always retained with **El Salvador, La Habana,** and **El Cairo.**

9. With names of all countries when modified by adjectives or phrases.

el México azteca
Aztec Mexico

la Inglaterra de nuestros antepasados
the England of our ancestors

la España del Cid
the Spain of the Cid

10. With the names of games and sports.

Paco juega muy bien a las damas.
Paco plays checkers very well.

Me gusta mucho el tenis.
I like tennis a lot.

11. With the names of meals.

Los niños se acuestan después de la cena.
The children go to bed after supper.

12. With the nouns **escuela, iglesia, ciudad,** and **cárcel** when they are preceded by a preposition.

Para algunos chicos asistir a la escuela es como estar en la cárcel.
For some children going to school is like being in jail.

Note that feminine nouns beginning with stressed **a** or **ha** use **el** instead of **la** in the singular.

El agua está fría.
The water is cold.

El hambre es un problema mundial.
Hunger is a world problem.

But when these nouns are in the plural, they use the feminine article **las.**

Las aguas de esos ríos están muy sucias.
The waters of those rivers are very dirty.

Práctica

12-6 Una serie de ideas. Complete estas oraciones con la forma apropiada del artículo definido solamente cuando sea necesario.

1. _____ misión de San José es muy bella.
2. ¿Cómo está Ud., _____ Sra. García?
3. Mis amigos hablan _____ italiano.
4. _____ españoles llegaron a América en 1492.
5. Se preocupa de _____ vida y de _____ muerte.
6. Vamos a misa _____ domingo.
7. _____ viernes voy al supermercado.
8. _____ agua está helada.
9. _____ otoño es bonito en las montañas.
10. Son _____ cuatro.

👥 **12-7 Carlos hace un viaje a Nuevo México.** Carlos va a hacer un viaje a Nuevo México. Para describir su viaje, complete esta narrativa breve con la forma correcta del artículo definido o con una contracción cuando sea necesario. Luego compare su descripción con la de un(a) compañero(a) de clase. ¿Están de acuerdo en cuanto al uso del artículo definido?

Carlos se pone 1. _____ ropa y hace 2. _____ maletas. Está listo para salir para 3. _____ Nuevo México. Él ha estudiado mucho sobre 4. _____ América colonial. Quiere visitar 5. _____ Santa Fe primero, porque es 6. _____ ciudad más hispánica 7. _____ suroeste. En Santa Fe va a llamar a 8. _____ Sr. García que es 9. _____ primo de su madre. Él es profesor de 10. _____ inglés en 11. _____ Universidad de Nuevo México. Él no va a 12. _____ oficina 13. _____ martes. Por eso Carlos puede visitarlo en 14. _____ casa. A Carlos le gustan mucho 15. _____ tenis y 16. _____ natación. Espera participar en estos deportes durante 17. _____ vacaciones. Hoy es 18. _____ diez de abril y Carlos quiere estar en Santa Fe para 19. _____ quince de abril.

👥 **12-8 Los valores especiales.** Algunas personas les ponen valores especiales a ciertas cosas. Con un(a) compañero(a) de clase, indiquen Uds. lo que piensan que serían los valores más importantes de cada uno de los individuos siguientes.

> **Modelo**   un cantante
> *En mi opinión lo más importante para un cantante es la música.*

1. un estudiante
2. una mujer
3. un periodista hispano
4. un turista
5. un misionero

6. una anciana
7. un atleta
8. una chica
9. un político
10. una pianista

Review of uses of the indefinite article

A. Omission of the article

The indefinite article is generally used in Spanish as it is in English. However, in Spanish the indefinite article is omitted in the following instances:

1. Before unmodified predicate nouns indicating profession, nationality, religion, political affiliation, and the like.

Soy músico.
I am a musician.

Felipe es chicano (mexicanoamericano).
Felipe is a Mexican-American.

Alicia es doctora.
Alicia is a doctor.

¿Eres demócrata?
Are you a Democrat?

However, the article is used when the noun is emphatic (stresses something important about the person) or when it is modified.

¿Quién es ella? Es una maestra.
Who is she? She's a teacher.

Es un dentista excelente.
He's an excellent dentist.

Note that the indefinite article is omitted when the noun and the modifier form a single, commonplace phrase and the modifier precedes the noun: **Es buena persona (gente).**

2. In negative sentences, after certain verbs such as **tener** and **buscar,** and with personal effects, when the numerical concept of **un(o), una** is not important.

¿Tienes coche?
Do you have a car?

Busco solución a mi problema.
I'm looking for a solution to my problem.

Siempre lleva sombrero.
He/She always wears a hat.

BUT

No tiene ni un pariente que le ayude.
He/She doesn't have one (a single) relative to help him/her.

3. After **sin** and **con.**

Nunca sale sin sombrero.
He/She never goes out without a hat.

Quiero un pasaje con escala en Tucson.
I want a ticket with a stopover in Tucson.

4. With **otro, cierto, mil, cien(to),** and **tal** *(such a)*.

¿Tienes otro?
Do you have another?

Cierto hombre me lo dijo.
A certain man told it to me.

Lo hemos repasado mil veces.
We have reviewed it a thousand times.

Nunca he visto tal cosa.
I've never seen such a thing.

But note that the indefinite article is used with **millón.**

un millón de habitantes
a million inhabitants

5. Before nouns in many adverbial phrases.

Luchó como león.
He fought like a lion.

María escribe con pluma.
María is writing with a pen.

6. With nouns in apposition when the category rather than the identity of the person is stressed.

José Feliciano, célebre cantante puertorriqueño, cantó el himno nacional.
José Feliciano, a famous Puerto Rican singer, sang the national anthem.

B. Other notes on usage

1. The indefinite article is generally repeated before each noun in a series.

   Voy a comprar un reloj y un collar.
   I'm going to buy a watch and a necklace.

2. Feminine nouns beginning with stressed **a** or **ha** take **un** in the singular instead of **una** when the article immediately precedes.

   un hacha   un aula
   an axe   *a classroom*

Note that **algunos** *must* be used instead of **unos** before *de* phrases: **Algunos de mis amigos vinieron a la fiesta.**

3. The plural indefinite articles **unos** and **unas** translate as *some, a few,* and *about.* **Unos** is less specific than **algunos.**

   Vimos unos partidos muy buenos.
   We saw some very good games.

   Tiene unos veinte años.
   He/She is about twenty years old.

Práctica

12-9 Una variedad de ideas. Complete estas oraciones con un artículo indefinido cuando sea necesario. Luego compare sus respuestas con las de un(a) compañero(a) de clase. ¿Están de acuerdo en cuanto al uso del artículo indefinido?

1. Siempre escribe con _____ marcador.
2. Es _____ médico muy célebre.
3. No quiere _____ casa sin aire acondicionado.
4. Busco _____ médico en esta ciudad.
5. De vez en cuando vendo _____ libro.
6. Elena está más bonita sin _____ anteojos.
7. Es _____ estudiante ecuatoriano.
8. Mi hermano es _____ buen comerciante.
9. Gana _____ mil dólares semanales.
10. Se portó como _____ hombre.

12-10 Vamos a California. Ud. y un(a) amigo(a) quieren hacer un viaje a California. Relaten sus planes, completando esta narrativa breve con la forma correcta del artículo indefinido cuando sea necesario.

Queremos hacer 1. _____ viaje a California. No podemos comprar 2. _____ coche nuevo para el viaje, y por eso vamos a tomar el tren. Vamos a comprar 3. _____ pasaje con 4. _____ escala en Tucson. Vamos a visitar a nuestra tía. Ella es 5. _____ maestra y enseña en 6. _____ aula de 7. _____ escuela primaria. Hay 8. _____ otro chico que quiere acompañarnos. Voy a comprar 9. _____ zapatos, 10. _____ chaqueta y 11. _____ sombrero para el viaje. No puedo viajar sin 12. _____ sombrero. Hemos hecho este viaje 13. _____ mil veces, pero cada vez visitamos 14. _____ lugares nuevos.

Heinle Grammar Tutorial:
Expressions with **tener,**
haber, and **deber**

Expressions with *tener, haber,* and *deber*

A. Idiomatic expressions with *tener*

1. Many idiomatic expressions are formed with the verb **tener.** Common ones include the following:

tener hambre *to be hungry*	tener fiebre *to have a fever*
tener sed *to be thirsty*	tener miedo *to be afraid*
tener sueño *to be sleepy*	tener cuidado *to be careful*
tener frío *to be cold*	tener ganas de *to feel like*
tener calor *to be hot*	tener prisa *to be in a hurry*
tener razón *to be right*	tener... años *to be . . . years old*
tener suerte *to be lucky*	tener dolor de cabeza *to have a headache*
tener vergüenza *to be ashamed*	tener dolor de estómago *to have a stomachache*

Examples:

Tengo ganas de ir al cine.
I feel like going to the movies.

Siempre tienen mucha sed.
They are always very thirsty.

Since **hambre, sueño, sed,** etc., are nouns, they must be modified by the adjective **mucho (-a, -os, -as)** rather than by **muy.**

2. **Tener que** plus an infinitive *(to have to)* expresses an obligation that one *must* carry out.

Tuve que llevar el coche al taller.
I had to take my car to the repair shop.

Tiene que llenar una solicitud.
He has to (must) fill out an application.

3. **Tener** plus a variable past participle stresses a present state that is the result of a past action.

Ella tiene preparada la comida.
She has the meal prepared.

B. Uses of *haber*

1. **Hay que** plus an infinitive means *one has to, one must,* or *it is necessary.*

Hay que estudiar para aprender.
It is necessary to study in order to learn.

Hay que conservar energía.
One must (one has to) conserve energy.

2. **Haber de** plus an infinitive is used to express futurity with a slight degree of obligation. Less emphatic than **tener que,** it is translated *to be to* or *to be supposed to.*

Han de estudiar ahora.
They are to study now.

He de corregir los exámenes.
I'm supposed to correct the exams.

C. Uses of *deber*

1. The verb **deber** plus an infinitive translates as *ought to, should,* or *must.* It expresses moral obligation rather than compulsion or need.

   Debemos escuchar sus consejos.
   We ought to listen to his advice.

   Él debe comprar los boletos.
   He should buy the tickets.

   Debo ir a clase ahora.
   I must go to class now.

2. To soften the expression of obligation or to express advice about present or future conduct, the conditional or the imperfect subjunctive of **deber** is used.

   Deberíamos escuchar sus consejos.
   We (really) ought to listen to his advice.

   Ud. debiera comprar los boletos.
   You (really) should buy the tickets.

3. The imperfect of **deber** + **haber** + a past participle translates as *should have* + past participle.

   Por lo menos, debías haberle escrito.
   At least you should have written to him.

4. Either **deber** or **deber de** may also express probability or likelihood.

   Deben (de) estar en la biblioteca.
   They are probably in the library.

   Debían (de) haber salido.
   They must have left.

Práctica

 12-11 ¿Cómo reacciona en estas situaciones? Complete estas oraciones, usando una expresión con **tener.** Luego compare sus reacciones con las de un(a) compañero(a) de clase. ¿Tienen mucho en común?

1. Cuando no como, _____.
2. Cuando leo demasiado, _____.
3. Cuando hace mucho calor, yo _____.
4. Cuando no duermo, _____.
5. En el invierno yo _____.
6. En el verano yo _____.
7. Cuando me gano la lotería es porque _____.
8. Cuando estoy solo(a) en una calle oscura, _____.
9. Cuando hago algo malo o estúpido, _____.
10. Cuando estoy en lugares peligrosos, _____.

12-12 ¿Qué debe o tiene que hacer? Trabajando en parejas, hagan una lista de cinco cosas que deben hacer y cinco cosas que tienen que hacer todos los días. Comparen su lista para ver las semejanzas y las diferencias.

> **Modelo** *Debo acostarme más temprano todas las noches.*
> *Tengo que estudiar para esta clase todos los días.*

Ahora, hagan una lista de cinco cosas que son necesarias que todo el mundo haga, usando la expresión **hay que**.

> **Modelo** *Hay que trabajar para ganar dinero.*
> *Hay que practicar para ser buen pianista.*

Miscellaneous verbs

A. *Saber* and *conocer*

1. The verb **saber** means to know *(a fact)*, to have information or knowledge about something or someone. When followed by an infinitive it means *to know how* to do something.

   Yo sé la lección.
   I know the lesson.

   Sabemos que él es de origen mexicano.
   We know that he is of Mexican origin.

   Sabe tocar la trompeta.
   He/She knows how to play the trumpet.

   In the preterite, **saber** means *to find out* or *to learn.*

   Supimos que ya habían regresado a su patria.
   We found out (learned) that they had already returned to their country.

2. The verb **conocer** means *to know a person, place, or thing* in the sense of "to be acquainted with," or "to be familiar with."

   Conocen varios sitios pintorescos.
   They know (are familiar with) several picturesque places.

   Conozco a su prima.
   I know (I am acquainted with) his/her cousin.

   In the preterite, **conocer** means *to meet, to be introduced to.*

   Los conocimos anoche.
   We met them last night.

B. *Preguntar* and *pedir*

1. The verb **preguntar** means *to ask (to question).*

   Le preguntó a Rudi dónde estaba Tucson.
   He/She asked Rudi where Tucson was.

   Siempre me preguntaba la misma cosa en cuanto a mis clases.
   He/She always used to ask me the same thing regarding my classes.

   Le voy a preguntar cuánto cuestan los mapas.
   I'm going to ask him/her how much the maps cost.

2. The verb **pedir** means t*o ask for, to ask (a favor), to request.*

Carlos le pidió permiso a su padre para usar el coche.
Carlos asked his father for permission to use the car.

Me pidieron un lápiz.
They asked me for a pencil.

Nos piden que vayamos a verlos.
They are asking us to go to see them.

C. *Tomar* and *llevar*

1. Tomar means *to take (in one's hand), to take (transportation),* or *to eat* or *to drink.*

Paco tomó los libros y salió para la escuela.
Paco took his books and left for school.

Tomaron el tren para la capital.
They took the train to the capital.

Siempre tomo café por la mañana.
I always drink coffee in the morning.

2. Llevar means *to take along* or *to carry (to some place).*

Llevó a su hermana a la fiesta.
He/She took his/her sister to the party.

Hay que llevar pasaporte para entrar a un país extranjero.
One must carry a passport in order to enter a foreign country.

D. *Quitar* and *quitarse*

1. Quitar means *to remove from, to take away (off).*

La criada quitó los platos de la mesa.
The maid took (removed) the plates from the table.

Quitaron las maletas del autobús.
They took the suitcases off the bus.

2. Quitarse means *to take off (oneself).*

Se quitó el sombrero antes de entrar a la sala.
He/She took off his hat before entering the living room.

Práctica

12-13 Sentidos parecidos, usos diferentes. Complete estas oraciones con la forma correcta de **saber** o **conocer**.

1. ¿ _____ Ud. cómo salió el partido de fútbol?
2. David y yo _____ que ellos llegan hoy.
3. Yo _____ bien este lugar.
4. Raúl _____ todas las obras de Cervantes.
5. Lisa _____ la canción de memoria.

12-14 ¿Cuál de las palabras es correcta? Complete estas oraciones con una forma correcta de **preguntar** o **pedir**.

1. Leo le _____ dos días más de plazo.
2. Óscar y Luis nos _____ si queremos palomitas.
3. Sus amigos me _____ la fecha.
4. Yo _____ una taza de té con leche.
5. Carlos le _____ cómo se llamaba el señor alto.

12-15 Buscando un buen restaurante. Trabajando en parejas, hagan el papel de Tomás y de Raúl, para buscar un buen restaurante. Completen el diálogo con las formas correctas de **saber, conocer, pedir, preguntar, llevar, tomar, quitar** y **quitarse,** según el sentido de la conversación.

TOMÁS	Hola, Raúl, ¿**1.** _____ el nombre de un buen restaurante de este barrio?
RAÚL	Lo siento, pero no **2.** _____ bien este barrio. Debemos **3.** _____ le a ese hombre si él **4.** _____ dónde hay un restaurante típico español.
TOMÁS	Yo siempre **5.** _____ mi guía turística conmigo, pero no dice nada sobre esta parte de la ciudad.
RAÚL	Mira, allí hay una señora. Debemos **6.** _____ le la dirección de un buen lugar para comer.
TOMÁS	Perdón, señora, ¿**7.** _____ un buen restaurante por acá?
LA SEÑORA	Sí, señor, pero será necesario **8.** _____ un taxi porque está muy lejos. Está...

(un poco después)

TOMÁS	Gracias, señora. Rául, si no te importa prefiero **9.** _____ un autobús porque cuesta menos.
RAÚL	Pues vamos. Tengo tanta hambre que cuando lleguemos voy a **10.** _____ el sombrero y la chaqueta, **11.** _____ varios platos típicos y comer como un loco.

12-16 La rutina diaria. Trabajando en parejas, hágale estas preguntas a su compañero(a) de clase. Él (Ella) tiene que contestar sus preguntas en español.

Pregúntele a su compañero(a)...

1. What do you eat for breakfast before leaving for class?
2. What do you normally wear to class?
3. How do you get to class? Do you take a bus?
4. Do you know the names of all your classmates?
5. Are you well acquainted with your professors?
6. Do you have to ask the professor for more explanations before you can understand the material?
7. Do you ask your classmates a lot of questions about the lessons?
8. If you wear a hat to class, do you take it off when you enter the classroom?

Repaso

🌐 For more practice of vocabulary and structures, go to the book companion website at **www.cengagebrain.com**

Review the uses of the definite and the indefinite articles.

Antes de empezar la última parte de esta **unidad,** es importante repasar el vocabulario nuevo y la estructura y hacer las actividades que siguen.

12-17 Arreglando un viaje. Complete el párrafo siguiente con un artículo definido o indefinido cuando sea necesario.

Hoy es martes. Tengo que ir a **1.** _____ *oficina de turismo para hablar con* **2.** _____ *Sr. Gómez. Es agente de viajes pero no les ayuda mucho a* **3.** _____ *clientes. Por ejemplo, yo quiero hacer* **4.** _____ *viaje a* **5.** _____ *América Latina en* **6.** _____ *otoño, pero él cree que yo debo ir en* **7.** _____ *primavera. Prefiero ir a* **8.** _____ *Argentina, pero él cree que debo ir a* **9.** _____ *Chile. Para ahorrar* **10.** _____ *dinero, es mejor salir* **11.** _____ *martes y volver* **12.** _____ *lunes. Pero él quiere que yo salga* **13.** _____ *domingo y vuelva* **14.** _____ *sábado.* **15.** _____ *Sr. Gómez le importa más* **16.** _____ *dinero que* **17.** _____ *bienestar de* **18.** _____ *clientes. Para mí,* **19.** _____ *viajar es mi pasatiempo favorito, pero tengo que encontrar otra persona que sea* **20.** _____ *buen agente de viajes, si quiero tener* **21.** _____ *itinerario bien arreglado.*

Review expressions with **tener, haber,** and **deber.**

12-18 ¿*Tener, haber* o *deber*? Complete cada oración con la forma correcta de las palabras entre paréntesis.

1. Mi amigo y yo (*have to leave*) _____ para España mañana.
2. Nosotros (*ought to arrive*) _____ a Madrid a las nueve de la mañana.
3. (*It is necessary*) _____ leer el itinerario con mucho cuidado.
4. Mi familia (*had to stay*) _____ en casa porque mi madre estaba enferma.
5. Cuando lleguemos a Madrid (*we have to go*) _____ directamente al hotel.
6. Nuestros amigos (*ought to be*) _____ allí para saludarnos.
7. Yo (*have to call*) _____ a mis padres para decirles que todo está bien.
8. Nosotros (*ought to go to bed*) _____ temprano, porque hay mucho que hacer el lunes.
9. (*It is necessary*) _____ descansar antes de salir para el museo del Prado.
10. Es una lástima, pero nuestros amigos (*have to work*) _____ mañana y por eso no pueden pasar el día con nosotros.

Review all grammar points addressed in the **Estructura** section.

 12-19 ¿Le gusta viajar a su compañero(a) de clase? Hágale estas preguntas a un(a) compañero(a) de clase.

1. ¿Te gusta viajar? ¿Qué países conoces?
2. ¿Te gusta viajar solo(a) o con alguien? ¿Por qué?
3. ¿Prefieres viajar por los Estados Unidos o por un país extranjero? ¿Por qué?
4. ¿Prefieres viajar con un grupo de turistas o solo(a)? ¿Por qué?
5. Si tuvieras la oportunidad, ¿preferirías visitar España o Latinoamérica? ¿Por qué?

In order for your speech to sound more authentic, you should learn several appropriate sayings *(dichos)* and/or proverbs *(refranes)*. They are commonly used by native speakers to express a certain attitude or opinion about an everyday happening. Here are some examples:

Sayings and proverbs

En boca cerrada no entran moscas.	*Be quiet.*
Es mejor ser cabeza de ratón que cola de león.	*It's better to be a leader than a follower. It's better to have a little power than none at all.*
Quien no se aventura nunca alcanza la mar.	*Nothing ventured, nothing gained.*

Descripción y expansión

La influencia hispana en los Estados Unidos se observa claramente en el mundo del espectáculo. En la actualidad, artistas hispanos son reconocidos por los anglosajones sin importar su origen. Observe las fotos para ver si reconoce a los siguientes artistas. Luego haga las actividades.

12-20 Artistas célebres. Conteste las siguientes preguntas.

1. Identifique el origen de cada artista e indique un ejemplo de su popularidad en la cultura estadounidense.
2. En la época de las misiones, los hispanos introdujeron su religión, lenguaje y costumbres. ¿Qué aportes cree que hacen los artistas de las fotos a la cultura estadounidense?
3. Investigue qué tan importante es el uso que estos artistas hacen del inglés en su vida profesional. ¿Ocurre lo mismo con los cuatro artistas? ¿Cree usted que es necesario? Explique.

12-21 Opiniones y observaciones. Observe las caras de estos artistas. Piense en el país de origen de cada uno y en la imagen que tienen los estadounidenses de los hispanos. ¿Cree que es válido hablar de los estereotipos físicos de los hispanos? Explique.

Understanding regional variations

Since Spanish is spoken by over 400 million people in four continents, there are many regional variations in accent and vocabulary. Knowing some of these variations will help you understand speakers from various corners of the Spanish-speaking world.

1. Recognize various pronunciations.

   a. Most Spanish speakers pronounce **z, ce, ci, s** with a /s/ sound. In Castilian Spanish, however, **z, ce, ci** are pronounced /th/. And in Andalusian Spanish, sometimes the **s** is pronounced /th/.

   b. In Caribbean Spanish, the letter **s** is aspirated (sounding like an /h/) or dropped at the end of syllables and words.

   c. In Rioplatense Spanish, the **y** and **ll** are pronounced with a strong /sh/. In other Latin American Spanish dialects, **y** and **ll** are pronounced like the English *y*.

2. Recognize the variations in second-person pronouns.

   a. In most of Spain, the plural of **tú** is **vosotros** whereas in Latin American Spanish it is **ustedes.**

   b. In Rioplatense and Central American Spanish, the pronoun **vos** is used instead of **tú.** Verbs conjugated in **vos** generally end in a stressed vowel with a final *s*: **querés, sentís.**

   c. Be aware of vocabulary variations. For example, **guagua** refers to a bus in Caribbean Spanish but refers to a baby in Andean Spanish.

Track 36 🔊 **Lo colonial**

Escuche la situación siguiente y complete las actividades.

Un grupo de estudiantes hispánicos graduados tiene una tertulia, reunidos en el apartamento de dos de ellos. Intercambian impresiones sobre las recientes vacaciones de primavera de las que acaban de volver. Unos se fueron de viaje y otros se quedaron a estudiar.

12-22 Información. Conteste las siguientes preguntas, basándose en el diálogo que acaba de escuchar.

   1. ¿Qué le pasó a Jaime cuando esquiaba?
   2. ¿Qué le recuerda a Isabel la plaza central de Santa Fe?
   3. ¿Adónde fueron Álvaro y Pilar?
   4. ¿Por quién fue fundada la ciudad de San Antonio?
   5. ¿Puedes deducir de dónde es Élida?

 12-23 Conversación. Mantenga una conversación con otro(a) estudiante, suponiendo que Ud. es de un país tropical, nunca ha visto la nieve y ha venido recientemente a los Estados Unidos. ¿Querría ir a esquiar? ¿Qué ciudades y paisajes desearía ver?

12-24 Situaciones. Con un(a) compañero(a) de clase, prepare algunos diálogos que correspondan a las siguientes situaciones. Estén listos para presentárselos a la clase.

Un viaje en avión: *Ud. está hablándole a un(a) amigo(a) sobre un viaje que Ud. hizo en avión a Buenos Aires. Describa lo que Ud. hizo en la agencia de viajes para planear el viaje. Su amigo(a) quiere que Ud. describa el vuelo y lo que le pasó después de llegar a la capital de la Argentina.*

aerolínea *airline;* aeropuerto *airport;* avión *(m) airplane;* boleto de ida *one-way ticket;* boleto de ida y vuelta *roundtrip ticket;* directo *direct;* enlace *(m) connection;* hacer escala *to make a stopover;* pagar al contado *to pay cash;* visa *visa (entry permit);* abordar *to board;* abrocharse el cinturón *to fasten your seat belt;* azafata o aeromoza *flight attendant;* aterrizar *to land;* despegar *to take off;* facturar (el equipaje) *to check (baggage);* puerta *gate*

Un viaje en tren: *Ud. acaba de volver de un viaje en tren a varias partes de Europa. Descríbale su viaje a un(a) amigo(a) desde el momento cuando Ud. llegó a la estación de ferrocarril hasta su vuelta a casa.*

andén *(m) platform;* boleto de primera (segunda) clase *first (second) class ticket;* coche cama *(m) sleeping car;* coche comedor *(m) dining car;* contraseña (o el talón) de equipaje *baggage check (ticket);* despacho de equipajes *luggage office;* minutos de retraso *minutes late;* quiosco *newsstand;* sala de espera *waiting room;* tren expreso *express train;* ventanilla *(train) window*

Track 37 🔊 **12-25 Ejercicio de comprensión.** Ud. va a escuchar un comentario sobre la influencia hispánica en los Estados Unidos. Después del comentario, va a escuchar varias oraciones. Indique si la oración es **verdadera (V) o falsa (F),** trazando un círculo alrededor de la letra que corresponde a la respuesta correcta.

1. V   F
2. V   F
3. V   F
4. V   F
5. V   F

Escriba dos cosas que ha aprendido al escuchar este comentario. Comparta sus ideas con la clase. ¿Cuántos estudiantes escribieron la misma cosa?

Hay tres pasos en esta actividad: **Primer paso:** Se divide la clase en grupos de tres personas. Lean con cuidado para ver las diferencias entre nuestra cultura y la de Sudamérica. **Segundo paso:** Cada miembro del grupo tiene que asumir un papel para representar la escena. **Tercer paso:** Después actúen la situación frente a la clase entera.

 12-26 Discusión: Las situaciones inesperadas. Con frecuencia el (la) viajero(a) se enfrenta con situaciones inesperadas, o con costumbres que varían de las de su propio país. Supongamos que un estudiante sudamericano lo (la) está visitando a Ud. Es la primera vez que él ha viajado a los Estados Unidos. Durante una charla le menciona las diferencias culturales que ha notado. ¿Tienen los otros estudiantes las mismas opiniones?

1. —En mi país es costumbre echarle un piropo a una chica atractiva al encontrarla en la calle. Con esto, uno atrae su atención. Normalmente, la chica no le hace caso a uno y finge no haberlo escuchado.
2. —Cuando salgo con mi novia, siempre nos acompaña un miembro de su familia.
3. —Con frecuencia las chicas viven en casa de sus padres hasta casarse; pocas abandonan el hogar para buscarse apartamento.
4. —Al viajar dentro de mi país, es necesario llevar la tarjeta de identidad para conseguir alojamiento en un hotel. Cada ciudadano tiene su «cédula de ciudadanía», la cual es indispensable para ciertos negocios.
5. —La mayoría de la gente viaja dentro del país en tren o en autobús.
6. —De noche, mucha gente sale a pasear por las calles principales de la ciudad. A algunas personas les gusta mirar las vitrinas; otras se divierten mirando a la gente.

12-27 Temas de conversación o de composición. Dé su opinión sobre los siguientes temas:

1. Escriba una composición o hable de la influencia hispánica en los Estados Unidos.
2. Escriba una composición o hable de la importancia del estudio del español en los Estados Unidos.

Piense en la última vez que vio una película de cine o un programa de televisión. ¿Había actores latinos? ¿Cómo eran los personajes que representaban? ¿Qué tipo de personajes latinos le gustaría ver representados en la pantalla?

Lectura

Los estereotipos de los latinos en la pantalla

Por supuesto[1] no todos los mexicanos tienen bigote[2], toman tequila y andan gritando «ay ay ay». Pero esta era la imagen que aparecía en muchas de las primeras películas de Hollywood y que lamentablemente, muchos anglosajones creen que es real. Las representaciones estereotipadas que difunden[3] los medios de comunicación son las que informan al público y perpetúan las ideas distorsionadas[4] y muy simplificadas.

Para empezar, no todos los latinos tienen pelo oscuro y ojos negros. Cameron Díaz, que es mitad cubana y ha dicho «mis raíces latinas son muy fuertes», es rubia de ojos azules. Por esa misma razón nunca ha hecho el papel de hispana. Según la actriz colombiana Sofía Vergara, rubia de nacimiento[5], ella no conseguía papeles en Los Ángeles porque tenía un fuerte acento pero no se veía lo suficientemente latina. Entonces se tiñó[6] el pelo oscuro y ahora encaja[7] en el molde de «mamá latina caliente», como lo hace en el programa de televisión *Modern Family*.

Durante décadas, los papeles más comunes para los latinos habían sido de criminales, sirvientes o amantes[8] sensuales. Eran por lo general perezosos, no muy inteligentes y agresivos. La puertorriqueña Rita Moreno —la primera y única actriz latina en ganar un Emmy, un Óscar, un Tony y un Grammy— recuerda que había muy pocos roles para latinos. Ella tuvo que hacer el papel de indígena y prostituta muchas veces. Aún en el papel de Anita en *West Side Story*, con el cual ganó el Óscar en 1962, tuvo que aguantar[9] muchos prejuicios, como por ejemplo, cantar «Puerto Rico… isla de enfermedades tropicales», maquillarse con un tono más oscuro y hablar con marcado acento puertorriqueño.

Steve Granitz / Getty Images

Rita Moreno rompió las barreras raciales. Ahora hace el papel de una madre judía en la serie *Happily Divorced*.

[1] Of course; [2] mustache; [3] disseminate; [4] distorted; [5] birth; [6] dyed; [7] fits; [8] lovers; [9] endure

Felizmente, los tiempos han cambiado y hoy en día, hay más latinos en la pantalla[10] que van más allá de los estereotipos. América Ferrera en *Ugly Betty*, por ejemplo, representa a una mujer educada y trabajadora. En *Grey's Anatomy*, Sara Ramírez hace el papel de Callie Torres, una doctora latina bisexual. En la película *El Gato con Botas*, los héroes (interpretados por Antonio Banderas y Salma Hayek) hablan con acento español y los villanos hablan perfecto inglés.

Todos los actores latinos esperan que algún día, la pantalla refleje la diversidad cultural de nuestra sociedad y que lo más importante sea ser buen actor.

[10] screen

12-28 Preguntas. Conteste las siguientes preguntas.

1. En las primeras películas de Hollywood, ¿cuál era el estereotipo de los mexicanos?

2. ¿Qué papeles perpetúan la imagen negativa del latino?

3. Según Sofía Vergara, ¿por qué no podía conseguir papeles cuando empezó a actuar en Los Ángeles?

4. ¿Quién es Rita Moreno? ¿Qué prejuicios contra los puertorriqueños experimentó en *West Side Story*?

5. ¿Cuál es un ejemplo de un personaje latino en la pantalla que rompe los estereotipos?

12-29 Discusión. Responda a las preguntas, trabajando con dos o tres compañeros.

1. ¿Cuál es su actor o actriz latino(a) preferido(a)? ¿Qué papeles ha hecho? ¿Por qué le gusta este(a) actor (actriz)?

2. ¿Qué visión distorsionada tenía Ud. de los latinos en general o de un grupo hispanohablante en particular antes de estudiar español? ¿De dónde sacó esa idea?

3. ¿Qué estereotipos existen sobre su etnicidad, sexo, fraternidad, etcétera? ¿Cómo cree que se pueda romperlos?

12-30 Proyecto. Vea un programa de televisión, anuncio comercial o película de Hollywood en el que aparezcan latinos. Mientras lo vea, haga una lista de los estereotipos presentes. Comparta su lista con el resto de la clase. ¿Cuáles son los estereotipos más comunes?

Appendix

Cardinal numbers

1	uno	30	treinta
2	dos	31	treinta y uno
3	tres	40	cuarenta
4	cuatro	50	cincuenta
5	cinco	60	sesenta
6	seis	70	setenta
7	siete	80	ochenta
8	ocho	90	noventa
9	nueve	100	cien
10	diez	101	ciento uno
11	once	200	doscientos(as)
12	doce	300	trescientos(as)
13	trece	400	cuatrocientos(as)
14	catorce	500	quinientos(as)
15	quince	600	seiscientos(as)
16	dieciséis (diez y seis)	700	setecientos(as)
17	diecisiete (diez y siete)	800	ochocientos(as)
18	dieciocho (diez y ocho)	900	novecientos(as)
19	diecinueve (diez y nueve)	1.000	mil
20	veinte	1.100	mil cien
21	veintiuno (veinte y uno)	2.000	dos mil
22	veintidós (veinte y dos)	1.000.000	un millón (de)
	etc.	2.000.000	dos millones (de)

Metric units of measurement

1 centímetro	=	.3937 of an inch (less than half an inch)
1 metro	=	39.37 inches (about 1 yard and 3 inches)
1 kilómetro (1.000 metros)	=	.6213 of a mile (about 5/8 of a mile)
1 gramo	=	3.527 ounces (slightly less than 1/4 of a pound)
100 gramos	=	.03527 of an ounce
1.000 gramos (1 kilo)	=	32.27 ounces (about 2.2 pounds)
1 litro	=	1.0567 quarts (slightly over a quart, liquid)
1 hectárea	=	2.471 acres

Conversion formulas

From Fahrenheit (°F) to Celsius (or Centigrade °C): $°C = 5/9 (°F - 32)$

From Celsius to Fahrenheit: $°F = 9/5 °C + 32$

0°C	=	32°F (freezing point of water)
37°C	=	98.6°F (normal body temperature)
100°C	=	212°F (boiling point of water)

Regular verbs

Indicative mood

	First conjugation	Second conjugation	Third conjugation
Infinitive	*to speak* hablar	*to learn* aprender	*to live* vivir
Present Participle	*speaking* hablando	*learning* aprendiendo	*living* viviendo
Past Participle	*spoken* hablado	*learned* aprendido	*lived* vivido
Present Indicative	*I speak,* *am speaking,* *do speak* hablo hablas habla hablamos habláis hablan	*I learn,* *am learning,* *do learn* aprendo aprendes aprende aprendemos aprendéis aprenden	*I live,* *am living,* *do live* vivo vives vive vivimos vivís viven
Imperfect Indicative	*I was speaking,* *used to speak,* *spoke* hablaba hablabas hablaba hablábamos hablabais hablaban	*I was learning,* *used to learn,* *learned* aprendía aprendías aprendía aprendíamos aprendíais aprendían	*I was living,* *used to live,* *lived* vivía vivías vivía vivíamos vivíais vivían
Preterite Indicative	*I spoke,* *did speak* hablé hablaste habló hablamos hablasteis hablaron	*I learned,* *did learn* aprendí aprendiste aprendió aprendimos aprendisteis aprendieron	*I lived,* *did live* viví viviste vivió vivimos vivisteis vivieron
Future Indicative	*I shall speak,* *will speak* hablaré hablarás hablará hablaremos hablaréis hablarán	*I shall learn,* *will learn* aprenderé aprenderás aprenderá aprenderemos aprenderéis aprenderán	*I shall live,* *will live* viviré vivirás vivirá viviremos viviréis vivirán

Conditional Indicative	*I would speak, should speak*	*I would learn, should learn*	*I would live, should live*
	hablaría	aprendería	viviría
	hablarías	aprenderías	vivirías
	hablaría	aprendería	viviría
	hablaríamos	aprenderíamos	viviríamos
	hablarías	aprenderíais	viviríais
	hablarían	aprenderían	vivirían
Present Perfect Indicative	*I have spoken*	*I have learned*	*I have lived*
	he hablado	he aprendido	he vivido
	has hablado	has aprendido	has vivido
	ha hablado	ha aprendido	ha vivido
	hemos hablado	hemos aprendido	hemos vivido
	habéis hablado	habéis aprendido	habéis vivido
	han hablado	han aprendido	han vivido
Past Perfect Indicative	*I had spoken*	*I had learned*	*I had lived*
	había hablado	había aprendido	había vivido
	habías hablado	habías aprendido	habías vivido
	había hablado	había aprendido	había vivido
	habíamos hablado	habíamos aprendido	habíamos vivido
	habíais hablado	habíais aprendido	habíais vivido
	habían hablado	habían aprendido	habían vivido
Future Perfect Indicative	*I shall have spoken*	*I shall have learned*	*I shall have lived*
	habré hablado	habré aprendido	habré vivido
	habrás hablado	habrás aprendido	habrás vivido
	habrá hablado	habrá aprendido	habrá vivido
	habremos hablado	habremos aprendido	habremos vivido
	habréis hablado	habréis aprendido	habréis vivido
	habrán hablado	habrán aprendido	habrán vivido
Conditional Perfect Indicative	*I would (should) have spoken*	*I would (should) have learned*	*I would (should) have lived*
	habría hablado	habría aprendido	habría vivido
	habrías hablado	habrías aprendido	habrías vivido
	habría hablado	habría aprendido	habría vivido
	habríamos hablado	habríamos aprendido	habríamos vivido
	habríais hablado	habríais aprendido	habríais vivido
	habrían hablado	habrían aprendido	habrían vivido

Subjunctive mood

Present Subjunctive	*(that) I (may) speak*	*(that) I (may) learn*	*(that) I (may) live*
	(que) hable	(que) aprenda	(que) viva
	hables	aprendas	vivas
	hable	aprenda	viva
	hablemos	aprendamos	vivamos
	habléis	aprendáis	viváis
	hablen	aprendan	vivan

Past Subjunctive (-ra form)	*(that) I (might) speak*	*(that) I (might) learn*	*(that) I (might) live*
	(que) hablara	(que) aprendiera	(que) viviera
	hablaras	aprendieras	vivieras
	hablara	aprendiera	viviera
	habláramos	aprendiéramos	viviéramos
	hablarais	aprendierais	vivierais
	hablaran	aprendieran	vivieran
Past Subjunctive (-se form)	*(that) I (might) speak*	*(that) I (might) learn*	*(that) I (might) live*
	(que) hablase	(que) aprendiese	(que) viviese
	hablases	aprendieses	vivieses
	hablase	aprendiese	viviese
	hablásemos	aprendiésemos	viviésemos
	hablaseis	aprendieseis	vivieseis
	hablasen	aprendiesen	viviesen
Present Perfect Subjunctive	*(that) I (may) have spoken*	*(that) I (may) have learned*	*(that) I (may) have lived*
	haya hablado	haya aprendido	haya vivido
	hayas hablado	hayas aprendido	hayas vivido
	haya hablado	haya aprendido	haya vivido
	hayamos hablado	hayamos aprendido	hayamos vivido
	hayáis hablado	hayáis aprendido	hayáis vivido
	hayan hablado	hayan aprendido	hayan vivido
Past Perfect Subjunctive	*(that) I (might) have spoken*	*(that) I (might) have learned*	*(that) I (might) have lived*
	hubiera(se) hablado	hubiera(se) aprendido	hubiera(se) vivido
	hubieras hablado	hubieras aprendido	hubieras vivido
	hubiera hablado	hubiera aprendido	hubiera vivido
	hubiéramos hablado	hubiéramos aprendido	hubiéramos vivido
	hubierais hablado	hubierais aprendido	hubierais vivido
	hubieran hablado	hubieran aprendido	hubieran vivido

Imperative mood (Commands)

Familiar Commands, Affirmative	*Speak.*	*Learn.*	*Live.*
	Habla tú.	Aprende tú.	Vive tú.
	Hablad vosotros.	Aprended vosotros.	Vivid vosotros.
Familiar Commands, Negative	*Don't speak.*	*Don't learn.*	*Don't live.*
	No hables.	No aprendas.	No vivas.
	No habléis.	No aprendáis.	No viváis.
Formal Commands	*Speak.*	*Learn.*	*Live.*
	Hable usted.	Aprenda usted.	Viva usted.
	Hablen ustedes.	Aprendan ustedes.	Vivan ustedes.

Irregular verbs

andar *to walk*

Preterite: anduve, anduviste, anduvo; anduvimos, anduvisteis, anduvieron
Past Subjunctive: anduviera(se), anduvieras, anduviera; anduviéramos, anduvierais, anduvieran

caer *to fall*

Present Participle: cayendo
Past Participle: caído
Present: caigo, caes, cae; caemos, caéis, caen
Preterite: caí, caíste, cayó; caímos, caísteis, cayeron
Present Subjunctive: caiga, caigas, caiga; caigamos, caigáis, caigan
Past Subjunctive: cayera(se), cayeras, cayera; cayéramos, cayerais, cayeran
Formal Commands: caiga usted, caigan ustedes

dar *to give*

Present: doy, das, da; damos, dáis, dan
Preterite: di, diste, dio; dimos, disteis, dieron
Present Subjunctive: dé, des, dé; demos, deis, den
Past Subjunctive: diera(se), dieras, diera; diéramos, dierais, dieran
Formal Commands: dé usted, den ustedes

decir (i) *to tell, say*

Present Participle: diciendo
Past Participle: dicho
Present: digo, dices, dice; decimos, decís, dicen
Preterite: dije, dijiste, dijo; dijimos, dijisteis, dijeron
Future: diré, dirás, dirá; diremos, diréis, dirán
Conditional: diría, dirías, diría; diríamos, diríais, dirían
Present Subjunctive: diga, digas, diga; digamos, digáis, digan
Past Subjunctive: dijera(se), dijeras, dijera; dijéramos, dijerais, dijeran
Familiar Singular Command: di tú
Formal Commands: diga usted, digan ustedes

estar *to be*

Present: estoy, estás, está; estamos, estáis, están
Preterite: estuve, estuviste, estuvo; estuvimos, estuvisteis, estuvieron
Present Subjunctive: esté, estés, esté; estemos, estéis, estén
Past Subjunctive: estuviera(se), estuvieras, estuviera; estuviéramos, estuvierais, estuvieran
Formal Commands: esté usted, estén ustedes

haber *to have (auxiliary verb)*

Present: he, has, ha; hemos, habéis, han
Preterite: hube, hubiste, hubo; hubimos, hubisteis, hubieron
Future: habré, habrás, habrá; habremos, habréis, habrán
Conditional: habría, habrías, habría; habríamos, habríais, habrían
Present Subjunctive: haya, hayas, haya; hayamos, hayáis, hayan
Past Subjunctive: hubiera(se), hubieras, hubiera; hubiéramos, hubierais, hubieran

hacer *to do, make*

Past Participle: hecho
Present: hago, haces, hace; hacemos, hacéis, hacen
Preterite: hice, hiciste, hizo; hicimos, hicisteis, hicieron
Future: haré, harás, hará; haremos, haréis, harán
Conditional: haría, harías, haría; haríamos, haríais, harían
Present Subjunctive: haga, hagas, haga; hagamos, hagáis, hagan
Past Subjunctive: hiciera(se), hicieras, hiciera; hiciéramos, hicierais, hicieran
Familiar Singular Command: haz tú
Formal Commands: haga usted, hagan ustedes

ir *to go*

Present Participle: yendo
Present: voy, vas, va; vamos, vais, van
Imperfect: iba, ibas, iba; íbamos, ibais, iban
Preterite: fui, fuiste, fue; fuimos, fuisteis, fueron
Present Subjunctive: vaya, vayas, vaya; vayamos, vayáis, vayan
Past Subjunctive: fuera(se) fueras, fuera; fuéramos, fuerais, fueran
Familiar Singular Command: ve tú
Formal Commands: vaya usted, vayan ustedes

oír *to hear*

Present Participle: oyendo
Past Participle: oído
Present: oigo, oyes, oye; oímos, oís, oyen
Preterite: oí, oíste, oyó; oímos, oísteis, oyeron
Present Subjunctive: oiga, oigas, oiga; oigamos, oigáis, oigan
Past Subjunctive: oyera(se), oyeras, oyera; oyéramos, oyerais, oyeran
Formal Commands: oiga usted, oigan ustedes

poder (ue) *to be able, can*

Present Participle: pudiendo
Present: puedo, puedes, puede; podemos, podéis, pueden
Preterite: pude, pudiste, pudo; pudimos, pudisteis, pudieron
Future: podré, podrás, podrá; podremos, podréis, podrán
Conditional: podría, podrías, podría; podríamos, podríais, podrían
Present Subjunctive: pueda, puedas, pueda; podamos, podáis, puedan
Past Subjunctive: pudiera(se), pudieras, pudiera; pudiéramos, pudierais, pudieran

poner *to put, place*

Past Participle: puesto
Present: pongo, pones, pone; ponemos, ponéis, ponen
Preterite: puse, pusiste, puso; pusimos, pusisteis, pusieron
Future: pondré, pondrás, pondrá; pondremos, pondréis, pondrán
Conditional: pondría, pondrías, pondría; pondríamos, pondríais, pondrían
Present Subjunctive: ponga, pongas, ponga; pongamos, pongáis, pongan
Past Subjunctive: pusiera(se), pusieras, pusiera; pusiéramos, pusierais, pusieran
Familiar Singular Command: pon tú
Formal Commands: ponga usted, pongan ustedes
Another verb conjugated like **poner** is **proponer.**

querer (ie) *to wish, want; (with **a**) to love*

Present: quiero, quieres, quiere; queremos, queréis, quieren
Preterite: quise, quisiste, quiso; quisimos, quisisteis, quisieron
Future: querré, querrás, querrá; querremos, querréis, querrán
Conditional: querría, querrías, querría; querríamos, querríais, querrían
Present Subjunctive: quiera, quieras, quiera; queramos, queráis, quieran
Past Subjunctive: quisiera(se), quisieras, quisiera; quisiéramos, quisierais, quisieran
Formal Commands: quiera usted, quieran ustedes

reír (i) *to laugh*

Present Participle: riendo
Past Participle: reído
Present: río, ríes, ríe; reímos, reís, ríen
Preterite: reí, reíste, rió; reímos, reísteis, rieron
Present Subjunctive: ría, rías, ría; riamos, riáis, rían
Past Subjunctive: riera(se), rieras, riera; riéramos, rierais, rieran
Formal Commands: ría usted, rían ustedes
Another verb conjugated like **reír** is **sonreír.**

saber *to know, know how to*

Present: sé, sabes, sabe; sabemos, sabéis, saben
Preterite: supe, supiste, supo; supimos, supisteis, supieron
Future: sabré, sabrás, sabrá; sabremos, sabréis, sabrán
Conditional: sabría, sabrías, sabría; sabríamos, sabríais, sabrían
Present Subjunctive: sepa, sepas, sepa; sepamos, sepáis, sepan
Past Subjunctive: supiera(se), supieras, supiera; supiéramos, supierais, supieran
Formal Commands: sepa usted, sepan ustedes

salir *to leave, go out*

Present: salgo, sales, sale; salimos, salís, salen
Future: saldré, saldrás, saldrá; saldremos, saldréis, saldrán
Conditional: saldría, saldrías, saldría; saldríamos, saldríais, saldrían
Present Subjunctive: salga, salgas, salga; salgamos, salgáis, salgan
Familiar Singular Command: sal tú
Formal Commands: salga usted, salgan ustedes

seguir (i) *to follow, continue*

Present Participle: siguiendo
Present: sigo, sigues, sigue; seguimos, seguís, siguen
Preterite: seguí, seguiste, seguió; seguimos, seguisteis, siguieron
Present Subjunctive: siga, sigas, siga; sigamos, sigáis, sigan
Past Subjunctive: siguiera(se), siguieras, siguiera; siguiéramos, siguierais, siguieran
Formal Commands: siga usted, sigan ustedes
Another verb conjugated like **seguir** is **conseguir.**

ser *to be*

Present: soy, eres, es; somos, sois, son
Imperfect: era, eras, era; éramos, erais, eran
Preterite: fui, fuiste, fue; fuimos, fuisteis, fueron
Present Subjunctive: sea, seas, sea; seamos, seáis, sean
Past Subjunctive: fuera(se), fueras, fuera; fuéramos, fuerais, fueran
Familiar Singular Command: sé tú
Formal Commands: sea usted, sean ustedes

tener (ie) *to have*

Present: tengo, tienes, tiene; tenemos, tenéis, tienen
Preterite: tuve, tuviste, tuvo; tuvimos, tuvisteis, tuvieron
Future: tendré, tendrás, tendrá; tendremos, tendréis, tendrán
Conditional: tendría, tendrías, tendría; tendríamos, tendríais, tendrían
Present Subjunctive: tenga, tengas, tenga; tengamos, tengáis, tengan
Past Subjunctive: tuviera(se), tuvieras, tuviera, tuviéramos, tuvierais, tuvieran
Familiar Singular Command: ten tú
Formal Commands: tenga usted, tengan ustedes
Other verbs conjugated like tener are **contener, detener,** and **obtener.**

traducir *to translate*

Present: traduzco, traduces, traduce; traducimos, traducís, traducen
Preterite: traduje, tradujiste, tradujo; tradujimos, tradujisteis, tradujeron
Present Subjunctive: traduzca, traduzcas, traduzca; traduzcamos, traduzcáis, traduzcan
Past Subjunctive: tradujera(se), tradujeras, tradujera; tradujéramos, tradujerais, tradujeran
Formal Commands: traduzca usted, traduzcan ustedes

traer *to bring*

Present Participle: trayendo
Past Participle: traído
Present: traigo, traes, trae; traemos, traéis, traen
Preterite: traje, trajiste, trajo; trajimos, trajisteis, trajeron
Present Subjunctive: traiga, traigas, traiga; traigamos, traigáis, traigan
Past Subjunctive: trajera(se), trajeras, trajera; trajéramos, trajerais, trajeran
Formal Commands: traiga usted, traigan ustedes

valer *to be worth*

Present: valgo, vales, vale; valemos, valéis, valen
Future: valdré, valdrás, valdrá; valdremos, valdréis, valdrán
Conditional: valdría, valdrías, valdría; valdríamos, valdríais, valdrían
Present Subjunctive: valga, valgas, valga; valgamos, valgáis, valgan
Formal Commands: valga usted, valgan ustedes

venir (ie) *to come*

Present Participle: viniendo
Present: vengo, vienes, viene; venimos, venís, vienen
Preterite: vine, viniste, vino; vinimos, vinisteis, vinieron
Future: vendré, vendrás, vendrá; vendremos, vendréis, vendrán
Conditional: vendría, vendrías, vendría; vendríamos, vendríais, vendrían
Present Subjunctive: venga, vengas, venga; vengamos, vengáis, vengan
Past Subjunctive: viniera(se), vinieras, viniera; viniéramos, vinierais, vinieran
Familiar Singular Command: ven tú
Formal Commands: venga usted, vengan ustedes
Another verb conjugated like **venir** is **convenir.**

ver *to see*

Past Participle: visto
Present: veo, ves, ve; vemos, veis, ven
Imperfect: veía, veías, veía; veíamos, veíais, veían
Present Subjunctive: vea, veas, vea; veamos, veáis, vean
Formal Commands: vea usted, vean ustedes

Stem-changing verbs

1st or 2nd conjugation, *o → ue*

contar (ue) *to count*

Present: cuento, cuentas, cuenta; contamos, contáis, cuentan
Present Subjunctive: cuente, cuentes, cuente; contemos, contéis, cuenten
Formal Commands: cuente usted, cuenten ustedes

1st or 2nd conjungation, *e → ie*

perder (ie) *to lose*

Present: pierdo, pierdes, pierde; perdemos, perdéis, pierden
Present Subjunctive: pierda, pierdas, pierda; perdamos, perdáis, pierdan
Formal Commands: pierda usted, pierdan ustedes

3rd conjugation, e → i

pedir (i, i) *to ask for*

Present Participle: pidiendo
Present: pido, pides, pide; pedimos, pedís, piden
Preterite: pedí, pediste, pidió; pedimos, pedisteis, pidieron
Present Subjunctive: pida, pidas, pida; pidamos, pidáis, pidan
Past Subjunctive: pidiera(se), pidieras, pidiera; pidiéramos, pidierais, pidieran
Formal Commands: pida usted, pidan ustedes

3rd conjugation, o → ue, o → u

dormir (ue, u) *to sleep*

Present Participle: durmiendo
Present: duermo, duermes, duerme; dormimos, dormís, duermen
Preterite: dormí, dormiste, durmió; dormimos, dormisteis, durmieron
Present Subjunctive: duerma, duermas, duerma; durmamos, durmáis, duerman
Past Subjunctive: durmiera(se), durmieras, durmiera; durmiéramos, durmierais, durmieran
Formal Commands: duerma usted, duerman ustedes

3rd conjugation, e → ie, e → i

sentir (ie, i) *to feel sorry; to regret; to feel*

Present Participle: sintiendo
Present: siento, sientes, siente; sentimos, sentís, sienten
Preterite: sentí, sentiste, sintió; sentimos, sentisteis, sintieron
Present Subjunctive: sienta, sientas, sienta; sintamos, sintáis, sientan
Past Subjunctive: sintiera(se), sintieras, sintiera; sintiéramos, sintierais, sintieran
Formal Commands: sienta usted, sientan ustedes

Spelling-change verbs

Verbs ending in *-gar*

pagar *to pay (for)*

Preterite: pagué, pagaste, pagó; pagamos, pagasteis, pagaron
Present Subjunctive: pague, pagues, pague; paguemos, paguéis, paguen
Formal Commands: pague usted, paguen ustedes
Other verbs conjugated like **pagar** are **apagar, castigar, colgar, entregar, llegar,** and **rogar.**

Verbs ending in -car

tocar *to play*

Preterite: toqué, tocaste, tocó; tocamos, tocasteis, tocaron
Present Subjunctive: toque, toques, toque; toquemos, toquéis, toquen
Formal Commands: toque usted, toquen ustedes
Other verbs conjugated like **tocar** are **acercarse, equivocarse, explicar, indicar, platicar, sacar,** and **sacrificar.**

Verbs ending in -ger or -gir

coger *to take hold of (things);* **dirigir** *to direct, to address*

Present: cojo, coges, coge; cogemos, cogéis, cogen
    dirijo, diriges, dirige; dirigimos, dirigís, dirigen
Present Subjunctive: coja, cojas, coja; cojamos, cojáis, cojan
    dirija, dirijas, dirija; dirijamos, dirijáis, dirijan
Formal Commands: coja usted, cojan ustedes
    dirija usted, dirijan ustedes
Other verbs conjugated like **coger** and **dirigir** are **elegir, escoger, fingir, proteger,** and **recoger.**

Verbs ending in -zar

cruzar *to cross*

Preterite: crucé, cruzaste, cruzó; cruzamos, cruzasteis, cruzaron
Present Subjunctive: cruce, cruces, cruce; crucemos, crucéis, crucen
Formal Commands: cruce usted, crucen ustedes
Other verbs conjugated like **cruzar** are **aterrizar, comenzar, empezar, gozar,** and **rezar.**

2nd and 3rd conjugation verbs with stem ending in *a, e, o*

leer *to read*

Present Participle: leyendo
Past Participle: leído
Preterite: leí, leíste, leyó; leímos, leísteis, leyeron
Past Subjunctive: leyera(se), leyeras, leyera; leyéramos, leyerais, leyeran
Other verbs conjugated in part like **leer** are **caer, creer,** and **oír.**

Verbs ending in -uir (except -guir and -quir)

huir *to flee*

Present Participle: huyendo
Present: huyo, huyes, huye; huimos, huís, huyen
Preterite: huí, huiste, huyó; huimos, huisteis, huyeron
Present Subjunctive: huya, huyas, huya; huyamos, huyáis, huyan
Past Subjunctive: huyera(se), huyeras, huyera; huyéramos, huyerais, huyeran
Formal Commands: huya usted, huyan ustedes
Other verbs conjugated like **huir** are **construir, contribuir,** and **destruir.**

Verbs ending in *-cer* or *-cir* preceded by a vowel (inceptive)

conocer *to know*

Present: conozco, conoces, conoce; conocemos, conocéis, conocen
Present Subjunctive: conozca, conozcas, conozca; conozcamos, conozcáis, conozcan
Formal Commands: conozca usted, conozcan ustedes
Other verbs conjugated like **conocer** are **aparecer, conducir, desaparecer, nacer, ofrecer, parecer, reconocer,** and **traducir.**

Verbs ending in *-cer* preceded by a consonant

vencer *to conquer*

Present: venzo, vences, vence; vencemos, vencéis, vencen
Present Subjunctive: venza, venzas, venza; venzamos, venzáis, venzan
Formal Commands: venza usted, venzan ustedes

Vocabulario

The gender of nouns is listed except for masculine nouns ending in **-o** and feminine nouns ending in **-a, -dad, -tad, -tud,** or **ión.** Adverbs ending in **-mente** are not listed if the adjective from which they are derived is included.

Abbreviations

adj adjective
adv adverb
f feminine
m masculine
Mex Mexico
n noun

part participle
pl plural
prep preposition
pret preterite
pron pronoun
s singular

A

a to, at
abandonar to abandon; **abandonarse** to let oneself go, give in to
abarcar to include, take in
abierto(a) open, opened
abogado(a) attorney, advocate
abordar to board (plane, train, etc.)
abrazar to embrace
abril *m* April
abrir to open
abstinencia abstinence
abuelo grandfather; **los abuelos** grandparents
aburrido(a) bored, boring
acabar to finish; **acabar de** to have just
acaso perhaps, maybe
acción action, act
aceptación acceptance
aceptar to accept
acerca (de) about, concerning
acercar(se) to bring near; *refl* to approach
acompañar to accompany
aconsejar to advise
acontecimiento event, happening
acordar(se) (ue) to agree to; *refl* to remember
acostar(se) (ue) to put to bed; *refl* to go to bed
acostumbrarse to get used to
actitud attitude
activo(a) active
actor *m* actor; **actriz** *f* actress

actual current, present, contemporary
actuar to act, act as
acuadalado(a) affluent
acuerdo agreement; **estar de acuerdo** to agree
adelante ahead
además de besides, in addition
adonde *adv* where, to where; **¿adónde?** to where?; **adondequiera** (to) wherever
aduana customs, customs house
adulto(a) *n* and *adj* adult
aeropuerto airport
afectar to affect
aflicción grief
agosto August
agotado(a) exhausted
agradable agreeable, pleasant
agradecer to be thankful for; to thank for
agricultur(a) agricultural, farming (*before n*)
agua water
aguantar to put up with
ah ah; **ah, sí** oh, yes
ahijado(a) godchild
ahora now
ahorrar to save (*as in money*)
ajeno(a) belonging to another
alcanzar to reach, achieve, gain, catch up with
alegar to claim
alegrarse to be happy, glad; **alegrarse de** to be glad that
alegre happy, glad
alegría joy

alejarse to leave, move away

alemán(-ana) German

alfabetismo literacy

algo something, anything; *adv* somewhat

alguien *m* someone, somebody, anyone, anybody

algún, alguno(a) some(one), any; *pl* some; **algún día** someday; **alguna vez** sometime, ever

alivio relief; **¡Qué alivio!** What a relief!

alma soul, spirit

almacén *m* warehouse, (grocery) store

almorzar (ue) to eat lunch, brunch

alrededor (de) around

altar *m* altar

alto(a) high, tall

amanecer *n m* dawn

amante *m or f* lover

amargura bitterness

ambicioso(a) ambitious

amenaza threat

amenazar to threaten, menace

América America

americano(a) of the Americas; (sometimes used improperly to refer to the United States as opposed to Spanish America)

amigo(a) friend

analizar to analyze

anciano(a) elderly

andar to go, walk, move

anglosajón(-ona) Anglo-Saxon (used frequently to refer to all inhabitants of the United States who are not of Latin descent)

angustia anguish, sorrow

animado(a) animated (as cartoons)

anoche last night

ante in front of, before; with respect to

antepasado(a) ancestor, predecessor

antes (de) before (*time, place*); **antes (de) que** before

antiguo(a) old, ancient; **mi antiguo coche** my previous car

antipático(a) disagreeable, unpleasant

año year; **Año Nuevo** New Year

apagar to put out

aparecer to appear

aparencia appearance

aparentar to look, feign

aparición appearance

apartamento apartment

apenas barely

apodo nickname

aportar to bring into, contribute

apoyo support

aprender to learn

apunte *m* note

apurarse to hurry up, make haste

Aquario Aquarius

aquel, aquella that; **aquello** *pron* that; **aquellos(as)** those

aquí here

árbol *m* tree

argumento plot, storyline (of a novel, play, etc.)

arquitectura architecture

arpillera burlap

arreglar to arrange; to repair

arrepentirse (ie) to repent

artes the arts

artículo article

artista *m or f* artist

arzobispo archbishop

asado(a) roasted, baked

ascender (ie) to rise

asegurarse to make sure

asentar (ie) to settle

así so, thus, in this manner, that way

asistir (a) to attend

astro heavenly body

astrología astrology

astronauta *m or f* astronaut

asumir to take on

asunto matter

asustar to frighten

atenuar to soften

atraer to attract

atrapado(a) trapped, stuck

atrás in back

atrasado(a) backward, behind

atreverse (a) to dare

aula classroom

automóvil *m* automobile

avanzado(a) advanced

avergonzado(a) ashamed

averiguar to find out, research

avión *m* airplane

ayer yesterday

ayuda help, assistance, aid

ayudante *m* or *f* assistant, aide, helper

ayudar to help, assist

ayuno fast; **hacer ayuno** to fast

ayuntamiento city *or* town council

azteca *m* or *f*, *n* and *adj* Aztec

azucarero(a) sugar-producing

B

bailar to dance

baile *m* dance

bajo(a) short

bajo *adv* under

banco bank

bandera flag

bañar(se) to bathe (*someone*); *refl* to bathe, take a bath

baño bathroom; **traje de baño** *m* bathing suit

barba beard

barrio neighborhood, district

basarse to base oneself on; to be based on

base *f* basis

bastante *adj* enough, sufficient; *adv* quite, rather

batata sweet potato

bautizar to baptize

bautizo to baptism

beatificación beatification

bebe *m* or *f* baby

beber to drink

Belén Bethlehem

bello(a) beautiful

biblioteca library

bicicleta bicycle

bien well

bienestar *m* well-being, welfare

bigote *m* mustache

billete *m* ticket

blanco(a) white

blasfemias blasphemy

bocado bite, taste

boda wedding

boleto ticket

bolígrafo ballpoint pen

bolsa stock exchange, stockmarket

bolsillo pocket

bondadoso(a) kind, good, good-natured

bonito(a) pretty

bordar to embroider

bordo: a bordo on board

borracho(a) *adj* drunk; *n* drunkard

borrasca depression, area of low pressure

borrón inkblot, smudge

bosque *m* forest

bote *m* small boat, canoe

brazo arm

bribón(ona) rascal

brindis toast (*e.g., to the newlyweds*)

bromear to joke

bronce *m* bronze

buen, bueno(a) good; *adv* well

buque *m* boat

burlar to trick, deceive; **burlarse (de)** to make fun of

bus *m* bus

buscar to look for, seek

búsqueda search

butaca theater seat

C

caber to fit

cacao chocolate

cacto cactus

cada each

cadáver *m* corpse, dead body

caer to fall; *past part* **caído**

café *m* coffee; café

cafetería restaurant, café

caimán *m* alligator

calavera skull

calendario calendar

calentar (ie) to heat

caliente hot

callarse (cállate) to be quiet

calle *f* street

calor: hacer calor to be hot

cámara camera
cambiar to change
cambio change; **a cambio** in exchange
caminar to walk
camión *m* bus (*slang*)
campesino(a) peasant
campo country
canal *m* channel
canción song
candidato(a) candidate
canonización canonization
cansado(a) tired
cantar to sing
cantina bar
caña sugar cane; pole, cane
capacidad capacity, skill, ability
capaz capable, able
capilla chapel
capital *f* capital city; *m* money
capítulo chapter
Capricornio Capricorn
cara face; **cara a cara** face to face
caricatura cartoon
cariño affection
carnaval *m* carnival
carrera career
carril *m* lane
carta letter
cartera wallet
casa house; **en casa** at home
casarse to get married; **casarse con** to marry
casi almost
casimir *m* cashmere
castellano Spanish (language)
casualidad chance; **por casualidad** by chance
catedral *f* cathedral
católico(a) Catholic
causa cause; **a causa de** because of
causar to cause
caza hunting
cementerio cemetery
cena supper
cenar to dine, have dinner or supper
centro center, downtown
cerca close; **cerca de** near, close to

cerebral cerebral, pertaining to the brain
cerrado(a) closed
cerrar (ie) to close
cerro hill
cerveza beer
chaqueta jacket
charlar to chat, talk
cheque *m* check
chico(a) small; *n* little boy, little girl
chileno(a) Chilean
chiste *m* joke
chofer *m* driver, chauffeur
chocolate *m* chocolate
choza hut, shack
chubasco(s) squall, sudden rainstorm; **chubasco de nieve** snowstorm
ciego(a) blind
cien(to) one hundred
ciencia science
científico(a) scientific
cierto(a) certain; **es cierto** it's true
cinco five
cine *m* movies, movie theater
cita appointment, date
ciudad city
ciudadano(a) citizen
civilización civilization
claridad clarity, light; clearness
claro(a) clear; **claro (que)** of course
clase *f* class, type
clave *f* key
clero clergy
cliente *m* or *f* client, customer
clima *m* climate
clínica clinic
club nocturno nightclub
cobrar to cash (a check)
coche *m* automobile; coach
cocina kitchen
cocinero(a) cook
coger to catch, pick
colegio secondary school, high school
colgar (ue) to hang
colmo limit; **¡Esto es el colmo!** This is the limit!
comentar to discuss

comenzar (ie) to begin, start

comedor *m* dining-room

comer to eat

comestible *m* food, foodstuff

comida meal, food

como as, like, how, about; **¿cómo?** how?, what?

cómodo(a) comfortable

comoquiera however

compañero(a) companion, mate

compañía company

comparar to compare

compás *m* compass

completar to complete, fill out

completo(a) complete, full

complicado(a) complicated

comportarse to behave

composición composition

comprar to buy, purchase

comprender to understand

computadora computer

común common; **común y corriente** common and
   ordinary

con with; notwithstanding

concebir to conceive, imagine

concierto concert

conducir to conduct, lead; to drive

conejo rabbit

confeccionar to make

conferencia lecture, conference

confrontar to confront, face

congreso convention

conmigo with me

conocer to know; to meet; to become acquainted

conquistar to conquer

conseguir (i) to achieve, get; to manage to

conservador(a) conservative

consigo with him/herself

consistir (en) to consist of

construir (y) to construct, build

consuelo consolation

consul *m* or *f* consul

consumidor *m* or *f* consumer

contaminación contamination, pollution

contar (ue) to count, tell

contemporáneo(a) contemporary

contento(a) happy

contigo with you

contra against

contrabando smuggling

contrario(a) contrary, opposing; **al contrario** on
   the contrary

contratrar to hire

control *m* control

controlar to control, dominate

convencer to convince

convener to be convenient; **convenido(a)** agreed
   upon

convento convent

conversación *f* conversation

convertir (ie) to turn something into something,
   convert

copa cup, glass; **tomar una copa** to have a drink

corbata necktie

cordillera mountain range

correcaminos *m sing* roadrunner; **El Correcaminos y el Coyote** Roadrunner

corredor(a) de buenas raíces realtor

corregir (i) to correct

correr to run

cortar to cut

corte *m* cut; **corte** *f* court

cortés courteous

corto(a) short (in length); **lo corto(a)** how short

cosa thing; **¡Qué cosa!** The idea!

cosecha crop

coser to sew; **pueda coser ajeno** to take in sewing

costar (ue) to cost

costumbre *f* custom

crear to create

creencia belief

creer to believe, think

criado(a) servant

crimen *m* crime

crisis *f* crisis

cruzar to cross

cuaderno notebook

cuadra block

cual which; **¿cuál? ¿cuáles?** what, which,
   which one(s)?; **el (la) cual** who, the one who

cualquier(a) *pron* whatever, whichever

cuando when; **¿cuándo?** when?; **cuando se estira la pata** when you die; **para cuando** by the time

cuandoquiera whenever

¿cuánto(s)? how much?; *pl* how many?

cuaresma Lent

cuarto *m* room

cuarenta forty

cuatro four

cubano(a) Cuban

cubrir to cover; *past part* **cubierto**

cuenta bill, tab

cuento story

cuerpo body

cuidar to care for, take care of

culpa guilt, blame

culto(a) cultured, refined

cultura culture

cumbre *f* summit

cumpleaños *m* birthday

cumplir con to fulfill one's obligation to

cupo available slot

cura *m* priest; *f* cure

cuyo(a) whose

D

damas chinas Chinese checkers

daño harm, damage; **hacer daño** to harm, hurt

dar to give; **dar un paseo** to take a walk, stroll around; **darse cuenta (de)** to realize; **darse prisa** to hurry up

de of, from; **de repente** suddenly

debajo (de) under

decidir to decide; **decidirse (a)** to make up one's mind

décimo(a) tenth

decir (i) to say, speak; **no me diga(s)** you don't say

decisión decision

dedicar(se) to dedicate (one's self)

defensa defense

dejar to let, allow; to leave (something behind); **dejar de** to stop

delante de in front of, before

delicado delicate

deleitarse con to enjoy

delgado(a) thin

demás rest (of the)

demasiado(a) *adj* too much; **demasiado** *adv* too; too much

demonio demon; **¿Qué demonios pasa?** What the devil is going on?

demostrar (ue) to show

dentro (de) inside (of); **dentro de poco** in a little while

deportes *m pl* sports

derecho *m* right (as legal right); **a la derecha** to the right

derramar to spill

derrotar to defeat

desagradable disagreeable, unpleasant

desaparecer to disappear

desarrollar to develop

desatinado(a) far-fetched

desayunar(se) to have breakfast

descansar to rest

descaro audacity, nerve

desconocer: se desconoce it is unknown

desconocido(a) unknown

describir to describe

descubrir to discover; *past part* **descubierto**

desde from, since; **desde hace dos años** for two years

desear to desire, want

desempleo unemployment

desencuentro misunderstanding

deseo desire, wish

desesperado(a) desperate

desfile *m* parade

desgraciadamente unfortunately

desilusionado disillusioned

desilusionar to disappoint, disillusion

desocupado(a) unoccupied, vacant, empty; unemployed

despedir (i) to discharge, fire; **despedirse (de)** to say good-bye

despejado(a) clear (*weather*)

despertar(se) (ie) to awaken (*someone*); *refl* to wake up

despotricar to rant and rave

despreciar to scorn

después (de) after (*time, order*), afterwards

destacado(a) outstanding

destructivo(a) destructive

desventaja disadvantage

detrás (de) behind, in back of

devolver (ue) to return (something)

día *m* day; **buenos días** good morning; **día de San Valentin** Valentine's Day; **día de Independencia** Independence Day; **hoy día** nowadays; **los días de obligación** holy day of obligation

diablo devil; **¿Qué diablos?** What the hell?

diario daily

dibujo drawing, sketch; **dibujo animado** cartoon

dicho(a) said; *n m* saying

diciembre *m* December

diecisiete seventeen

diez ten

diferencia difference; **a diferencia de** unlike

difícil difficult; unlikely

difundir to disseminate

difunto(a) deceased person; **día de los difuntos** day of the dead

dilema *m* dilemma

diminutivo(a) diminutive

dinero money

dios(sa) god, goddess; **Dios** *m* God

dirección direction; address

dirigir to direct

disciplina discipline

disco record (phonograph)

discriminación discrimination

disculpa excuse

discurso speech

discutir to discuss

disfrutar to enjoy one's self

distinguir to distinguish, differentiate

distinto(a) (*description*) different

distorsionado(a) distorted

distraer to distract

diversión diversion, entertainment

divertido(a) funny, entertaining

divertir(se) (ie) to entertain; *refl* to have a good time

dividir to divide

doce twelve

dominar to dominate, rule

domingo Sunday

donde where; **¿dónde?** where?; **¿De dónde es?** Where is (*someone*) from?; **dondequiera** anywhere; **donde sea** wherever

dormir(se) (ue) to sleep; *refl* to fall asleep

dos two; **dos a dos** two to two

drama *m* drama

droga drug (especially as in drug addict)

dudar to doubt

dudoso(a) doubtful

dueño(a) owner

durante during

durar to last

E

e and (*before words beginning with i or hi*)

echar to throw; **echar de menos** to miss; **echarse una siestecita** to take a little nap

economía economy

edad age

educación education

ejemplo example

ejercicio exercise

ejército army

elección election

elegante elegant

eliminación elimination

eliminar to eliminate

embarazada pregnant

embotellamiento traffic jam

emitir to cast (vote)

empezar (ie) to begin

empleado(a) employee, clerk

empleo employment, job

en in, on, upon; **en casa** at home; **en cuanto** as for, concerning; as soon as; **en seguida** at once; **en serio** seriously

enajenación alienation

enamorado(a) in love; **estar enamorado(a) de** to be in love with

encabecer to head

encajar to fit

encantar to delight, enchant; **le encanta** he/she
   loves (*something*)

encender to light

encima de on, on top

encrucijada crossroads

encontrar (ue) to find; **encontrarse (ue)** to meet,
   by chance/run into

encuesta survey

energía energy

enero January

enfermarse to get sick

enfermo(a) ill, sick, sickly

enfrente de in front of

engañar(se) to deceive (one's self)

enlazar to connect, interweave

enojado(a) angry

enojar(se) to anger (*someone*); *refl* to become angry

enorme enormous

enseñanza teaching

enseñar to teach

entender (ie) to understand

entero(a) whole, entire

enterrado(a) buried

entierro burial

entonces then

entrada admission

entrar to enter, come in

entre between, among

enviar to send

envolver (ue) to wrap; *past part* **envuelto**

epitafio epitaph

época era; **en aquella época** at that time; **hubo
   una época** there was a time

erudito(a) erudite, learned

escalera ladder

escasez scarcity, shortage

esclavitud slavery

esclavo(a) slave

escoger to choose

escolástico(a) scholastic

esconder to hide

Escorpión *m* Scorpio

escribir to write

escrito(a) written

escrúpulo scruple

escuchar to listen (to)

escuela school

ese, esa that; **eso** *pron* that; **esos, esas;** those; **eso
   de** the matter of; **por eso** therefore, for that
   reason

España Spain

español Spanish (language)

español(a) *n* Spaniard

especial special

especie *f* species

espejo mirror

esperar to hope, expect; to wait (for); **es de esparar**
   it is to be hoped, expected

espía *m* or *f* spy

espiritú *m* spirit

espiritual spiritual

esposa wife

esposo husband, spouse

esquela notice

esqueleto skeleton

esquiar to ski

estabilidad stability

establecer to establish

estación station

estacionamiento parking

estacionar to park (a car)

estadía stay

estado state

estar to be; **estar de acuerdo** to agree; **estar de
   vacaciones** to be on vacation; **estar en casa** to
   be at home; **estar para** to be about to

este east **este, esta** this; **esto** *pron* this; **estos, estas**
   these

esterilizar to sterilize

estirar: **cuando se estira la pata** when you die

estructura structure

estudiante *m* or *f* student

estudiar to study

estudio study

estudioso(a) *n* scholar

eternidad eternity

eterno(a) eternal

etiqueta label

Europa Europe

evidente evident

evitar to avoid
evolución evolution
evolucionar to evolve
examen *m* exam
excelencia excellence
excepto except
exceso excess
exequias *f pl* funeral rites
exigente demanding
exigir to demand
existir to exist
éxito success; **tener éxito** to be successful
explicación explanation
explicar to explain
explorar to explore
expresión expression
extenso(a) extended
extranjero(a) foreign; **en el extranjero** abroad
extraño(a) strange

F

fábrica factory
fabricar to make, fabricate
fácil easy; likely
fallecer to die
falso(a) false
falta lack; **hacer falta** to be necessary; to miss
faltar to be lacking; **Eso te faltaba.** That's all you needed; **hacer falta** to be necessary
familia family
familiar *adj* family; *n m* member of the family
famoso(a) famous
fantasma *adj* bogus
favor *m* favor; **por favor** please
favorecer to favor
favorito(a) favorite
fe *f* faith
febrero February
fecha date
felicidad happiness
feliz happy
feminismo feminism
feminista feminist
fenomenal phenomenal

fenómeno phenomenon
fiel(es) the faithful, the devout
fiesta party, celebration
fijar to fix, fasten; **fijarse (en)** to notice
fijo(a) fixed
fila row
filosofía philosophy
final *adj* final; *n* end
finca farm
firmar to sign
físico(a) physical
flaco(a) thin, skinny
flor *f* flower; **flor de Pascua** poinsettia
fomentar to encourage
fondo background
foto *f* photo
fraile *m* friar, monk
francés(esa) French
fraude *m* fraud
frecuencia frequency; **con frecuencia** frequently, often
frenar to brake
frente concerning; **en frente de** in front of; **frente a** opposite; **frente** *n* front
fresco(a) cool; **hacer fresco** to be cool
frijol *m* bean
frío(a) cold; **hace frío** it's cold
fuego fire; **fuego artificial** firework
fuera (de) outside (of)
fuerte strong
fuerza strength; force
fumar to smoke
función show
funcionar to function, work
funcionario(a) civil servant, official
futuro future

G

gaita bagpipe
gaitero(a) bagpiper
gana desire
ganar to earn; to win; **ganarse el pan** to earn one's living
gaseosa soda

gastar to spend

gasto expense

gato cat

Géminis *m* Gemini

generación generation

generoso(a) generous

gente *f* people

gira trip

gobernar (ie) to govern

gobierno government

golpe de estado *m* military coup

golpear to hit, beat

gordo(a) fat

gozar to enjoy

grabar to engrave

gracias *f pl* thanks

grado degree

graduarse to graduate

gramática grammar

gran, grande great, big; **Grandes Ligas** Major Leagues

gratificación gratification

gratuito(a) free

gritar to shout

grito shout, scream

grueso(a) thick

grupo group

guardia guard

guerra war

guerrillero(a) guerrilla fighter

guía *m* guide (male); *f* guide (female), guidebook

guiar to guide, drive

guitarrista *m* or *f* guitar player

gusano worm

gustar to be pleasing, like; **gustarle a uno** to like

gusto taste, pleasure; **a gusto** at ease

H

haber to have (as auxiliary verb); **haber de** to be supposed to; **hay** there is, there are; **hay polvo (nubes, niebla)** it is dusty (cloudy, foggy); **hay sol (luna)** the sun (moon) is shining; **hay que** one must

habitación room

habitante *m* or *f* inhabitant

hablar to speak

hacer to do, make; **hace buen (mal) tiempo** the weather is good (bad); **hacer calor** to be hot; **hacer compras** to go shopping; **hacer daño** to harm, hurt; **hace dos semanas** it has been two weeks since; **hace más de dos mil años** more than two thousand years ago; **¿Cuánto tiempo hace que …?** How long has (have) …?; **hacer falta** to need, be lacking; **hacer fresco** to be cool; **hacer sol** to be sunny; **hacer una pregunta** to ask a question; **hacer viento** to be windy

hacerse to become

hacia toward

hamaca hammock

hambre *f* hunger; **muerto de hambre** dying of hunger; **tener hambre** to be hungry

haragán(-ana) lazy, good-for-nothing

hasta (que) until; **hasta luego** see you later; **hasta mañana** see you tomorrow

hecho *past part* done, made; *n* fact; **de hecho** in fact

hermana sister

hermano brother; *pl* brothers, brothers and sisters

herradura horseshoe

hija daughter

hijo son; *pl* children, sons and daughters

hispánico(a) Hispanic

Hispanoamérica Spanish America

historia history, story

histórico(a) historic, historical

hoja leaf

holgazán(-ana) *adj* idle, lazy; *n m* or *f* loafer, idler

hombre *m* man

hombro shoulder

hora hour; time; **¿Qué hora es?** What time is it?

horóscopo horoscope

hotel *m* hotel

hoy today; **hoy día** nowadays

huella trace

hule *m* rubber

humanidad(es) humanity(ies)

humano(a) human

huracán *m* hurricane

I

Ibérico(a) Iberian

ideal *adj & n m* ideal

idioma *m* language
iglesia church
ignorancia ignorance
igual equal; **igual que** the same as, just like
igualdad equality
ilustre illustrious
imagen *f* image
impedir (i) to prevent, hinder, block
imperfecto(a) imperfect
importancia importance
importante important
importar to be important, matter
imposible impossible
inca *m* Inca
incaico(a) *adj* Inca
inclinar to tilt
incluir (y) to include
inclusive even
incluso including
indicar to indicate
indígena indigenous, Indian
indio(a) Indian
individuo(a) individual
industria industry
inesperado(a) unexpected
inestable unstable
inflación inflation
influencia influence
influir (en) to influence
información information
informar to inform
informe *m* report
ingeniero(a) engineer
inicio beginning
inmediato(a) immediate
insistir (en) to insist (on)
instalación facility
inteligencia intelligence
inteligente intelligent
intercambiar exchange
interesante interesting
internacional international
interrumpir to interrupt
íntimo(a) intimate
intrigante *m* or *f* intriguer

invadir to invade
invertir to invest
investigación research
invierno winter
invitación invitation
invitado(a) guest
invitar to invite
ir to go; **irse** to go away; **ir a + *inf*** to be going to
ira anger
irregular irregular
isla island
italiano(a) Italian
izquierdista *m* or *f* leftist
izquierdo(a) left

J

jactarse (de) to boast
jai alai jai alai
jamás never, not ever; **¿jamás?** ever?
jardín *m* garden
jefe *m* chief, boss
joven *adj* young; *n m* young man or *f* young woman
juez *m* or *f* judge
jugador(a) player
jugar (ue) to play
julio July
junio June
juntar to gather, unite; *refl* to join
junto(a) together; next to
justicia justice
justo(a) just (right)
juventud youth
juzgar to judge

L

laboralmente in the workplace
lado side; **al lado de** beside, alongside of
ladrillo brick
lamentable lamentable
lamentar to regret
lámpara lamp
lápida tombstone
lápiz *m* pencil
largo(a) long

lástima pity; **¡que lástima!** What a shame!

latino(a) *adj* Latin

latinoamericano(a) Latin American

lavar to wash

leal loyal

lección lesson

lectura reading

leer to read

lejos far, far away; **lejos de** far from

lengua language

lenguaje *m* language

lento(a) slow

levantar to raise, lift; **levantar(se)** to get up

ley *f* law

liberación liberation

libertad liberty

Libra Libra

librería bookstore

libro *m* book

licenciado(a) lawyer

líder *m* leader

limitar to limit

limosna alms

limpio(a) clean

línea: línea subterránea subway line

lista list

listo(a) clever; ready

llamar to call; **llamarse** to be called, to be named

llano *adj* flat; *n* plain

llegada arrival

llegar to arrive

llenar to fill

lleno(a) full

llevar take (transport); to wear; **llevarse bien** to get along well with

llorar to cry

llover (ue) to rain

lo que what

lotería lottery

lucha fight, struggle

luchar to struggle, fight

luego then

lugar *m* place

lujoso(a) luxurious

luna moon; **luna de miel** honeymoon

lunes *m* Monday

luz *f* light

M

madera wood

madre *f* mother

madrileño(a) *adj* of or from Madrid

maestro(a) master; teacher

magia magic

magnífico(a) magnificent

maíz *m* corn

mal *adj* and *adv* bad, badly, sick; **salir mal** to fail

maleta suitcase

malo(a) bad; ill

mandar to send; order, give orders

mandón(dona) bossy

mano *f* hand; **a mano** by hand; **mano a mano** hand to hand; **mano de obra** workforce

mansión mansion

mantener (ie) to maintain

mañana morning; *adv* tomorrow

mapa *m* map

máquina machine

maquinaria machinery

maravilloso(a) marvelous, wonderful

marejada heavy sea, swell

marido husband

marisco seafood

martes *m* Tuesday

mártir *m* or *f* martyr

marzo March

más more, most; **más tarde** later; **más vale** it is better; **¿qué más?** what else?

matrimonio marriage

matutino(a) *adj* morning

maya *m* or *f* Maya, Mayan

mayo May

mayor greater

mayoría majority

mecánico(a) *n m* mechanic

medio(a) half; somewhat; **a las siete y media** at seven-thirty

medianoche *f* midnight

mediante by means of

medicina medicine

médico(a) *n m* or *f* doctor

medio(a) half, average; **por medio de** by means of

medir (i) to measure

meditación meditation

mejor better, best

mejoramiento improvement

memoria memory

memorizar to memorize

menos minus, less, least; **echar de menos** to miss; **eran las nueve menos cinco;** it was five minutes until nine

mentir (ie) to lie

mentira *n* lie

menudo: a menudo often

mesa table

meta aim, goal

meterse en to get involved with, poke one's nose into

metro subway

mexicano(a) Mexican

mezquita mosque

miedo fear; **tener miedo** to be afraid

mientras (que) while

mil *m* thousand

milagro miracle

milagroso(a) miraculous

millón(millones) *m* million

mina mine

minuto minute

mío my, mine

mirar to look, look at

misa mass

miseria poverty; **barrio de miseria** slum

misión mission

mismo(a) same; **lo mismo que** the same as; **el cura mismo** the priest himself; **sí mismo** oneself

mito myth

modelo model

moderación moderation

moderno(a) modern

modo way; **de modo que** so that; **de todos modos** anyway, at any rate

molestar to bother

momento moment

monja nun

montaña mountain

monte *m* mountain

moral moral

moreno(a) dark, dark-skinned

morir(se) (ue) to die

moro(a) Moor

mostrar (ue) to show

motivo motive

moto *f* motorcycle

moverse (ue) to move

móvil mobile

movimiento movement

muchacha girl

muchacho boy; *pl* boys and girls, boys

muchedumbre *f* crowd

mucho(a) much, a lot of, a lot

mudanza move

mudar(se) to move (house)

muerte *f* death; **la muerte a nadie perdona** popular Spanish sayng

muerto(a) dead; **Día de los Muertos** day of the dead

mujer *f* woman

mundial world, worldwide

mundo world

muñeca doll

muñeco de nieve snowman

músculo muscle

música music

muy very

N

nacer to be born

nacimiento birth

nada nothing, not anything; *adv* not at all

nadar to swim

nadie no one, nobody, anyone

narrador(a) narrator

natalidad births; **control de natalidad** birth control

natural natural

Navidad Christmas

necesario(a) necessary

necesidad necessity

necesitar to need; **¡bien que lo(la) necesito!** I really need it!

negación negation

negar (ie) to deny; **negarse (a)** to refuse

negativo(a) negative

negocio business; **viaje de negocios** business trip

negro(a) black

nervioso(a) nervous

ni ... ni neither . . . nor

nieta granddaughter

nieto grandson; grandchild

nieve *f* snow

ninguno(a) no, no one, none, not any (anyone)

niñez *f* childhood

niño(a) child

nivel *f* level, state

noche *f* night

nochebuena Christmas Eve

Nochevieja New Year's Eve

nombre *m* name

norte *m* north

norteamericano(a) North American

nota grade

noticia news

novela novel

noviembre *m* November

novio(a) boyfriend, girlfriend, suitor; fiancé, fiancée

nuclear nuclear

nuestro(a) our, ours

nueve nine

nuevo(a) new; **¿Qué hay de nuevo?** What's new? (What's going on?)

número number

nunca never, not ever

O

o ... o either . . . or

oaxaqueño Oaxacan

obedecer to obey

obispo bishop

obituario obituary

obligación obligation, duty; **los días de obligación** holy days of obligation

obligar a to oblige to

obra work, labor

obrero(a) worker

obstáculo obstacle, barrier

obstante: no obstante nevertheless

ocasión occasion

octavo(a) *adj* eighth

octubre *m* October

ocupar to occupy, hold

ocurrir to occur, happen; **se me ocurre** it occurs to me

ochenta eighty

ocho eight

oeste west

oficial official

oficina office

ofrecer to offer

oír to hear

ojalá I hope that

ojo eye

ola wave

oler (huele) to smell

olvidarse (de) to forget

omitir to omit, overlook

once eleven

onda wave

operar to operate (on)

opinar to think

opinión opinion

oportunidad opportunity

oprimido(a) oppressed

optimista *m* or *f* optimist; *adj* optimistic

oralmente orally

orden *f* or *m* order

ordenar to order

organismo organization

orgulloso(a) proud

origen *m* origin, source

originar to start

oriundo(a) native

oro gold

ortografía spelling

oscuro(a) dark

otorgar to grant

otro(a) another, other

P

padre *m* father, priest; *pl* parents
padrinos godparents
pagar to pay
pagaré promissory note
país *m* country
pájaro bird; **El Pájaro Loco** Woody Woodpecker
palabra word, term
pálido(a) pale
palomitas popcorn
pan *m* bread, loaf of bread
panadería bakery
pantalla movie *or* television screen
papa *f* potato; *m* pope
papá *m* father, dad
papel *m* paper; **hacer un papel** to play a role
para for, in order to; **para cuando** by the time
paraguas *m* umbrella
parar to stop, stay
parcela parcel, piece
parecer to seem, appear; **parecerse (a)** to resemble; **parecerle a uno** to think
pared *f* wall
pareja pair, couple
parentesco kinship
pariente relative
parque *m* park
parte *f* part, portion, place; **de parte de** in behalf of
partera midwife
participación participation
participar to participate
partida party, group
partido game; political party
partir to split, break; **partir de** starting from (*time expression*)
pasaporte *m* passport
pasado(a) past, last; **el año pasado** last year
pasar to pass, go, pass through, happen, spend (time); **pasarle a uno** to happen to someone
pasatiempo pastime
pastel *m* pastry, pie
pastelería cake shop
pastelero(a) pastry chef
pastor(a) minister
pata foot (of animal)

pato duck; **El Pato Donald** Donald Duck
patrón *adj* patron; *n* boss
pavo turkey
paz *f* peace; **que en paz descanse** (may he *or* she) rest in peace
pecado sin
pedir (i) to ask for
peinarse to comb one's hair
película movie, film
peligroso(a) dangerous
pelirrojo(a) redhaired, redheaded
pelo hair
pena pain; **valer la pena** to be worthwhile
península peninsula
pensamiento thought
pensar (ie) to think
pensativo(a) pensive, thoughtful
peor worse
pequeño(a) small
perder(se) (ie) to miss, lose; **perder el tiempo** to waste time
pérdida loss
perezoso(a) lazy
perfección perfection
periódico newspaper
permanentemente permanently
permiso permission, permit; **con permiso** excuse me
permitir to permit, allow
pero but
perro(a) dog
persona *f* person
personaje *m* personage, literary character
personalidad personality
perspectiva perspective
pesadilla nightmare
pésame *m* condolence
pesar: a pesar de in spite of
pesca fishing
pescador(a) fisherman, fisherwoman
pesimista *m or f, n or adj* pessimist, pessimistic
petroleo oil
pianista *m or f* pianist
pico peak
pie *m* foot; **a pie** on foot

piel *f* skin

pintar to paint

pionero(a) pioneer

pintoresco(a) picturesque

pintura painting

piragua canoe

pirámide *f* pyramid

pistolero gunman

pizarra chalkboard

placa plaque

placer *m* pleasure

plan *m* plan, scheme

planear to plan

planta plant

plato plate, dish

playa beach

plaza plaza, town square

pluma pen, feather

población population

pobre poor; *n* poor person

pobreza poverty

poco(a) little, scanty; *pl* a few, some; *n m* a little bit; *adv* a little, somewhat, slightly; **poco a poco** little by little

poder (ue) to be able, can; **no he podido estudiar** I have not been able to study

poderoso(a) powerful

podio podium

poema *m* poem

poeta *m* or *f* poet

policía *m* police officer (male), *f* police force, police officer (female)

político(a) political; *n f* politics; *n m* politician

pollo chicken

poner to put, place; **ponerse** to become; to put on (*clothing*); **ponerse a** to begin

poniente *adj* west

pontífice *m* pontiff

popular popular

por for; through; along; by; instead of; **por ejemplo** for example; **por eso** therefore, for that reason; **por favor** please; **por lo tanto** therefore; **¿por qué?** why?; **por supuesto** of course

posada inn; *pl* Mexican and Latin American celebration between December 16 and Christmas

posibilidad possibility

posible possible

pozo well, pool, pond

precio price

preciso(a) necessary

predilecto(a) favorite

preferible preferable

preferir (ie) to prefer

pregunta question

preguntar to ask

prejuicio prejudice

premiar to reward; **fue premiado** was awarded a prize

premio prize

prenda garment

prensa press, printing press

preocupar to preoccupy; **preocuparse** (de, por *or* con) to worry about

preparación preparation

preparar to prepare

presencia presence

presentar to present

preservar to preserve

presidente *m* president

préstamo loan

prestar to lend

presupuesto budget

primario(a) primary, elementary; **primaria** *n* elementary school

primavera spring (season)

primer, primero(a) first

primo(a) cousin

prisa haste; **darse prisa** to hurry

probable probable

probablemente probably

probar (ue) to try, taste; **probarse** to try on

problema *m* problem

proceso process

producir to produce

profesión profession

profesional professional

profesor(a) professor

profundo(a) deep, profound

programa *m* program

programador(a) *m* or *f* programmer

prohibir to prohibit
prometedor(a) promising
prometer to promise
promulgar to promulgate, proclaim
pronombre pronoun
pronóstico prediction
pronto soon, promptly
propio(a) one's own, characteristic
proponer to propose
proporcionar to provide
protagonista protagonist
proteger to protect
provenir (ie) to come from
próximo(a) next
prueba proof; test
psicólogo(a) psychologist
publicar to publish
público(a) public
pueblo small town, people, nation, citizenry
puerta door
pues then, since
puesto(a) put, placed; *n m* job, position; stall;
    puesto que since

Q

que that, which, who, whom; **el (la, los, las) que**
    the one(s) who; **lo que** what, that which; **que le**
    vaya bien may all go well with you; **¿qué?** what?
    ¿para qué? why? for what purpose?; **¿por qué?**
    why? (for what reason); **¿qué tal?** how are you?
quedar(se) to stay; to remain; to be located; **que-**
    darle a uno to have left; **no les quedó otro re-**
    medio they had no other remedy
quejarse (de) to complain
querer (ie) to want; **querer decir** to mean
queso cheese
quien who, whom, he who, those who, the ones
    who; **¿con quién? ¿con quiénes?** with whom?
    ¿de quién? whose, of whom, about whom?;
    ¿quién? who?
quienquiera whoever
química chemistry
quince fifteen
quisco newsstand

quitar(se) to take away, remove; *refl* to take off
quizás perhaps, maybe

R

raqueta racket
raro(a) odd
rasgo characteristic
rato time, while, little while
raza race
razgo characteristic, feature
razón *f* reason; **tener razón** to be right
reaccionar to react
realidad reality
realizar to fulfill, carry out
rebelde *m* or *f* rebel; *adj* rebellious
recibir to receive
reciente recent; **recien casados** newlyweds
reclamar to claim
recoger to pick up
reconocer to recognize
reconocimiento reconnaissance
recordar (ue) to remember, remind
recto(a) straight
red *f* net
reducir to reduce
reemplazar to replace
reflejar to reflect
reflexivo(a) reflexive
reforma reform
refrán *m* saying, proverb
refresco refreshment, cold drink
regalo gift
región region
reglamento rule
regresar to return
reír to laugh
relación relation, relationship
relativamente relatively
relativo(a) *adj* relative
religión religion
religioso(a) religious
reloj *m* watch, clock
remedio solution
rendimiento performance

renovar (ue) to renew, renovate
reñido(a) on bad terms
reparación repair
repasar to retrace, review
repaso review
repetir (i) to repeat, do again
representante *m or f* representative
requerir (ie) to require
rescate *m* ransom
resistir to resist
resolver (ue) to resolve, solve
respeto respect; **respeto a** with respect to
responder to respond, answer
responsabilidad responsibility
respuesta answer
restaurante *m* restaurant
resuelto *part* resolved, solved
resumen *m* summary
resumir to summarize, sum up
resurgir to reemerge
retazo remnant; **retazo de tela** fabric scrap
retirar(se) to retire, withdraw
reunión reunion
revisar to revise, review, check
revista magazine
revolución revolution
revolucionario(a) revolutionary
rey *m* king; **día de los Reyes Magos** Epiphany
rezar to pray
rico(a) rich; **riquísimo(a)** delicious
ridículo(a) ridiculous
rincón *m* corner (of a room)
río river
rioplatense *m or f* of River Plate
riqueza riches, richness
risa laugh, laughter
ritmo rhythm
robar to rob, steal
roble *m* oak
robo robbery
roca rock
rodear to surround
rogar (ue) to beg
rojo(a) red
romántico(a) romantic

romper to break; *past part* **roto**
ronco(a) hoarse
ropa clothing
rosa rose
ruinas ruins

S

sábado Saturday
saber to know, know how to; *pret* to find out
sabio(a) wise; *n* wise person
sabor *m* flavor
sabroso(a) tasty, delicious
sabrosísimo(a) really delicious
sacerdote *m* priest
sal *f* salt
sala living room, hall; **sala de conferencias** lecture hall
salir (de) to leave; **salir mal** to fail; **todo saldrá bien** everything will be all right
saltar to jump
salud *f* health
saludar to greet
sandalia sandal
san(to)(ta) saint; **día de San Valentín** Valentine's Day
sanatorio nursing home
seco(a) dry
secta sect
secuestrar to kidnap
secuestro kidnapping
seguida series, succession; **en seguida** at once, immediately
seguir (i) to follow, continue, keep on
según according to
segundo(a) second
seguro(a) sure, certain; **seguro de viaje** travel insurance
seis six
semana week
Semana Santa Holy Week
semejanza similarity
semestre *m* semester
sencillo(a) simple
sensual sensual

sentar (ie) to seat someone; *refl* to sit down;
    sentado(a) seated

sentimiento sentiment, feeling, sense

sentir(se) (ie) to feel; to be sorry

señal *f* sign

señor Mr., sir, gentleman

señora Mrs., madam, lady

señorita Miss, young lady

sentido sense

sepulcro tomb

septiembre *m* September

ser to be; to take place; *n m* being; **ser humano**
    human being

serie *f* series

serio(a) serious; **tomar en serio** to take seriously

servicio service

servir (i) to serve; **servir de** to serve as

sexo sex

sexton(a) sixth

sicólogo(a) psychologist

siempre always

siesta nap, midday rest

siete seven

siglo century

significado meaning

significar to mean

siguiente following, next

silla chair

simpático(a) congenial, likeable

sin without

sinagoga synagogue

sino but

sistema *m* system

sitio site, place

sobre on, over, about

sobremesa after-dinner

sobrevivir to survive

sobrina niece

sociedad society

sofisticado(a) sophisticated

sol *m* sun

solidaridad solidarity

solito(a) *dimin. of* solo(a); all alone

solo(a) alone, only; *adv* only

soltero(a) single, unmarried

sombra shadow

soñar (ue) (con) to dream (about); **que sueñes con
    los angelitos** sweet dreams

sopa soup

soplar to blow

sorprendente surprising

sorprender to surprise

sostenible sustainable

subdesarrollo underdevelopment

subir a to climb

subordinar to subordinate

sucio(a) dirty

Sudamérica South America

sudor *m* sweat

sueño dream

suerte *f* luck, fortune

sufrir to suffer, undergo

sugerir (ie) to suggest

suicidarse to commit suicide

sumar to add (up)

supermercado supermarket

supersticioso(a) superstitious

superstición superstition

superviva very lively

suprimir to suppress

sur *m* south

surrealista surrealistic

suspender to suspend

su/suyo his, her, your *(formal) possessive pronoun*

T

tacañería stinginess

tacaño(a) stingy

tal such, so, as; **tal vez** perhaps, maybe

taller *m* shop, workshop

también also

tampoco neither, not either

tan so, as

tanto(a) so much, as much; *pl* so many

tapiz tapestry

taquito snack

tarde *f* afternoon; *adv* late; **más tarde** later

tarea assignment, homework

tarjeta card

teatro theater

techo roof
técnico(a) technical
tecnológico(a) technological
telefonía telephone service
teléfono telephone; **por teléfono** on the telephone
telenovela television serial (soap opera)
televisión television
televisor *m* television set
tema *m* theme, subject
temer to fear, be afraid
templo temple
temporada season
temprano early
tender (ie) to tend to, have a tendency toward
tener (ie) to have, possess, hold; **tener frío (calor)** I am cold (hot); **tener que** to have to
teniente *m* lieutenant
tenis tennis
teñir (i) to dye
terminar to finish
terrateniente landholder
terremoto earthquake
territorio territory
terrorismo terrorism
tésis *f* thesis
testigo(a) witness
tiburón *m* shark
tiempo time; weather; (verb) tense; **a tiempo** on time, in time
tienda store
tierra earth, land
tilma blanket, cloak
tío uncle
típico(a) typical
titular heading
tocar to play (instrument)
todo(a) all, everything; *pl* everyone, all of; **de todos modos** anyway, at any rate; **todas las noches** every night
tomar to take
tormenta storm
torre *f* tower
trabajador(a) *adj* hard-working; *n* worker
trabajar to work
trabajo work

traducir to translate
traductor(a) translator
traer to bring
tragedia tragedy
traje *m* suit
tramitar to deal with
transitorio(a) transitory, temporary
transmitir to transmit, relay
transporte(s) *m* transport, transportation
tras after
trascendental transcendental, far-reaching
tratamiento treatment
tratar (de) to try
travieso(a) mischievious
trébol clover
trece thirteen
tremendo(a) tremendous, huge
tren *m* train
tres three
triste sad
triunfar to triumph, win
trompeta trumpet
turismo tourism
turista *m* or *f* tourist

U

ubicado(a) located
último(a) last, ultimate
un(o)(a) a, one
único(a) only
unido(a) united; **Estados Unidos** United States
unir(se) to unite
universidad university
universitario(a) of or relating to the university
urbano(a) urban, pertaining to cities
urgente urgent
usar to use
uso use; **hacer uso de** to make use of
útil useful
uva grape

V

vacaciones vacation; **estar de vacaciones** to be on vacation; **ir de vacaciones** to go on vacation
vacilar to hesitate

valer to be worth; **para lo que le ha valido** a lot of good it did him; **valer la pena** to be worthwhile

valiente valiant, brave

valor *m* value

vapor *m* steam

varios(as) various, several, some, a few; **libros varios** miscellaneous books

vecino(a) neighbor

vegetal *n m* or *adj* vegetable

veinte twenty

veintiuno(a) twenty-one

veintidós twenty-two

vela candle

velación, vigil, watch, wake

velar to hold a wake over

velorio wake

vencer to win

vendedor(a) vendor

vender to sell

venerar(se) to venerate, be venerated

venir (ie) to come

ventaja advantage

ventana window

ver to see

verano summer

veras: ¿De veras? Really?

verbal *adj* verb

verbo verb

verdad *adj* true; *n* truth; **de verdad** true, real

verdadero(a) true, real

verde green

vertiente slope

vestido dress

vestir(se) (i) to dress

vez *f* time; **a veces** at times; **de vez en cuando** from time to time; **en vez de** instead of; **repetidas veces** many times; **tal vez** perhaps, maybe; *pl* **veces** times

viajar to travel

viaje *m* trip; **agencia de viajes** travel agency

vida life; **en mi vida** (never) in my life

viejo(a) old; **mi viejo amigo** my old friend (of long standing); **Viejo Pascuero** Santa Claus (in Chile)

viento wind

viernes *m* Friday

villancico carol

vincular to bind, tie

vínculo tie

vino wine

violín *m* violin

virgen *f* virgin

visita: de visita for a visit

visitar to visit

visto(a) seen

viudo(a) widower, widow

vivienda housing

vivir to live

vocabulario vocabulary

voluntad *f* will

volver(se) (ue) to return; *refl* to turn around; *past part* **vuelto**

votar to vote

Y

ya already

yacimiento site (*e.g., of petroleum*)

Z

zapato shoe

zona zone

Grammatical Index

D

de: uses of, 171–172; verbs followed by, 240

deber, uses of, 284

definite article, 5; review of uses of, 277–279

demonstrative: adjectives, 196; neuter pronouns, 197; pronouns, 196

desde, uses of, 101

diminutives, 242–243; formation, 242

direct object pronouns: forms and usage, 42; position of, 42–43, 86; use together with indirect object pronoun, 66

double object pronouns, 66–67

E

e as substitute for y, 264

el cual, el que, 125

en: uses of, 172; verbs followed by, 240

estar: compared with ser, 72; substitutes for, 86; uses of, 70, 72

exclamations, 222–223

expressions with tener, hacer, etc. (*see* tener, hacer, etc.)

F

familiar affirmative commands, 120

familiar negative commands, 121

formal commands, 120

future: to express probability, 63; irregular verbs, 61; regular verbs, 60

future perfect, 91–92

G

gender of nouns, 5–6

gustar, 68; verbs like, 69

H

haber: conditional perfect formed with, 92; future perfect formed with, 91; past participle formed with, 88; pluperfect formed with, 90; present perfect formed with, 89; uses of, 283; weather expressions using, 100

hacer: with expressions of time, 101; hace (hacía) with weather expressions, 99

hay (había) with weather expressions, 100

I

idiomatic expressions with tener, hacer, etc. (*see* tener, hacer, etc.)

if clauses, 237

P

para, uses of, 175–176

participle: past, 88–89; past, irregular, 88; position of direct object pronouns with present, 86; present, 85

passive **se,** 256–257

passive voice: formation of passive, 255; substitutes for, 256–257; use of, 255

past participle: form and uses, 88–89; irregular, 88; regular, 88

past progressive tenses, 86

pedir contrasted with **preguntar,** 285–286

perfect tenses: conditional, 92; future, 91–92; past participle, 88–89; past perfect subjunctive, 141; pluperfect, 90; present, 89; present perfect subjunctive, 141

pero, use of, 262

personal **a:** exceptions, 20, 165; uses, 19–20, 149

pluperfect, indicative, 90

por: with adjective or adverb + **que,** 167; other uses of, 174–175

possessive: adjectives, unstressed (short) forms, 93–94; pronouns, 95; stressed (long) forms, 94–95

preguntar contrasted with **pedir,** 285–286

prepositional pronouns, 177–179

prepositions: compound, 172; simple, 169; uses of, 169–172; verbs followed by, 239–240

present indicative: irregular verbs, 14–15; regular verbs, 8–9; spelling-change verbs, 13; stem-changing verbs, 10–11

present participle, 85; position of direct object pronouns with, 86

present perfect: indicative, 89; subjunctive, 141

present progressive, 85–86

present subjunctive, 115–116; irregular verbs, 115; regular verbs, 115; spelling-change verbs, 116; stem-changing verbs, 116

preterite: contrasted with imperfect, 40; irregular verbs, 35–36; regular verbs, 34; spelling-change verbs, 37; stem-changing verbs, 37; use of, 39–40; verbs with special meanings in, 41

probability: conditional of, 63; future and conditional perfect to express, 92; future of, 63

progressive tenses: past, 86; present, 85–86

pronouns: demonstrative, direct object, subject, etc. (*see* demonstrative pronouns; direct object pronouns; subject pronouns, etc.)

Q

que: por with adjective or adverb plus, 167; as relative pronoun, 124

¡qué! as exclamation, 222–223

¿qué? contrasted with **¿cuál?,** 97–98

quien(-es) as relative pronoun, 124–125

-quiera, relative pronouns attached to, 167

quitar contrasted with **quitarse,** 286

quizás, subjunctive after, 117

R

reciprocal construction, 198

reflexive construction, 44–45; reciprocal construction, 198; as substitute for passive, 256–257; for unplanned occurrences, 199; verbs reflexively and nonreflexively, 44–45

reflexive object pronouns: for emphasis, 45; forms, 44; position of, 44, 67; possessive, alternative to, 94; prepositional, 178–179

relative pronouns: attached to **-quiera,** 167; **cuyo,** 126; **el cual, el que,** 125; **lo cual, lo que,** 125; **que,** 124; **quien(-es),** 124–125

S

saber contrasted with **conocer,** 285

se: as indirect object pronoun, 66; passive, 256–257; as reflexive pronoun, 44, 45, 67, 93

sequence of tenses, with subjunctive, 144

ser: contrasted with **estar,** 72; uses of, 71

shortening of adjective, 17–18

sí as reflexive prepositional pronoun, 178

sino (que), uses of, 262

spelling-change verbs: present indicative, 13; present subjunctive, 116; preterite, 37

stem-changing verbs: present indicative, 10–11; present subjunctive, 116; preterite, 37

subject pronouns: forms of, 7; uses of, 7–8

subjunctive, forms of, 115–116; imperfect, 140; past perfect, 141; present, irregular verbs, 115; present, regular verbs, 115; present perfect, 141

subjunctive, uses of: in adjective clauses, 165; inadverbial time clauses, 193–194; after **aunque,** 212; after certain adverbial phrases, 212; after impersonal expressions, 147; after indefinite expressions, 167–168; after **tal vez, acaso, quizás,** and **ojalá,** 117; with certain adverbial phrases, *versus* indicative, 212; with certain verbs, *versus* indicative, 144, 167–168; in *if* clauses, 237; in noun clauses, 142–143

superlative construction, 217–218; absolute superlative, 221; irregular, 219–220

T

tal vez, subjunctive after, 117

tener: idiomatic expressions with, 99, 283; physical state described with, 99

they, impersonal as substitute for passive, 257

time expressions, with **hacer,** 101

tomar contrasted with **llevar,** 286

U

u as substitute for **o,** 264

V

verb conjugation (*see names of individual tenses*)

verbal communication, 48